被侮辱与被损害的人

〔俄〕**陀思妥耶夫斯基** 著

邵荃麟 译

陕西新华出版

太白文艺出版社·西安

果麦文化 出品

目　录

第一部

第一章

　　去年三月二十二日傍晚，我遇到一件非常奇怪的事情。那一整天，我都在城里奔波，想找一间寓所。我的旧寓所非常潮湿，我已经开始咳嗽了。从前年秋天起，我就打算搬家，可是一直拖到了去年春天。一整天，我都没有找到一间合适的。首先，我要一间不跟别人的寓所合在一起的单独的房子；其次，我虽然只要一间房子，可是必须是一间大的，还得越便宜越好。我曾经感到在局促的斗室中，连思想都要受到束缚。当我在思索一部未来的长篇小说的时候，我总喜欢在屋子里来回踱步。顺便说一下，我喜欢思索我的作品并梦想着怎样去写，往往比实际动笔去写更喜欢。这倒并不是由于懒惰。到底为什么呢？

　　整天我都觉得身体不舒服，到了太阳下山的时候，觉得当真害起病来了。似乎有一种热病袭来。再加上我跑了一整天，也乏了。到了傍晚，天黑以前，我沿着伏兹涅赛斯基街走着。我爱彼得堡三月的太阳，尤其是日落的时候——自然，是在那清朗和寒冷的天气里。整条街蓦地明朗起来，浸浴在灿烂的光彩里。所有的房子好像突然都放射出光辉。它们那灰色的、黄色的和浊绿色的色调一下子都丧失了，仿佛一个人的灵魂突然明朗了，又仿佛一个人突然震颤了一下，或者说，仿佛被什么人用肘子推了一下似的。这就产生了一种新的景色，一串新的思想……一道太阳光竟能对人的灵魂产生这样的作用，这真是不可思议呀！

可是太阳光消失了，寒气更强烈起来，冻得人鼻子发酸；暮色更浓了，煤气灯的光从店铺里射出来。当我走到缪勒开的糖果店门口的时候，我突然愣住了，向街的那边注视着，仿佛预感到有什么意外的事情要落在我身上；就在那一瞬间，我看见街对面那个老人和他的狗。我记得很清楚，当时有一种不快的感觉攫住了我的心，可是又说不出是一种什么样的感觉。

我不是一个迷信的人。我不相信预感和预兆，可是在我一生中却有过一些令人相当费解的经历，这种经历也许很多人都有过。譬如这个老人吧，为什么我和他一见面，立刻就会预感到当天晚上会有什么意外的事情落到我身上呢？不过我正在害病，病中的感觉多半是不可靠的。

那老人弯着身体，迈着滞缓无力的步子，走向糖果店。他用手杖轻轻敲着人行道，两条腿好像棍子一样移动着，似乎并不会弯曲。我从来没有碰到过这样奇怪的人，而以前每一回我在缪勒的铺子门口碰见他的时候，他总是给我一种痛苦的印象：他那高高的身材，他那佝偻的背脊，他那张带着八十岁印痕的死一般的脸，他那件脱了线的旧大氅和覆在秃头（上面只剩下一撮不是灰白色而是黄白色的头发）上的那顶至少有二十年历史的破圆帽，以及他那似乎没有目的、却像是被弹簧推动着一般的一切动作。无论什么人第一次碰到他的时候，都不免大吃一惊。看到一个活过了自然寿数的老年人孤零零的，没有一个人照顾他，尤其是他好像是一个从看守人那里逃出来的疯子，这实在叫人惊讶。他那出奇的消瘦也使我很吃惊：他几乎就像没有肉体一样，除了皮包骨头，仿佛一无所有。那双好像嵌在蓝眼圈里的大而无光的眼睛，永远直直地盯着前面，从不望一望两旁，也从不瞧瞧什么——我敢说，他即使看见你，也会笔直地向你走过来，仿佛他前面就是一个无物的空间。这样的情形我看到过好几回了。他最近才在缪勒的铺子门口出现，老是带着他的那条狗，没有一个人知道他是从哪里来的。缪勒铺子里的那些顾客，谁也没有心思去和他交谈，他也从来不跟他们哪一个说话。

"他干吗老是这样拖着脚步到缪勒的铺子里去呢？他在那儿有什么事干呢？"我惊奇地想，站在街对面，紧紧地盯着他。由于病和疲乏而引起的一种暴躁的烦闷在我胸中沸腾着。"他在想些什么呢？"我继续想，"他头脑里还有些什么呢？是不是他还在思索什么呢？他的脸色是那么死气沉沉，什么表情也没有。他那条狗从来不离开他，就像是他的不能分离的一部分似的，而且那么像他。那条可厌的狗，他是从哪里找来的呢？"

那条倒霉的狗仿佛也有八十岁似的，是的，它一定有那么大岁数了。首先，它看起来比一般的狗都老；其次，我头一回看见它的时候，不知怎么，觉得它和其他的狗不一样，它是一条特别的狗。这条狗一定有些什么稀奇古怪的故事，它也许是化身为狗的梅斐斯多斐尔斯[①]，它的命运是以某种神秘的不可知的方式跟它主人的命运联结在一起的。看着它，你立刻会相信，它吃最后一餐饭，到现在一定已经有二十年了。它瘦得就剩一架骨骼，也可以说跟它主人差不多。它全身的毛几乎脱光了，尾巴拖在两腿之间，光秃秃的好像一根棍子。它的头和长耳朵忧郁地向前低垂着。我一生中不曾见过这样可憎的狗。他俩一块儿在街上走的时候，主人走在前面，狗跟在脚后，狗鼻子贴着他外衣的边缘，仿佛粘在那上面一样。他们的步子，他们全部的面貌，几乎像是每走一步都要大声地叫出来："我们老了，老了，

---

① 梅斐斯多斐尔斯，指地狱中的魔鬼。

啊，主哇，我们多老哇！"我还记得，有一次我忽然想到，这个老人跟这条狗，该是从加瓦尔尼^①画插图的霍夫曼^②的书页中走出来的吧？该是替那书做着活动广告，漫游于这人世间吧？

我穿过街道，跟着老人走进那家糖果店。

老人在铺子里，行动很古怪。缪勒站在柜台里面，对于这位不速之客，近来已经表现得很讨厌了。主要因为一点——这位怪客从来不买东西。每一回他都径直走到靠近火炉的屋角，在一把椅子上坐下。如果火炉旁边那座位给别人占去了，他就在那坐着的客人面前带着惊惶的迷惑站立一会儿，然后似乎迷乱地走开，走到靠窗的另一个角落。在那里，他拣了一把椅子，不慌不忙地坐下，取下他的帽子，放在他旁边的地板上，又把手杖放在帽子旁边，接着把身体靠到椅子里，一动不动地接连坐上三四个小时。他从不拿一张报纸，也从不说一句话，发一个音，只是坐在那里，睁大眼睛凝视着前面，可是他的眼神却是空虚的，没有生气的。人们可以打赌，他对于周围的事物实际上并不能看见和听见。那条狗在同一块地方转了几圈以后，就闷闷地在他脚旁躺下来，把鼻子搁在他的两只靴子中间，发出深沉的叹息，伸直了身体，也一动不动地躺了一个黄昏，仿佛暂时死过去一般。这会叫人想象到，这两个生物大概是在什么地方整天死死地睡着，到了日落才醒来，只是为了走到缪勒的铺子里来尽某种神秘的不可告人的义务。坐上三四个小时之后，老人站了起来，拿起他的帽子，打算回到他不知道在什么地方的家里去。那条狗也站了起来，和原来一样垂头拖尾的，用同样迟缓的步子，机械地跟着他主人出去了。铺子里的一些老顾客，到后来都开始用种种方法避开这老人，甚至不愿坐在他的旁边，似乎他惹起了大家

---

① 加瓦尔尼（1804—1866），法国讽刺画家。

② 霍夫曼（1776—1822），德国浪漫主义小说家。

的反对。可是他却全然没有注意到。

　　这家糖果店的顾客多半是德国人。他们是从伏兹尼赛斯基街的各处聚集到这里来的，大部分是各种工场的老板：木匠、面包师、漆匠、帽匠、马鞍匠。照德国的说法，都是些当家长的人。总之这种家长制的传统在缪勒家里是一直维持着的。这位老板常常走到几个熟悉的主顾那里，坐在他们桌子旁边，于是一定数量的甜酒就喝光了。家里的狗和孩子有时也跑出来瞧瞧这些顾客，于是这些顾客就抚弄那些狗和孩子。他们彼此都很熟，而且彼此都很尊敬。当客人们专心阅读德文报纸的时候，从老板的房间里，传来破钢琴上弹出的《亲爱的奥古斯丁》的琴声，这是老板的大女儿在弹奏，那是个有亚麻色鬈发的德国小姑娘，很像一只白老鼠。听到这首华尔兹乐曲，大家都很高兴。我经常在每月初到缪勒的铺子里去，阅读他那里订的俄文杂志。

　　我进去的时候，看见那老人已经靠窗坐着了，那条狗照老样子伸开身体躺在他的脚旁。我坐在一个角落里，没有作声，心里问着自己："我到这儿来干吗？在这儿我又没有一点儿事，而且我又害着病，倒不如赶快回家去喝点儿茶睡觉呢。我到这儿来，难道仅仅是为了来看这个老头儿吗？"我烦恼起来了。"我跟他有什么关系呢？"我想着，记起刚才在街上看到他时的那种奇怪和痛苦的感觉。而且这些枯燥无味的德国人跟我又有什么关系？这种古怪的心情有什么意义呢？近来我常常感到，为了一点儿琐碎的事情便容易激动，妨害我的生活，也妨害我清楚地观察生活，这种激动又有什么意义呢？有位尖锐的批评家在论及我最近的一部小说时，已经在他愤激的批评中指出这一点了。我虽然有点儿踌躇，也很感慨，但是我仍然逗留着没有走。同时，我的病把我制服了，我舍不得离开这间温暖的屋子。我拿起一张《法兰克福汇报》，读了一两行便打起瞌睡来了。那些德国人并不打扰我。他们只管读报和抽烟，仅仅每隔半小时左右低声交谈一些报上的新闻，或者说几句笑话，或是引用德国著名才子莎菲尔的一些讽刺警句。之后，他们又带着一种加倍的民族骄傲埋头读报了。

我睡了半个小时，被一阵猛烈的寒战惊醒。实在是不得不回家了。

可是，这时屋子里正在演一幕哑剧，这又把我拖住了。我已经交代过，那个老人一坐到椅子里，他的眼睛便直直地盯住一件什么东西，整个黄昏都不移动一下。我以前也碰到过这种晦气，受到他那毫无意义的、固执的而实在又一无所见的目光的凝视。那是一种令人非常不愉快，而且实在受不住的感觉，我总是尽快把我的位子调换一下。而在眼前，作为这老人的牺牲品的，却是一个小个子、滚胖的、穿得很整洁的德国人，那人戴着一只浆得很硬的高领，有一张红得出奇的脸。他是这铺子里的新顾客，一个从里加来的商人，他的名字后来我才知道，叫亚当·伊凡涅契·休尔兹。他跟缪勒很要好，但是对那老人和其他顾客还不熟悉。他正啜着甜酒，津津有味地读着《乡村理发师》[1]，忽然抬起眼睛，瞧见那老人一动不动地一直盯着他。这使他老大不高兴。亚当·伊凡涅契和所有的"高等"德国人一样，是个易怒而敏感的人。这样被人家无礼地盯着，在他看来是奇怪且具有侮辱性的。他压抑着愤怒，避开那呆蠢客人的眼睛，自己嘟囔了一阵，拿报纸把自己遮起来。但是不到五分钟，他又禁不住从报纸后面狐疑地窥探一下，对方依旧那样固执地盯着他，依旧是那样没有意义地在观察他。这回亚当·伊凡涅契还没有作声。可是当同样的事情重复到第三次的时候，他可冒火了，他觉得他有义务保卫自己的尊严，在这样高贵的人群面前不使他们堂堂里加城

---

[1]《乡村理发师》，当时的德文报纸。

的威信降低——他也许觉得自己是这个城市的代表吧。他以按捺不住的手势，把报纸扔到桌子上，用报夹子猛烈地敲着桌子，为了个人的尊严，他发起脾气来，脸因为甜酒和自尊心的关系变得绯红。这一回他也用充血的小眼睛瞪着那个冒犯他的老人。他们两个——德国人和他的对手——好像在用眼光的吸力互相角斗，等着看谁先丢脸，谁先把眼睛垂下来。敲击声和亚当·伊凡涅契那种尴尬的处境引起所有顾客的注意。大家都放下手里的事情，带着好奇心，高傲、静默地望着这两位对手。这情形变得很滑稽，可是小个子红脸先生那双挑衅的眼睛里的吸力是完全白费了。那老人依旧直勾勾地盯着暴怒的休尔兹，完全不觉得他是大家好奇心的目标；他泰然不动，仿佛他不是在地面上，而是在月亮里似的。最后，亚当·伊凡涅契实在按捺不住，发作起来。

"你干吗老是这样盯着我呀？"他用德语叫道，带着一种尖厉而刺人的声音和一种恫吓的神气。

可是他的对手却依旧一声不响，似乎不懂得甚至没有听见他的问题。亚当·伊凡涅契决心用俄语向他说一遍。

"我问你，你老朝我这样盯着干什么呀？"他加倍愤怒地叫道。"老子是皇宫里有名的，而你是谁也不知道哇！"他补了一句，从椅子上跳了起来。

可是那老人却丝毫没有动一动。那些德国人中间发出一阵喃喃的愤怒声。缪勒被这吵闹惊动了，走进屋子。等他弄清楚是怎么一回事之后，他以为那老人是个聋人，于是俯到老人耳朵旁边。

"休尔兹先生请你不要老盯着他。"他尽可能大声地说，并注意着这个莫名其妙的客人。

老人机械地望望缪勒，他那依旧呆板的脸上，显出一种纷扰的思念，一种不安的激动的痕迹。他慌乱起来，弯下身体，一边叹息和喘气，一边抓起他的帽子和手杖，从椅子上站起，带着一种像叫花子被人从坐错的座位上赶出来的可怜的微笑，预备走出屋子。在这个可怜的龙钟老人的卑微和顺从的慌张里，有那么多激起人们的同情和绞压人们的心的东西，使所有在座的人，包括亚当·伊凡涅契，都立刻改变了对这件事情的看法。这很突然，那老人不但不可能侮辱别人，而且知道他会像叫花子一样被人家从任何地方赶出去。

繆勒是个好心肠且富有同情心的人。

"不，不，"他鼓励地拍拍那老人的肩膀说，"依旧坐着吧，休尔兹先生只是请你不要老盯着他一个人。他是在皇宫里有名望的人哪。"

但是那可怜的老人连这个也不理解，他比刚才更惊慌了。他弯下身去拾起一条手帕，那是一条破旧的蓝手帕，从帽子里掉出来的。接着又唤他那条狗，那狗一动不动地躺在地板上，把鼻子拱在脚爪上，好像睡得很熟似的。

"亚助尔加，亚助尔加，"他用一种上年纪的颤抖声喃喃地叫，"亚助尔加！"

亚助尔加没有动。

"亚助尔加，亚助尔加。"那老人着急地连声叫，用手杖推推那狗。可是那狗依旧是老样子。

手杖从他手里掉了下去。他弯下身，跪下去，双手抱起亚助尔加的头。那可怜的狗死了。它就是那样不知不觉地在它主人脚下，因为年纪太大或许也因为太饿而死掉了。老人朝着狗望了半响，仿佛震惊了，又仿佛不明白亚助尔加已经死了似的；接着向他这个老仆人兼老朋友慢慢地俯下身去，用他苍白的面颊贴着那狗的脸。一分钟沉寂地过去了。我们都感动了。末了，那可怜的老人站了起来。他脸色异常苍白，像害了热病似的浑身发起抖来。

"你可以把它剥子一番。"富于同情心的缪勒说，他急于想出办法来安慰老人（他说"剥子"，意思就是"剥制"）①。"你可以好好地剥子它，费沃多·卡立契·克鲁格尔剥子得顶呱呱的；费沃多·卡立契·克鲁格尔是剥子野兽的老手。"缪勒重复地说着，从地下拾起手杖，交给老人。

"是呀，我剥子得很好。"克鲁格尔谦逊地说，走到前面来。

他是一个瘦高的、善良的德国人，长着蓬乱的红头发，鹰钩鼻子上架着一副眼镜。

"费沃多·卡立契·克鲁格尔做各种剥子品是极有天赋的。"缪勒又补了一句，对于自己出的这个主意更加热心起来。

"是呀，我对做各种剥子品是极有天赋的，"克鲁格尔又重复一遍。"而且我替你剥子这条狗，不要你的钱。"他带着过度慷慨的自我牺牲的神气，再补上一句。

"不，你剥子它，我来出钱！"亚当·伊凡涅契·休尔兹狂乱地喊，脸比刚才红了两倍。这一次轮到他慷慨得热情洋溢了，他天真地认为自己是这件不幸事件的起因。

那老人听着这些话，一点儿也不理解，他依旧和刚才一样浑身发抖。

"等一等！喝杯上等白兰地吧！"缪勒看见这位难以理解的客人竭力想走出去，大声地叫起来。

他把白兰地拿来给老人。老人机械地拿起杯子，可是他的手在发抖，还没有举到嘴唇边，就泼了半杯，一滴也不曾喝，仍旧放回盘子里。接着，他浮出一丝奇怪的、完全不适当的微笑，快速地踏着颠簸的步子走出铺子，把亚助尔加遗弃在地板上。每个人都惊愕

---

① 剥制，是把兽皮剥下来，塞进别的东西，做成标本。这里写成"剥子"是表示德国人说俄语发音不标准。

得呆住了，有人在惊呼。

"见鬼了！这是怎么一回事呀？"那些德国人睁圆眼睛，面面相觑地说。

但是我却冲出去追赶那老人。离开铺子几步路，穿过右侧一个门道，有条黑暗而狭窄的巷子夹在一些大房子中间。似乎有什么东西在告诉我，那老人一定是转到那巷子里去了。这儿右侧第二家房子正在建造，围着一些脚手架。那座房子的篱笆似乎伸到巷子的中心，铺着一些木板让行人绕着篱笆走过去。我就在那由房子和篱笆构成的一个黑暗角落里找到了那老人。他坐在木板人行道的边缘，两只手支着头，肘子搁在膝盖上。我在他旁边坐了下来。

"听我说，"我说，不知道该怎么开头，"别替亚助尔加伤心吧。跟我来，我送你回家去。别难过了。我马上替你叫辆车来。你住在哪里呀？"

老人没有回答。我不知道该怎么办。巷子里没有一个路人。突然，他抓住了我的胳膊。

"气闷哪！"他用一种沙哑的、几乎听不见的声音说，"气闷哪！"

"让我们到你家里去吧，"我叫着站起来，强行拉他起来，"你去喝些茶，上床睡吧……我去喊车子。我替你去找一个医生，我认得一个医生……"

我不知道还向他说了一些什么，他想挣扎着起来，但是又倒在地上，又用同样粗哑的、微弱的声音喃喃地说起来。我俯下去更靠近他一点儿，听他说话。

"在华西里耶夫岛，"老人喘着气说，"六道街，六道……街……"他没声音了。

"你住在华西里耶夫岛吗？那你走错路了。那是往左走，你却走到右边来。我马上带你去吧。"

老人没有动。我拉起他的手，手却无力地滑落下去。我瞧瞧他的脸，摸摸他——他死了。

我觉得一切都仿佛在梦里一样。

这意外的事件给我带来许多麻烦。在这当口儿，我的热度倒自然而然地退了。那位老人的住处找到了。不过，他并不住在华西里耶夫岛，就住在离他死的地方不远处，在鲁克金大楼，紧靠着屋顶的第五层上面。他住着一个独进独出的房间，有一个小门道和一个宽大而低矮的房间，房间里开了三道裂孔算是窗户。他的生活很清苦。他的家具只有一张桌子，两把椅子，一张很旧很旧的沙发，硬得和石头一样，里面的毛从四面八方戳出来，甚至这些东西也都是房东的。火炉显然很久没有烧了，房间里也找不到一支蜡烛。我现在真的认为，那老人到缪勒的铺子里去，不过是想找个有光的地方坐坐，取点儿暖罢了。桌子上放着一只空的有把的陶杯，旁边有一片放了很久的面包。我连一点儿钱都没有找到。甚至要找件埋葬他时用的替换衬衫都找不到，还得由旁人捐出一件衬衫来做这用场。显然，他绝不可能像这样孤独地生活，不消说不时会有什么人来看望他。在抽屉里找到了他的护照。他是俄国人，却是在外国出生的，他的姓名是吉里美·史密斯，是个机械工程师，七十八岁。桌子上放着两本书，一本是简明的地理，一本是《新约》的俄译本，书的空白处都有铅笔做的记号和手指甲刻画的痕迹。这些书我拿走了。询问过房东跟其他房客——他们差不多都不知道他的情况。这大楼里有许多房客，大都是做手艺的或者做二房东且包饭兼做家务的德国女人。这大楼的管理人是个上流人物，也说不出关于这个前房客的什么事情，只知道这房间是租六卢布一个月，死者在这儿住了四个月，但是后来两个月连一戈比也不曾付过，所以他要赶他走呢。又问是不是有什么人常来看他，但是谁也给不出一个令人满意的答复。这是一座很大的房子，到这只"挪亚方舟"①来往的人多，谁也无法记得清楚。那个看门人在这大楼里服务了五年，也许他可以说出一些什么，可他偏偏在两个星期前回故乡了，留下一个侄儿来代替他。那侄儿是个年轻小伙子，倒有一半房客还不曾见过面哩。我现在记不清楚当时的询问是怎样结束的，但是那老人终于被埋葬了。在这些日子里，我虽然有许多事情要照管，可也到过华西里耶夫岛，到六道街去过，到了那边，我自己又好笑起来。除了普通的一排排房子，我在六道街又能看到一些什么呢？但是我却奇怪，那老人在临死时为什么要说六道街和华西里耶夫岛呢？难道他是精神错乱吗？

我看了看史密斯留下来的房间，很喜欢，就把它租了下来。主要是因为它宽敞，虽然极其低矮，甚至起初我以为那天花板会碰到我的脑袋，但是不久也就习惯了。一个月只花六卢布，再也找不到比这更好的房子了。尤其它独进独出这一点很吸引我。此外我所要做的，就是找个服侍我的人，因为我不能没有一个用人。那看门人答应每天来一次，做些必要的事情。谁知道呢？我想，也许会有什么人来探望这个老人吧！可是他死去五天了，还不曾有一个人来过。

---

① 挪亚方舟，见《圣经·创世纪》，古代洪水时挪亚所造的大船。此处用以比喻这人多而杂乱的大楼。

第二章

那时候，正是一年前，我还在几家报馆的编辑部里工作，写写作品，而且我坚信有一天我会写出一些大部头的好作品。那时我正在写一部长篇小说，但是我到这里住进医院后，这写作就完全结束了，而且我相信我不久就要死了。既然我快要死了，那么为什么，人家也许会这样问吧，还要写这些回忆呢？

我却忍不住要不断地回想我一生中这痛苦的最后一年。我要把它们全部写出来，而且要是我不是从事写作职业的话，我相信我早就痛苦死了。过去的一切印象有时刺激我到了痛苦和烦闷的极点。倒是把它们写出来，这些痛苦会稍微减轻一点儿，缓和一点儿。它们不至于会像狂病、梦魇一样。我这样想，就机械地练习写作吧，还是有意义的。这会使我安慰，使我冷静，会激起我著述的老习惯，会把我的记忆、我的苦闷转移到工作中去……是的，这是一个好主意。而且这也可以给我的用人遗留一点儿东西，当冬天到来，他要装双层窗格子的时候，可以拿我的原稿去糊窗子呀。

但是，我不知道为什么，会忽然中途叙述起我的故事来。如果这一切都要写出来的话，我应该从头写起。好吧，还是让我从头开始吧，虽然我的自传并不很长。

我不是在此地出生的，而是在一个遥远的省份。我的父母应该可以说是善良的人吧，不过我在幼年就成为孤儿了，我被领到邻村的一个小地主尼古拉·舍盖伊契·伊赫曼涅夫的家里。他出于怜悯收养了我。他只有一个孩子，是个姑娘，叫娜塔莎——一个比我小三岁的孩子。我们像兄妹一样在一块儿长大。啊，我珍贵的童年哪，在二十五岁的今天再去悼念它、叹息它和只用热情与感谢去回想它，那多么傻呀！在那些日子里，天空有着那样辉煌的阳光，跟彼得堡的阳光那么不同，而我们小小的心脏，是那么活泼而愉快地跳动着。我们的四周都是森林和田野，不像现在这样到处都是死气沉沉的石头堆。在华西里耶夫斯哥耶，尼古拉·舍盖伊契所管理的花园是多么美妙哇！娜塔莎跟我常常到那花园里散步，花园外面是一片广阔的潮湿的森林，我们两个有一回曾经在那里迷了路。快乐的黄金时代哟！第一次品尝生活的滋味，是神秘而诱人的，看到生活的闪光又是那么甜蜜呀。在那些日子里，每一簇灌木后面，每一株树木后面，似乎都有些什么人在生活着，神秘的，我们所看不见的，仙境和现实混合在一起；而每当夜雾在深洼中变浓了，我们那座大山谷石壁上的那些灌木被一缕缕灰白的、盘旋的雾气笼罩住的时候，娜塔莎和我手握着手，带着胆怯的好奇心，从山谷边缘向底下深处窥视着，随时盼望着有什么人会从谷底的浓雾中出现，走向我们或者呼唤我们，于是保姆讲过的童话就会变成确凿不移的真事了。很久以后，有一回，我偶然向娜塔莎提议，我们去弄一本《儿童读物》来。我们马上跑到花园的池塘旁边，那里的老枫树底下有我们喜欢的绿色座位。我们就在那里坐下，开始念一篇童话——《亚尔芳梭和达林达》。直到现在，我一想起这篇童话，心里就会有一阵奇怪的战栗。一年前我曾经向娜塔莎提起它的第一行："亚尔芳梭，我这故事的主人公，生在葡萄牙；他的爸爸唐·拉密罗……"我几乎流下泪来。这大概看起来是很傻的，当时娜塔莎对我的热情报以奇异的微笑，也许就是这个缘故吧。但是（我记得）她立刻就忍住笑，并且提起一些旧日的事情来安慰我。从这件事情讲到那件事情，她自己也感动起来了。那真是一个愉快的晚上。我们回忆着当时的每一件事情，谈到我怎样被送到省城的寄宿学校去——天哪，当时她是怎样号啕大哭哇！还有我和华西里耶夫斯哥耶告别的时候，我们最后分离的情形。我那时离开原来的寄宿学校，要到彼得堡读大学。那时我十七岁，她十五岁。娜塔莎说，我当时是那么一个笨拙的、土头土脑的家伙，人家看见我就忍不住要发笑的。在分别的那一刻，我拉着她到一旁，要告诉她一些极其重要的话，可是我的舌头突然不灵光了，它贴住我的上颚。她还记得我极其激动。自然我们谈不出什么来。我不知道该说些什么，或许她也不会理解我。我只是痛苦地哭泣着，没有说什么就走开了。隔了很久以后，我们才又在彼得堡见面了——那是两年以前。老尼古拉·舍盖伊契为了他的官司到彼得堡来，而我也才刚刚开始我的文学事业。

第三章

　　尼古拉·舍盖伊契出身于一个高贵的家族，那家族早已衰落了。不过他父母死后却留给他一份相当不错的田产，还有一百五十名农奴。二十岁的时候，他到轻骑兵队里服役。一切都很顺利，但是在军队里待了六年以后，他在一个倒霉的夜里，把全部财产都输在纸牌上了。他一夜不曾睡觉。第二天晚上，他又出现在赌台上，押下他那匹马——他最后的财产。他拿到一副赢牌，接着二次三次都是赢牌，半个小时之内已经赢回来他的一座村庄——伊契曼耶夫加小村。这座村庄据最后一次户口调查，有五十名农奴。他呈上一份请求退役的报告，第二天就离开了。可是他永远丧失了一百名农奴。两个月以后，他的请求获得批准，还保留了陆军中尉的军衔，于是他回到自己村庄的家里来了。他始终不谈他输钱那回事情，虽然他是个出了名好脾气的人，可是如果有谁提起那件事情，他就一定会跟那人吵架的。在乡下，他勤恳地照料他的田地，在三十五岁那一年，他娶了一个出身于高贵家族的贫穷姑娘安娜·安德烈耶夫娜·苏密罗娃，她完全没有陪嫁，不过她却在一个叫作蒙·里维契的法国侨民所办的高等学校里受过教育，虽然没有人能够确切打听出她学的究竟是些什么，可是安娜·安德烈耶夫娜却终身把这个经历引为荣耀。尼古拉·舍盖伊契是个杰出的当家人。附近的一些地主都向他学习管理田产的方法。几年过去了，忽然有一位地主彼得·亚历山特罗维契·华尔戈夫斯基公爵从彼得堡来到邻近的田庄——华西里耶夫斯哥耶，那里有九百名农奴。他的到来在邻近的地方引起了相当大的骚动。那公爵年纪还轻——虽然已经不是青年。他有很高的官阶，有重要的亲戚关系，又有财产；他是一个俊俏的人物，并且是个鳏夫，这尤其引起附近太太小姐们的兴趣。人们谈论着总督大人怎样隆重地招待他，他和总督是有某种关系的；又说他怎么靠着他漂亮的相貌引得所有的太太都发了狂，等等。总之，他是彼得堡贵族那些辉煌的代表者之一，那些贵族很少在外省露面，但是一露面就引起异常的感觉了。可是那位公爵却不那么客气，特别是对那些对他没有用处和他认为是比他卑下的人。他并不以为跟这些乡下的邻人认识是合适的事情，而由于这一点，他立刻就招出许多冤家来。因此，当他忽然想起去拜访尼古拉·舍盖伊契的时候，每个人都惊异极了。尼古拉·舍盖伊契是他最近的邻居，这倒是确实的。那公爵给伊赫曼涅夫家庭留下了极深刻的印象。他立刻把他们二老迷惑住了，安娜·安德烈耶夫娜对他特别热心。不久之后，他就跟他们很亲密了，每天到他们那儿去，并且请他们到他家里去。他常常跟他们说故事，开玩笑，弹他们的破钢琴，唱歌。伊赫曼涅夫一家人很是奇怪，像这样一个善良可爱的人，那些邻居怎么会众口一词地说他是骄傲、自大、冷酷的自我主义者呢？人们也许以为公爵真的喜欢尼古拉·舍盖伊契这个心地单纯、坦白、直爽、没有私心和慷慨大度的人呢。但是这一切不久就明了了。原来公爵到华西里耶夫斯哥耶来，是为了辞退他的管理人，一个善于挥霍的德国人，那家伙是个自高自大的人，而且是个农业专家，长着一头令人尊敬的白发，戴着眼镜，还有一只鹰钩鼻子。可是他虽有这些条件，却毫无羞耻、毫无节制地揩公爵的油，尤其糟糕的是，他把几个农奴活活折磨死了。最后，伊凡·卡罗维契的错处被捉住且被揭穿了，他受到了严重的训斥，他说了许多德国人很诚实的话，但是尽管这样，还是被辞退了，并且还遭受到了相当的侮辱。公爵需要一个管理人，于是选中了尼古拉·舍盖伊契——他是一个高明的管理人才，而且在忠实这一点上是绝对没有问题的。公爵似乎异常焦急，希望尼古拉·舍盖伊契自己提出来，可是没有做到，于是在某一个清朗的早上，公爵以极友好和极谦恭的方式亲自提出了请求。尼古拉·舍盖伊契最初没有答应，但是高额的薪水却打动了安娜·安德烈耶夫娜的心，而且公爵加倍的恳切终于打消了他仍然怀着的犹豫。公爵的目的达到了。人们可以推想，公爵判断人的本领是很精明的。在他和伊赫曼涅夫一家相识的短短时间里，他立刻看出同他打交道的是怎样一类人物，他知道必须用热情和友谊去争取对方，必须征服对方的心，没有这些条件，单靠钱是没有多大用处的。华尔戈夫斯基需要一个他可以永远盲目信赖的管理人，使他可以不必再到华西里耶夫斯哥耶来，这正是他所打算的。他对尼古拉·舍盖伊契所运用的魅力是那么强烈，使后者居然真心诚意地深信他的友谊了。尼古拉·舍盖伊契是心地单纯、天真痴情的人，尽管有人不喜欢他，但是在俄国人中间，他们这种人还是有口皆碑的，如果他们喜欢上谁，就会全心全意去为他效劳（上帝知道是为什么），而他们那种忠诚有时竟会达到可笑的程度。

许多年过去了，华西里耶夫斯哥耶的田产兴旺起来。华西里耶夫斯哥耶庄主和他的管理人之间一直没有丝毫摩擦的痕迹，彼此之间的关系也从来没有超出过纯粹的事务来往。公爵虽然从不干涉尼古拉·舍盖伊契的管理，可是有时也给他一些劝告，那种出众的精明和注重实利的精神，使后者十分敬佩。这显然表明他并不爱多花钱，而且在赚钱上极其聪明。在访问华西里耶夫斯哥耶后的第五年，公爵授予尼古拉·舍盖伊契一种全权，代他在同省买进另一份有四百名农奴的雄厚田产。尼古拉·舍盖伊契高兴了。公爵的成功，公爵的事业发展的消息，公爵的升职，都让他感到这些事情就像自己兄弟的事一样亲切。有一次，当公爵对他表示出特别的信任的时候，他的高兴可是达到顶点了。事情就是这样发生的。但是这里，我觉得必须交代一些这位华尔戈夫斯基公爵生活上的细节，他在我这故事中多少是一个主要的角色呀。

第四章

　　我已经说过，他是一个鳏夫。他年纪很轻的时候曾经结过婚，结婚的目的只是钱。他的父母在莫斯科早已破产，他什么也没有拿到。华西里耶夫斯哥耶田庄押了又押，负担着大宗的债款。二十二岁那一年，公爵不得不到莫斯科政府机关里去做事，那时他穷得连一文钱都没有，正如所谓"旧家的讨饭子孙"一样，陷入了艰难的生活。幸亏他娶了一个包税商的老闺女，这才把他搭救了。

　　包税商在陪嫁上面自然欺骗了他，可是靠他老婆的钱，他到底把他的田产赎了回来，而且重新站稳了脚跟。落到公爵手里的这个包税商的女儿既不会写字，就是把两个字拼在一起都不会，长得又丑，却有一个伟大的德行：脾气好且驯顺。公爵极力利用她这种品质。结婚后头一年，他老婆生了一个儿子，他就把老婆丢在莫斯科，托她的父亲——那个包税商——照顾，自己跑到另外一个省份做官去了。他在那里通过彼得堡一个有权势的亲戚的关系，弄到一个优越的官职。他的灵魂渴望着显达、发展和做一番事业，他认为无论在莫斯科还是彼得堡，都不能跟他老婆住在一块儿，他决定在那个省份开始他的事业，直到有更好的事情的时候再说。传言称，就在他结婚的头一年，他老婆就被他兽性的行为折磨得不堪。这个传言使尼古拉·舍盖伊契很生气，他热烈地替公爵辩护，说他绝不可能有这种卑鄙的行为。但是七年以后，公爵的老婆死了，已成鳏夫的他立刻就回到彼得堡来。他在彼得堡确实引起了一些小小的注意。以他的财产，他的俊俏容貌，他的青春，他的许多出色的特点，他的机智，他的嗜好和他从不减低的豪兴，他在彼得堡的出现，显得并不像一个阿谀之徒或幸运的猎取者，却像一个完全有独立地位的人物。据说他确实有些迷人的地方，有些卓越出众和具有魅力之处。他对于女人们尤其有吸引力。他和一位交际花的暧昧关系，给他带来了一些不大好听的名声。虽然他天性很节俭，而且几乎到了悭吝的程度，可是花起钱来却并不吝惜。假如是该花的话，他可以在纸牌上输钱，而且可以不动声色地输掉大笔金钱。不过他并不是到彼得堡来玩的，他是决意来干一番事业和最后树立他的地位的。他达到了这个目的。他在社会上的成功，使他的一位阔亲戚耐音斯基伯爵那样吃惊——如果他只是作为一个普通找差使的人去求见，那伯爵绝不会理他的——伯爵认为应该而且可以给他一种特殊的垂青，甚至可以屈尊把他那个七岁的儿子接到自己家里来抚养。他就是在这个时候到华西里耶夫斯哥耶去以及和尼古拉·舍盖伊契认识的，靠着这位伯爵的势力，他终于在一个极重要的驻外国大使馆中弄到了一个显要的官职，于是他出国去了。这之后关于他的传说就不大清楚了。人们也谈到他在国外的一些不愉快的遭遇，不过谁也不能确定是些什么事情。他们只知道，就是我上面所说过的，他置了一份有四百名农奴的田产。过了许多年，他从国外回来了，他的官阶已经很高，而且立刻在彼得堡找到一个很显要的位置。谣言传到伊契曼耶夫加田庄，说他将要续弦了，这段婚姻将使他攀上一户有钱有势的极显赫的人家。"他是踏上富贵大道了。"尼古拉·舍盖伊契快活地搓搓手说。那时我正在彼得堡大学读书，我记得尼古拉·舍盖伊契为这件事特地写了一封信给我，要我打听这个消息是否属实。他也写了一封信给公爵，求他照顾我，但是公爵把那封信搁着没有回复。我只知道那位在伯爵家里抚育大的少爷，后来进了官立高等学校，现在十九岁，已经结束学业了。我把这些事情写信告诉尼古拉·舍盖伊契，并且还告诉他，公爵异常喜欢自己的儿子，纵容他，而且已经在替他打算未来的前途了。这一切我都是从那些认识小公爵的同学那里听来的。大概就在这时候吧，一个晴朗的早晨，尼古拉·舍盖伊契接到公爵的一封信，使他大大地吃了一惊。

正如我上面所叙述的，直到这时以前，公爵跟尼古拉·舍盖伊契的关系，只局限在枯燥事务的通信往来，现在却用一种最细腻的、披肝沥胆的友爱态度，给他写信谈私人的事情了。公爵埋怨他的儿子，说那孩子的荒唐行为使他痛心，又说，像这种年轻人的不正道，自然不必看得过于严重（他显然是想表示他自己的公正），不过他却决心要惩罚他儿子一番，吓唬他一番；事实上就是要把他送到乡下来住一段时间，托尼古拉·舍盖伊契照管。公爵还写着，他完全信赖"他善心的、大度的尼古拉·舍盖伊契，更信赖安娜·安德烈耶夫娜"。他请求他们两位把这个年轻的无赖汉收留在他们家里，在恬静的生活中教导他，能够爱就爱他，而最重要的，是要"灌输人类生活中所需要的那种严格而有益的原则"，来改正他轻浮的性格。不消说，尼古拉·舍盖伊契热心地接受了这个任务。小公爵来了。他们像对儿子一样欢迎他，不久，尼古拉·舍盖伊契爱他就跟爱他自己的娜塔莎一样。甚至到后来这孩子的父亲跟尼古拉·舍盖伊契终于闹翻了以后，后者有时还欣然地谈起他的阿辽沙——这是他对阿历克舍·彼特罗维契公爵的习惯称呼。他确实是个很可爱的孩子，漂亮，温柔，有些神经质，很像一个女人，不过同时他是愉快而且心地单纯的，具有容纳高尚感情的坦白的灵魂和一颗率直且仁慈的心的惹人喜欢的孩子。他成为这一家的宠儿了。他虽然已经十九岁，却完全是个小孩子。这令人难以想象，他父亲——据说是那么爱他——为什么要把他送走？据说他在彼得堡过着一种懒惰和轻浮的生活，因为不肯去服役，使他父亲很失望。尼古拉·舍盖伊契不会去问阿辽沙，因为公爵在那封信上对于惩罚他儿子的真实原因显然是保持缄默的。不过外面有种种谣言，关于阿辽沙的一些不能宽恕的尴尬事情，说他跟一个女人私通，说他跟人家挑起决斗，说他在纸牌上输得一塌糊涂，甚至说他滥用别人的钱。还有一个谣言，说公爵决定惩罚他的儿子，根本不是因为他荒唐，而是出于某种纯粹自私的动机。尼古拉·舍盖伊契愤怒地驳斥了这种说法，特别是因为阿辽沙非常爱他的父亲，他从童年时代到少年时代，对他父亲的事情什么也不知道。他谈到他父亲的时候总是带着崇敬和热忱，显然他是完全在他父亲的影响之下的。阿辽沙有时也会谈到一位伯爵夫人，说他跟他父亲都向她示好，并且提到他怎样战胜了他的父亲，他父亲因为这件事气得多厉害。他常常带着高兴，带着孩子般的单纯，带着清朗和愉快的笑来谈这段故事，但是尼古拉·舍盖伊契立刻把他阻止了。阿辽沙也证实了他父亲想结婚的传言。

他被放逐出来已经快一年了。他平常每隔一段时间总要写封恭敬而慎重的信给他父亲，最后他在华西里耶夫斯哥耶住得那么舒适，当那年夏天他父亲亲自过来的时候（他在事前把来访问的事情通知了尼古拉·舍盖伊契），这位流放者亲自请求他父亲，让他尽可能留在华西里耶夫斯哥耶，说乡村是真正适合他生活的地方。阿辽沙一切的冲动和倾向都出于一种过度的神经质的敏感，一种热烈的心肠，一种有时几近矛盾的无责任感，一种极其容易接受外来的种种影响以及完全缺乏的意志力。但是公爵听了他的请求却有些怀疑了。总之，尼古拉·舍盖伊契几乎完全不能理解这位从前的"朋友"了。华尔戈夫斯基公爵改变得非常厉害。他对尼古拉·舍盖伊契突然变得特别吹毛求疵。当他们共同查阅田产账目的时候，他显出一种令人嫌恶的贪婪、吝啬和一种莫名其妙的猜疑。这一切深深地伤了那善良的尼古拉·舍盖伊契的心，他好些日子不敢相信自己的感觉。这一回什么事情都和十四年前初次来访时截然相反了。这一回公爵跟所有的邻居交起朋友来，自然是那些重要的人物啰。可是尼古拉·舍盖伊契家里，公爵却一次都不曾拜访过，而且好像把他作为自己的一个下属来看待。一件不可理解的事情突然发生了。没有什么明显的理由，公爵跟尼古拉·舍盖伊契之间发生了一场猛烈的口角，双方暴怒地叫喊着侮辱的话，都给人家听到了。尼古拉·舍盖伊契愤怒地离开了华西里耶夫斯哥耶，但是争吵并没有停止。一种难听的谣言突然传遍了邻近村庄。

谣言说尼古拉·舍盖伊契看穿了小公爵的性格，打算利用他的缺点以达到自己的目的；就是说，他的女儿娜塔莎（她那时十七岁）已经吊上那个二十岁青年的膀子了；又说做父母的表面上虽然装作不注意，实际上却在促进这段恋爱，那个有所企图的和"无廉耻的"娜塔莎已经被这个青年迷上了，而且由于她的努力，使他在这儿住了一整年，却不曾跟邻近那些高贵的地主家庭里那么多的大家闺秀中的任何一个接触过。那谣言还确定地说，这一对恋人已经计划好到离华西里耶夫斯哥耶十五俄里的格里高耶伏村结婚，表面上装作瞒着娜塔莎的双亲，实际上他们全知道的，并且以他们那卑鄙的主意在指导着他们的女儿。实话说，地方上这些多嘴的男男女女关于这件事所散播的一切谣言，足够我写满一卷书。然而最惊人的是，这些谣言公爵完全相信，而且在接到从这个省份寄去的一封匿名信以后，单单为了这个缘故就当真跑到华西里耶夫斯哥耶来了。人们也许会以为，凡是知道一点儿尼古拉·舍盖伊契的人，对于这些攻击他的罪名，一句话都不会相信吧。然而，事实往往是人人都很兴奋，人人都讲得厉害。虽然他们并不能证实这谣言，但是他们却在摇头，而且毫无余地地攻击他。尼古拉·舍盖伊契太骄傲了，不屑为这些谣言替他女儿辩护，而且还严厉禁止安娜·安德烈耶夫娜去向邻居做任何解释。娜塔莎自己被人家诽谤到这种程度，却对这一切谣言和攻讦一点儿也不知情，直到整整一年以后才晓得。他们小心地向她隐瞒着全部谣言，而她呢，像十二岁的小孩子一般快乐天真。这时双方的裂痕越来越深了。好管闲事的人绝不会错过时机的。造谣家和假证人挺身而出，使公爵相信尼古拉·舍盖伊契管理田庄这么久，绝不会是个诚实的模范，尤其过分的是，说三年以前尼古拉·舍盖伊契在卖树木的一笔账上吞了一万二千卢布，还说关于这件事是可以向法庭提出无可指摘的证据的，特别是这件买卖，他不曾由公爵那里取得合法的委托书，只凭自己的决定去干，而在事后则劝诱公爵说这笔买卖是必须做的，只把卖木头实际得到的款项中一笔极小的数目送给公爵。自然，这一切只是谣言，到后来都被证明了，但是公爵却全相信，并且当着证人的面骂尼古拉·舍盖伊契是贼。尼古拉·舍盖伊契按捺不住了，也用同样侮辱的话回击他。一件可怕的事发生了，接着就打起官司来。尼古拉·舍盖伊契拿不出一定的证据，他既没有有力的撑腰者，又没有打官司的经验，立刻就把事情弄得很糟糕。他的财产被扣押了。这位被激怒了的老人，抛开一切事务，把省里的事情托给一位有经验的代理人，决定亲自到彼得堡去打官司。不久后，公爵大概也明白了他控告尼古拉·舍盖伊契这事情是错的，但是双方的龃龉已经那么深，根本谈不上和解了。狂怒的公爵拼命要打赢这场官司，也就是说，一定要剥夺他从前的管理人的最后一片面包皮。

第五章

伊赫曼涅夫一家人就这样搬到彼得堡来了。我并不打算描写我和娜塔莎久别重逢的情形。这四年中我从不曾忘记过她。不消说，我自己并不十分理解，我是带着怎样一种情感在想着她的，但是当我们重新见面的时候，我感到她已经注定是我的命运女神了。在他们初到的几天中，我老是想，她在这四年间还不曾懂得多少人事吧，依旧是像我们分别的时候一样的小姑娘。但是后来我每天在她身上发现一些我所不知道的新东西，那似乎是故意隐藏着的，似乎那姑娘在躲着我——这个发现是怎样的一种快乐呀。

搬到彼得堡以后，老人起初是易怒且忧郁的。事情进行得不顺利。他常常愤慨，发脾气，或是埋头研究事务性的文件，没有心思来管我们。安娜·安德烈耶夫娜像一个神经错乱的人似的彷徨着，起初是什么事情也不能理解。彼得堡把她吓慌了。她叹息且充满疑惧，为了旧日的环境，为了伊契曼耶夫加田庄而哭泣，担心娜塔莎年纪大了，没有一个人替她打算。她因为没有人可以倾诉自己的心事，便突然对我出奇地亲密起来了。

他们到来前不久，我完成了我的第一部长篇小说，这是我开始文学事业的第一部作品，因为是生手，我起先不知道该怎样去处理它。我对伊赫曼涅夫一家人不曾提起它一个字。他们几乎跟我吵起架来，说我过着懒惰的生活，既不去做官，又不想去找个工作。老人苛刻且愤怒地责备我，自然是出于一种父性般的焦虑。其实我只是不好意思告诉他我在干什么。可是我怎么能够直白地告诉他，说我不愿去做官，只想写小说呢？因此我瞒了他们一段时间，说我还不曾找到一个工作，正在竭力找哩。尼古拉·舍盖伊契也没有工夫来追究我。我记得有一天，娜塔莎偷听了我们的谈话，她把我神秘地拉到一旁，含着眼泪，恳求我想想我的将来。她不住地问我，想探查出我到底在干什么，而当我甚至对她也不肯说我的秘密的时候，她便要我赌咒，不要做一个懒汉和二流子来毁了自己。我虽然不曾对她承认我在干什么，却记得当时如果我能从她口里听到一句对我的作品——我的第一部长篇小说的称赞，那我就可以把以后我所听到的批评家与评论家的最恭维的评语一概弃之不管。最后我的长篇小说①写成了。在它出版之前，文艺界很早就有些闲言闲语。Б 先生②读了我的原稿，却高兴得和孩子一样。不！如果我确曾高兴过的话，那并不是在我的成就最初的令人陶醉的那一刹那，我第一次狂喜是在我还没有把原稿给任何人看或读给任何人听的时候。在那些漫漫长夜里，我在崇高的希望与梦想和对我的作品的热爱中消磨时光，我和我的幻想、我所创造的人物共同生活着，好像他们是我的家人，是确有其人。我爱他们，我与他们同欢乐、共悲哀，有时为我天真的主角流眼泪。我无法描述出那两位老人家对我的成功感到怎样的高兴，虽然最初他们非常吃惊，这在他们看来是多么奇怪呀！

拿安娜·安德烈耶夫娜来说吧，她怎么也不能相信，那个人人称赞的新作家就是这儿干干、那儿干干的小万尼亚呀，她不断

---

① 此处指陀思妥耶夫斯基的第一部长篇小说《穷人》，此书曾得到别林斯基的好评。
② 指俄国著名文学批评家别林斯基。

地摇着头。那老人一时也不肯相信，最初听到传言，他确实吓了一跳，他议论我不到官场上去做事业的损失，又议论一般作家的不道德行为。但是新的消息不断传来，接着报纸上也登出来了，最后有几位他所敬重和相信的人物也说出一些称赞的话来了，这才迫使他改变了态度。当他瞧见我忽然有了许多钱，而且听说写一部文艺作品可以拿到那么多钱的时候，他最后的怀疑消失了。他的怀疑迅速地转变为充满热情的信仰，对于我的幸运高兴得和孩子一样，他突然趋向另一极端，对于我的未来，他沉醉在最狂妄的希望和最炫目的梦想中了。他每天替我想象一样新的事业，一个新的计划，而在这些计划中，他简直是什么都想到了！他甚至对我表示一种特殊的尊敬，这在以前是连痕迹都没有的。但是我记得，有时他又突然受到怀疑的侵袭而迷惑起来，这往往发生在幻想最热烈的时候。

"一个作家，一个诗人。这终归有些奇怪……几时有个诗人在这世界上飞黄腾达过呢？几时听见他们做过高官大吏呢？他们只不过是写写字的家伙罢了，那是靠不住的呀。"

我注意到，他往往是在黄昏的时候想起这种怀疑和微妙的问题的。（我对于这些琐碎的事情和黄金时代的那一切事情记得多么清楚哇！）一到黄昏，我这位老朋友总是变得神经过敏，容易感动和多疑了。娜塔莎跟我知道这一点，常常在这以前就准备逗他发笑。我记得我打算跟他讲一些故事使他快乐，譬如苏玛罗科夫做了将军，人家送给杰尔查文一只装满金币的鼻烟壶，以及女皇怎样去访问罗蒙诺索夫等故事。我还告诉他关于普希金和果戈理的故事。

"我知道，我的孩子，这一切我全知道。"老头儿说，虽然他也许还是第一次听到这些故事呢。"哼！万尼亚，你那些胡诌不是诗，我还是很高兴的。诗是胡说八道，我的孩子。你别跟我拌嘴，要相信像我这样的老头子。我没有别的，只盼望你好哇。诗只是胡说八道，白白地浪费时间！写诗是小学生的事情，诗把好多像你们这样的小伙子拖到疯人院去了……就算普希金是个伟大人物吧，谁敢说不是呢！然而也不过是一些好听的韵文，别的也说不上什么。一种暂时流行的东西罢了……虽然我读得实在不多……至于散文就不同了。一个散文作家可以教导人家——他能够说些譬如关于爱国，或者一般的关于德行的话……是的！我不知道该怎样表达我的意思，我的孩子，不过你是明白我的：我说话是出于仁爱。不过……唉，唉，读吧！"他用一种爱护的神气结束他的话。最后我拿出书来，我们喝完茶围着桌子坐下来。"读给我们听听，你写的是一些什么，人家在为你大吹大擂呢！让我们听吧！让我们听吧！"他说。

我打开书，准备读。我的小说那天刚印出来，我终于弄到了一本，跑来读给他们听。

我是多么烦恼和悲哀，以前不能把我的原稿读给他们听，那些原稿在印刷工人的手里！娜塔莎简直烦恼地叫了起来，她吵着责备我，为什么不让她在别人之前读它……但是现在我们到底围着桌子来读它了。那老头儿采取了一种特别严肃的批评神气，他打算非常非常严厉地批评它。"由他自己确定。"安娜·安德烈耶夫娜的态度也特别庄严。我几乎相信她为了这次读小说特地戴上了一顶新帽子。她早已注意到，我是用一种无限的爱在看着她的宝贝娜塔莎。我向她说话的时候，急切而眼光失神。娜塔莎呢，也好像比从前更温柔地看着我。是的，那时机终于到来了，在这成功的、黄金般希望的和全然快乐的一刹那到来了，一切一切都一下子到来了。那老太太也注意到，她的丈夫开始过分地称赞我，并且好像用特殊的眼光望着他的女儿和我……于是她突然害怕起来了，我毕竟不是一个伯爵，不是一位贵族，也不是一位当今掌权的公爵，甚至连一位胸前挂着勋章的年轻貌美的枢密顾问官也不是。安娜·安德烈耶夫娜是不肯在半路就放弃希望的。

"人是值得称赞的，"她想着我，"可是人家不知道他是干什么的呀。一个作家，一个诗人……可是作家究竟是什么呢？"

第六章

    我把我的小说向他们一口气读完了。我们喝过茶就开始读，一直坐到两点。那老头儿起初皱着眉头。他期望我写出一些崇高得不可思议的东西，即使他不理解也无妨，但无论如何必须是崇高的。可是现在他所听到的，却只是一些那么平凡、那么熟悉的东西——简直就跟在他周围发生的事情一样。要是那主人公是个伟大和有趣的人物，或者是历史上的什么人物，像罗斯拉夫列夫或犹利·米洛斯拉夫斯基①一样，那也罢了；可是偏偏写成一个卑微的、被踏在人家脚下的怪愚蠢的书记，连制服上的纽扣都掉了的人，而这一切又是用那么平板的白话写出来，就跟我们讲的白话一样……奇怪！安娜·安德烈耶夫娜疑惑地望着尼古拉·舍盖伊契，嘴巴有点儿噘起来，好像愤慨似的："这种胡诌的东西，难道真的值得印成书吗？而且他们还要给他钱？"她脸上就刻着这样的话。娜塔莎是全心全意、贪婪地听着，从不把眼睛从我身上挪开，她望着我的嘴唇念出每一个字，她自己的小嘴唇也跟着动起来。可是我还没有读完一半，三个人的眼睛里全掉下眼泪来了。安娜·安德烈耶夫娜当真大哭了起来，从她的惊呼中，我看出她是全心全意地替我的主人公着急，带着一

---

① 都是查果斯金（1789—1852）所著长篇小说中的主人公。

种极大的天真心情盼望把他从苦难中拯救出来。老头儿已经抛弃他要求崇高的东西的希望了。"这很明白，你不能够一步跨到树顶上去，就是这么说，这不过是一个小故事罢了，却绞痛了你的心。"他说，"写周围发生的这些日常的事情却叫人容易明白，容易记得，而且叫人家知道，给人家踏在最底下的、最卑微的人，也还是个人，并且还是个兄弟呀。"

娜塔莎听着，哭着，在桌子底下偷偷地紧捏着我的手。小说读完了。她站了起来，脸颊绯红，热泪盈眶。突然她捉住我的手，吻了一下，奔出室外去了。做父亲的跟做母亲的面面相觑。

"哼！她是一个多么热情的小东西呀！"老头儿说，被女儿的行动惊骇了，"可是这无所谓，无所谓，这是好的，是一种强烈的冲动！她是个好女孩儿……"他喃喃地说，斜着眼睛望着他的老婆，似乎在证明娜塔莎没有错，同时也要替我辩护。

安娜·安德烈耶夫娜虽然在读小说时也相当激动和感动，但现在她那神情却仿佛要说"当然，马其顿王亚历山大是个英雄，可是为什么要把椅子摔坏了呢？"[①]这类的话。

娜塔莎马上又跑回来，活泼且快乐，走到我面前，调皮地捏了我一把。那老头儿原想又成为我的小说的严峻批评家，可是他高兴得忘记了，而且他装不出那副神气了。

"唔，万尼亚，我的孩子，这是好的，这是好的！你安慰了我，比我所希望的更使我快慰。这并不崇高，这并不伟大，那是显然的……那边放着一本《莫斯科的解放》，那是在莫斯科写的，你知道。唔，你从那本书的头一行就可以看到，我的孩子，那位作家就好像是一只老鹰高高在飞，可以这么说。不过你要知道，万尼亚，你的却比

---

① 这句话引自果戈理的《钦差大臣》，是说一个历史教员过于热情，在上课时把几把椅子都打烂了。此处是"何必如此冲动"的意思。

较简单，比较容易懂。我之所以喜欢它，就因为它容易懂。它似乎跟我们更相近，这一切好像都是我自己所碰到的事情。那种飞得高高的胡诌有什么用呢？我自己都不懂它哩。我要求你的语言再改进一点。我称赞它，但是不管你怎么说，这语言是不够精练的。不过现在太迟了，已经印好了，除非等到印第二版。可是，我说，我的孩子。这也许会印第二版的！那时你又可以拿钱了！哼！"

"你这本书真的能拿到那么多钱吗，伊凡·彼特罗维契？"安娜·安德烈耶夫娜说，"我看着你，总有点儿不大相信。我的天，现在什么东西都有人出钱了！"

"你知道，万尼亚，"老头儿说，越来越激动了，"这虽然不是做官，也是一种事业呀。就是我们皇上也会读它呀。你不是曾经告诉我，果戈理得过年金并且被派到外国去过吗？假如你也是那样，该多好哇！或许这还太早了吧？你还得再写些东西吧？那么，写吧！我的孩子，尽量快快地写吧。不要得到一点儿荣誉就停止了。什么东西阻碍着你呀？"

他说这些话的时候，带着那样一种确信的神气，那样一种好心肠，使我没有勇气去打断他，给他的幻想泼上一盆冷水。

"也许他们会立刻送你一只鼻烟壶吧，他们会吗？怎么不会呢？他们要鼓励你呀。而且谁料得到呢，你也许会被召进宫去呢。"他带着一种俨然的神气眯起左眼，半低声地补了一句，"或许不会吧？进宫还太早吧？"

"进宫去，还太早！"安娜·安德烈耶夫娜带着一种受了委屈的神气说。

"再过一分钟，你就要封我做将军了。"我回答说，大笑起来。

老头儿也笑了，他太高兴了。

"将军大人，您可要搞些东西吃吃不？"娜塔莎顽皮地叫，她这时已经替我们把晚饭拿来了。

她笑着跑到她父亲身边，用她温暖的臂膀把他抱住。

"亲爱的爸爸！"

老人家感动了。

"唔，唔，好啦！我是打心眼儿里说的。将军也罢，不是将军也罢，来吃晚饭吧。唔，你这个热情的丫头！"他补了一句，拍拍娜塔莎绯红的脸颊，他每碰到心里舒爽的时候，老爱这么拍拍的，"我那么说，因为我爱你呀。万尼亚，你要晓得，即使你不是一个将军吧（那还远哩），你总是一个出众的人，一个著作家呀。"

"爸爸，现在，他们是时兴叫'作家'的。"

"不叫著作家吗？我可不知道。好的，那么就算作家吧。不过让我告诉你，我要说什么。自然，人们又不是生来就做内廷侍卫的，因为你们只写小说呀，那是不用去梦想的。不过你还是可以出名，去做做随员之类的官，他们可以派你到外国去，为了增进健康，可以到意大利去，或者为了完成你的学业可以到别的什么地方去，他们可以给你钱。自然在你这一边来说，这一切都必须是光荣地得来的，你必须靠工作，靠真正的工作去得到金钱和荣誉，并不靠各种各样的栽培。"

"而且那个时候，你不要太骄傲，伊凡·彼特罗维契。"安娜·安德烈耶夫娜补了一句，笑了。

"你最好马上给他一枚勋章，爸爸，可是做随员究竟有什么好处呢？"

她又在我手臂上捏了一把。

"这丫头老开我玩笑，"老头儿说，愉快地望着娜塔莎，她的脸颊发红，眼睛像星星一样闪着光，"我想，我的话也许真的是扯远啦，孩子们，不过我老爱这么着……但是，你知道，万尼亚，看着你一直很奇怪：你是那么单纯哪……"

"啊，我的天，他还能怎样呢，爸爸？"

"唉，不，我不是说这个。只是说，万尼亚，你这张脸可不是人们所说的诗人的脸。诗人的脸是苍白的，据说，你知道的，诗人有这样的头发，你知道的，眼睛里还有那么一种眼神……像歌德跟其他那些诗人一样。我在《阿巴东纳》^①一书里读到过的……唔，我又说错了吗？嘿，这坏蛋，她又在哧哧地笑我哩！我不是一个学者，我亲爱的，可是我也能感觉呀。唔，脸不脸的，那没有多大关系，你这脸我觉得非常不错，我很喜欢它……我不是说这个……只是说，要诚实，万尼亚，要诚实。这是重要的事情，诚实地生活着，别骗人！你前途远大。诚实地做你的工作，这就是我所要说的，不错，这就是我要说的！"

这是一些奇妙的日子。每天晚上，所有空闲的时间，我都跟他们在一起消磨。我把文艺界和作家的消息告诉他老人家，我不懂得为什么，他开始对这些产生了极浓厚的兴趣。他甚至读起Б先生的批评文章来。关于Б先生，我曾经对他谈过许多。他虽然并不了解Б先生，但热烈称赞他，而且还痛骂那些在《北方蜜蜂报》上写文章的Б先生的敌人。

安娜·安德烈耶夫娜睁大眼睛注意我跟娜塔莎，可是她却什么也不曾看到。我们之间那句话已经说出口了，我终于听到娜塔莎低着头，半张着嘴，低声地说出一声"好的"。可是做父母的直到后来才知道。他们有他们的想法，有他们的打算。安娜·安德烈耶夫娜摇头摇了好久，这在她看来有点儿不可思议和可怕。她对我没有信心。

"是的，在你顺利的时候，这自然是很好的，伊凡·彼特罗维契。"

---

① 俄国作家波列沃依（1796—1846）的一部浪漫主义小说。

她说，"不过突然碰到失败或者这一类事情，那怎么办呢？但愿你在什么地方有个把差使，就好了！"

"我有些话要跟你谈谈，万尼亚，"老头儿打定主意说，"我已经看出来了，我已经注意到这件事，而且我承认，我很高兴你跟娜塔莎……你懂得我的意思呀。你瞧，万尼亚，你们都还很年轻，安娜·安德烈耶夫娜的话是对的。让我们等一段时间。就算你有才气，或许是有出众的才气吧……可并不像人家最初称赞你的什么天生奇才，不过是一种普普通通的才气罢了。（我今天读给你听的《北方蜜蜂报》上那篇文章，他们对你太不客气了，不过那究竟不是什么了不起的报纸。）是的！你瞧，才气并不是银行里的存款哪，而你们两个都是穷的。无论如何，让我们等一下，等一年半或者一年。假如你搞得很好，站稳了脚跟，娜塔莎会是你的人；假如你不成功，那你就自己决断吧。你是一个诚实的人，把事情仔细想一想……"

这样，我们就把这件事情撇开了。这是那一年的事。不错，差不多一年以前。九月里一个晴朗的日子，我去看我的老朋友们，我觉得不舒服，心里很难过，倒在椅子里，几乎晕过去，他们看到我着实慌了。我的脑袋在旋转，我的心发痛，因为这个缘故，我走到这门口十次，都没进门又回去了，不过这并不是因为我在事业上失败了，没有钱又没有荣誉；也不是因为我还不曾当随员，不曾被派到意大利去养身体。这是因为一个人可以度一年如度十年，而我的娜塔莎在这一年中的确是度过十年了。我们之间横亘着一种渺茫无边的东西。我记得我坐在老人面前，没有说什么，手指无意识地撕着我那顶已经破了的帽子的边缘；我坐着，不知为什么，在等娜塔莎进来。我的衣服是破烂的，而且不合我的身；我的脸变得又黄又瘦，陷了下去。可是我还是一点儿不像一个诗人，我的眼睛也没有一点儿庄严神气，像过去那好心的尼古拉·舍盖伊契所说的。安娜·安德烈耶夫娜带着真挚的怜悯望着我，心里想着："他差一点儿就和娜塔莎订了婚。上帝见怜，保全我们吧！"

"你不喝些茶吗，伊凡·彼特罗维契？（茶炊正在桌上沸腾着。）你怎么啦？"她问我，"你简直是个病人了呀。"她用一种凄婉的声音说，那声音直到现在我还能听见。

而她那样子，我直到现在也还能看得见，那仿佛就是今天的事情似的。甚至在她对我讲话时，她的眼睛里也露出另一种焦灼，她的老年丈夫脸上也笼罩着同样的焦灼，他坐着沉思，而他的茶已经冷了。我知道他们这时正为了跟华尔戈夫斯基公爵打官司而忧虑极了，那官司看来不大顺利，而且他们还有新的忧虑，使尼古拉·舍盖伊契伤心，并且使他害病了。

那位引起整个纠纷以至于打官司的小公爵，在五个月以前找到一个机会来看望伊赫曼涅夫。老人家向来是像对儿子一样爱他亲爱的阿辽沙，而且几乎每天都要谈起他，高兴地迎接他。安娜·安德烈耶夫娜记起华西里耶夫斯哥耶的事情，淌起眼泪来了。阿辽沙瞒着他父亲越来越勤地去看望他们。尼古拉·舍盖伊契凭着他的诚实、坦白和正直，愤慨地不屑做任何的戒备。他那高贵的骄傲甚至不容他去考虑：假如公爵知道他儿子打心里看不起他的一切妄诞的怀疑，并且又在伊赫曼涅夫家受到接待，他会说什么话呢？可是老人家却不知道自己是否还有力量受得起新的侮辱。小公爵几乎每天都到他家里来。二老都高兴他来。他时常跟他们在一块儿待到半夜，甚至到后半夜。不消说，他老子最后听到了这一切。最卑劣的毁谤事件终于发生了。他用一封凶恶的信侮辱了尼古拉·舍盖伊契，依旧跟以前一样的方式，断然禁止儿子到他家里去。这是我那天去他们家里之前两个星期所发生的事。老人家沮丧极了。难道他的娜塔莎，他那清白的高贵的女儿，又要被牵累到这种污秽的诽谤、这种下流的把戏里去吗？她的名字从前已经被那个害她的人侮辱地叫出来了。难道这一切都算了，就不报仇吗？头几天，他绝望地倒在床上。这一切我都知道。虽然最近三个星期以来，我一直害病和沮丧地待在家里，不曾去看他们，这些事情却详细地传到我的耳朵里。可是此外我还知道……不！那时我只是预感到，我知道，但是我不能相信，除了这些焦虑，还有什么比世界上其他任何事情更使他们苦恼的。我看着他们十分痛苦。是的，我是在痛苦中，我怕去揣测，怕去相信而且尽可能去延迟那致命的一瞬。而这时我却为这事情跑来了。我觉得那天晚上我是被他们吸引来的。

"唉，万尼亚，"老人家忽然惊醒过来说，"你真的没有害病吗？你为什么那么久不到这儿来呢？我对你太不好了。我很久以前就想去看你了，可是总……"

他又沉入默想了。

"我不大舒服。"我回答说。

"哼！不大舒服。"过了五分钟，他重复了一句，"我敢说是不舒服！我之前已经告诉过你，并且警告过你。可是你不听我的话。哼！不，万尼亚，我的孩子，自古以来，老鼠就在一间阁楼上饿着了，它以后还是要这样。就是那么一回事！"

是的，老人家确实沮丧得很。假如他不是自己心里难过，他不会对我说什么挨饿的老鼠的。我注视着他的脸：脸更黄了，眼睛里有种困惑的眼色，有种存在一个问题而他却无力回答的心思。他粗暴又苛刻，完全不像他本人。他老婆不安地看着他，摇摇头。当他转过身去的时候，她偷偷地向我点点头。

"娜塔里雅·尼古拉耶夫娜①好吗？她在家吗？"我问那焦灼的

---

① 即娜塔莎。

老太太。

"她在家，我亲爱的人，她在家。"她回答，仿佛被我的问题弄得很慌乱，"她马上就会来看你的。这是一件严重的事情！三个星期不曾看见你的影子了！她变得那么古怪……一点儿也不懂她是怎么回事。我不知道她是不是病了。上帝保佑她吧！"她怯怯地望了她丈夫一眼。

"怎么，她没有什么呀，"尼古拉·舍盖伊契急促而勉强地应声说，"她很好哇。女孩儿长大了，她不再是小孩子了，就是这么一回事。谁能懂得女孩儿的心境和变化呢？"

"变化，真的！"安娜·安德烈耶夫娜用怫然的声音打断他。老人家没有说什么，用手指头在桌子上敲着。

"我的老天爷，难道他们之间出了什么事情吗？"我痛苦地惊疑着。

"嗯，你搞得怎么样？"他又说下去，"Б先生还写批评吗？"

"是的。"我回答说。

"唉，万尼亚，万尼亚，"他摆摆手说，"批评又有什么用呢？"

门打开了，娜塔莎走进来。

第七章

她手里握着帽子，把它放在钢琴上，接着向我走过来，伸出手，没有说话。她的嘴唇微微地抖动着，似乎要向我说些什么问候的话，可是没有说出来。

我们已经有三个星期没见面了。我带着惊愕和恐惧瞧着她。这三个星期她变化得多厉害呀！我瞧着这苍白凹陷的双颊，烧得干裂的嘴唇和在又长又黑的睫毛下闪射着热焰和一种热情的决心的眼睛，我的心痛了。

可是，天哪，她是多么可爱呀！无论从前还是以后，我从不曾看见过像她在这个决定命运的日子里的那个样子。这就是那同一个，同一个娜塔莎吗？这就是那个一年前眼睛还盯着我，嘴唇跟着我抖动，听我读小说，后来在吃晚饭时又那样高兴、那样肆无忌惮地笑并且向她爸爸跟我开玩笑的那个姑娘吗？这就是曾经在这一间屋子里垂着头、红着脸对我说"好的"的那个娜塔莎吗？

我们听见做晚祷的深沉钟声响起来了。她震颤了一下。安娜·安德烈耶夫娜在自己身上画起十字来。

"你准备上教堂去吧，娜塔莎，他们已经在敲礼拜的钟了。去吧，娜塔莎，去祷告吧。好在路这样近。你同时还可以散散步。干吗关起门坐在家里呢？你瞧，你脸色多苍白呀，就像中了邪似的。"

"也许……我不去……今天，"娜塔莎用一种低声，几乎是耳语般慢慢地说，"我……不舒服。"她又加上一句，脸色白得跟纸一样。

"你最好还是去吧，娜塔莎。你刚才拿了帽子，不是想去吗？祷告吧，娜塔莎，祈祷上帝给你带来健康吧。"安娜·安德烈耶夫娜劝她的女儿，怯怯地望着她，仿佛怕她似的。

"你去吧，这对你也是一种放松。"老头儿加上一句，他也不安地望着他的女儿，"你妈说得对。万尼亚可以陪你去。"

我仿佛看见娜塔莎的嘴唇闪现出一丝苦笑。她走到钢琴前面，拿起帽子戴上。她的手在抖着。她的全部动作似乎都是无意识的，似乎不知道她在做什么。她的父母关切地望着她。

"再见。"她说得让人几乎听不清楚。

"我的安琪儿，为什么说'再见'呢，这是出远门吗？到风地里去吹一会儿对你是很好的，瞧你多么苍白呀。唉，我忘了（我什么都忘记），我给你缝好了一件肩布呢；这里面缝着一篇祷词，我的安琪儿，这是去年从基辅来的一个修女教我的，一篇极合适的祷词呢。我刚刚才缝进去的。带上吧，娜塔莎。愿上帝赐给你健康。你是我们的一切呀。"

做母亲的从针线抽屉里拿出一只娜塔莎颈上挂的金十字架，在同一条丝绦上，挂着那件刚完工的肩布。

"愿它给你带来健康吧。"她补了一句，给她女儿画十字，把十字架替她挂上了，"从前有段时间，你每天夜里睡熟以前，我常常替你祝福，说一篇祷词，而你也跟着我背一遍，但现在你是不同了，上帝没有赐给你平静的心神。唉，娜塔莎，娜塔莎！妈妈的祷词不曾帮助你呀……"做母亲的哭起来了。

娜塔莎吻了她母亲的手，没有说什么，就向门口走去。但是突然又转回来，走向她父亲。她的胸部起伏着。

"爸爸，你替你女儿……也画个十字吧。"她用喘息的声音吃力地说，在他膝前跪下了。

我们都给这意外和过于庄重的举动弄糊涂了。她父亲茫然地望了她好一会儿。

"娜塔莎，我的小心肝，我的女儿，我的亲亲，你怎么啦？"他最后叫起来，眼泪从眼睛里涌出来，"你为什么这样伤心哪？为什么日夜地哭哇？你晓得，我都看到的呀。我晚上没有睡觉，站在你房门外听着呢。告诉我一切吧，娜塔莎，把事情全告诉我吧。我老了，而且我们……"

他没有说完，就把她拉起来，抱住她，紧紧地抱着她。她抽抽噎噎地扑在他的怀里，脑袋埋在他的肩膀上。

"没有什么，没有什么……这只是……我不大舒服……"她不断地重复说，被堵塞的泪水窒息住了。

"愿上帝像我一样地祝福你吧，我亲爱的孩子，我宝贝的孩子！"做父亲的说，"愿上帝永远赐给你心灵平安，使你无灾无忧。向上帝祷告吧，我心爱的，让上帝听到我这有罪的祷词吧。"

"我也……我也祝福你呀。"做母亲的又补了一句，眼泪汪汪的。

"再见了。"娜塔莎轻轻地说。

她在门口又站住了，又向他们望了一眼，还想说些什么，但是说不出，于是迅速地走到室外去了。我有一种不祥的预感，跟着她冲了出去。

第八章

　　她低着头疾走,没有看我。但是当她走出街道,向堤岸上走去时,她突然站住了,挽着我的臂膀。

　　"我有点儿窒息,"她低声说,"我的心很紧……我有点儿窒息。"

　　"回去吧,娜塔莎。"我惊慌地说。

　　"你一定已经看出来了,万尼亚,我已经永远走开了,永远离开他们,再不回去了。"她用一种说不出的痛苦表情望着我说。

　　我的心沉了下去。这一切,我在去他们家的路上已经预感到了,或者说,在这天之前很久,就已经仿佛从雾里看到这一切似的。然而现在她的话,却依旧像轰雷一样击打在我的头上。

　　我们凄惨地沿着河堤走着。我说不出话来。我在回想着,想思索一些什么,完全迷茫了。我的头眩晕。这事情看来是那样可怖,那样不可能啊!

　　"你怪我吗,万尼亚?"她最后说。

　　"不……但是……但是我不能相信,这是不可能的!"我回答说,不知我在说些什么。

　　"是的,万尼亚,确实是那样!我已经离开他们了,我不知道他们会怎么样……也不知道我自己会怎么样!"

　　"你是到他那儿去吗,娜塔莎?是吗?"

"是的。"她回答说。

"但这是不可能的呀！"我疯狂地叫，"你不知道这是不可能的吗？娜塔莎，我可怜的姑娘！啊，这是发疯啊。啊，你会杀死他们，并且毁了你自己的呀！你明白吗，娜塔莎？"

"我知道，但是我怎么办呢？我没有办法呀。"她说，她的声音里充满苦痛，仿佛她面对着绞刑台似的。

"回去吧，回去吧，趁着还不太晚。"我恳求她。然而我越是热心越是加重语气去恳求她，我越发明白我的请求没有一点儿用处，而且这个时候说这些话是愚蠢的。"你明白吗，娜塔莎，这对你爸爸是怎样一回事呀？你不曾想一想吗？你知道他爸爸就是你爸爸的仇人。啊，那公爵曾经侮辱过你爸爸，控告他偷钱，啊，他还骂过他是贼呀。你知道他们为什么打官司吗？天哪！最糟糕的可还不是这个哩。你知道，娜塔莎（唉，我的天，你自然全知道的呀！）……当阿辽沙跟你们一块儿住在乡下的时候，公爵怀疑你爸爸和妈妈有意把你跟阿辽沙弄在一起，你知道吗？想一下吧，只要想一想你爸爸为了这些谣言受到怎样的痛苦哇。唉，这两年来他头发都白了！瞧瞧他吧！尤其是，你知道这一切啊，娜塔莎。天哪！他们两个永远失去了你，这会让他们多难受，就更不用说了。啊，你是他们的宝贝，他们老年剩下来唯一的宝贝呀。我不想去说这些，你自己该知道的。你要记得，你爸爸以为你是无缘无故受到诽谤，受了那些势利鬼的侮辱，还不曾报仇呢！而现在，就在这时候，因为你们又接待了阿辽沙，这一切仇恨又重新燃烧起来啦，这一切旧日的宿怨，变得比以前更加刻毒啦。公爵又侮辱了你爸爸。老人家遭受了这新的侮辱，火气正旺着呢，而现在突然这一切，这一切，这些攻击的谣言倒会变成真的了！每个知道这事情的人都会说公爵是对的，说你和你爸爸的不是了。啊，现在会发生什么事呢？这会立刻把他杀死！羞愧、耻辱，这是为了谁呢？为了你，他的女儿，他唯一的宝贝孩子呀！还有你妈妈呢？唉，她不会比你爸爸活得更长久的，你要知道。娜塔莎！你在干什么呀？回去！想想看，你在干什么呀！"

她没有说话。最后她似乎怨怪地瞟了我一眼。她的眼睛里有那样一种彻骨的痛苦，那样一种难受的神情，使我看出，即使没有我这番话，她那受伤的心也早已在流血了。我看出她做这个决定所付出的代价，以及我那些说得太晚、没有作用的话怎样刺痛了她，割裂了她。我看出这一切，然而我却不能控制自己，又继续说下去。

"唉，你刚才还对安娜·安德烈耶夫娜说过，你也许不出去……不去做礼拜。那你的意思是要留着，那你是不是还在踌躇呢？"

她只苦笑了一下作为回答。我干吗还要问这个呢？我应该明白，这一切已经是无可更改的决定了。可是我自己也有点儿精神失常了。

"你能那么爱他吗？"我叫起来，心里一沉，朝她看，几乎不知道我在问些什么。

"我能对你说些什么呢，万尼亚？你知道，他叫我到这儿来的，于是我就在这儿等他。"她依旧带着同样的苦笑说。

"但是听着，你听着，"我抓了一把草又说下去，"可以用另外的方式，完全可以用另外的方式解决的，你不必离开家。我会告诉你怎么做，娜塔莎。我愿意替你们布置，譬如你们碰面以及各种问题，只是不要离开家。我愿意替你们送信，为什么不呢？这会比你们现在所做的好哩。我懂得怎样布置，我会替你们双方做任何事情，你看着吧。这样，你不至于毁了你自己，像你现在这么做，娜塔莎，亲爱的……你这样做会毫无希望地毁了你自己，毫无希望。就同意吧，娜塔莎，一切都会顺利而快乐，你们依旧可以像你们所愿意的那样彼此相爱。到你们的父亲们停止吵架了（因为他们总有一天要停止的），那时就……"

"够了，万尼亚，别说了！"她插嘴道，紧紧握着我的手，含着眼泪微笑着。"亲爱的、仁慈的万尼亚呀！你真是一个叫人尊敬的好人！你没有一句话讲到你自己。我已经抛弃了你，而你却宽恕了一切，你什么都不想，只想到我的幸福。你还愿意替我们送信哪。"

她哭了起来。

"我知道你从前多么爱我，万尼亚，而你现在依旧多么爱我，你这些时候从来不曾用一句苛刻的话来骂我，当我……我……我的天哪！我待你是多么不好哇！你记得吗？万尼亚，你记得我们在一起的时候吗？要是我从来不曾遇到他，不曾看见他，那就好了！我会跟你在一起生活，跟你，亲爱的、仁慈的万尼亚，我亲爱的人哪！不，我配不上你！你瞧，我是什么东西呀，在这个时候还对你谈我们过去的幸福，虽然这些话我不说，你也已经够难受了！你已经三个星期不来看我们了，我可以对你发誓，万尼亚，我脑子里从来不曾转过这样的念头，以为你恨我了，在咒我了。我知道你为什么不来！你不愿意妨碍我们，不愿意叫我们难堪哪。而且你看见我们，不是很痛苦吗？我多么想念你呀，万尼亚，我多么想念你呀！万尼亚，听我说，假如说我是疯狂地、失神地爱着阿辽沙，那么我也许是把你作为一个朋友更深地爱着呢。我觉得，我知道，没有你我是生活不下去的。我需要你。我需要你的灵魂，你那黄金一样的心……啊，万尼亚，我们眼前是个多么痛苦和可怕的时刻呀！"

她的眼泪涌出来，是的，她非常难受。

"啊，我多么想看见你呀。"她忍着眼泪继续说下去，"你变得多瘦哇，你病成这样子，你脸色这样苍白。你当真是害病了，是不是，万尼亚？我连问都不曾问你呀！我老讲我自己的事情。你现在跟那些批评家搞得怎样了？你新写的小说怎样了？进行得还顺利吗？"

"现在哪有工夫谈小说、谈我的事情？娜塔莎，我的作品算得了什么？都很好，别管它吧！不过告诉我，娜塔莎，是不是他坚持要你到他那边去？"

"不，不仅是他，我比他更坚决。他自然说过这话，可是我也……你瞧，亲爱的，我什么都告诉你吧：他们在打算替他娶一个非常有钱、有地位而且还跟那些大人物有亲戚关系的姑娘哩。他爸爸坚决主张要他娶她，他爸爸，你知道的，是个可怕的阴谋家，他拼着全力在进行，这是十年难逢的机会呀……亲眷、金钱……而且他们还说那姑娘极标致，说她受过教育，心肠好，什么都好。阿辽沙已经被她吸引了，尤其是，他爸爸急于想把这桩姻缘弄好，他自己也好结婚了，因此他决定要拆散我们。他害怕我和我对阿辽沙的影响呢……"

"可是你不是说，公爵已经知道你们的恋爱了？"我吃惊地插嘴说，"他一定只是怀疑罢了，他还不至于完全确定吧？"

"他知道了，他全知道了。"

"怎么，谁告诉他的？"

"不久以前，阿辽沙全告诉他了。他亲口对我说的，他作数，他什么都告诉他爸爸了。"

"我的天，这是闹什么呀！还在这样的时候，他就把什么都亲自告诉了他爸爸吗？"

"别责备他，万尼亚，"娜塔莎打断我说，"别讥笑他。不能像对别人那样来评判他。公平点儿吧，他不像你和我，他是个小孩子呀。他从小不是被好好儿带大的。他做的事情他自己都不明白呢。第一个印象，他所碰到的第一个人给他的影响，会使他改变他一分钟以前答应过的事情。他是没有性格的。他可以对你发誓表示忠实，而在同一天里他也会把自己同样忠实地、恳切地献给另一个人；更要命的是，他会第一个跑来告诉你这事情。他会做出坏事来，可是别人却不能因此去责备他，只能替他惋惜罢了。他甚至能够做自我牺牲，要是你知道那是怎样的一种牺牲啊！可是，他只要碰到另外一个新的印象，他就会把这完全忘掉了。所以我如果不是不断地跟他在一起，他就会把我忘记的。他就是这样的一个人哪！"

"唉，娜塔莎，不过这不见得全是真实的，这只是说说罢了。一个孩子怎么能结婚呢！"

"我告诉你，他爸爸是有自己的特殊目的的。"

"可是你怎么会知道那位姑娘很标致，并且他已经被她吸引了呢？"

"啊，他亲口告诉我的呀。"

"什么！他亲口告诉你他会爱另一个女人，现在还要求你来做这个牺牲吗？"

"不，万尼亚，不。你不了解他。你不总跟他在一起。你得先了解他，再评判他。世界上再没有比他更忠实、更纯洁的人了。怎么，难道要他撒谎反倒好些吗？讲到他被她所吸引，唉，他这个人，假如一星期不曾看见我，他就会跟别人恋爱，并且忘记我的；而当他一看见我，他又臣服在我脚下了。不！这还不错呢，我知道，他不隐瞒我，否则我会疑心死的。是的，万尼亚，我已经做出结论了：假如我不是每一分钟都跟他在一起，他会不再爱我，忘记我和抛弃我的。他就是这样的，其他任何女人都能吸引他的。那时，我该怎么办呢？我会死的……当真会死的！我乐于现在就死。没有他，我还活着做什么呢？那比死还坏，比什么痛苦还坏呀！唉，万尼亚，万尼亚！我为他抛弃我的父母是有道理的！别打算来劝我，什么事情都已经决定了！他必须每小时、每分钟都挨着我。我不能回去了。我知道我毁了我自己，并且毁了别人……啊，万尼亚！"她突然大哭起来，浑身都发抖了，"假如他现在就不爱我，那怎么办哪！假如你刚才讲他的那些话是对的，那怎么办哪！（我并不曾讲过什么话。）假如他只是骗我，他只是貌似忠实、诚恳，而实际上却是狡猾、卑鄙，那怎么办哪！我现在在你前面为他辩护，也许他这时正和另外一个女人在讥笑我呢……而我，我是这么下贱，抛弃了一切，满街跑着找他……啊，万尼亚！"

这一声呻吟带着那么一种痛苦从她心里爆发出来，使我整个灵魂都充满了悲哀。我明白娜塔莎已经不能控制她自己了。只有一种盲目的、疯狂的、紧张的妒忌才能使她下这种狂乱的决心。但是妒忌也在我心里燃烧起来，而且突然爆发了。我也控制不了自己。一种可怖的感情在压迫我。

"娜塔莎，"我说，"我只有一件事情不明白。你刚才既然自己说了他那些话，为什么你还能爱他呢？你并不尊敬他，你甚至不相信他的爱，而你却坚定不移地要到他那里去，为了他毁掉每一个人。这是什么意思呀？他会那样折磨你，以致毁了你的整个生命，是的，并且你也会毁了他的生命。你爱他爱得太过分了，娜塔莎，太过分了！我不懂得这样的爱！"

"是的，我爱他像是疯了一样，"她回答说，脸色白得仿佛肉体上遭受着苦痛似的，"我从来没有像这样爱过你，万尼亚。我知道我是神志失常了，没有像应该爱那样去爱他。我没有按照适当的方式去爱他……听着，万尼亚。我早就知道，甚至在我俩最快乐的时候，我也感到，他不会给我带来什么，除了悲惨。可是有什么办法呢，假使他给我的痛苦，对我也是一种快乐的话！你以为我到他那里去是为了找快乐吗？你以为我事前不知道有什么在等待我，以及我将从他那里忍受些什么吗？啊，他是发过誓爱我，还答应过各种事情，可是我却不信任他答应的话。我并不重视他的话，从来就没有，虽然我知道他不是对我撒谎，而且也不会撒谎。我亲口告诉他，我不想用任何方法束缚他。这对他是比较好的，谁也不愿意受束缚哇。我第一个不愿意。可是我甘心做他的奴隶，心甘情愿的奴隶，我什么都愿意忍受，什么都愿意，只要他跟我在一起，只要我能看见他！我想，他甚至爱别的女人也不要紧，只要我能和他在一起，只要我可以靠近他。这不是犯贱吗，万尼亚？"她问，突然用一种热烈的、激昂的眼神看着我。我一时间以为她发疯了。"这不是犯贱吗，这样一种希望？是犯贱又怎么样呢？我自己就说这是犯贱。可是如果他抛弃我，我会追着他到天涯海角，即使他拒绝我或驱逐我。你想劝我回去——可是这有什么用呢？假如我回去，明天还是要跑出来的。他通知我出来，我就会出来，他会叫我，会像唤狗一样地打呼哨叫我，我就会奔到他那里去！折磨呀！凡是他给我的折磨，我都不退缩！我知道我是去他手里受苦的……啊，这是无法说明的，万尼亚！"

"那她的爸爸跟她的妈妈呢？"我想。她似乎已经忘记他们了。

"那么，他不打算跟你结婚吗，娜塔莎？"

"他答应过的，什么事情他都答应过的。他现在就是为了这事情找我，打算明天就在城外秘密结婚。可是你瞧，他不知道他自己在做什么。也许连怎么结婚都不知道。这是什么样的丈夫哇！这真是荒谬哇！他如果真的结了婚，他也不会快乐的，他会责备我……我永远不要他为了什么事情来责备我。我愿意为他抛弃一切，使他不要为我麻烦什么！假如他因为结婚而不快乐，那么为什么要使他不快乐呢？"

"是的，这是一种疯狂，娜塔莎，"我说，"唔，你现在就直接到他那里去吗？"

"不，他答应到这儿来接我的，我们同意……"她渴望地望着远处，可是那边没有一个人。

"他还没有来，你倒先来了！"我愤怒地叫道。

娜塔莎好像被打了一下似的摇晃了一下。她的脸抽动着。

"他也许压根儿就不来了，"她带着一种痛苦的自嘲说，"前天他写了封信给我，说如果我不答应来，他只好放弃他的计划——带我离开和跟我结婚的计划，而他爸爸就会带他到那位小姐那边去了。他写得那么简单，那么自然，好像不当一回事似的……如果他真的到她那里去了，那怎么办呢，万尼亚？"

我没有回答。她紧紧地捏着我的手，眼睛闪烁着。

"他是跟她在一起呢，"她几乎令人听不清楚地突然说出来，"他希望我不会来，那么他就可以到她那边去了，而且事后他还可以说，他没有错，他早就告诉过我，说我不会来，而且也不曾来。他是对我厌倦了，所以他躲开了。啊，我的天！我疯了！啊，他上次亲自告诉我，我使他厌倦了……我还在等什么呀？"

"他来了！"我叫起来，突然看到他在远远的河堤上。

娜塔莎惊跳起来，发出尖锐的叫声，紧紧地望着阿辽沙走近的身影，突然松开我的手，奔过去迎接他。他也加快了脚步。一分钟后，她已经被他抱在怀里了。

街上除了我们，没有什么人。他们彼此吻着，笑着。娜塔莎边笑边哭，仿佛久别重逢似的。她那苍白的面颊红润起来，她就像个着了魔的人一样……阿辽沙看到我，马上向我走过来。

第九章

　　我热心地望着他，虽然我从前已经看见过他许多次。我望着他的眼睛，似乎他的表情会解释那使我迷惑的一切，会解释这个孩子怎么能够蛊惑她，怎么能够那样引起她疯狂的爱，使她忘记她最主要的责任且愿意牺牲目前对她来说最神圣的一切。小公爵握着我的两只手，热情地紧紧握着它们，他的眼神温柔而坦白，直射入我的心坎。

　　我觉得，我如果只是从他是我的情敌这一点去看，那会使我对他做出错误的结论。是的，我不喜欢他，而且抱歉得很，我绝不能关心他，这在他所认识的人中间，也许只有我一个人如此吧。我不能克服憎恶他许多地方的心情，甚至他那俊俏的相貌，老实说，也许是因为他那相貌生得太俊俏了吧。后来，我承认我的判断是有点儿偏见的。他纤长而温雅，他的脸是略长的，总是苍白的。他有美丽的头发和一双大大的、沉思的、多情的蓝眼睛，那眼睛里常常闪射出最天真的孩童的快乐。他的美妙的朱红嘴唇，几乎总带着一种庄重的表情，使唇上突然露出的微笑格外显出一种令人意想不到的迷人魔力。这种微笑是那样的天真和坦白，使一个人无论在怎样的心境中，都会立刻想到要报以同样的微笑。他穿得并不过分时髦，然而却常常是雅洁的，显然，这种雅洁并不要他花什么工夫，这是他的天性如此。

　　那是真的，他有一些叫人不喜欢的地方，一些贵族特有的坏习惯：轻佻、自满和客气的骄傲。但是他心地却那么坦白和单纯，他会责备自己的这些缺点，惋惜这些缺点和嘲笑这些缺点。我想这个孩子甚至在开玩笑的时候也不会撒谎，他即使撒了一句谎，那也不会叫人怀疑这撒谎是不对的。甚至他心里那种自私都有点儿可爱，也许正因为这种自私是公开的而不是隐藏的吧。他没有什么东西是隐晦的。他是柔弱、容易信任别人和怯懦的，他什么意志都没有。欺骗他或损害他，会像欺骗和损害一个小孩子一样有罪和残忍。像他这样的年纪，他实在是太单纯了，简直一点儿现实生活也不懂，虽然我相信他即使到了四十岁，也还是什么都不会懂的。像他这样的人是注定不会成长的。我猜想没有谁会不喜欢他，他和小孩子一样可爱呀。娜塔莎说得不错，假如有什么强大的力量逼着他，他也会干出罪恶的行为来，不过我相信，事后他假如知道这罪行的结果，他会懊悔得要死去的。娜塔莎本能地感到，她也许可以主宰他和控制他，他甚至可以作为她的牺牲品。她只是因为爱他，而预尝到一种热爱和折磨她所爱男子的快乐，这也许就是为什么她心急地要首先牺牲她自己的缘故吧。不过他的眼睛也同样由于爱而发亮，他狂喜地望着她。她又得意地望着我。在这刹那间，她忘记了一切——她的父母、她的诀别、她的猜疑。她是快乐的。

　　"万尼亚！"她叫道，"我对他太不公道了，我配不上他。我以为你不来了，阿辽沙。饶恕我的恶意的想法吧，万尼亚！我要赔罪！"她补了一句，怀着无限的爱注视着他。

　　他微笑着，吻她的手，转过来对我说话，却依旧握着她的手。

　　"也别责备我吧。我早就想像拥抱一个哥哥似的拥抱你了。她曾经谈过你那么多的事情。我们可是直到现在才做朋友，才在一起呢。

让我们做朋友吧，并且……原谅我们吧。"他低声补了一句，脸微微红了起来，却含着那样可爱的微笑，我忍不住要用整颗心去回答他的致意了。

"是呀，是呀，阿辽沙，"娜塔莎响应说，"他是站在我们一边的，他是我们的哥哥，他已经原谅我们了，没有他，我们不会快乐的。我已经告诉过你了……唉，我们是残忍的孩子呀，阿辽沙！可是我们要三个人住在一起……万尼亚！"她说下去，嘴唇颤抖起来，"你现在回家，到他们那里去吧。你有那样一颗黄金似的心，他们纵使不饶恕我，可是看到你已经饶恕了我，这会使他们略微缓和一点儿的。用你自己心里的话，从你的心里，告诉他们一切，找一些适当的话……替我辩护吧，救救我吧。向他们解释你所知道的一切缘故吧。你知道，万尼亚，如果你今天不是跟我在一块儿，我也许不会干这事的。你是我的救星啊。我立刻就把一切希望寄托在你身上了，因为我觉得你会懂得怎样去告诉他们的，这样至少最初的可怕打击对他们来说容易受得住一点儿。哎哟，我的天哪！替我告诉他们吧，万尼亚，说我知道我现在绝不会被饶恕的，就是他们饶恕了我，上帝也不会饶恕我的。可是即使他们诅咒我，我也要一生一世为他们祝福，为他们祷告。我的心是跟他们在一起的！啊，为什么我们不能都快乐呢？为什么，为什么……我的天，我干了什么事呢？"她突然哭了出来，似乎感受到了什么，用手捂着脸，恐惧地浑身乱抖起来。

阿辽沙用臂膀搂住她，把她抱得紧紧的，没有说话。接着是几分钟的沉默。

"你能要求这样一种牺牲吗？"我叫起来，谴责地望着他。

"别责备我呀，"他又重复说，"我向你担保，这一切不幸，现在虽然这样可怕，只是一下子的事情罢了。我完全可以确定。我们只要有勇气忍过这一下子就行。她亲自跟我这样说过的。你知道这一切事情的底子，只不过是家族的自尊心罢了，这些极愚蠢的吵架呀，无聊的官司呀！但是（我向你保证，这个我想了很久了）……这一切必须停止。我们大家又将在一块儿了，那时我们会十分快乐，老人家看到我们，他们会和解的。谁知道呢，也许我们的婚姻正是他们和解的第一步哇。我想，事实上也只能如此吧。你以为怎么样？"

"你说你们的婚姻。在什么时候举行婚礼呢？"我瞟了一眼娜塔莎，问道。

"明天或后天。最迟是后天，已经决定了。你瞧，我自己还不大知道这个哩。事实上，我也还不曾有什么安排。我原来想，娜塔莎也许今天不会来。再加上，我父亲今天一定要带我去看跟我订婚的那位小姐。（你知道，他们在替我订婚哩，娜塔莎告诉了你吗？可是我不愿意。）所以你瞧，我还不能够有什么明确的安排哩。不过无论如何，我们后天一定会结婚了。至少我以为是这样，因为我想不出还有什么别的办法呀。明天，我们要启程到普斯科夫去。在那边，我有一个同学，是一个很好的人，住在那边不远的乡下，你该会会他。那边村子里有一位牧师，虽然我不知道他是不是在那边。我事先该打听一下，可是我没有时间……不过这一切都无关紧要，真的。要紧的是把重要的事情放在心上。也许从邻近村子里可以找到一位牧师吧，你以为怎样？我想那边附近还会有村子的！真要命，我没有时间写信哪，我应该先通知他们，说我们要来啦。我那朋友现在也许不在家……不过这没有关系。只要有决心，什么事情自然而然都会安排好的，不是吗？同时，明天或后天，她就会和我住在一块儿了。我已经特地租了一个房间。我们一回来就到那里去。我不能够再跟我父亲住在一起了，对吗？你会来看我们吗？我把那房子装饰得挺好哩。我的同学都会来看我们。我们要举行晚会……"

我迷惑和忧伤地看着他。娜塔莎的眼睛在恳求我温和一点儿，别对他太粗暴。她带着一种忧郁的微笑听着他说话，同时，又似乎在赞赏他，就像听着一个可爱的、愉快的小孩子乱说一些甜蜜但是无意义的故事而予以赞赏似的。我谴责地朝她望了一眼。我心里忍不住地难过。

"但是你的爸爸呢？"我问，"你拿得准他会饶恕你吗？"

"他一定会的，"他回答说，"除此以外，他还能怎样呢？自然，他最初会诅咒我的，事实上，我想他会这样。他就是这样的，对我是那么严格。他甚至会用一些手段来对付我，凭他做父亲的权力，事实上……不过，那并不严重，你知道。他爱我甚于一切。他会发一下脾气，之后又饶恕我了。于是每个人都会和解，我们都将快乐。她的父亲也一样。"

"假如他不饶恕你，那怎么办呢？你想过没有？"

"他一定会饶恕我们的，虽然一下子还不会。但是那又怎么样呢？我要给他瞧，我有性格。他老是责怪我没有性格，说我没头没脑。他现在会看到，我究竟是不是没头没脑。做一个结了婚的男子是件重大的事呀。往后我再不是一个孩子了。我是说，我要跟别的人一样……就是说，跟别的结过婚的人一样。我要靠自己的工作生活。娜塔莎说，那要比像我们这样靠别人生活好得多哩。你要知道她告诉过我多少好事情就好了！这些事情，我自己永远都不会想到的——我不是被好好养大的，我不曾好好地受过教育。那是真的，我自己也知道，我是没头没脑的，几乎什么事情都不能做。但是，你知道，前天我忽然想到一个奇妙的主意。虽然现在说出来还太早，不过我要告诉你，因为娜塔莎也要听听，而且你可以给我出主意。你知道，我要写小说呢，像你一样投到杂志上去。你可以在编辑先生那里帮帮我的忙，你肯吗？我指望你了。我昨晚一夜没睡着，想一篇小说，那只是一种尝试，你要知道，那也许会写成一个很可爱的东西呢。

我从斯克里布①的一部喜剧中取得的题材……我以后会告诉你。主要是他们能出钱买稿，你瞧，他们不是给你钱吗？"我忍不住笑起来。

"你笑哩，"他说，也回我一个微笑，"可是，我说，"他带着一种令人难以相信的单纯态度说下去，"别以为我就像从外表上看起来那么坏。我是很会观察事物的，你会明白这一点。我为什么不试试看呢？我也许会搞出什么名堂来……但是我敢说，你是对的。自然，我对于现实生活一点儿也不知道，这是娜塔莎对我说的，而且确实每个人也都这么说，我会成为一种奇怪的作家呢。你也许会笑，你也许会笑，你会纠正我的，为了她，你会这样做的，你爱她哩。我告诉你真话。我配不上她，我感觉到这点，这使我心里很难过，我不知道她为什么那样喜欢我。但是我觉得，我已经把我的生命贡献给她了。我以前确实是什么也不怕的，可是这会儿我却觉得害怕起来了。我们在干什么呢？天哪，当一个人完全忠实于自己的义务的时候，他却没有头脑和勇气去干，这是可能的吗？无论如何，你得帮助我们。你是我们的朋友！你是我们剩下的唯一的朋友。我一个人怎么能行呢！这样依靠你，请原谅吧。我想你是那么高贵的人，比我高贵得多哩。但是我会进步的，相信我吧，会配得上你们二位的。"

说到这里，他又紧握着我的手，他那美丽的眼睛里充满热烈和诚恳的感情。他那样信任地向我伸出手来，那样相信我是他的朋友。

"她会帮助我进步的，"他接下去说，"只是别把我想得太坏，别太为我们担忧了。我不管怎么样还是很有希望的，而在经济方面，我们是不需要烦心的。如果我的小说不成功——讲老实话，今天早晨我想，写小说是个糊涂念头，我不过说出来，听听你的意见罢了——如果真到了最糟糕的时候，我还可以去教音乐。你不知道我

---

① 斯克里布（1791—1861），法国剧作家。

的音乐很好吗？我靠音乐来生活，是一点儿也不可耻的。关于这个我有些新的主意。此外，我还有许多值钱的玩具、化妆品，我们要这些干什么呢？我要卖掉它们！你知道，靠这个我们就可以生活很长一段时间了！如果到了最糟糕的时候，我甚至还可以到什么部里去弄个差使。我父亲会很喜欢的。他老是要我去做官，而我老是推说我不行（但是我相信，我的名字已经登记在那里了）。可是，当他看见这次结婚对我有好处，使我勤奋起来了，而且真去做官了，他会高兴和饶恕我的……"

"但是，阿历克舍·彼特罗维契，你可曾想过，现在你的父亲跟她的父母之间会发生多大的麻烦吗？你可曾想象过今天晚上她家里会是怎样的情形吗？"

我指指娜塔莎。她听了我的话，脸变成了死灰色。我是没有怜悯的。

"是的，是的，你说得对，这是可怕的！"他回答说，"我已经想过这个，而且很伤心。可是我们有什么办法呢？你的话是对的，但愿她的父母会饶恕我们！我是多么爱他们哪——你要知道，他们简直像爸爸妈妈一样对待我，而这就是我对他们的报答！唉，这些吵架，这些官司呀！你简直想象不到这一切现在是多么不愉快呀。他们在争吵些什么呢？我们彼此都是那么相爱，可是他们还在争吵。但愿彼此和解，把这一切结束了吧！我如果在他们的处境，就会这么做……听了你刚才说的我真害怕。娜塔莎，我们现在做的，你跟我，这是可怕的呀！我以前跟你说过……你自己坚持要这样的呀……但是听我说，伊凡·彼特罗维契，这也许恰是件顶好的事情哩。你以为怎样？你知道，他们最后总是要和解的。我们要帮他们和解。就是这样，这是没有疑问的。他们不能够坚持反对我们的恋爱呀……让他们诅咒我们吧，我们还是照样爱他们，他们是不能坚持的。你不知道，我爸爸有时候多么仁慈呀。他不过看起来凶恶罢了，有时候他是极讲理的。你要知道他今天对我说话多么温和就好了，他劝我呢！而我今天却打算去反对他，这叫我很难过。这都是愚蠢的成见！这简直是发疯！唉，只要他好好地看她一下，只要花半个小时跟她在一起，他就会立刻默认这一切了。"

阿辽沙柔和热情地望着娜塔莎。

"我已经快乐地想象过一千遍了，"他接下去急匆匆地说，"他一理解她，就会多么喜欢她呀，而她又会怎样地叫每一个人吃惊。他们从来也不曾见过像她这样一个姑娘啊！我爸爸只以为她是个阴谋家呢。我的责任是要保障她的名誉，我要这样去做。娜塔莎，每个人都爱你呢，每一个人。没有人能不爱你呀。"他狂喜地接下去说，"我虽然完全配不上你，可是你还得爱我呀，娜塔莎，而我……你知道我的！我们要更努力使我们快乐！不，我相信，我真的相信，今天晚上定会给我们带来一切的快乐、安宁跟和谐！祝福今天晚上吧！是不是呢，娜塔莎？可是你怎么啦？可是，我的天，怎么啦？"

她的脸像死一般苍白。当阿辽沙咕咕呱呱说着的时候，她紧紧地盯着他，可是她的眼睛却渐渐昏暗起来，更加凝定住了，她的脸越来越惨白。我想她是陷入昏迷的状态，没有听他说了。阿辽沙的惊呼似乎震醒了她。她又恢复知觉了，四面看了一下，突然向我奔过来。她似乎急切地和焦灼地要躲过阿辽沙的眼睛，迅速地从口袋里摸出一封信来交给我。这是一封给她爸爸妈妈的信，昨天晚上就写好的。她一边把信给我，一边紧紧地看着我，仿佛不能让眼光离开我。那眼睛里有一种绝望的神气，我永远不会忘记那恐怖的眼光。我也被恐怖压倒了。我看到，直到此刻，她才明白她所做的事情的可怕。她挣扎着想说些什么，刚开始说，就突然昏倒了。我赶紧扶住了她。阿辽沙吓得变了脸色，他揉着她的鬓骨，吻她的手和嘴唇。

过了两分钟，她才苏醒过来。阿辽沙坐的车子停在不远的地方，他把它叫了过来。娜塔莎坐进车的时候，发狂地拉牢我的手，一滴热泪烫伤了我的手指。车子走了。我站着望了好一会儿。我的一切幸福从这一瞬起都毁灭了，我的生命断裂了。我痛苦地感觉到了这一点……我慢慢地回到我那对老年朋友那里去。我不知道该怎样对他们说，不知道该怎样走进他们家里。我的思想麻木了，我的腿支不住了。

这就是我的幸福的故事，我的恋爱就这样过去了，完结了。现在我又要回头来讲我那半途放下的故事。

第十章

史密斯死后的第五天，我搬进了他的房子。那一整天我都感到难以承受的忧郁。天气寒冷而阴沉，湿雪夹着雨丝不断地落着。直到傍晚，太阳才探出头来，一缕迷了路的阳光，或许是由于好奇心吧，窥到我这房间里来。我已经开始懊悔搬到这儿来了。这房间虽然很大，却是那么低矮，沾满煤灰，那么朽烂，尽管摆了几件家具，却依然显得空荡荡的，使人觉得心里不是滋味。我那时候想，我剩下的一点儿健康一定会在这间屋子里毁掉的。结果果然是这样。

那天早晨，我忙着整理我的原稿。因为没有护书夹，我把它们塞在一个枕头套里。那些稿子都弄皱和弄乱了。接着，我坐下来写。我这时仍旧在写长篇小说，但是我不能安下心来写。我的心里充满别的事情。

我丢下笔，坐到窗口。天黑下来了。我越发觉得颓丧。各种痛苦的思想纠缠着我。我老是幻想我最后会在彼得堡死去。春天就在眼前了。"我相信，我也许会复原的，"我想，"但愿我能够走出这鬼窠，到太阳底下去，到田野和树林里去。"我好久没有看到这些了。我还记得，我曾经想过，假如有什么魔术，有什么迷咒，能够使我忘掉这几年来所遭遇的一切事情，忘掉一切，恢复我的心情，而以新的精力再开始，那该多好哇。在这些日子里，我依旧梦想着这个，并且希望着一个生活的革新。"不如进疯人院去吧，"我想，"索性把脑子颠倒一番，重新安装，再来治好它吧。"我依旧渴望生活，对它有信心哪！但是我记得，就是那时候我也笑起来了。"从疯人院出来以后又做什么呢？再来写小说吗？"

我这样颓丧地沉思着，时间同时溜过去。夜已经降临。这天晚上我答应去看娜塔莎。昨天晚上我收到她的一封信，她热切地要我去看她。我跳了起来，准备一下。我急于逃出我这房间，就是到雨雪中去也是好的。

天越发黑下来，我这房间似乎也越来越大了，那些墙壁好像在往后退。我想，每天晚上我都会看见史密斯在每个墙角里。他会坐着死盯住我，好像在酒店里死盯着亚当·伊凡涅契一样，而亚助尔加也会躺在他的脚下。正在这时，我却又碰到一件意外的事，那给了我一个极强烈的印象。

但是我必须坦白地承认，或许是由于我脑子的昏乱，或许是由于新房子给我的新印象，或许是由于我近来的抑郁，我渐渐在昏暗中陷入一种和我现在在病中的黑夜里常常碰到的同样的状态，这种状态，我把它叫作"神秘的恐怖"。这是一种我不知道怎样去解说的、超乎一切理解的和超越事物自然常态的极其迫人的苦恼的恐怖状态，这种恐怖也许会马上变成一种什么形状，似乎在嘲笑理性的一切结论，像一种反驳不了的、可憎的、可怕的、残忍的事实，来到我的面前，站在我的面前。这种恐怖通常越来越剧烈，不管理智的一切抗议，那么强烈，虽然有时思想异常清晰，但是也失去了它的抗拒力量。它成为不被注意的、无用的了，而这种内心的分裂更加强了怀疑的痛苦。这在我看来，好像是那些害怕死的人的苦恼。但是在我的烦闷中，这种疑惧的缥缈无定使我的痛苦更加剧烈了起来。

我记得，我是背着门站在那里，从桌子上拿起我的帽子，正在这瞬间我忽然想到，我转过身去，会免不了要看到史密斯吧：最初，他会轻轻地打开门，站在门道上，向屋子四周望望，然后俯视着慢慢地向我走过来，站住，把脸对着我，用他无神的眼睛直盯着我，突然对着我的脸发出一声悠长的、无力的、无声的笑，他的整个身体因为狂笑而摇晃起来，并且摇晃了很久。这个幻象突然在我心头形成一幅非常生动而清楚的图画，同时，我陡然被一种极充分的、极确定的信念攫住了，仿佛这一切会不可避免地发生，而且已经发生了。我没有看见，那只因为我是背朝门站着罢了，而就在这会儿，门也许已经打开了。我迅速地向四周看了一下，那门果真在打开，轻轻地，无声地，正如我前一分钟所想象的那样。我叫了起来。很久没有一个人进来，似乎那门是自己开的。忽然我看见门道上有一个奇怪的人影，凭我从黑暗中所能辨认出来的，那人的眼睛固执而专心地凝视着我。一阵寒意袭向我的四肢。使我极其恐怖的是，我看见一个小孩子——一个小姑娘。这样的时候，这样的一瞬间，这个不认识的小孩子奇怪而意外地出现在我屋子里，恐怕就是史密斯自己跑出来也没有这样叫我害怕吧。

我已经说过，门是慢慢地无声地打开的，似乎她不敢进来。她站在过道上迷惑地看着我，几乎是呆住了。然后她轻轻地向房里迈进两步，站在我的面前，依旧一声不响。我细细地打量她。她是一个十二三岁的女孩子，矮小且瘦弱，脸色苍白，好像刚刚害过一场什么可怕的病似的，这种苍白格外明显地衬出她那双大而发光的黑眼睛。她左手握着一条破烂的旧围巾，遮在她的胸膛上，胸膛由于夜里的寒气依旧颤抖着。她全身的衣服可以说是些破布烂片。她浓黑的头发缠结着，没有梳。我们这样站了两分钟，互相凝视着。

"我的外公呢？"她最后用一种枯涩的、几乎听不到的声音问，好像她喉咙或胸口有什么毛病似的。

我全部神秘的惊慌都在这一声发问中消散了。这是问史密斯呀，他的踪迹无意中被发现了。

"你的外公？他死了呀！"我突然说，冷不防被她问了这么一句。但我立刻懊悔自己的鲁莽。她在原来的地方呆呆地站了一分钟，突然浑身乱抖起来，抖得那么厉害，似乎要被一种危险的癫痫震倒了。我扶着她，她才没有跌下去。几分钟之后，她好了一点儿，我看到她不自然地努力在我前面控制着自己的情感。

"原谅我，原谅我，姑娘！原谅我，我的孩子！"我说，"我那么鲁莽地告诉你，谁知道，这也许是弄错了……可怜的小人儿！你找的是哪一个呢？住在这里的那个老人吗？"

"是的。"她吃力地说，焦灼地望着我。

"他的名字叫史密斯，是不是？"我问。

"是……是的！"

"那么他……是的，那么他是死了……可是别伤心吧，我亲爱的。你怎么没有在这里呢？现在你是从哪里来的呀？他昨天已经被埋葬了，他是突然死去的……那么你是他的外孙女了？"

那孩子对我这急骤且不连贯的问题没有作答。她默默地回转身，轻轻地走到室外去。我是那样惊奇，没有想去阻拦她，或者再追问她。她在过道上又站了一下，转过半个身体来问我：

"亚助尔加也死了吗？"

"是的，亚助尔加也死了。"我回答说。我觉得她的问题很奇怪，似乎她确信，亚助尔加一定会跟那老人一同死的。

小姑娘听了我的回答，安静地走出去，小心地带上了门。

一分钟以后，我追着她出来，非常气恼，怎么竟让她走了呢？她走得那么快，我竟没有听到她是怎样打开了通向楼梯的门。

"她还没有下楼梯呢。"我想，于是就站着听。但是四周是肃静的，听不到一点儿脚步声。我只听到最底下一层的门响了一下，四周又肃静了。

我急急地赶下楼去。那楼梯在我那一层是螺旋式的，从五楼转到四楼，从四楼到底下是笔直的。这是一座黑暗的肮脏的楼梯，老是黑洞洞的，像那些分租的大厦中常见的楼梯一样。这时，它格外黑暗。我摸索着下到四楼，站住了，忽然感觉过道里有个人在躲着我。我开始用手摸起来。那女孩子果然在那里，就躲在一个角落里，脸向着墙，轻轻地、听不见声音地哭泣着。

"听我说，你怕什么呀？"我说，"我吓着你了，真抱歉。你外公临死时讲起你，他最后一句话是关于你的……我找到几本书，那无疑是你的吧。你叫什么名字呀？你住在哪儿呀？他说起六道街……"

但是我没有说完。她发出一声恐怖的号叫，似乎是因为我知道她住在哪里。她用瘦骨嶙峋的小手推开我，奔下楼去了。我追着她，我还可以听见她在底下的脚步声。忽然这脚步声没有了……我奔到街上的时候，她已经不见了。我一直奔到伏兹尼赛斯基街，我知道我的寻找是白费力气。她已经不见啦。"大概又是在下楼梯的时候躲在什么地方了。"我想。

第十一章

我刚刚走上这条大街泥泞而潮湿的人行道，便撞到一个过路人的身上。那人低着头，正向什么地方匆匆走去，显然是陷在沉思中。我大吃一惊，认出那人是我的老朋友伊赫曼涅夫。这一夜我真是碰到不少意外的事情啊。我知道，三天以前这个老人家还病得很厉害，而现在我却在这样潮湿的天气里在街上碰到他。而且照他的习惯，晚上是从来不出门的，自从娜塔莎走后，就是说，最近的六个月中，他更是变成一个深居简出的人了。他看到了我似乎意外地高兴，好像终于找到一个能够倾诉自己心思的朋友似的。他捉住我的手，热烈地握着它，没有问我往哪里去，就拉着我跟他一起走。他似乎有什么烦心的事情，动作急促而慌乱。"他到哪里去呀？"我纳闷。要问他，那是太不知趣了。他近来变得非常多疑，有时一个简单的询问或意见，他都会看作一种冒犯或侮辱。

我偷偷看着他。他的脸上带着害病的样子，近来越发消瘦了。他下巴上的胡子有个把星期不曾剃。他的头发已经完全变白了，乱七八糟地从他的破帽子底下露出来，像些乱长的辫发似的披在他那褴褛的旧大氅领子上。前些时候，我曾经看到他有时似乎是恍恍惚惚的，一下子似乎忘记他是一个人在屋子里，竟然会做着手势自言自语起来。看到他那样子，真是令人难过呀。

"唔，万尼亚，唔？"他说，"你往哪儿去？我已经出来走动啦，我的孩子，你瞧，有点儿事。你还好吗？"

"你还好吗？"我回答说，"你前几天还在生病，现在怎么就出来了呀？"

老人家似乎不曾听见我的话，没有回答。"安娜·安德烈耶夫娜好吗？"

"她很好，很好……不过她也相当可怜。她相当郁闷哪……她常提起你，奇怪你怎么不来。你现在是不是去看我们哪？万尼亚，不是吗？我或许耽误了你或妨碍了你什么事情呢？"他突然问，不信任地望着我。

这个神经过敏的老人变得那么善感和易怒了，假如我现在回答说不是去看他们，他一定会伤心，而且会冷冷地离开我走掉的。我连忙说，我正是要去看看安娜·安德烈耶夫娜，虽然我心里知道，这时候已经很晚了，也许根本就没有时间去看娜塔莎了。

"那好极了，"老人家说，我的回答使他完全安心了，"那好极了。"

他突然又沉入静默中，思索起来了，似乎还有什么话不曾说出来。

"是的，那好极了。"五分钟之后，他忽然又机械地重复了一遍，仿佛经过一个很长的幻想又醒悟过来似的，"嗯！你知道，万尼亚，你好像是我们的儿子。上帝不保佑我们……没有给我们一个儿子，可是他老人家却把你派给了我们。我老是那么想。我的女人也是一样……是的！你对我们总是温和而尊重，就像一个知恩的儿子一样。为了这个，上帝会祝福你的，万尼亚，会像我们老两口一样祝福你和爱你的……是的！"

他的声音颤抖起来。他停了一下。

"唔……唔？你没有害病吧？没有吧？为什么这么久没有去看我呢？"

我告诉他史密斯的全部事情，向他抱歉地说史密斯的事情把我绊住了，又告诉他，此外我几乎害了一场病，而且除了手头有这些事，到华西里耶夫岛又是一条很长的路（那时他们住在那边）。我几乎脱口而出，我还要留出时间去看娜塔莎，幸亏自己立刻把这话收住了。

我所讲的史密斯的事引起了老人极大的兴趣。他更加注意地听着。等他听说我的新房子是潮湿的，甚至比我原来的房间还要糟，而房租却要六卢布一个月，他简直发起火来了。他几乎变得暴躁和不能忍耐了。这种时候，只有安娜·安德烈耶夫娜能够使他平静，然而有时连她也是没有办法的。

"哼，这就是你弄文学的结果呀。万尼亚！它把你弄到了顶楼里，它还会把你弄进墓地去哩！我从前就说过了。我预言过！Ｂ还在写批评吗？"

"不，他害肺病死了。我想，我以前告诉过你的。"

"死了，哼，死了！是的，这正是可以料想的。他给他老婆儿子留下什么了吗？你告诉过我，他有一个老婆，是不是？这种人讨什么老婆呢？"

"不，他没有留下什么。"我回答说。

"唔，不出我所料！"他叫起来，带着那么一种热心，仿佛这事情跟他有直接和切身的关系似的，仿佛那死了的Ｂ是他兄弟似的，"没有留下什么！没有留下什么，那是可以断定的。你知道吗？万尼亚，你记得你从前老是称赞他的时候，我就有预感，他会是那样收场的。没有留下什么，说说倒容易！哼！他算是得到名誉了。就算是永垂不朽的名誉吧，但到底不是面包和黄油哇！我对你也总有一种预感，万尼亚，我的孩子。我虽然称赞你，却常常替你担心。Ｂ就这样死了吗？是的，他还是死了好！我们活在这里，就是这么一个好样子，和……这样一个好地方啊！你瞧！"

他的手做了一个迅速而无意识的动作，指着湿雾中被街灯的微光照射着的朦胧的街景，指着那些肮脏的房子，指着人行道上潮湿而闪光的石板，指着那些暴躁的、沉郁的、浑身淋透的来往行人，指着这笼罩在像被墨汁涂污了似的彼得堡天穹底下的一切景色。我们这时已经走到广场上来了，前面的黑暗中矗立着一座纪念碑，被煤气灯从底下照射着，再远一点儿的地方，竖立着圣·依沙克像的巨大黑影，在昏暗天空的背景上好不容易才辨别出来。

"你常常说，他是一个好人，善良而且慷慨，有感情，有良心。唔，你看，他们都是这样，你所谓的那些好人，那些有良心的人！他们只会养下几个孤儿！哼！我以为他这样死去还该感到高兴哩！唉——嗐！无论如何得离开此地呀，甚至到西伯利亚去也好……这是什么呀，娃娃？"他看见一个小女孩在人行道上讨饭，突然问道。

这是一个苍白而瘦小的女孩子，不到七八岁，穿着肮脏的破衣服，她那瘦小的光脚板上穿着一双破鞋。她用一件破旧的、早已不合身的、好像小外套一样的东西想遮住她那颤抖的小身体。她的苍白、憔悴和消瘦的脸向我们转过来。她怯怯地、静默地望着我们，没有说什么，带着一种怕被人拒绝的神色向我们伸出颤抖的小手。我这位老年朋友看到她，吓了一跳，极快地向她转过身去，把她也骇住了。她吓了一跳，倒退几步。

"这是什么呀？这是什么呀？娃娃？"他叫道，"你在讨饭吗，唔？这儿，这是给你的一点儿东西……拿去吧！"

他激动得手忙脚乱，浑身颤抖，在口袋里摸了一阵，掏出两三枚小银币来。但是他似乎觉得太少了。他取出他的钱包，拿出一张卢布票来——那里面仅有的一张——放在那小叫花子手里。

"基督保佑你，我的小娃娃……我的孩子！但愿上帝的天使跟着你吧！"

他用颤抖的手替那孩子画了好几次十字，但是忽然看见我在看他，他眉头一皱，快步走开了。

"这样的事情我看不下去，万尼亚，"他在相当长久的愤怒的沉默之后说，"小小的无辜的生命，让她在街上冻得浑身发抖……都是由于她们的该死的爹娘啊。不过，如果不是做娘的自己也在苦难中，怎么肯叫孩子做那种可怕的事情呢！她家里大概还有几个无依无靠的小娃娃，而这个恐怕还是他们中间顶大的呢，做娘的自己恐怕还在害病呢，而且……哼！他们不是公爵的孩子呀！这样的孩子世界上多得很呢，万尼亚……不是公爵的孩子呀！哼！"

他停了一下，似乎找不出话来。

"你瞧，万尼亚，我答应安娜·安德烈耶夫娜，"他支支吾吾地说，"我答应她……我是说，安娜·安德烈耶夫娜跟我都同意，找一个小孤女来抚养……一个穷苦的女孩子，让她跟我们一起住在家里，你懂吗？因为我们两个老年人太寂寞了，不过，你知道，安娜·安德烈耶夫娜却开始有点儿不赞成了。所以请你去跟她谈谈，你知道，可别说是我告诉你的，只装作是你自己的主意好了……劝劝她，你懂吗？我早就想找你去劝她同意，你想，我强迫她，怪难为情的。不过干吗谈这些琐事呢！我要孩子做伴吗？我不要，也许只是一种安慰罢了……想听听小孩的声音罢了……不过老实说，我这样无非是为了我女人——这会让她比老守着我来得强一点儿。可是这全是胡说。万尼亚，你知道，我们这样走要很久才到得了家里，让我们坐马车吧。这是一段长路呢，而且安娜·安德烈耶夫娜还在等我们哩。"

七点半，我们到了那边。

第十二章

　　伊赫曼涅夫二老是非常恩爱的。他们是由于爱情和多年的习惯紧紧地联结着的。不过尼古拉·舍盖伊契不仅现在，甚至以前，在他们最快乐的日子里，对安娜·安德烈耶夫娜都常常采取相当保留的态度，有时甚至是粗暴的，尤其是当着别人的面。有些天性细腻和富于感情的人，往往表现出一种特殊的刚愎，一种天真的不喜欢显露自己，甚至对他们最亲近的人也不喜欢显露自己的深情，不仅在别人面前，就是两个人的时候也是这样——事实上私下相处的时候更是这样。只是偶尔，他们的爱情突然爆发出来，这种爱情越是约束得久，爆发出来的时候便显得越发热烈，越发冲动。伊赫曼涅夫对他的安娜·安德烈耶夫娜从年轻时候起就一贯是这样的。他非常爱她和尊敬她，虽然她只不过是一个好性情的女人，除了爱他，什么也不会，他有时确实被她弄得很窘，因为她是那么单纯，常常对他蠢笨地把什么都公开出来。但是自从娜塔莎走了以后，他们彼此却变得比较温存了，他们痛苦地感到孤零零地被遗留在这世界上了。虽然舍盖伊契有时极端忧郁，但是他们不能一下子分离两个小时而不感到苦恼和不安。他们之间有一种默契，谁也不准提到娜塔莎一个字，似乎她已经死了一样。安娜·安德烈耶夫娜不敢在丈夫面前提她一下，虽然这样约束自己是很苦的。她很久以前就已经在心里饶恕娜塔莎了。这差不多成了一种既定的习惯，我每次回去，一定要给她带去一些关于她心爱的和永远不会忘记的孩子的消息。

如果很久没有得到什么消息，做母亲的就非常难过，而当我带了消息来的时候，她对于极琐碎的事情都感兴趣，会带着战栗的好奇心向我询问。我的叙述安慰了她的心。有一回，听说娜塔莎病了，她吓得要死，甚至想亲自去看她。不过这只是极端的情形。即使对我，她起初也不肯露出要去看她的愿望；而几乎每回在我们谈完话以后，当她已经从我口里榨干了一切，于是她觉得应该在我面前装得强硬一点儿，表示她虽然关心女儿的命运，但是娜塔莎这样悖逆，她是绝不能宽恕的。不过这都是假装的。有时安娜·安德烈耶夫娜绝望地伤心着，淌着眼泪，在我面前用最亲热的名字叫着娜塔莎，苦苦地抱怨尼古拉·舍盖伊契，而且开始在他面前透出一些暗示，议论人们的高傲，议论铁石心肠，议论我们不肯饶恕种种损害，又说上帝是不会宽恕那些不饶恕别人的人的，不过这些话说得都非常谨慎。她在他面前绝不敢说得更进一步。这种时候，她的丈夫立刻就痛苦和忧郁起来，蹙起眉头默默地坐着，不然就大声地、笨拙地扯起一些别的事情来，或者到末了便走到自己房里去，让我们留着，这样给安娜·安德烈耶夫娜一个机会，让她可以在流泪和悲叹中间向我倾吐她的悲哀。我一到他家，他常常就是这样走进自己房间去，有时甚至来不及向我打招呼，为了使我有机会可以向安娜·安德烈耶夫娜报告娜塔莎最近的一切消息。眼前的他就是这样子。

"我浑身都湿透了，"他说，一边走进房间去，"我到自己房间去一下。万尼亚，你在这里坐着吧。你为了找房子碰到那样一件事情呢。你告诉她吧。我马上就回来。"

于是他急急地走开，甚至不想看我们一眼，似乎很不好意思把我们引到一块儿。在那种情形下，特别是在他回来的时候，他对我和安娜·安德烈耶夫娜总是非常简慢和阴郁，甚至要找错处，好像因为他自己的柔弱和多虑在对自己生气似的。

"你看他那样子，"安娜·安德烈耶夫娜说，她近来已经放弃了对我的拘谨和不信任，"他常常这样对我，虽然他明知道我们是明白他那些花头的。他为什么还要跟我装呢？我跟他是陌生的吗？他对他的女儿也是这样子。他也许会饶恕她，你知道，他甚至想要饶恕她呢，天知道！他在夜里哭，我听见了。可是他表面上却还要做作。自尊心使他发了昏。伊凡·彼特罗维契，快告诉我，他刚才是到哪里去的？"

"尼古拉·舍盖伊契吗？我不知道哇，我正要问你呢。"

"他一出去，我就害怕。他在害病，你知道的，又是这样的天气，这样晚！我想一定是有要紧事情才去的。可是除了你所知道的事情，还有什么更重要的事情呢？我只是自己想想，不敢去问他。唉，我近来简直什么也不敢问他了。我的天！我只是为了他，为了她，在提心吊胆。我想，他就是去看她又怎么样呢？他决心饶恕她又怎么样呢？唉，他打听到了一切事情，他知道她最近的消息，我觉得他一定知道，可是他怎么得到消息的呢，我却想不出。他昨天非常阴郁，今天也是这样。可是你怎么不讲些什么呢？告诉我，亲爱的，发生了什么事情吗？我盼望你像盼望上帝的天使一样啊。我望眼欲穿在等你呢。说吧，那流氓会抛弃娜塔莎吗？"

我立刻把我所知道的一切都告诉了安娜·安德烈耶夫娜。我对她总是十分坦白的。我告诉她，娜塔莎跟阿辽沙似乎趋向于破裂，这比以前的误会来得更严重了。娜塔莎昨天送了一个条子给我，要我今天晚上九点到她那里去，所以今夜我本来不打算到这里来看他们的。尼古拉·舍盖伊契却把我拖到这里来了。我详细地告诉她，现在的局势已经非常严重了，阿辽沙的父亲在一度离开以后，已经回来两个星期了，他什么话也不听，严厉地抓住阿辽沙；但是最主要的，是阿辽沙自己对他们提议的那个婚约似乎并不怎么反对，而且据说，他甚至已经跟那位小姐在恋爱了。我又说，我禁不住猜想，娜塔莎的条子是在极大的激动中写的，她写着今天晚上什么事情都要决定了，可是我却不知道究竟要决定什么。她昨天写的条子却要我今天晚上才去，并且规定了时间——九点，这也很奇怪。所以我不得不去，而且要尽快赶去。

"去吧，亲爱的孩子，一定要去吧！"安娜·安德烈耶夫娜焦灼地催着我，"他一出来，你就喝杯茶吧……唉，他们还没有把茶炊拿来！马特雷约娜！你茶炊怎么这么久还没弄好哇？她真是一个粗心婆娘！那么喝了茶，就找个什么理由走吧。可是明天一定要来告诉我一切。早点儿去吧！天哪！也许已经发生什么可怕的事情啦！可是你想一想，事情还能怎么更坏呢！尼古拉·舍盖伊契是知道一切的，我的心告诉我，他是知道的。我从马特雷约娜那里知道许多事情，马特雷约娜是从亚加莎那里听来的，亚加莎是住在公爵家里的马利亚·华西里耶芙娜的教女……但是你知道这一切的。我那尼古拉今天脾气大得很。我想跟他谈些什么，他几乎向我叫起来。接着他似乎又感到抱歉，说他缺钱用。好像他是为了钱吵闹似的。你是知道我们的情形的。吃过午饭，他去睡了一会儿午觉。我从门缝往里张望（那门上有条裂缝，他不知道）。他呀，可怜的亲爱的，正跪在神龛前面祷告呢。我一看见，腿就软了。他不曾睡觉，也没有喝茶，拿起帽子就出去了。他是五点出去的。我不敢问他，他又会向我叫喊。他老是叫喊——常常对马特雷约娜，但是有时也对我。他一叫，我的腿就木了，我的心就沉了。自然这是蠢相，我知道这是他的蠢相，可是这依旧使我害怕。他出去以后，我祷告了整整一个小时，求上帝给他一些好心思。她的条子呢？给我瞧瞧！"

我给她瞧了。我知道安娜·安德烈耶夫娜存着一种秘密的梦想，就是阿辽沙——她有时叫他流氓，有时又叫他愚癫的没良心的孩子——最后会跟娜塔莎结婚，而他的父亲——公爵，会承认这婚姻。她甚至还把这想法向我透露，不过别的时候，她又懊悔了，并且要收回她的话。可是她却不敢在尼古拉·舍盖伊契面前透露这些希望，虽然她知道她丈夫是在怀疑她有这类希望，而且，甚至因此不止一次兜着圈子骂过她。我相信他如果知道这个婚姻可能的话，他会诅咒娜塔莎，并且把她永远从他心里逐出去的。

那时，我们都这样想。他身上每根神经都在渴念着他女儿，不过只渴念她一个人，要她丢掉对阿辽沙的一切怀念。这是饶恕她的唯一条件。他虽然不曾说出口，可是别人能够懂得的，只要看他一眼，就毋庸置疑了。

"他是一个没有骨头的糊涂孩子，没有骨头的，而且他是残忍的，我常常这样说。"安娜·安德烈耶夫娜又说起来，"他们不懂得抚养他，结果他成了一只十足的风信鸡①。她那么爱他，他却把她抛弃了。她会变成怎样啊，可怜的孩子？他对那个新姑娘又会感觉怎样呢？我倒要知道知道。"

"我听说，安娜·安德烈耶夫娜，"我说，"给他提的那个未婚妻是个可爱的姑娘呢。是的，并且娜塔莎也这样说她哩。"

"别相信！"做母亲的插嘴说，"可爱的，真是的！你们写文章的人以为只要是穿裙子的就全是可爱的。至于娜塔莎说她好，那是由于她的善良心肠。她不懂得怎样控制他。她饶恕他的一切，而自己却受苦。他老是这么骗她。这黑心肠的流氓！我简直怕呀，

---

① 风信鸡，测定风向的仪器，形状如鸡，常比喻易变而无定见的人。

伊凡·彼特罗维契！他们都被自尊心弄得发昏了。但愿我们那位好人能够委屈一点儿，但愿他能够饶恕我那可怜的女儿，把她接回家来！但愿我能抱紧她，我能够看着她！她瘦了吗？"

"她瘦了，安娜·安德烈耶夫娜。"

"我的心肝！我真是烦恼极了呀，伊凡·彼特罗维契！昨晚一整夜，今日一整天，我都在哭……可是，唉！我以后告诉你吧。多少次我想暗示他饶恕了她算了，我不敢直接说出来，所以就用些巧妙的方法暗示他。而我的心一直在发抖呢，我以为他会发起脾气来，一下子就咒了她。我还没有听见他咒过她哩……唉，我怕的就是这个，怕他会咒她，那会发生什么事呀？上帝的惩罚是落在被父亲咒过的孩子身上的呀。所以我每天都恐怖得发抖。伊凡·彼特罗维契，你想想，你是在我们家里长大的，我们像对自己的儿子一样对你，你也该难为情吧，你居然也说出那姑娘是可爱的。可是他们的马利亚·华西里耶芙娜才知道得更清楚呢。我也许做得不对，有一天我那好人一个早晨都不在家，我请了她来喝咖啡。她把这事的一切都告诉我了。那公爵，阿辽沙的父亲是跟那伯爵夫人有着可怕的关系哩。他们说，那伯爵夫人老是责备他不跟她结婚，而他却老是推却。这个好伯爵夫人，当伯爵还活着的时候，人家就在议论她那不要脸的行为啦。丈夫一死，她就到外国去了。她周围常常有些意大利人和法国人，还有一些男爵，就在那里，她钓上了彼得·亚历山特罗维契公爵。同时，她的继女，她第一个酒商丈夫的女儿也长大了。那做继母的伯爵夫人把自己所有的钱都花得精光，而继女却已经长大，她父亲留给她的两百万卢布也越滚越多了。现在人家说，她有三百万呢。公爵知道这风声，所以热切地要替阿辽沙求亲。（他是一个厉害的家伙，绝不让一个机会溜走的！）他们那位伯爵亲戚，是宫里一个侍从官，你该记得吧，也赞成了——三百万财产是值得打算的呀。'好极了！'他说，'跟伯爵夫人去谈谈看吧。'于是公爵把他的愿望告诉了伯爵夫人。她斩钉截铁地反对了。她是个无原则的女人，人家说，她简直是个十足的泼妇！他们还说，这儿有些人家不愿意招待她，这是和在外国很不同的。'不，'她说，'是你跟我结婚，不是我继女跟阿辽沙结婚哪。'人家又说，那姑娘是什么事情都对她继母让步的，她几乎是崇拜而且总是服从继母的。她是个温顺的人，人家说，一个十足的安琪儿呢！公爵明白这个，他告诉伯爵夫人不要烦恼。'你已经把你的钱花完了，'他说，'你的债款你是付不清的。但是只要你继女跟阿辽沙结了婚，他们——你那个天真的姑娘和我那个小傻瓜，就成一对了。我们可以保护他们，一起做他们的监护人。那么你就有许多钱了。你跟我结婚有什么好处呢？'他真是一个厉害的家伙，一个十足的浑蛋！六个月前，伯爵夫人还是决定不了，但是后来人家说，他们一起住在华沙，他们终于同意了。这就是我所听到的。这一切都是马利亚·华西里耶芙娜从头到尾告诉我的。她是从可靠方面听来的。所以你瞧，这全是百万财产的问题呀，并不是什么她可爱呀！"

安娜·安德烈耶夫娜说的故事使我感叹。这和我从阿辽沙那里听到的一切相符合。当他告诉我的时候，他坚决地宣称他绝不会为了钱去结婚。但是他已经被卡捷琳娜·菲多罗芙娜打动和吸引了。我还从阿辽沙那里听说，他父亲打算结婚，虽然他否认结婚的谣言，以免过早地刺激伯爵夫人。我已经说过，阿辽沙是非常爱他父亲的，崇拜他和称颂他，像相信先知那样相信他。

"她并不是那伯爵的亲属哇，你知道，你所谓的那个可爱的姑娘！"安娜·安德烈耶夫娜接下去说，她对我称赞小公爵的未婚妻大为反感，"唉，娜塔莎才是他更好的配偶哇。她不过是一个酒商的女儿罢了，而娜塔莎却是一个出身旧贵族家庭的高尚少女呀。昨天

（我忘记告诉你了）我那位老头子打开他那只盒子，你知道，就是那只铁盒子，他整个黄昏坐在我对面，整理着我们家族的家谱。他那么庄严地坐着。我正在织一只袜子，没有看他，我怕看他呀。他看我没说话，不高兴啦，自己叫起我来，他花了整个黄昏的时间，告诉我关于我们的家世的事。你知道，伊赫曼涅夫家族在伊凡雷帝时代还是贵族哩，而我的家族，苏米罗夫家族甚至在阿历克舍·米海洛维契时代还是有名望的。我们都有文件可以证明的，而且在卡拉姆辛的历史书里也有提到哩，所以你瞧，我亲爱的孩子，在这方面，我们跟其他的人是一样的高贵呢。我那老头子一说这些话的时候，我就明白他心里在想些什么。显然，娜塔莎给人家看轻了，他感到很痛苦。他们只是因为有点儿钱，才占了我们上风罢了。那强盗——彼得·亚历山特罗维契公爵，为了钱是很会兴风作浪的，谁都知道他是一个心肠冷酷的贪婪之人哪。他们说他在华沙的时候，秘密地加入了耶稣会。这是真的吗？"

"这是愚蠢的谣言。"我回答说，虽然我禁不住被这谣言的持久性震骇。

但是她说她丈夫在翻阅他们家谱的事，却使我感兴趣。他以前从来不曾夸耀过他的家世。

"这些都是黑心肠的流氓啊！"安娜·安德烈耶夫娜继续说，"好吧，告诉我关于我心肝儿的事吧。她是不是在伤心和痛哭呢？唉，你该去看她了！（马特雷约娜！她真是个粗心婆娘。）他们可曾侮辱她？告诉我，万尼亚！"

我能回答她什么呢？那可怜的老太太在淌满泪了。我问她，刚才打算告诉我的眼前的烦恼究竟是什么事。

"唉，我亲爱的孩子！似乎我们的烦恼还不够受哩！似乎我们的苦酒还不曾喝够哇！你记得的，我亲爱的，也许你不记得了，我有一只镶金的小盒子——那是一个纪念品，里面有幅娜塔莎童年的画像。那时，我那小安琪儿才八岁呢。我们那时是向一个旅行的艺术家定制的。可是我看你已经忘记了！那是一位很好的艺术家哩。他把她画成一个爱神似的。那时候她长着一头金黄色的头发，像绒毛一样。他画她穿着一件洋纱小衫，所以透过它，她的小身体都看得见，她看起来是那么美丽，你简直舍不得移开眼睛哩。我请求那位艺术家替她画上两只翅膀，但是他不答应。唉，在我们经历了这些可怕的烦恼事情之后，我把它从盒子里拿出来，拴了一条带子，挂在我脖子上，这样我就让它挂在我的十字架旁边，虽然我怕这会给他看见。你知道，他那时告诉过我，叫我把她的东西全丢到屋子外面去，或者烧掉，使得没有一样东西会使我们想到她。可是这画像我无论如何是一定要看的呀。有时候我哭了，看看它，就好一点儿。有时候，我一个人，就不住地吻它，好像吻她本人一样。我唤着她的小名，每天晚上在它上面画十字。我一个人的时候，就大声地对它说话，问它一句，想象它好像回答了我，于是再问它一句。哎呀，万尼亚，说起来都伤心哪！唉，我很高兴他不知道这只小盒子，而且也没有注意到它。可是昨天早上，这小盒子丢啦。那带子松了。那带子大概是烂了，因而我把那小盒子丢掉了。我吓死啦。我上上下下地找了又找，可是找不到。所有地方连它的影子都没有，它是丢啦！我会掉到哪里去呢？我想一定是在床上丢的，我把什么都翻了过来。什么地方都没有！如果是松脱掉落了，总会有人捡去的，但是谁能捡去呢，除了他和马特雷约娜？谁也不必去疑心马特雷约娜，她对我是一心一意的。（马特雷约娜，你究竟是不是在拿茶炊呢？）我不断想，要是他捡去了，那会发生什么事啊？我那么悲哀地坐着，哭了又哭，收不住我的眼泪。而尼古拉·舍盖伊契却越发对我温存起来，似乎他知道我在伤心什么，在为我难过。当时我疑心，他怎么能说出来呢？他也许真的找到了那只盒子，把它丢到窗外去了吧？你知道，他发起脾气来是会这么干的呀。他丢了出去，现在却自己难受起来，懊恼把它丢出去了。我已经和马特雷约娜到窗子底下去找过了，什么也没有找到。什么痕迹都不见了。我哭了一整夜。这是头一夜，我不曾替她画十字呀。哎呀，这是不好的兆头哇，伊凡·彼特罗维契，这是不好的兆头，这是凶恶的预兆哇；我已哭了两天，不曾停止过。我盼望你来，我亲爱的，就像盼望上帝的天使一样啊，但愿你来宽宽我的心……"那可怜的老太太痛哭起来了。

"啊，我忘记告诉你了，"她突然说，记起什么，欢喜起来了，"你听见他说起过一个孤女的事情吗？"

"是的，安娜·安德烈耶夫娜。他告诉我，你们都想过，而且同意收养一个穷苦的女孩子，一个孤女。这是真的吗？"

"我没有想过，我亲爱的孩子，我从来没有想过。我不要什么孤女。她会叫我们想起我们的苦难、我们的不幸的！除了娜塔莎，我谁都不要。她是我唯一的女儿，而且永远是我唯一的女儿。但是他却想要一个孤女，这是什么意思呀？你以为怎样,伊凡·彼特罗维契？你猜想他是为了看见我哭，想来安慰我呢，还是要把他亲女儿完全从他心里赶出去，却去爱另外的孩子呢？你们同来的时候，他说过我什么吗？你看他怎么样——阴沉沉的，还是发脾气呢？嘘，他来了！以后，我亲爱的，以后再告诉我吧……别忘记明天来。"

第十三章

老人进来了。他带着好奇心望望我们，似乎有点儿难为情，皱皱眉头，走到桌子旁边。

"茶炊呢？"他问，"难道说，她直到此刻都拿不出来吗？"

"就来了，亲爱的，就来了；喏，她拿来了。"安娜·安德烈耶夫娜慌张地说。

马特雷约娜一看见尼古拉·舍盖伊契，就捧着茶炊进来，她好像是专等着他进来才把茶炊拿出来似的。她是一个年老的、跟他们共甘苦的忠心女仆，却是世界上最执拗和最爱抱怨的人，有着固执而又倔强的性格。她害怕尼古拉·舍盖伊契，在他面前总是张口结舌的。但是在安娜·安德烈耶夫娜面前，她却要找补这口气，每回都是鲁莽无礼的，甚至还公然管束她的女主人，不过同时对她和娜塔莎却又有一股热烈和真诚的爱。我从前在伊契曼耶夫加村庄的时候，就认识这个马特雷约娜了。

"哼！这是让人不开心的，人家浑身湿透了，他们却连杯茶都不肯给。"老人喃喃地说。

安娜·安德烈耶夫娜马上向我做了个手势。他是受不住这种神秘的手势的，这时他虽然极力不望着我们，但是从他脸色可以知道，刚才安娜·安德烈耶夫娜对我做手势，他是完全觉察到了的。

"我去看了我的案子，万尼亚，"他突然说，"这是多么倒霉的事呀。我告诉过你吗？这完全成为对付我的了。看来我是没有证据，应有的文件我一张也没有。现有的文件也没什么用。哼！"

他说的是他跟公爵的官司，这官司还拖着，但是对尼古拉·舍盖伊契却很不利了。我沉默着，不知道怎样回答。他狐疑地望着我。

"哼！"他突然叫出来，似乎被我们的沉默激怒了，"越快越好！就是他们判决我要付款，他们也不会把我当作一个无赖汉哪。我有良心，就让他们去判决吧。无论如何案子是要了结的。这就要决定了。我要破产了……我要抛弃一切到西伯利亚去。"

"我的天！到什么样的地方去呀！而且干吗要去那么远呢？"安娜·安德烈耶夫娜忍不住说。

"在这里又靠近些什么呀？"他刻薄地说，好像喜欢跟人家抬杠似的。

"唉，靠近一些人哪……无论如何……"安娜·安德烈耶夫娜说，苦恼地扫了我一眼。

"什么样的人哪？"他叫，把他发烧的眼神从我脸上转到她脸上，又转回到我脸上来，"什么人哪？强盗，奸徒，造谣家？这种人到处都有，别担心，在西伯利亚我们也会碰得到呢。如果你不肯跟我去，你就待在这儿好啦。我不会强迫你的。"

"尼古拉·舍盖伊契，我亲爱的！没有你，我跟谁住在一起呀？唉，在世界上我除了你没有别人哪……"

她结结巴巴地说，突然打住了，带着一种惊惶的神色转向我，仿佛要求我帮忙和支持似的。老人已经冒火了，准备对什么都发一下脾气，要想反对他是不可能的。

"听我说吧，安娜·安德烈耶夫娜，"我说，"到西伯利亚去，倒并不完全像你所想的那么坏。如果到了万不得已的时候，你们不得不卖掉伊契曼耶夫加田庄，那么尼古拉·舍盖伊契的计划事实上倒是好的。在西伯利亚，你们也许可以找到一份相当不错的私人工作，那么……"

"对呀，你说得有理，伊凡，这正是我所想的。我要抛弃一切，离开这里。"

"啊，这倒是我绝对想不到的，"安娜·安德烈耶夫娜举起她的手叫起来，"你也是这样啊，万尼亚！我想不到你……唉，你一向只知道我们对你好，而现在……"

"哈哈哈！你还想指望什么别的吗？唉，我们靠什么生活呀，想一想吧！我们的钱花光了，我们只剩下最后一点儿小钱啦。你大概是要我到彼得·亚历山特罗维契公爵跟前去求他饶恕吧，嗯？"

一听到公爵的名字，安娜·安德烈耶夫娜就惊慌得发抖。她手里的茶匙撞着茶碟丁零当啷地响起来。

"是呀，说正经话，"老人接下去说，带着一种恶毒的固执的高兴，使自己激昂起来了，"你以为怎么样，万尼亚？我难道当真不该到那里去吗？干吗要到西伯利亚去呢？我不如明天梳梳我的头发，穿上我最好的衣服，把我打扮得干干净净的。安娜·安德烈耶夫娜会给我一件新的衬衫护胸（去看这样一个人物，不能没有这个呀！），会给我买一副手套，弄得一丝不苟。于是我走到他前面去：'老爷，小老子，恩人！饶恕我吧，可怜我吧！给我一片面包皮吧！我有老婆娃娃哩！'这样对不对，安娜·安德烈耶夫娜？这可是你所要的吗？"

"我亲爱的，我什么也不要哇！我是没想过，乱说的呀。如果我使你烦恼了，你饶恕我吧，只求你不要叫哇。"她脱口而出，害怕得越抖越厉害了。

我相信，当他看着他女人的眼泪和惊惶的样子，他心里是七颠八倒，且发痛的。我可以断定，他自己比他女人痛苦多了，可是他却控制不住自己。有种性情好而神经衰弱的人，有时候就是这样子。他们虽然仁慈，却心神失常地以自己的悲哀和愤怒为乐事，而且不管怎么样，都要发泄自己的情绪，甚至伤害一些无辜的人，并且还常常拣着他最近的人去伤害。一个女人，有时虽然她并没有什么不幸和悲哀，但也渴望着觉得自己不幸和悲哀。在这点上，许多男人也像女人一样，而这些男人倒并不是脆弱的，他们身上也没有多少女人的气质。这老人有一种不得已地想吵架的冲动，虽然他是在自寻烦恼。

我记得，当时我心里忽然一动：他刚才出去莫非当真有什么打算，像安娜·安德烈耶夫娜所猜想的一样吗？莫非上帝使他的心肠软了下来，他真的跑去看娜塔莎，但在路上改变了主意，或者有什么事情不对，把他原来的主意抛弃了？无疑会是这样的，于是他愤怒又委屈地跑回家来，因为对自己刚才的那种感情和希望觉得不好意思，想找一个人来发泄一下使自己气愤的那种软弱的心情，并且拣一个他疑心跟他有同样感情和希望的人来发泄。也许当他想饶恕他女儿的时候，他就想象过他可怜的安娜·安德烈耶夫娜的快乐与狂喜，而这事情没有结果的时候，不消说她是该首先遭殃了。

但是当她在他面前恐惧地发抖的时候，她那种绝望的神情使他感动了。他似乎觉得这样发脾气不好意思，便暂时约束了一下自己。我们大家都沉默着。我尽量不去看他。但是这平静的时间并不长。他无论如何都要怒吼一番来发泄自己的情绪，如果需要诅咒的话，他就诅咒。

"你瞧，万尼亚，"他突然说，"我很难过。我不想说，但是时候已经到了，我必须像一个直爽的人，毫不回避地说出来……你懂吗，万尼亚？你来，我很高兴，这样，我可以在你面前大声地说，让有些人可以听听，我痛恨这一切胡闹，这一切眼泪、叹气和不幸。我的心也许会流血或发痛，我从心里撕掉了的东西，是绝不会再回到我心里来的。是的，我这样说了，我就这样做。我是说六个月以前发生的那件事情——你明白吗，万尼亚？我这样公开、坦白地说，为的是你不至于弄错我的话。"他说了一句，用发红的眼睛看看我，显然是想避开他女人的恐惧的眼光。"我再说一句，这是胡闹，我不要！……这只是叫我发疯，每一个人都以为我是怀着那样卑劣和柔弱的感情的，似乎我是一个蠢材，似乎我是一个流氓……他们以为我悲哀得快发疯了……胡闹！我已经丢开了，我已经忘记旧日的感情了！我一点儿也不记得它！不！不！不！还是不！"

他从椅子上跳了起来，把桌子一拍，茶杯都叮当地响起来。

"尼古拉·舍盖伊契，你难道对安娜·安德烈耶夫娜没有感情吗？瞧瞧，你在对她做什么呀！"我忍不住说，几乎是暴怒地望着他。但这只是火上浇油罢了。

"不，我没有！"他叫着，抖着，脸色发白，"我没有！因为没有一个人对我有感情！因为在我自己家里，他们都在用阴谋诡计对付我，侮辱我的名誉，他们都站在我那堕落的女儿那一边，她是该受我诅咒的，该受任何惩罚的！……"

"尼古拉·舍盖伊契，别咒她呀！你要怎么样都随你，只是别咒我们的女儿啊！"安娜·安德烈耶夫娜尖声叫起来。

"我就要咒她！"老头儿叫，声音比刚才还响两倍，"因为虽然我被侮辱了，我的名誉被侮辱了，他们却还希望我到那该诅咒的女儿那里去求她饶恕哇。是的，是的，就是这样！我日以继夜，夜以继日地，在自己家里就这样被眼泪、叹气和那些愚蠢的暗示折磨死了！他们想软化我……瞧，万尼亚，瞧，"他接下去说，用颤抖的手从他的口袋里急促地拿出一些文件来，"这儿是我们官司的记录。它说我是一个贼，说我是一个骗子，说我偷了我恩人的钱！我失了信用，我丢了面子，都是因为她呀！这，这，你瞧，瞧！"

他从外衣的口袋里把各种文件都拉了出来，一张一张地丢到桌子上，急躁地想在这些文件中间找出他要给我瞧的那一张，但是好像命中注定似的，偏偏那一张找不到。他暴躁地把他从口袋里抓到的一切东西都拉了出来，忽然什么东西当的一声重重地跌落到桌子上。安娜·安德烈耶夫娜发出一声惊呼。这正是那丢了的小盒子呀！

我简直不能相信我的眼睛了。热血冲上老头儿的脑袋，他脸颊绯红，吓了一跳。安娜·安德烈耶夫娜站起来，紧握着双手，哀求地望着他。她的脸因为欢乐的希望而发亮了。老头儿的红脸，他在我们面前的害羞……是的，她没有猜错，她现在明白她的小盒子是怎样丢掉的了！

她明白，是他拾了去，他拾到手是快乐的，而且也许快乐地发抖，他妒忌地把它偷偷藏起来；而他在一个人的时候，不让别人看见，怀着无限的爱紧瞅着他爱女的脸庞，他瞅着，瞅不完地瞅。也许正和那可怜的母亲一样，他一个人关起门，对他宝贝的娜塔莎说着话，想象着她的回答，他自己再来回答她；而在晚上，他带着痛苦的悲哀，带着抑制的啜泣，抚慰着和吻着这亲爱的画像，他不是在咒她，而是在饶恕和祝福这个他在别人面前所不要看的和诅咒的她呀。

"亲爱的，那么你依旧是爱着她的呀！"安娜·安德烈耶夫娜叫起来，在这个刚才咒过她的娜塔莎的严厉的父亲面前，再也抑制不住她自己了。

可是他一听见她的叫声，一团疯狂的怒火立刻从他眼睛里冒出来。他抓起那只小盒子，猛烈地摔到地上，暴怒地踩着它。

"我咒你，我咒你，永远！永远咒你！"他沙哑地叫，喘着气，"永远！永远！"

"天哪！"母亲大叫着，"她的呀！我的娜塔莎呀！她的小脸啊！

踩它呀！踩它呀！暴君哪！残酷的，没有感情的骄傲的人哪！"

听了他女人的哀号，这疯狂的老人突然停住了，因为他所做的事情而害怕起来了。蓦地，他从地上抓起那小盒子，向门口冲去，但是不到两步，他就跌倒了，手臂搭在他前面的沙发上，脑袋无力地低垂着。

他像一个小孩子，像一个女人似的悲泣起来。悲泣压榨着他的胸腔，仿佛要使他的胸腔炸裂开来。那气势汹汹的老人一分钟之内变成了比小孩子还柔弱的人。啊，现在他不能咒她了，现在他在我们面前不再难为情了，在一阵突发的爱中，他把无数的热吻印在他刚才踩在脚下的画像上。他那约束了那么久的对他女儿的全部深情、全部热爱，现在似乎以一种不能抑制的力量，突然爆发出来，把他整个生命都震撼了。

"饶恕，饶恕她吧！"安娜·安德烈耶夫娜叫着，哭泣着，向他俯下去，拥抱着他，"把她接回来吧，亲爱的，在可怖的末日审判的时候，上帝为了你的慈悯和委屈，会补偿你的呀！"

"不，不！无论如何都不！绝不！"他用一种粗哑的、窒息的声音喊，"绝不！绝不！"

第十四章

我到娜塔莎那里，已经很晚了，有十点了。

那时，她住在靠近绥苗诺夫桥的芳唐卡，在商人科罗塔胥金所有的那些肮脏的房子里的第四层楼上。当初她刚离开家的时候，曾经和阿辽沙住在立特尼一幢房子的第三层上的一个极精致的房间里，房间虽小，却漂亮又舒适。可是小公爵的钱很快就花光了。他没有成为音乐教师，只是借钱过活，不久就欠下了很多债。他把钱花在装饰房间和送娜塔莎礼物上，她想阻止他的浪费，责备他，有时甚至为了这哭。阿辽沙，由于他的冲动和感性，常常整个星期沉浸在梦想中，想怎样送她一件礼物，她又将怎样接受它，他把这种梦想当作一种使自己真正快乐的事情，而且狂喜地在事前把这些梦想告诉我。而一碰到她的眼泪和责备，他就沮丧成那样子，叫人家都替他难受。日子慢慢过去，这种礼物变成责备、痛苦和吵嘴的原因了。此外，阿辽沙还瞒着娜塔莎花了许多钱，他被一些同伴诱到邪路上去，对她不忠实起来。他去找各种各样的约瑟芬和明娜①，虽然他同时仍是热烈地爱着她的。他爱她，在他看来实在是一种痛苦。他常常丧气且抑郁地跑来看我，说他自己抵不上娜塔莎一个小指头；说

---

① 约瑟芬和明娜，代指妓女。

他粗鲁且卑劣，不能够理解她和不值得她爱。在某种程度上，他的话是正确的。他们之间完全不相称，他比起她来，就像是一个小孩子，而她也常常把他看作一个小孩子。他向我流泪，悔恨他跟约瑟芬的关系，又求我不要告诉娜塔莎。而在他坦白地忏悔以后，他又怯怯地、战栗地和我一同到娜塔莎那里去（他坚持要我去，说他干了那些勾当以后，很怕去看她，只有我能够帮助他）。我们一到，娜塔莎第一眼看到他那样子，就知道是什么事了。她本来是极其妒忌的，我不懂得她怎么会常常宽恕他。他们之间时常发生这样的事情：阿辽沙跟着我进去，怯怯地向她说话，怀着一种胆怯的温柔神情看着她的眼睛。她立刻猜到，他做了坏事，但是没有什么表示，而且她绝不提这件事，反而加倍地抚慰他，并且变得更温柔、更活泼了——这倒并不是做戏或者预先想好的策略。不，因为在她纯良的天性中，有一种宽恕人和怜悯人的无限的快乐，似乎在宽恕阿辽沙的过程中，她获得了一种特殊的微妙的魔力。这倒是真的，只有在约瑟芬的问题上才如此。阿辽沙一看到她那种仁慈和宽大，就约束不住自己了，不等她问，立刻就把事情全盘供了出来——宽慰了他的心和像他自己所说的："依旧和从前一样了。"等他得到了她的宽恕，他立刻就狂喜起来，有时甚至快乐和感动得哭起来，吻她和拥抱她。于是他的精神立即奋发，开始以一种孩子般的率直，把他和约瑟芬的遭遇对她详尽地叙述起来。他微笑着和大笑着，祝福娜塔莎，把她恭维到天上去，于是这天晚上的聚会就在欢乐与愉快中结束了。当他所有的钱都花光了，他就开始卖东西。由于娜塔莎的坚持，他们在芳唐卡找到了一个便宜的小房间。他们的东西不断地卖出去，娜塔莎现在甚至卖了她的衣服，并且开始找工作了。阿辽沙听到这话，失望到了极点，他诅咒自己，叫着说他轻视自己，但是同时却依旧不做任何事情来改善他的情况。到了眼前，最后的钱也花光了，留给娜塔莎的一条路，只有去工作，而工作的报酬却是很微薄的。

　　当他们最初同居的时候，阿辽沙跟他父亲之间曾经发生过一次激烈的口角。华尔戈夫斯基要他儿子娶伯爵夫人的继女卡捷琳娜·菲多罗芙娜·菲力蒙诺娃，在那时还不过是种企图，但现在却是一种蓄谋。他带阿辽沙去看那位小姐，引诱他去设法取悦她，而且企图用辩才和严厉手段说服阿辽沙。但是因为伯爵夫人的关系，这个计划失败了。之后，阿辽沙的父亲就闭上眼睛，不管他儿子和娜塔莎的事情，让时间去解决。他深知阿辽沙的善变和轻浮，希望他们的恋爱不久就会完结。直到最近，关于他儿子娶娜塔莎的可能性的问题，公爵不再去烦心了。而那对爱人呢，他们把这问题拖延下去，只是等待着和他的父亲可能有一个形式上的和解，或者渺茫地等待着某种环境的变动。娜塔莎显然不愿意讨论这个问题。阿辽沙秘密地告诉我，他父亲有时倒是喜欢这所有事情的。他喜欢伊赫曼涅夫家的屈服。为了形式上的关系，他却依旧装作不喜欢他儿子，减少给他那并不算宽裕的津贴（他对他儿子是非常吝啬的），而且还威胁说连这一点都要停止。但是不久他到波兰去追求在那边有事的伯爵夫人去了。他孜孜不倦地进行他的订婚计划。虽然阿辽沙结婚还太年轻，这倒是真的，但是那姑娘很有钱，这是不能错过的大好机会。公爵终于达到了目的。我们听到传言，这婚约最后是谈妥了。当我写到这里的时候，公爵刚回到彼得堡。他亲热地跟他儿子见面，但是阿辽沙和娜塔莎的关系的持久性，使他感到不愉快和惊愕。他有点儿疑惑，感到混乱起来。他严厉地要他儿子断绝这种关系，但是不久他想出一个更有效的进攻方式——把他儿子带到伯爵夫人那里去。她的继女虽然还不过是个小孩子，却几乎已经是个美人儿了，快乐、聪明、甜美，有副稀有的善良心肠和一个纯洁的健全的灵魂。公爵盘算着六个月以后一定会有点儿效果，那时娜塔莎再不会有新奇的魔力了，他儿子对于给他提的那个未婚妻也不会拿六个月以前的眼光去看她了。他的盘算只有一部分是对的……阿辽沙确实被吸引了。我还要补叙一句，他父亲对他突然异常亲热起来（虽然仍然拒绝给他钱）。阿辽沙觉得，他父亲的亲热底下掩藏着一种不能改变、不能阻挠的决心，他觉得不愉快——然而却没有像一天不见到卡捷琳娜·菲多罗芙娜那样不愉快。我知道，他已经五天没有和娜塔莎见面了。当我从伊赫曼涅夫家里到她那里去的路上，我不安地猜想，她究竟要跟我讨论些什么呢？我老远就看到她窗子里的一点亮光。我们之间早有一种约定，就是假如她非常迫切地需要我的时候，就放一支蜡烛在窗口，我如果经过那里（我几乎每夜都要经过那里），就可以从窗口的亮光猜到她在盼望我和需要我。近来，她是常常在窗口放蜡烛了……

第十五章

我看到娜塔莎一个人在那里。她在房间里慢慢地来回踱着步，两只手抱着胸脯，陷入深思。桌子上放着一只茶炊，几乎熄灭了。这大概很久以前就为我预备好了。她带着微笑向我伸出手来，没有说话。她的脸色是苍白的，有一种痛苦的表情。在她的微笑里，有一种殉道般温柔、忍耐的神色。因为脸苍白和消瘦，她那双浅蓝色的眼睛显得格外大了，她的头发也显得格外浓密了。

"我刚才还以为你不来了，"她说，把手给我，"我正想叫玛芙拉去探问你呢。我怕你又害病了。"

"不，我不曾害病。我被事情耽搁了。我就会告诉你的。但是什么事情啊，娜塔莎，发生了什么事情吗？"

"没有什么，"她回答说，有点儿吃惊，"怎么啦？"

"怎么？你写……你昨天写条子叫我来，还规定了时间，叫我不要早来也不要迟来，你平常不是这样的呀。"

"哦，是的！我昨天在等他来。"

"怎么，他还不曾来过吗？"

"不曾，我想，他如果不来，我得和你谈一些事情。"她歇了一下，才接着说。

"今天晚上，你也在等他吗？"

"不，今天晚上他在那边。"

"你以为怎么样，娜塔莎，他会就此不回来了吗？"

"他自然会来的，"她回答说，用一种特殊的热忱望着我。她不喜欢我问话的鲁莽。我们陷入静默，都在屋子里来回踱步。

"我一直都盼望着你来，万尼亚，"她带着微笑又说起来，"你知道我在做什么吗？我在来回地踱步背诗。你还记得吗？那钟声，那冬天的路上，'我的茶炊在橡木桌上沸腾了……'我们在一块儿读过它：

> 暴风雪衰竭了，千百万颗朦胧的星星
> 闪烁着微光。

接着是：

> 我听到一个热情的声音
> 伴着钟声在高唱。
> 啊，我心爱的人儿几时从远方归来呀，
> 安息在我哀恳的心头上？
> 我的生活不是生活呀！
> 玫瑰色的曙光
> 在玻璃窗的冰帘下玩荡；
> 我的茶炊在橡木桌上沸腾了，
> 明亮的爆裂的火花，惊醒了黑暗的屋角，
> 照见了挂着印花布帐子的我的眠床。

"这多美呀！这些诗是多么痛苦哇，万尼亚，而且是一幅多么生

动的、幻想的图画！这好像一幅画布，上面只用粉笔画上一点儿轮廓。你可以随你的高兴去涂上颜色！有两种感觉：极早的和夜深的。那茶炊，那印花布帐子，这一切多么有家庭风味呀。这很像我们家乡小镇上的一些小屋，我感觉好像能够看到那小屋：一座新的、用木头盖的、还不曾装上护壁板的……接着又是一幅图画：

> 忽然，我听见那同一声音又在响，
> 伴着那钟声，我追寻着它忧郁的腔调：
> 啊，我的老友在哪里呀？我怕他会进来
> 给我以热情的抚慰和拥抱。
> 我所忍受的是怎样一种生活呀！可是我的
> 眼泪是无用的。
> 啊，我的屋子多凄凉啊！裂缝里风在呼啸，
> 而在屋外呀，只有一株樱桃树在生长，
> 也许它已经被摧毁了吧——有谁知道？
> 玻璃窗上的冰雪把它遮住了。
> 窗帘上的印花已经失去它们华丽的色调，
> 而我烦闷地徘徊；我避开我的一切亲人，
> 没有一个人骂我，也没有一个人爱我，
> 只有那老妇人咬咬独语……

"'我烦闷地徘徊'，这'烦闷'用得多好。'没有一个人骂我'，这一行又是多么深情，多么柔和呀；而且是怎样的一种回忆的痛苦哇，人们自己引起的痛苦，而自己在回忆它。天哪，这多美！多真实呀！"

她停止说话了，似乎在同升到喉咙口的痉挛做斗争。

"亲爱的万尼亚！"过了一分钟，她说，却又停住了，仿佛忘记

了她要说什么话,或者由于一种突发的情感,没有想过就说出来似的。

同时,我们依旧在屋子里来回走着。一盏灯在圣像前燃着。近来娜塔莎越来越敬神了,并且不愿意别人向她说起这个。

"明天又是祭日吗?"我问,"你的灯又点着哩。"

"不,明天不是祭日……但是,万尼亚,坐下吧。你一定疲乏了。你喝茶吗?我猜你还不曾喝过吧?"

"让我们坐下吧,娜塔莎。我已经喝过茶了。"

"你是从哪里来的?"

"从他们那里。"

我们常是这样称呼她的老家。

"从他们那里?你怎么赶得及呢?是你自己想去的呢?还是他们叫你去的?"

她提出许多问题来困扰我。她的脸色因为激动变得更苍白了。我详细地告诉她我怎样碰到她父亲,我跟她母亲的谈话,以及有关小盒子的情景。我详细地告诉她,描绘着各种细微的情感。我绝不向她隐瞒什么。她热心地倾听着,捕捉我说的每一句话。眼泪在她眼睛里闪烁着。那小盒子的情景使她深深感动起来。

"停一停,停一停,万尼亚,"她说,不时地打断我的故事,"把每件事情说得更准确一点儿,每件事情都尽可能准确。你说得还不够准确……"

我重复又重复地说着,随时都要回答她那不断询问的关于细节的问题。

"你真的以为他是来看我的吗?"

"我不知道,娜塔莎,事实上我也不敢断定,他为你伤心并且爱你,那是显然的。不过他来看你,那是……是……"

"他吻了那小盒子吗?"她插话说,"他吻它的时候说了些什么呢？"

"那是不连气的。只是叫喊罢了。他叫着你最亲热的名字，他呼唤你。"

"呼唤我？"

"是的。"

她轻轻地哭起来了。

"可怜的人哪！"她说，"要是他知道了一切事情，"经过片刻的沉默，她又接着说，"这是不奇怪的。他也听到关于阿辽沙父亲的许多事情哩。"

"娜塔莎，"我怯怯地说，"让我们到他们那里去吧。"

"什么时候？"她问，脸色发白，几乎从她的椅子上站了起来。

她以为我劝她立刻就回去。

"不，万尼亚，"她接下去说，把两只手放在我肩膀上，忧郁地微笑着，"不，亲爱的，这是你常常说的，但是……我们还是别说这个的好。"

"这可怕的纠纷难道永远不会结束吗？"我忧伤地叫道，"你能够那么骄傲，不走第一步吗？这应该是由你来走的，你必须先做。也许你爸爸就是等着这个来饶恕你呢……他是你的爸爸，他被你损害了！尊重他的自尊心，这是应当的，这是自然的！你应该这样做！只要试一试，他就会无条件饶恕你的。"

"无条件！那是不可能的。不要无缘无故责备我。我日日夜夜都在想这个，现在也在想。自从我离开家以后，我没有一天不想这个。我们不是也常常谈这个吗？你自己知道，这是不可能的呀。"

"试试看！"

"不，亲爱的，这是不可能的。假使我试试看，这会使他更苛责严酷地来反对我。无法挽回的事情是不能让它回来的。你知道不能让它回来的是什么事情吗？我跟他们在一起度过的那幸福的童年是不能再回来的。假如我爸爸饶恕了我，他现在也会很难理解我。他从前是把我作为一个小姑娘、一个大孩子爱着的。他赞美我那小孩子般的单纯。他常常拍拍我的头，就像我还是七岁的小孩子，常常坐在他的膝盖上，给他唱我小时候的儿歌一样。从我早期的童年时代起，一直到我在家的最后一天，他经常到我床前来祝我晚安。在我们那些不幸事件的前一个月，他替我买了些耳环，当作一件秘密的事情（但是我全知道了），并且欢喜得像一个小孩子似的，想象我得到这礼物会多么高兴，而当他发觉我老早就知道他买耳环这事情的时候，他对每个人，特别对我，可怕地发起脾气来了。在我出走前三天，他看到我很抑郁，他自己也抑郁起来，几乎使他害病了。而且——你相信吗——为了要使我开心，他提议去买几张戏票！是的，他实在以为这会使我好起来。我告诉你，他是把我当成一个小姑娘在理解和爱的，甚至于不愿想到我有一天会成为一个妇人……这种念头从来不曾钻进他头脑里。如果我现在回家，他绝不会理解我。即使他饶恕了我，他现在所碰到的会是完全另外一个人了，我不同了，我现在不是一个小孩子。我已经历过许多事情。即使他满意我，也依然要叹息他过去的幸福和感叹我再不是像他把我当一个小孩子来爱我时那种样子了。过去的事情，想起来总是最好的！人总是带着痛苦去回忆的！啊，过去是多么好哇，万尼亚！"她叫起来，因为自己的话激动了，以这一声尖锐的叫喊打断了自己的话，这叫声是从她心里痛苦地爆发出来的。

"你说的都是真实的，娜塔莎，"我说，"所以，他必须努力重新来理解你和爱你，尤其是理解你。自然，他会爱你的。你当然不会认为他凭着他的心，却不能理解你和明白你吧？"

"啊，万尼亚，别这样不公平！我有什么好了解的呢？我不是这个意思。你瞧，这里有些另外的东西哩：父爱也是有妒忌的，跟阿辽沙的事情从开始到决定都不让他知道，他既不知道，也没有看出，这是伤了他的心的。他知道，他没有预见到这个，于是把我们恋爱的不愉快结果和我的逃走都归咎于我的'忘恩负义'的秘密行为了。我起先既没有告诉他，后来又没有把我心里的每一次活动向他坦白，相反地，我在心里隐藏起来。我对他隐瞒着，我确定地告诉你，万尼亚，这对于他，暗地里是比事实本身——就是说比我离开他们和我委身于我爱人——更坏的一种损害，更坏的一种侮辱哇。假定他现在像一个做父亲的热情而慈爱地来看待我，但是这矛盾的种子仍然存在。明天或后天，就会碰到失望、误解和责难。此外，即使我说——从我心底里真实地说——我明白我怎样伤了他的心，我对他怎样不好，他也不会无条件饶恕我的。他如果不明白我和阿辽沙的一切幸福花了我多大代价，以及我经历过怎样的苦难，不过我愿意压抑我的情感，我愿意忍受一切，这固然会使我伤心——可是他却仍然不会满足的。他会坚持一种不可能的赎罪，他会坚持要我诅咒我的过去，诅咒阿辽沙和追悔我对他的恋爱。他要求那不可能的事情，要使过去的重新回来，把过去的六个月从我们一生中抹去。但是我不愿诅咒任何人，我也不能追悔。这不是一个人所该做的，事情就是如此……不，万尼亚，这在现在还不能够。时候还不曾到来呀。"

"几时会到来呢？"

"我不知道……我们必须以痛苦造成我们未来的幸福，用新的苦难去偿付。什么事情都是以受苦去洗清的……啊，万尼亚，世界上究竟有多少痛苦哇！"

我沉默着，略带思索地望着她。

"你干吗这样望着我呀，阿辽沙——我是说，万尼亚！"她说，因为她自己说错了，微笑起来。

"我在望着你的微笑，娜塔莎，你这是哪儿弄来的？你平时不是这样笑的呀。"

"怎么，我的笑里还有什么吗？"

"原来的孩子般的单纯依旧存在，那是真的……不过你微笑的时候，似乎你的心痛得非常厉害。你越来越瘦了，娜塔莎，你的头发似乎更浓密了……你穿的是什么衣服？你在家里常常穿这衣服？是吗？"

"你多么爱我呀，万尼亚，"她亲切地望着我说，"那么你怎么样呢？你在做些什么？你的事情怎样了？"

"还是老样子。我依旧在写我的长篇小说，不过这是很难写的，我写不下去。灵感枯竭了。我敢说，不管怎样，我是会把它赶完的，这也许会变成有趣味的作品。不过可惜把一个好的计划破坏了。这是我很中意的一个计划。但是不得不按时赶着写出来送到杂志社去。我甚至想放弃那部长篇小说，来赶写一个短篇小说，轻松和快乐一点儿的，没有一丝悲观的痕迹的，一点儿痕迹也没有的……每个人都应该愉快和幸福哇。"

"你是那样一个艰苦的工作者呀，你这可怜的孩子！那么，史密斯怎么样了？"

"可是史密斯死了呀。"

"他没有到你那里作祟吗？我正经地告诉你，万尼亚，你在害病，你的神经不大正常，你常常沉迷在那样的梦中。当你告诉我租了那房间的时候，我就注意到这一点了。那房间是潮湿的、不好的，是吗？"

"是的，今天晚上，我又遇到一件意外的事……但是我以后告诉你吧。"

她没有听，坐在那里陷入深思了。

"我不知道，那时候我怎么能够离开他们。那时候我在发烧哩。"

她最后补一句说，用一种并不希望有回答的神情望着我。

如果我在这个当儿向她说话，她一定不会听见的。

"万尼亚，"她用一种很难听得出的声音说，"我要你来有个缘故。"

"什么缘故？"

"我跟他分手了。"

"你们已经分手了，还是打算分手呢？"

"我一定要结束这种生活。我叫你来，为的是告诉你每件事情，一切，积累下来的一切，以及我直到现在还不曾告诉过你的。"

她常常这样开头，把她秘密的意图向我吐露，而结果却总是我早已从她那里听到了全部秘密。

"唉，娜塔莎，我已经听你说过一千遍了。自然，你们一块儿生活下去是不可能的。你们的关系很奇怪。你们之间没有共通的地方。但是你有勇气吗？"

"这在以前只是一种念头，万尼亚，但是现在我已经完全下定决心了。我爱他胜过一切，可是现在看来我像是他最坏的敌人。我会毁掉他的未来。我应该让他自由。他是不能跟我结婚的，他没有勇气去违抗他父亲。我也不想束缚他。所以他跟他们替他做媒的那位姑娘恋爱，我倒是高兴的。这可以使他对我们的分手更安心一些。我应该这么做！这是我的责任……如果我爱他，我应该为他牺牲一切。我应该证明我对他的爱，这是我的责任！不是吗？"

"但是，你知道，你是不会说服他的。"

"我并不想去说服他。如果他这会儿来了，我依旧一样对他。但是我一定要想些方法，使他能够比较安心地离开我，没有一点儿良心上的悔恨。叫我忧虑的就是这个，万尼亚。帮助我吧。你能给我一点儿劝告吗？"

"只有一个法子，"我说，"完全不爱他，跟别人去恋爱。不过甚至连这个我都怀疑是否有效，你当然知道他的性格。他已经五天不见你了。假定他已经完全离开你了，你只要写一句你要离开他的话，他立刻就会奔到你这里来的。"

"你为什么不喜欢他，万尼亚？"

"我？"

"是的，你，你！你是他的敌人，秘密的和公开的。你讲到他总不能不带点儿报复的意味。我已经注意到一千遍了，你最大的快乐就是贬抑他和侮辱他！是的，侮辱他，这是真的！"

"你这样对我说也有一千遍了。得啦，娜塔莎，让我们别谈这个吧。"

"我想搬到另外一个房子去，"沉默了一会儿，她又说起来，"别生气，万尼亚。"

"唉，他也会跟着你到另外的房子里去的呀。我并没有生气，我是在告诉你。"

"爱，一种新的强有力的爱也许把他拖住了。如果他回到我这里来，也不过是一会儿的事情，你以为怎样？"

"我不知道，娜塔莎，他什么事情都是那样矛盾。他要跟那位姑娘结婚，却又要爱你。他是能够一下子都做到的。"

"如果我确实知道，他爱她，那我会下决心的……万尼亚！别瞒着我！你是不是知道一些什么，却不肯告诉我呢？"

她用一种不安的、探求的眼光望着我。

"我不知道，我亲爱的。我以荣誉向你保证，我对你总是坦白的。不过我要告诉你我所想的：他可能并不像我们所想象的那样跟伯爵夫人的继女相爱。那不过是一种迷醉罢了……"

"你这样想吗，万尼亚？我的天，要是我能断定就好了！啊，我多想这会儿看一看他，只要看一看他！我会从他脸上看出一切的！

可是他不来！他不来！"

"你当真不再等他吗，娜塔莎？"

"不，他是跟她在一起，我知道的。我叫人去打听了。我也多么想看一看她呀……听着，万尼亚，我是在胡说，但是难道我真的不可能去看她吗？不可能在什么地方遇到她吗？你以为怎样？"

她焦灼地等着，听我要说些什么。

"你可以看她，不过只是看看她，也没有多大意思呀。"

"我只要看看她就够了，那样我就可以替自己辨别出来。听我说，我变得这么愚蠢了，你知道。我在这儿踱来又踱去，踱去又踱来，总是一个人，总是一个人，总是想着，思想像旋风一样冲来！真是可怕呀！我想到一件事情，万尼亚，你能不能去认识她？你知道，伯爵夫人称赞你的长篇小说（你自己从前说过）。你什么时候可以去参加 P 公爵①的晚会，她有时在那边。想办法去见见她。或者阿辽沙会替你介绍。那么你就可以告诉我关于她的一切了。"

"娜塔莎，亲爱的，我们以后再谈这个吧。告诉我，你可曾认真地想过，你有勇气来面对这个分离吗？瞧瞧你现在这个样子，你不大平静啊。"

"我……会……有的！"她回答说，几乎听不清楚，"一切都为他。我的整个生命都是为了他。但是你知道，万尼亚，我不能忍受他现在跟她在一起，而且把我忘记了。他现在正坐在她的旁边，谈着，笑着，跟他平常在此地一样，你记得吗？他在注视着她的眼睛，他常常是这样看人的——他绝不会想到我在这里……同你一起。"

她没有说完就停了，绝望地望着我。

"怎么，娜塔莎，你刚才还说……"

①P 公爵可能指奥多耶夫斯基公爵（1803—1869）。作者在《穷人》出版后，常去参加他主办的文学音乐沙龙。

"让我们立刻自愿分手吧，"她眼睛发亮地插进来说，"我要为这给他祝福……不过，万尼亚，要他首先忘记我，这是很难的！唉！万尼亚，这是怎样的痛苦哇！我自己也不明白。一个人想着一件事情，但做起来却不同了。我会弄成怎样的结局呀！"

"静一下，静一下，平静一下吧！"

"现在已经五天了。每个小时，每分钟……如果我睡熟了，我就是梦见他，就是梦见他！你知道，万尼亚，让我们到那边去吧。你带我去！"

"静一下，娜塔莎！"

"是的，我们要去！我只是等着你！我最近三天想的就是这个。我写信给你就是这个意思……你一定要带我去，你一定不要拒绝我这个……我已等候你……三天了……今天晚上那边有个晚会……他在那边……让我们去吧！"

她看来差不多是发疯了。过道里起了一阵喧哗声，玛芙拉好像在跟谁吵嘴。

"停一停，娜塔莎。这是谁？"我问，"听着。"

她含着一种不相信的微笑谛听着，突然脸色可怕地发白了。

"我的天，谁在那儿呀？"她说，几乎听不清楚。

她想拦住我，但是我已走到过道的玛芙拉那里去了。是的！当真是阿辽沙。他在问玛芙拉一些什么话。起先她不肯让他进来。

"你从哪儿来的？"她带着一种严厉的神色问，"你在干些什么？好吧，那么，进去，进去！你讲鬼话哄不了我了！进去，我看你怎么替你自己说话吧！"

"我不怕谁！我就进去！"阿辽沙说，到底是有点儿窘住了。

"好，那么你进去吧，你真是一个无耻的人！"

"好，我就进去！啊！你也在这儿！"他一看见我，说，"你也在这儿多好哇！唔，你瞧，我来啦……我该怎样做才更好呢？"

"进去得啦，"我回答说，"你怕什么呀？"

"我不怕什么。我向你保证，我真的没有该受责备的地方。你以为我该受责备吗？你会明白的。我马上就解释。娜塔莎，我可以进来吗？"他带着一种做作的勇气，站在关着的房门口叫。没有人回答。

"怎么一回事呀？"他不安地问。

"没有什么，她正在里边，"我回答说，"难道有什么……"

阿辽沙小心地打开门，胆怯地向房间里望了一圈，看不到一个人。

忽然，他看见她站在角落里，在餐橱和窗子之间。她似乎躲藏着，半死不活的样子。我现在回想起来，都忍不住要笑哩。阿辽沙慢慢地向她走去。

"娜塔莎，什么事呀？你好吗，娜塔莎？"他胆怯地说，带着一种狼狈的样子望着她。

"嗯，很好！"她在纷乱中回答着，仿佛是她不对似的，"你……你要喝点儿茶吗？"

"娜塔莎，听我说，"阿辽沙说，完全茫然失措，"你也许相信，我该受责备吧。但是我是不该受责备的，一点儿也不该。你会明白的。我马上会告诉你。"

"为了什么？"娜塔莎轻轻地说，"不，不，你用不着……来，把你的手给我吧，那么……这就过去了……依旧跟从前一样了……"

她从角落里走出来。一阵红晕浮上她的双颊。她望着地面，仿佛怕看阿辽沙似的。

"仁慈的上帝呀！"他狂喜地叫，"如果我该受责备，我是不敢这样看她的。瞧，瞧！"他转向我喊，"她以为我是该受责备的呢，一切事情都在跟我作对，所有现象都在跟我作对。我已经五天没有到这儿来了！有些谣言说我是跟我那订婚的姑娘在一起——还有什么呀？她已经饶恕我了！她已经说过，'把你的手给我吧，这就过去了！'娜塔莎，我的亲亲，我的安琪儿！这不是我的错，你必须知道这个！一点儿也不是我的错！恰恰相反！恰恰相反！"

"但是……你不是在那边吗？不是那边请了你吗？你怎么到这儿来了呢？现……现在是什么时候了？"

"十点半！我去过那边的……但是我推说不舒服走开了……而……而这是五天中我第一次，第一次自由。这是第一次，我能够抽身出来，到你这里来，娜塔莎。这是说，我本来早就能够来的，但是我故意不这么做。为什么呢？你马上就会知道。我会解释，我赶来就是为这个，来解释。只有这一次，我是一点儿不该受责备的，一点儿不该，一点儿不该！"

娜塔莎抬起头来望他……但是她所碰到的那双眼睛是那么真诚，他的脸上充满快乐、诚恳和善意，这叫人不能不相信他。我以为他们又要叫起来，互相拥抱，他们过去在和解之前，常常是那样的。但是娜塔莎似乎被她的快乐压倒了。她把头垂在胸前，而且……开始轻轻地哭起来了。这时阿辽沙抑制不住自己了。他跪倒在她的脚前。他吻她的手，吻她的脚。他好像发狂了。我朝她推过去一张安乐椅。她坐下去。她的腿支不住了。

第二部

第一章

一分钟之后，我们都发疯般地大笑起来。

"让我来解释，让我来解释！"阿辽沙叫，他那响亮的声音把我们的笑声掩盖了。"他们以为这又是跟平常一样……我又要来说些废话啦……我说，我有些极有趣的事情来告诉你们哪。可是你们好不好平静一点儿呢？"

他焦灼地想说出他的故事。从他脸上可以看出他带来了重要的消息。但是他因为带来那样的消息而感到天真的骄傲，因而装出一副俨然的神气，却立刻逗得娜塔莎发笑了。我也忍不住大笑。他越是生我们的气，我们就越笑得厉害。阿辽沙那种烦躁以及后来他那种小孩子般的失望，最后把我们弄得跟果戈理小说里的海军少尉①一样，只要人家举一举手指就会放声大笑。玛芙拉从厨房里出来，站在过道上，带着严厉的愤怒看着我们，她气恼阿辽沙没有一进来就被娜塔莎好好"训"一顿，像她在过去五天里所热心地预料过的一样，反而我们大家倒是那样地快乐。

最后，娜塔莎看到我们的大笑伤了阿辽沙的感情，于是才停止了笑。

---

① 指果戈理的剧本《结婚》中舍瓦金中尉谈到的蒂尔卡少尉。

"你要告诉我们什么呀？"她问。

"呃，要我把茶炊摆上吗？"玛芙拉问，毫无礼貌地打断了阿辽沙的话。

"走开，玛芙拉，走开！"他向她挥着手，急于要撵走她，"我要告诉你们一切已经发生、正在发生和将要发生的事情呢，因为我全部知道。我的朋友们，你们想知道这五天里我在什么地方——这就是我要告诉你们的，可是你们却不让我说呀。首先，这些时候，我都在骗着你，娜塔莎，我已经骗了你那么久，这是主要的事情。"

"骗我？"

"是的，过去一个月我都骗着你，我爸爸回来之前，我就开始骗你了。现在到全部公开的时候了。一个月以前，爸爸还不曾回来，我收到他的一封重要的信，我不曾告诉你们两个。在他的信里，他直白干脆地告诉我——我确实告诉你们，他那种严肃的口气，我当真是给吓慌了——他说，我的订婚已经是决定的事实了，我的未婚妻是十全十美的；而我自然是够不上她的，但是我照样还得跟她结婚，因此他叫我必须准备把一切胡闹的念头从我头脑里丢开，诸如此类的话。自然，我们懂得他所谓的胡闹是指什么。咳，这封信我是瞒着你们的。"

"你不曾！"娜塔莎打断他说，"瞧，他是怎样自夸呀！事实上，他马上就全告诉我们了。我记得那时你忽然变得多么驯顺和温柔，不肯离开我的身边，仿佛犯了什么罪似的，于是你把信的全部内容零零碎碎地都告诉我们了。"

"不可能，我的确没有把主要点告诉你们。也许你们自己猜到是什么事情吧，不过那是你们的事情。我不曾告诉过你们。我一直保守着秘密，而且为了这个还非常不快乐呢。"

"我记得的，阿辽沙，你不断要求我给你出主意，你全都告诉了我，自然，你是每一次说一点儿，好像这是一件假设的事情似的。"我补充说，望着娜塔莎。

"你什么事情都告诉我们啦！请别吹牛吧。"她附和着说，"你还能保守什么秘密吗？骗人不是你的本领啊。连玛芙拉都知道哩。是不是，玛芙拉？"

"我怎么能不知道呢？"玛芙拉应道，从门里伸进头来，"没过三天，你就把什么事情都告诉我们啦，你连一个小孩子都骗不了呀。"

"咄！跟你们说话多恼人哪！你说这些话只是出于怨恨罢了，娜塔莎！你说得也不对，玛芙拉。我记得，我那时是跟疯子一样。你记得吗，玛芙拉？"

"自然记得，你现在也跟疯子一样。"

"不，不，我不是说这个。你记得吗，我们那时没有钱了，你把我的银烟盒子都去当掉了。还有，玛芙拉，我告诉你，你忘记了自己的身份，对我这样可怕地冲撞。这都是娜塔莎纵容你的。好吧，就算我那时曾经一点一滴地告诉过你们吧（我现在记起来了），但是你们却不知道那信里的口气，它那种口气呀！信里最主要的就是那种口气，让我来告诉你们吧。这就是我所要说的。"

"哦，什么样的口气呀？"娜塔莎问。

"听着，娜塔莎，你不断地问话，好像在开玩笑似的。别开玩笑。我老实告诉你，这是至关重要的。这是那样一种口气，使我感到绝望。我爸爸从来不曾用这样的口气对我说过话。似乎他宁可让里斯本发生地震，也不愿达不到目的，这就是他的口气呀。"

"好，好，告诉我们吧，你为什么要瞒着我们呢？"

"唉，我的天哪！为什么？怕吓着你呀！我希望这全盘事情都由我来处理。唉，这封信来了以后，我父亲一到，我的麻烦就开始了。我自己准备坚决地、明确地和诚恳地去回答他，可是不知怎的却没有做到。他绝口不提这件事。他是狡猾的！相反，他装作好像全部事情都已经决定了，好像我们之间任何分歧和误解都不可能有。你们听，不可能，那样地自信！而他对我是那样慈爱，那样亲热。我简直愣住了。伊凡·彼特罗维契，你要知道，他多聪明啊。他曾经读过一切书，知道一切事情，你只要看他一眼，他就知道你的一切思想，仿佛这些思想就是他自己的一样。这难怪人家要称他为阴谋家了。娜塔莎不喜欢我称赞他。别生气，娜塔莎。唉，事情本来就是这样的嘛……啊，我顺便说一说罢了！起先，他不肯给我一点儿钱，现在他却肯了。他昨天给了我一些。娜塔莎，我的安琪儿！我们的穷困现在过去啦！这儿，瞧！这六个月来他为了惩罚我而停止给我的一切津贴，昨天他一起付清了。瞧，这儿有好多，我还不曾数过呢。玛芙拉，瞧，好多的钱，现在我们用不着去当掉我们的汤匙和纽扣啦！"

他从口袋里摸出很厚的一沓钞票，一千五百卢布，放在桌子上。玛芙拉带着惊奇和赞许的神情望着阿辽沙。娜塔莎急切地催着他说下去。

"唔，因此，我不知道该怎么办了，"阿辽沙接下去说，"我怎么去反对他呢？他如果对我很恶劣，那我可以向你们保证。我对这件事不会做两次考虑的。我会坦白地告诉他，我不愿意，我现在已经长大，是一个大人了，这就完事啦。而且，相信我，我会一直坚持着的。可是现在这样，我能说什么呢？但是别责备我。我看你好像不高兴，娜塔莎。你们彼此看着干啥呀？无疑你们是在想：瞧，他们一下子就把他逮住啦，而他连一点儿意志都没有哇。我是有意志的，我比你们所想的强哩。证据就是：即使我在这样的处境下，我都立刻对自己说，'这是我的责任，我必须告诉我爸爸一切事情。'于是我开始讲，告诉他一切，而他听着。"

"但是什么？你告诉他一些什么呀？"娜塔莎焦灼地问。

"啊，我说我不要别的什么未婚妻，我已经有了一个——你。这是说，我还没有直接把这话告诉他，但是我使他心里有了准备，我明天就告诉他。我已经决定了。开头我讲，为金钱而结婚是可耻且卑鄙的，而我们把自己当作贵族，那简直愚蠢（我完全坦率地对他讲，好像他是我哥哥似的）。接着，我向他解释，我是属于 Tiers-Etat^① 的，而 TiersEtat C'est l'essentiel^②，我正和每个人一样地骄傲，我无须用什么方法来标榜自己，总之，我把这些正当的意见都放在他前面了……我热诚地、令人信服地讲着。连我自己都惊奇起来。我甚至从他的观点上去证明给他听……我老实跟他说——我们怎么能被称作公爵呢？这只不过是出身的问题罢了。我们有些什么地方像公爵呢？我们并不特别有钱，而有钱才是重点哪。罗士却尔特才是眼下最大的公爵呀。其次，我们这一家，在社会上已经久不闻名了。最后一个出名的是西姆扬·华尔戈夫斯基叔父，而他也只是在莫斯科出名罢了，并且他之所以出名只是因为他把最后的三百名农奴都败光了，如果不是他父亲给他赚了一点儿钱，他的孙子也许要亲自犁田呢。就是这样的一位公爵呀。我们是没有什么可神气的呀。总之，我是把满腔心事都对他讲了——热诚地、坦直地告诉他一切，事实上，我说的还不止这些。他却连回答都不回答我，只是责备我不到耐音斯基伯爵家里去，接着，他又告诉我，必须尽力去博取我的教母K公爵夫人的欢心，假使K公爵夫人欢喜我，我将到处受人家招待，我的事业就稳固了。他说来说去就是这一套！这一切都是暗示我跟你在一起以后，把每个人都抛弃了，娜塔莎，就是说，一切都是受了你的影响。可是他却一直不曾直接提到你。事实上，他是故意避

---

① 法语：第三等级。

② 法语：第三等级是主要的。

开不说的。我们彼此防范着，等待着，捕捉着，你可以断定，我们这一边是会获得胜利的。"

"唉，这都不错。但是这怎么结束的呢，他怎么决定的呢？这才是有关的问题呀。你真是一个空心大炮哇，阿辽沙！"

"天知道。很难说他做了什么决定，可我也不是空心大炮哇，我是讲理性的。他不解决什么事情，听了我的议论只是笑，而且是那样地发笑，好像替我难过似的。我知道，这是瞧不起我，可是我并不害羞。'我很同意你，'他说，'但是让我们到耐音斯基伯爵家里去吧，我提醒你，你在那边别说什么话。我理解你，可是人家不理解你呢。'我相信，他自己在各处得不到人家的好好招待，人家为了某些事情对他很愤怒呢。他现在在社交界似乎招人讨厌了。那伯爵起初对我很神气，简直是傲慢之至，好像完全忘记我是在他家里长大似的，他得重新回忆一下，他的确是这样。他就是恼我忘恩负义，虽然在我这方面说，实在说不上什么忘恩负义。待在他家里实在是沉闷得可怕，因此我就干脆不去了。他对我爸爸也不过给些极不经意的招待，那样地不经意，我真不明白他干吗要到那边去呢？这一切都使我反感。可怜的爸爸在他面前几乎是低声下气。我明白这全是为了我的缘故，但我可并不要什么呀。后来我打算把我所感觉到的告诉我爸爸，可是我却抑制住了。真的，这又有什么用处呢？我改变不了他的信念，我只会惹他生气，而且现在又是这样一个倒霉的年月呀。嗯，我想，我要机灵一点儿，我要赛过他们这一切人，我要使伯爵敬重我——你们以为怎么样？我立刻就达到我的目的了，一天之内什么都改变过来啦。耐音斯基伯爵现在不能够对我太过分了，而这都是我自己干的，我一个人干的，这全由于我的机灵，因此我爸爸便大为惊奇了！"

"听着，阿辽沙，你最好还是谈到正题上去吧！"娜塔莎忍不住叫起来，"我以为，你会告诉我一些关于我们的事情呢，而你却

116

老谈你在耐音斯基伯爵家里怎样了不起。你那位伯爵跟我毫无关系呀！"

"毫无关系！你听，伊凡·彼特罗维契，她说这跟她没有关系哩！怎么，这是有极大的关系呀！你就会明白的，到时候这都会被解释清楚的。就让我把这告诉你吧。而事实上（为什么不坦白说呢？）我要告诉你是怎么回事，娜塔莎我也告诉你，伊凡·彼特罗维契，也许我有时的确非常非常没有见识，甚至有时是很蠢的（因为我知道有时是这样）。但是，在这一件事上，我向你们保证，我是显得十分机灵的……事实上，显得十分聪明，因此，我想你会很高兴，因为我并不老是那么……愚蠢哪。"

"你说些什么呀，阿辽沙？废话呀，亲爱的。"

娜塔莎是受不住人家认为阿辽沙愚蠢的。每次我不客气地指出阿辽沙做了什么愚蠢的事的时候，她老是向我噘起嘴，虽然并没说什么。这是她心上的痛处。她受不住看见阿辽沙不如人家，而她越是看到他的能力有限，也许就越是这样感觉。但是因为怕伤害他的虚荣心，她从不向他暗示自己的意思。而他在这一点上偏偏异常敏感，常常确切地知道她心里的秘密念头。娜塔莎看到这个，心里非常难过，她立刻想去奉承他和安慰他。这就是为什么他的话现在会引起她心上痛苦的反响。

"废话，阿辽沙，你只是没有思虑。你一点儿也不是这样的，"她又补充说，"你干吗看轻自己呢？"

"唉，那就是了。那么，让我向你证明这个吧。从伯爵家里回来以后，爸爸对我非常生气。我想：'等一下吧。'于是我们坐车到公爵夫人那里去。我很久以前就听说，她是那么老，简直是懵懵懂懂了，此外耳朵又聋，并且很喜欢小狗崽。她养了一大群，很宠爱它们。虽然如此，她在社交界却有极大的势力，因此甚至耐音斯基伯爵这个 le superbe① 对她也得 antichambre②。因此我就在路上想出了一个未来行动的全盘计划。你们想，我这一切计划是基于怎样的事实？唉，是基于这样的事实，就是说，那些狗崽老是喜欢我。是的，真是那样。我曾经注意到这一点。我不知道这是因为我身上有什么磁力呢，还是因为我喜欢一切动物。但是无论如何，狗却真是喜欢我的。讲到磁力，我还要顺便说一下，我不曾告诉过你，娜塔莎，我们有一天请起神来哩，我是在一个请神的人的家里。这真奇怪，伊凡·彼特罗维契，这真使我惊奇。我把恺撒大帝请来啦！"

"我的天！你请恺撒大帝干吗呀？"娜塔莎叫道，发出一阵大笑，"这是最后一招啦。"

"为什么不……好像我是那样一个……为什么我不该请恺撒大帝呢？这对他有什么关系呀？嘿，她笑啦！"

"自然，这对他没有什么关系……啊，你，亲爱的！嗯，恺撒大帝对你说了些什么呢？"

"啊，他不曾说什么。我只是扶着乩笔，那笔就在纸上转动，自己写起来啦。他们说，这是恺撒大帝在写。我却不相信。"

"可是他写些什么呢？"

"啊，他写了一些像果戈理小说里的'奥勃莫克尼'③之类的字眼。别发笑！"

"啊，那么，告诉我们关于公爵夫人的事情吧。"

"嗯，你老打断我的话。我们到了公爵夫人的家里，于是我开始跟咪咪要好起来。咪咪是只既可憎又可怖的老狗，而且很倔强，还

---

① 法语：上流人物。
② 法语：奉承。
③ 出自果戈理的剧本《诉讼》，剧中的女地主在遗嘱中把自己的名字"叶夫多基娅"写成了"奥勃莫克尼"，意为信笔涂鸦。

喜欢咬人。公爵夫人宠爱它，她简直是崇拜它，我相信，她们是同样的岁数。我开始用糖来喂咪咪，不到十分钟，我已经教会它握手了，这在以前他们都教不会它的。公爵夫人欢喜得完全发狂了。她几乎高兴得叫出来。

"'咪咪，咪咪，咪咪握手啦！'

"有人走进来。

"'咪咪握手啦，我的教子教会它了。'

"耐音斯基伯爵到了。

"'咪咪握手啦！'

"她几乎是带着慈爱的眼泪在望着我了。她是一个非常好的老夫人，我甚至可怜起她来。我趁这机会，又来奉承她。她的鼻烟壶上，有一幅六十年前她做新娘子的时候画上的肖像。呃，她那只鼻烟壶掉了下来。我拾起那鼻烟壶，叫了起来：

"'Quelle charmante peinture！'①就装作我不知道似的，'这是一个理想的美人哪！'

"呃，这可使她完全软化啦。她跟我谈这谈那，问我在哪里读过书，我拜访过些什么人，又说我有多么漂亮的头发，诸如此类的话。我还使她发笑。我告诉她一个不堪入耳的故事。她喜欢这类事情。她伸出手指威吓我，可是她笑得好厉害呀。当她放我回去的时候，她吻我，祝福我，并且一定要我每天都去给她取乐。伯爵紧握着我的手，他的眼神变得谄媚起来了。至于我爸爸，他虽然是世界上最仁慈、最诚恳和最可敬的人，可是如果你相信我，他在回家的路上几乎快乐得哭了。他紧抱着我，对于事业、亲眷、婚姻和金钱觉得全有把握了，那样神秘地有把握了，我可不能理解那么多。就

---

① 法语：多么可爱的画像啊！

在那时，他给了我钱。这都是昨天的事情。明天我又要到公爵夫人那里去。不过我爸爸毕竟还是一个非常值得尊崇的人——你不要乱想什么——他虽然把我从你这里拉开，娜塔莎，这只是因为他被卡佳①的百万财产迷住了，想要把它们弄到手，而你却没有钱哪；而且他需要这百万财产也只是为了我的缘故。他对你不公平，不过是因为他没有见识罢了。做父亲的哪有不想他儿子幸福的呢？他习惯于认为幸福只有在百万财富中才能得到，这不是他的错。他们都是这样子。人们必须从这个观点上去看他，你知道，不能从别的观点上去看他，这样你才会立刻明白他是对的。我急急地赶到你这儿来，娜塔莎，是特地来向你保证这一点，因为我知道，你是有成见地在反对他，自然，这也不是你的错。我并不为这个来责怪你……"

"那么，发生的一切，只是你在公爵夫人家里占到一席之地罢了。你的全部机灵只值这一点儿吗？"娜塔莎问。

"完全不对。你这是什么意思呀？这只是开头罢了……我只告诉了你关于公爵夫人的事情，你要明白，我是打算通过她来控制住我的爸爸呢，可是我的故事还不曾开头哇。"

"好，那么，说吧！"

"今天早上，还发生了一件非常奇怪的事。我现在还惊异不止呢，"阿辽沙接下去说，"你必须明白这个，虽然在我爸爸跟伯爵夫人之间我们的婚约已经决定了，但是直到现在还不曾正式宣布，因此我们在任何时候都可以取消这件事而不至于失面子。此外，耐音斯基伯爵是唯一知道这婚约的人，但是他是被当作亲戚和恩人看待的。此外，这两个星期以来，我对于卡佳虽然很熟悉了，但是今晚以前我从来不曾向她谈过关于未来的一句话，这就是说，关于结婚或……

---

① 卡捷琳娜·菲多罗芙娜·菲力蒙诺娃的昵称。

爱情的话。还有，他们已经决定，去求 K 公爵夫人同意，希望从她那里得到各种照顾和大堆金银。她怎么说，社交界就怎么说。她是有那样的社会关系的……此外，他们一定要把我弄到社交界去。不过这是伯爵夫人、卡佳的继母的主意，她最坚决地主张这一点。理由是这样：她怕公爵夫人也许因为她在海外的那些行为不肯接待她，万一公爵夫人不接待她，那么别的人家也就不愿意接待她了。所以，我跟卡佳订婚对她来说恰是一个极好的机会。所以这位伯爵夫人，平时老反对订婚，现在看见我跟公爵夫人关系搞得好，便大为高兴了，不过这是题外话。重要的是这一点：我去年就在卡捷琳娜·菲多罗芙娜身上看到一些什么，但是那时我还是一个孩子，我还不懂事，所以那时我在她身上并不曾看到什么……"

"那只因为你那时更爱我，"娜塔莎插嘴说，"所以你没有看到什么，而现在……"

"不许提一个字，娜塔莎！"阿辽沙性急地喊，"你完全错了，而且是侮辱我……我甚至都不高兴回答你哩，听着，你就会明白的……唉，你要认识卡佳就好了！你要知道她是一个多么温柔、洁净、白鸽一样的灵魂哪！但是你会知道的。且让我说完吧。两个星期以前，他们刚到，我爸爸带我去看卡佳的时候，我开始专心地注意她。我觉得她也在注意我。这引起我的好奇心，更别说我本来就有一种特殊的心思要认识她的——这种心思我在收到我爸爸的信的时候就有了，那封信给了我那样一种印象。我并不是要来讲她什么，也并不是来夸奖她。我只说一件事情。她跟她周围的人刚巧形成了惊人的对照。她有那样一种卓越的性格，那样一种坚强和真实的灵魂，那么纯洁与真实，使我在她身旁简直变成了一个小孩子，像是她的小弟弟一样，虽然她只有十七岁。我注意到另一件事情，就是她很忧郁，好像有什么秘密似的；她不大爱说话；在家里，她差不多老是沉默着，好像怕说话似的……她仿佛在沉思什么。她好像害怕我的爸爸。她并不爱她的继母，我看得出，是伯爵夫人为了她自己的某种目的在散布谣言，说她的继女多么爱她。这都是鬼话。卡佳只是不闻不问地服从她罢了，看来她们之间对此似乎有种默契。四天以前，我在全面观察了以后，决心实行我的计划，而今天晚上我实行了。我的计划是告诉卡佳一切事情，承认一切事情，把她拉到我们这方面来，这样把一切事情都了结了……"

"什么！告诉她什么？向她承认什么？"娜塔莎不安地问。

"一切事情，绝对的一切事情，"阿辽沙回答说，"谢谢上帝，给我这样的念头，可是听着，听着！四天以前，我决心离开你们两位，完全让我自己来了结这件事。如果跟你们在一起，我就会时时刻刻犹豫不决了。我要听取你们的意见，那么什么事情都决定不下来。让我一个人，把我放在这样一种处境下，使我不得不在每分钟内对我自己重复地说，我应该了结这件事情，我必须了结这件事情，这才鼓起我的勇气，而且——已经把它了结了！我是打算把事情解决以后回到你这里来的，现在我已经解决了回来啦！"

"那么后来怎么样呢？怎么样呢？发生了什么呢？快告诉我。"

"很简单！我直接到她那里去，大胆而诚实地。但是我必须先告诉你一件刚才发生的事，那使我很吃惊。在我们动身以前，我爸爸收到一封信。我正走进他的书房，站在过道上。他不曾看见我。那封信使他惊异得不行，他自言自语地说着话，发出几声呼喊，精神失常地在房间里走着，突然又把信握在手里，发出一阵大笑。我简直不敢走进去，就等了一分钟。爸爸为了什么事情那样高兴，那样高兴啊。他跟我说话时十分古怪，接着又突然打断，叫我立刻准备起来，虽然这还不是我们去的时候哩。今天他们那边没有别的客人，只是我们两人。娜塔莎，你以为是一个宴会，那错了。人家告诉你的是错的。"

"啊，阿辽沙，请你别把话题岔开，告诉我，你是怎么告诉卡佳的！"

"运气得很，我单独跟她在一起有两个小时。我干脆就告诉她，他们要替我们订婚，而我们的婚姻是不可能的，我告诉她我心中对她有极大的爱，也只有她才能够搭救我。接着我告诉了她一切事情。你想想看，她对我们的事情，我和你的事情，竟然一点儿也不知情哩，娜塔莎。你要知道她是多么感动就好了，起先，她是大大地吓着了。她的脸色都变白了。我告诉她我们的全部故事：你怎样为了我抛弃了你的家，我们是怎样住在一块儿，我们目前的境况是怎样狼狈，怎样害怕一切，而现在我们是怎样来向她请求（我也用你的名义说了，娜塔莎）。我告诉她，她应该站到我们这一边来，直接去告诉她继母，说她不愿跟我结婚，这将是我们的唯一的解救，我们从别人那里是希望不到什么的。她怀着那样一种关切，那样一种同情倾听着。那一刹那，她的眼睛是什么样子呀！她整个灵魂都显示在她眼睛里了。她的眼睛是完全碧青的。她感谢我没有疑心她，并且答应尽可能来帮助我们。接着她问了我关于你的事情，说她非常想认识你，请我告诉你，她已经把你当作姐姐一样爱着了，她希望你也能把她当作妹妹一样爱她。而当她一听说我已经五天没有见你了，她立刻就催促我到你这儿来。"

娜塔莎被感动了。

"那你怎么竟会先来吹嘘你在耳聋的公爵夫人那边的那一套胜利呀！唉，阿辽沙！阿辽沙！"她谴责地望着他喊起来，"好，告诉我关于卡佳的事情吧，她跟你道别的时候，她快乐吗？愉快吗？"

"是的，她很高兴她能够做出一些仁慈的事情，但是她哭了。因为她也爱我呀，娜塔莎！她承认她已经开始爱我了，她很少见过什么人，很早以前，她就已经被我吸引住了。她特别注意我，因为她

123

看到她的四周都是狡猾和欺骗，而在她看来我却是一个诚挚且忠实的人。她站起来说：'好吧，上帝祝福你，阿历克舍·彼特罗维契。而我在盼望……'她突然哭起来，没有说什么就跑开了。我们决定，她明天去告诉她的继母，说她不要我了，而我明天去把一切事情告诉我爸爸，勇敢而坚决地说出来。她还责备我以前不告诉她，说一个值得崇敬的人是不应该害怕什么的。她是那样一个高尚的姑娘啊。她也不喜欢我爸爸。她说他刁滑和卑鄙。我替他辩护，她却不相信我。如果明天我对付我爸爸不成功（她确信我不会成功），她劝我找 K 公爵夫人来支持我。那就没有人敢反对了。我们答应彼此像兄妹一样。啊，你只要知道她的故事就够了，她是多么不愉快呀，她是多么嫌恶跟她继母一起生活，以及她周围的一切人！她没有直接告诉我，好像她对我都有点儿害怕似的，我只是从她的某些话里猜想出来的，娜塔莎，亲爱的！假如她能够看到你，她会多么高兴跟你在一起呀！她有一副多仁爱的心肠啊！人们跟她在一起是多么惬意呀！你们是天生的一对姊妹，而且应该彼此相爱。我一直都是这样想法。我真想把你们两个引到一块儿，站在一旁来赞美你们。别胡思乱想，娜塔莎，我亲爱的，让我来谈谈她的事情吧。我要把她的事情告诉你，又把你的告诉她。你知道，我爱你胜过爱任何人，胜过爱她……你是我的一切呀！"

娜塔莎亲热地，又似乎忧郁地望着他，没有说话。他的话对她似乎是一种安慰，然而又是一种痛苦。

"我很早就看出卡佳不错了，至少在两个星期以前，"他又说下去，"你瞧，我每晚都到他们那里去哩。我一回家，就不断地想念着你们两个，不断地比较你们。"

"我们两个究竟谁好呢？"娜塔莎微笑着问。

"有时候是你，有时候是她。但是你总是更好些。当我跟她说话的时候，我不知怎的总觉得我变得好一些、聪明一些和文雅一些了。

但是明天，明天要决定一切事情了。"

"那么你不替她难过吗？她是爱你的，你知道。你说你自己已经注意到了。"

"是的，我替她难过，娜塔莎！但是我们三个要彼此相爱，那么……"

"那么'再见'！"娜塔莎静静地说，似乎是对她自己说的。阿辽沙惊愕地望着她。

但是我们的谈话极其意外地被突然打断了。在厨房里——那厨房同时也是过道——我们听见一个轻轻的声音，似乎什么人进来了。一分钟之后，玛芙拉打开门，偷偷地向阿辽沙点点头，向他打招呼。我们都向她回过头去。

"有人在找你。来吧。"她用一种神秘的声音说。

"这个时候有谁来找我呀？"阿辽沙说，惊慌地望着我们，"我就来啦。"

在厨房里，站着他父亲的仆人。看来公爵在回家的路上把马车停在娜塔莎寓所的门口，派人来打听一下阿辽沙是不是在这儿。说完了这个，那仆人立刻就走了。

"奇怪！这以前从不曾有过，"阿辽沙说，疑惑地望着我们，"这是什么意思呀？"

娜塔莎不安地望着他。忽然，玛芙拉又把门打开了。

"公爵自己进来啦！"她用急促的低声说，立刻又缩回去了。

娜塔莎脸色发白，从椅子上站起来。突然，她的眼睛亮了起来。她微微地靠着桌子站住，激动地望着房门，这不速之客将从门口进来。

"娜塔莎，别怕，我陪着你。我不会让你受侮辱的。"阿辽沙轻轻地说，心神有点儿乱，但还撑得住。门开了，华尔戈夫斯基公爵本人出现在门槛上。

第二章

　　他向我们迅速而认真地扫了一眼。从这一眼中还不能猜透，他是作为一个朋友还是一个仇敌来到这里的。但是我要精细地描写他的外貌。他这天晚上特别使我吃惊。

　　我曾经见过他。他没到四十五岁，有端正且漂亮得惊人的面相，那脸上的表情是随着环境而变化的；但它是以异常的速度，变化得极突然、彻底，从极欣喜变成极乖戾或不快的表情，好像忽然触着一个弹簧似的。他那浅黑色的标准椭圆形的脸，他那精巧的牙齿，他那美丽得像雕刻过似的小而薄的嘴唇，他那微长的笔挺的鼻子，他那看不出一丝皱纹的宽大前额，他那相当大的灰色眼睛，使他显得很漂亮，可是他的脸并不给人家一个愉快的印象。那脸叫人讨厌，因为它的表情是不自然的，常常是假装的，故意的，模仿的，使人家捉摸不定，人家绝不能看出他真正的表情。人家更仔细地看他一会儿，会开始猜疑，在这永远不变的假面具背后，是否有些凶狠的、刁滑的和极端自私的东西。他那双俊俏的眼睛尤其引人注意，那是一双灰色的、看起来很直率的眼睛。和其他部分的容貌一样，这双眼睛也不完全受他的心意主宰。他也许想表现得温柔和友爱一点儿，可是他眼睛里的光彩却仿佛是两重的，伴着那温柔和友爱的光辉，同时又有一种残忍的、猜忌的、探究的和狠毒的光芒……他个子相当高，生得文雅，略有点儿纤弱，看起来比他的岁数要年轻得多。他那柔和的、暗棕色的头发还不曾变白。他的耳朵、他的手和他的脚都出众地秀美。这是杰出的种族的美。他穿得极其文雅且鲜洁，但带着几分青年人装模作样的神情，不过这恰恰适合他。他看起来好像是阿辽沙的哥哥。无论如何，人家绝不会把他当作这么大的儿子的父亲。

他一直向娜塔莎走去，紧紧地看着她，说："我这个时候来拜访你，而且没有通知，是奇怪的，而且是违反一切公认的规矩。但是我深信你会相信，我自己至少会认识到我这种行为的反常吧。我也知道我是跟谁在打交道，我知道你是聪明且大度的。只要给我十分钟工夫，我相信你就会明白并承认这是有理由的。"

他这些话说得很有礼貌，但是有点儿用力，而且似乎是着重说出来的。

"坐下吧。"娜塔莎说，依旧不能消除她自己的迷惑和某种惊惶。

他轻轻地鞠了一躬，坐下了。

"首先，请让我对他说两句话，"他指指他儿子说，"阿辽沙，你刚跑开，没有等我，也没有向我们告别，立刻就有人来告诉伯爵夫人，说卡捷琳娜·菲多罗芙娜病倒了。她正要赶到她那儿去，但是卡捷琳娜·菲多罗芙娜却忽然忧伤地、极其激动地自己跑了过来。她立刻告诉我们，她不能跟你结婚了。她还说，她要进修道院去，说你要她帮忙，说你已经告诉她你爱上娜塔莎·尼古拉耶夫娜了。卡捷琳娜的这种意外的宣告，特别是在这样的时候，不消说是受了你对她解释的那种意外的惊奇的刺激。她几乎是精神错乱了，你会知道我是多么震惊啊。我乘车经过这里，看见你窗子里有灯光。"他接下去对娜塔莎说，"于是在我心里闹了很久的一个主意立刻支配了我，使我抑制不住最初的冲动，就进来看你。是为了什么目的呢？我马上就会告诉你，但是我先要请求你，对我的解释中的某种唐突之处不要吃惊。这全是那样突然的……"

"我希望，我将照我所应当做的来理解和体会你所要说的话。"娜塔莎迟疑地回答说。

公爵注意地窥视着她，似乎他急于在一分钟之内彻底地了解她。"我也信赖你的聪明，"他接下去说，"我现在冒昧地到你这里来，就是因为我知道，我是跟谁在打交道。我很早就理解你了，虽然我曾一度对你很不好，而且对你不公道。听啊，你知道，我跟你父亲之间长久失和。我并不说我自己对，也许我待他，比我现在所设想的还有更可责备之处。但是假使那样，那是我自己想错了。我是多疑的，我承认这个。我常常多往坏方面想，少往好方面想：一种不愉快的习性，一种冷酷心肠的特征。但是掩饰自己的过失却不是我的习惯哪。从前我相信那一切攻击你的闲话，而当你离开你父母的时候，我是深深替阿辽沙担心的。不过那时我不理解你。以后我一点一点地得到的关于你的消息，使我完全放心了。我曾经观察你，研究你，而我终于相信我的猜疑是没有根据的。我听说你跟你的家庭断绝了关系，我也知道你父亲严厉地反对你跟我儿子结婚。你对于阿辽沙，可以说是有那样一种影响，那样一种力量，可是你到目前为止，却并不曾利用这种力量强迫他跟你结婚——仅仅这一事实，也就足够说明你的为人了。然而我要公开承认，我那时是抱定决心要阻止你跟我儿子结婚的任何可能的。我知道，我现在是表白得过于率直了，但是在眼前，率直对于我却是最需要的。听完我的话，你自己会承认这一点。你离家以后不久，我就离开彼得堡了，不过那时我已经不替阿辽沙担心了。我信赖你的高贵的骄傲。我知道你自己是不愿在两家的失和冰释以前结婚的，也就是说，你不愿意来破坏阿辽沙与我之间的感情——因为我对于他跟你结婚是绝不会饶恕的——

你也不愿意人家说你企图抓到一个公爵做丈夫，跟我们家联姻。相反地，你对我们表示出一种藐视的态度，而且也许等待着一个时机，我会跑来请求你俯允跟我儿子结婚。可是我对你来说仍旧是深怀恶意的人。我并不打算说我自己对，可是却不掩饰我的理由。理由是这样：你既没有地位，又没有财产。我虽然有点儿产业，可是我们需要更多一些，我们家族在逐渐衰落。我们需要金钱和亲眷。任娜达·菲多罗芙娜伯爵夫人的继女虽然也没有什么亲眷，可是她很有钱。假使我们耽误下来，别的求婚的人就会出现，把她夺了去。这样的机会是不能错失的。所以阿辽沙虽然还年轻，我决定要替他订婚了。你瞧，我什么也不隐瞒。你也许要鄙视一个做父亲的允许自己为了成见和贪财的动机，诱惑他儿子干恶劣的行为吧：因为抛弃一个心肠高尚的姑娘——她为了他牺牲了一切，而他对待她又是那么坏——这是一种恶劣的行为。但我并不替自己辩护。我给我儿子提亲的第二个理由，是那位姑娘是十分值得爱慕和敬重的。她各方面说来虽然还是一个孩子，却是美丽的，受过良好教育的，有很可爱的气质的，而且是异常聪慧的。阿辽沙却没有性格，他是没头没脑的，极端不审慎的，二十二岁还完全是个小孩子。他至多不过有一种德行，就是心肠好，而这配着他的其他缺点，恰恰是一种危险的品质。我很久以来就注意到，我对他的影响开始减弱了，青年人的冲动和热情已经占了上风，而且甚至压倒了某些真正的义务。我也许是太爱他了，不过我确信，我对他并不是一个有能力的指导者。可是他必须常常在某些好的影响之下才行。他有服从的天性。柔弱且富于爱情，喜欢爱人家和服从人家更甚于命令人家。他一辈子都会是这样子。你可以想象到，我是多么愉快，当我从卡捷琳娜·菲多罗芙娜身上看出，她正是我所期望的作为我儿媳妇的一位理想姑娘。但是我高兴得太迟啦。他已经被另外一种不可动摇的力量支配着——那就是你的力量。自从一个月前我回到彼得堡，我就敏锐地观察着他。我惊奇地注意到，他变得相当好了。他那种不负责任和孩子气虽然没有什么改变，可是他心里某种高贵的感情却是增强了。他不仅对玩的事情有兴趣，而且对那些崇高的、高贵的和更真实的东西都感兴趣了。他的观念是古怪的、不定的，有时是荒唐的；但是那种愿望，那种冲动，那种感情却比从前高尚了，而这正是一切的根基呀，这一切进步无疑都是你的功绩。你已经把他改造过来了。我要承认那时我所想到过的念头，即是说，你也许比任何人更能保证他的幸福。但是我驱逐了这种念头，我不想去接受它。我无论如何也要把他从你那里拉开。我开始行动，以为我已经达到目的了。就在一个小时以前，我还以为胜利是属于我的。但是刚才在伯爵夫人家里所发生的事情，却把我的估计一下子全推翻了，最使我吃惊的是些意想不到的东西：阿辽沙忠实于你的那种热情和一贯不变，这种忠实的坚持和持久性——在他身上是很少见的。我重说一遍，你已经把他完全改造过来啦。我立刻看出他的改变已经远远超出我的猜想了。他今天在我眼前显示了一种意外的智慧的明证，对于这我一点儿也不怀疑，同时也显示出一种异常的见识和微妙的感情。他挑选了最正确的路，来摆脱他认为很困难的环境。他触及和拨动了人类心灵上最高贵的心弦——宽恕和以德报恶的力量。他使自己屈服于他所损害了的人，而向她恳求同情与帮助。他激起了已经爱上他的女人的全部骄矜，公开地告诉她有一个情敌，而同时又激起她对于她的情敌的同情和宽恕，以及允许给他自己一种无私的姊妹般的爱情。进行这种解释而并不引起怨恨和羞辱——这样的事情有时连最精细和最聪明的人也做不到的，只有在善良的指导下的纯洁年轻的心才能做到。我敢断定，娜塔里雅·尼古拉耶夫娜，他今天所做的事情，你并没有参与一句话或一点儿意见吧。你也许刚才从他嘴里听到的。

130

我没有猜错吧，是吗？"

"你不曾猜错，"娜塔莎承认说。她的脸是通红的，她的眼睛里闪射着一种奇异的光彩，似乎是一种灵感的光彩。华尔戈夫斯基公爵的雄辩已经发生效力了。"我已经五天没有看见阿辽沙了，"她补充说，"一切都是他自己想出来，自己做出来的。"

"的确是那样。"华尔戈夫斯基公爵说，"但是纵然如此，这一切惊人的见识，这一切决定和负责，这种值得重视的大丈夫行为，事实上却全是你影响他的结果呀。这一切我已经想透了，而在我回家的路上，忽然感到这件事可以得到一个决定了。向伯爵夫人的继女提亲的事已经中断，不能挽救了，即使可能，也绝不能再实现了。要是我相信你是唯一能够使他幸福的女人，你是他真正的指导者，你已经为他未来的幸福奠定了基础，那会怎么样啊！我不曾向你隐瞒过什么，而且现在我也不向你隐瞒什么：我想过许多关于事业、关于金钱、关于地位，甚至关于官阶的问题。凭我的理解，我承认这大部分都是传统的观念，但是我喜欢这些传统，绝对不愿意和它背道而驰。可是在某种情形下，却要加入别的考虑，一切事情不能用同样的标准去评判的……此外，我深爱我的儿子。总之一句话，我已经得到这样的结论，就是阿辽沙不能离开你，因为没有你，他就完了。我必须承认这点吧？也许上个月里我已经得出这个结论了，但是直到现在我才认识到这结论是正确的。自然，我本来可以明天来拜访你，告诉你一切，不必半夜三更跑来打扰你。但是我的性急也许会使你看到，我对这件事情是多么热心，而且尤其是多么真挚呀。我不是一个小孩子，在我这样的年纪，我不会没有反复想过就决定任何步骤的。我来这儿之前，一切事情就已经反复想过而且决定了。但是我感到，我应该在你确信我的诚恳以前，等待一些时候……可是，谈我们的正题吧！我现在要不要向你解释我为什么到这里来呢？我是到这里来履行我的责任的，我以最深的敬意，庄重地请求你使我儿子幸福，允许他求婚。啊，别以为我到这里来是像一个愤怒的父亲终于决定宽恕他的孩子，而且宽宏地允许给他幸福。不！不！如果你以为我有这种意思，那你就对我不公道了。你也不要以为，因为你曾经为我儿子而牺牲，所以希望你答应我，也不是！我首先要大声宣布他是配不上你的，而他自己（他是坦白而善良的）也会这么说的。但是这还不够。还不只是这个缘故，使我这个时候到这里来……我到这里来，"他带着一些庄重的神情，从座位上恭敬地站起来，"我到这里来是做你的朋友的！我知道，我完全没有这种权利，而且刚好相反！但是，允许我取得这权利吧！让我希望……"

他向娜塔莎恭敬地鞠了一个躬，等着她的回答。在他说话的时候，我一直专心地望着他。他注意到了这个。

他说话很冷淡，带着一些卖弄口才的神气，有些地方带着点儿冷酷。整个说话的调子跟那种使他在这个不适于做初次拜访的时候——尤其是在这种环境下——来到我们这里的冲动，实在是不相称的。他有些表情显然是预先想好的，而在他长篇大论的某些表现中间——话的冗长就有点儿古怪——他似乎故意装出一种神气，好像一个乖僻的人竭力要装作幽默、粗心和开玩笑，来掩饰他的激动的感情。不过这些是我以后才回想起来的，当时的反应却不同。他最后一句话说得那么诚恳，带着那么丰富的感情，对娜塔莎怀着那么真诚的尊敬的神气，把我们全征服了。他的睫毛上确实有泪光在闪烁。娜塔莎的高尚心肠完全被征服了。她也站了起来，深深地感动着，不说一句话，把手伸给他。他接过手，带着慈爱和感动吻着它。阿辽沙喜悦得发狂了。

"我告诉过你什么呀，娜塔莎？"他喊，"你不肯相信我，你不肯相信他是世界上最高尚的人哪！你瞧，你自己瞧吧！"

他冲到他父亲身边去,热烈地拥抱他。后者也同样热烈地回应他,但是很快就结束了这动人的场面,似乎不好意思显露他的感动。

"够了,"他说,拿起他的帽子,"我该走了,我原来只要求十分钟工夫,现在却留了一个小时了。"他笑着补了一句说:"但我是用一种希望尽快跟你再见的难抑的热情来向你道别的。你能允许我随时来看你吗?"

"可以,可以,"娜塔莎回答说,"随时能来就来吧……我要急于……喜欢你……"她迷乱地接着说。

"你多诚恳,多真诚啊,"华尔戈夫斯基公爵说,听见她说了这些话而微笑着,"你连讲客套也是诚恳的。不过你的诚恳比一切做作的客套更珍贵呀!是的,我承认,我还要极长的时间才配承受你的盛意呀。"

"别,别夸奖我……够啦。"娜塔莎在昏乱中轻轻地说。这当儿她是多么快乐呀!

"就这样吧,"华尔戈夫斯基公爵结束他的话说,"我只再说两句实际的话。你想象不出我是多么不快乐呀!你知道,我明天不能和你在一起——明天不成,后天也不成。我今晚收到一封那样重要的信(要我立刻去处理些事务),我不可能把它忽略的。我明天一早就要离开彼得堡。请不要以为我今晚到你这里来,是因为我明天和后天都没有工夫。自然你不会这样想的,但这正是我多疑的天性的一个例证。为什么我觉得你一定会那样想呢?是的,我多疑的天性常常是我一生中的缺点,我和你府上的全盘误会也许正因为我这不幸的性格吧……今天是星期二,星期三、星期四、星期五我都不在彼得堡。我希望星期六一定可以回来。那天我可以跟你在一起。告诉我,我可以整个黄昏在你这里吗?"

"当然，当然！"娜塔莎喊，"星期六我等着你！我会急不可耐地等着你！"

"啊，我多快乐呀！我将更好地理解你了！可是……我必须走了！不过我不能没有跟你握过手就走哇，"他转向我，接着说，"我请你原谅！我们大家都谈得那样杂乱。我曾经有好几次有幸会见过你，有一次我们确实被介绍过。我在离开以前，不能不告诉你，我们重新认识使我多高兴啊……"

"那是真的，我们曾经会见过，"我握住他的手，回答说，"可是我不记得了，我们曾经熟识过。"

"去年，在 M 公爵家里。"

"我请你原谅，我忘记了。但是我相信这一次不会忘记，今天晚上将留在我的记忆里。"

"是的，你说得对。我也这样感觉。我很早就知道，你是娜塔莎·尼古拉耶夫娜跟我儿子的一个很好的、真诚的朋友。我希望你们三位会允许我做第四位吧，可以吗？"他向娜塔莎又补了一句。

"是呀，他是我们一个真诚的朋友，我们大家必须紧紧地连在一起。"娜塔莎含着深情地说。

可怜的女孩！她看见公爵没有忽视我，真是快乐得脸都发亮了。她多么爱我呀！

"我曾经碰到过许多崇拜你的天才的人，"华尔戈夫斯基公爵接下去说，"我认识两个最真心称赞你的人——我最亲爱的朋友伯爵夫人跟她的继女卡捷琳娜·菲多罗芙娜·菲力蒙诺娃。她们是那么想认识你。我希望你让我有荣幸把你介绍给这两位太太小姐吧。"

"你过奖了，虽然到现在我只见过那么少的人……"

"但是请把你的地址留给我吧！你住在哪儿？我有荣幸来……"

"我不接待客人的，公爵，至少目前还不行。"

"我虽然不能被认为是例外……但是我……"

"当然，你一定要光顾，我是很高兴的，我住在某某巷的克鲁金大楼。"

"克鲁金大楼！"他叫起来，似乎有点儿惊奇，"什么！你在那儿……住了很久吗？"

"不，没有很久，"我回答说，不由自主地注视着他，"我住在四十四号房间。"

"四十四号？你是一个人……住吗？"

"只有一个人。"

"啊——啊！我问你，是因为我知道那房子。那更好……我一定来看你，一定！我有许多话要跟你说，而且我还有很多事情要托你帮忙。你可以从许多方面帮我的忙。你瞧，我一开始就这样直白地来求你帮助。但是，再见吧！再来握一次手！"

他握了握我和阿辽沙的手，又吻了吻娜塔莎的手，也没有叫阿辽沙跟着他，就出去了。

我们三个震惊地留在原地。这一切来得如此突然，如此意外。我们觉得，刹那间什么都改变了，而一些新的、不知道的事情开始了。阿辽沙一句话也不说，坐在娜塔莎的身旁，轻轻地吻着她的手。他不时地偷看她的脸，似乎想知道她要说些什么。

"阿辽沙，亲爱的，明天去看看卡捷琳娜·菲多罗芙娜吧。"她最后忽然说。

"我自己也这么想呢，"他说，"我一定要去。"

"但是，她看到你也许很痛苦，怎么办呢？"

"我不知道哇，亲爱的。我也想到这个哩。我看一看。我会明白……于是我会决定。咳，娜塔莎，我们的一切事情现在都改变啦。"阿辽沙说，不能控制他自己了。

她笑了笑，投给他一个悠长且柔情的眼神。

"而且他多周到哇。他看见你的寓所多么糟，却没有提到一句……"

"提到了什么？"

"咳，提到你搬家……或什么的。"他红着脸说。

"胡说，阿辽沙，他干吗要说呢？"

"这正是我说的。他是那么周到。而且他是怎样地称赞你。啊！我从前这样告诉过你……我告诉过你。是的，他是能够理解和感觉任何事物的！但是他讲到我，好像把我当作一个小毛头似的，他们对待我全是那样子。可是我想我也许真是那样吧。"

"你是一个小孩子，但是你却比我们任何人都看得远哩。你是好的，阿辽沙！"

"他说我的好心肠会害了我。这怎么说的？我可不明白呀。可是，我说，娜塔莎，我要不要赶紧到他那里去呢？我明天天一亮就来陪你。"

"你去吧，亲爱的，去吧。你想得对。一定去看他吧，听见没有？明天尽可能早早地来，你现在不会再躲开我五天了吧？"她含着抚爱的睇视，狡猾地补了一句。

我们都陷入一种静默的、幽谧的愉快状态。

"你同我一块儿走吗，万尼亚？"阿辽沙离开的时候问我。

"不，他还要留一会儿。我还有话跟你谈，万尼亚。记住，明儿一早。"

"一早，再见，玛芙拉。"

玛芙拉感到极大兴奋。她已经听见公爵的全部谈话了，全部谈话她都偷听到了，可是有许多话她却听不懂。她急于想问和揣测。可是同时她又好像很严肃甚至是骄傲。她也猜到事情大大地改变了。

我们两个留着。娜塔莎握着我的手，静默了半晌，似乎想找些什么话说。

"我疲乏了，"最后她用衰弱的声音说，"听着，你明天到他们那边去吗？"

"当然。"

"告诉妈妈就是了，可别对他讲。"

"无论如何，我不会对他讲到你的。"

"自然，你不讲，他也会晓得的。可是注意他说些什么。他对这件事情怎么看？天哪，万尼亚，他真的会诅咒这段婚姻吗？不，不可能的。"

"公爵会把这件事情弄好的，"我急促地说，"他们一定会和解，那么什么事情都顺利了。"

"我的天，但愿如此啊！但愿如此呀！"她恳求地叫起来。

"别焦心，娜塔莎，什么事情都会弄好的，什么事情都在朝好的方面走哩。"

她凝神望着我。

"万尼亚，你认为公爵怎么样？"

"如果他说话是诚恳的，那么，我想他真是一个高贵的人。"

"如果他说话诚恳？这是什么意思？他难道可以说话不诚恳吗？"

"我同意你的话。"我回答说。

"那么，她又想到什么念头了，"我想，"这真奇怪哩！"

"你老望着他……那么专心地……"

"是的，我想他有点儿古怪。"

"我也这么想呢。他一直讲得那么……亲爱的，我疲乏了。你知道，你还是回家去吧。明天看过他们，马上就到我这儿来。还有一件事：我刚才对他说，我打算喜欢他，这话不太鲁莽吗？"

"不，怎么会鲁莽呢？"

"也不……愚蠢吗？你瞧，这不等于说，我一向不喜欢他吗？"

"刚好相反，这说得很好，很简单，很自然。你那一刹那多美呀！假如他这种贵族出身的人还不明白你这话，那他就够蠢了！"

"看来你好像对他很愤怒，万尼亚。可是我多么可憎、多疑和空虚呀！别嘲笑我，你知道，我不向你隐瞒什么的。唉，万尼亚，我亲爱的！我知道如果我再不快乐，再有什么困难的事情，你会来陪我的，也许只有你一个人！这一切我将怎样来补偿你呢？永远不要咒骂我呀，万尼亚！"

一回到家，我立刻脱了衣服到床上去。我的房间就像地窖一样阴暗潮湿。许多奇怪的思想和感情在我心里旋转，好久都睡不着。

但是这时候，一个在他舒服的床上睡觉的人会怎样嘲笑我们哪——这是说，如果他以为我们是配被他嘲笑的！或许他还以为我们不配被他嘲笑哩！

第三章

　　第二天早上十点，我刚走出我的寓所，要赶到华西里耶夫岛伊赫曼涅夫家去，并且打算从他们那里再到娜塔莎那里去，忽然在门口又碰到我昨天的访问者，史密斯的外孙女了。她正来看我。我不知道为什么，但是我记得，我看到她非常喜欢。我昨天没有工夫好好看她，在白天她却叫我格外惊奇了。真的，从容貌上说，无论如何是很难再找出一个比她更奇怪或者更新奇的人物了。由于她那看来有点儿像外国人的闪烁的黑眼睛，她那浓密的纷乱的黑发，以及她那沉默的、不动的、谜一般的凝视，这小家伙会叫街上任何一个经过她身旁的人都对她注意的。她那双眼睛尤其叫人吃惊。那眼睛里有智慧的光，同时又有种探求的、不信任的，甚至是猜疑的神气。她那件肮脏的旧外衫，在白天看来，破烂得无法想象。我看她那样子，好像害着什么消耗性的慢性疾病，那种病在慢慢地和残酷地摧残着她。她那苍白的瘦削的脸上有一种不自然的、菜色的、胆汁过多的色泽。虽然穷困和病得不像样子，但她却是十分美丽的。她的眉毛很鲜明，美妙而好看。她那广阔而略短的前额尤其漂亮，她的嘴唇生得很精巧，形成一条特别骄矜和勇敢的线条，不过却是苍白无血色的。

　　"啊，又是你！"我叫起来，"呃，我想你会来的。进来吧！"

她走进来，慢慢地跨过门槛，依旧跟前回一样，狐疑地向四周望了望。她仔细地看了一遍她外公曾经住过的这个房间，似乎在打量它被另一位房客改变了多少样子。

"嘿，这外孙女正跟那外祖父一个样呢，"我想，"她不是疯了吧？"

她依旧沉默，我等着。

"找书！"她最后垂着眼睛，轻轻地说。

"哦，是的，你的书，它在这儿，拿去吧！我特地替你保存着哩。"

她探询地朝我望着，嘴巴奇异地扭歪着，似乎要透出一丝不信任的微笑。但是笑意过去了，却被同样一种严肃的和谜一般的表情代替了。

"外公不曾对你讲起我吧，他说过吗？"她问，讽刺地从头到脚打量我。

"不，他不曾讲到你，但是……"

"那你怎么会知道我要来呢？谁告诉你的？"她问，很快打断我的话。

"我想，你外公不能一个人单独地过活。他是那么年老衰弱，我想一定有什么人照顾他的……这儿是你的书，拿去吧。这些是你的课本吗？"

"不。"

"那么你要这些书做什么呢？"

"我之前来看外公的时候，他教我的。"

"那么之后怎么又不来了呢？"

"之后……我没有来。我病了。"她接着说，似乎替自己辩护似的。

"告诉我，你有家，有爸爸妈妈吗？"

她眉头突然蹙起来，看着我，好像被吓着了。接着和昨天一样，她低着头，默默地转过身去，没有回答就轻轻地走到室外去了。我愕然地目送着她，但是她又在门槛上站住了。

"他是怎么死的？"她轻轻地转过身来，突然问，那动作跟姿态和昨天她走出去又站住，把脸对着门向我追问亚助尔加的时候完全一样。

我向她走过去，迅速地告诉她。她垂着头，背对着我，带着好奇心，静静地听着。我又告诉她，老人快死的时候，怎样提到六道街。

"我猜想，"我接着说，"一定有个跟他很亲的人住在那边，所以我盼望有谁会来查问他。他一定很爱你，因为在最后一刻他还想念你。"

"不，"她轻声说，好像几乎不觉得似的，"他并不爱我。"

她非常激动。当我讲这些事情的时候，我俯下去看她的脸。我注意到，她是用极大的力气在压制她的情感，似乎太矜持，不愿给我看到似的。她脸色越来越苍白，并且咬着下唇。但是特别使我震惊的，是她心脏的奇怪搏动。它搏动得越来越响，隔着两三步都可以听见，就好像是长着动脉瘤似的。我想她会像昨天一样，突然哭出来，但是她却控制着自己。

"那篱笆在什么地方？"

"什么篱笆？"

"他死在那底下的。"

"我们出去的时候……我会指给你看。但是，告诉我，他们叫你什么？"

"那不需要……"

"不需要——什么？"

"不要管……这没有关系……他们并不叫我什么。"她断断续续地说，好像很讨厌的样子，接着她打算走了。我拦住她。

"停一下，你这古怪的小姑娘！嗯，我只不过想帮你的忙罢了。

昨天我看见你在屋角里哭，我好替你难过呀。我真不忍去想到它。此外，你外公是死在我怀里的，他提到六道街的时候，无疑是想到你，所以差不多等于把你托付给我了。我梦见他呢……这儿，我替你把书保管着，可是你是这样一个小野兽，好像怕我似的。你一定很穷并且是个孤儿吧，也许是跟一群陌生人住在一起吧。是不是这样呢？"

我尽最大力量去抚慰她，我不知道为什么她竟是那样吸引我。我对她，除了怜悯，还存着某种情感。这是整个环境的神秘性，也是史密斯给我的印象呢？还是我自己奇幻的心境呢？我说不出来。但是有什么东西不可抗拒地把我吸引到她那里。我的话似乎感动了她。她向我投了奇异的一瞥，这一回没有那么严厉，却是柔和且从容的，接着又望着地面，像在沉思。

"叶列娜。"她突然说出来，用一种极其低沉的声音。

"那是你的名字吗，叶列娜？"

"是的……"

"好的，你会来看我吗？"

"我不能够……我不知道……我会来的。"她轻轻地说，似乎在沉思，又似乎内心在斗争。

这时，什么地方一只自鸣钟响起来。

她吓了一跳，带着一种形容不出的伤心的痛苦，轻轻地说："现在什么时候了？"

"该是十点半了。"

她发出一声惊惶的呼喊。

"哎呀！"她叫着，要走开。但是我又在过道里把她拦住了。

"我不让你这样离开，"我说，"你怕什么呀？你怕太迟了吗？"

"是的，是的。我是偷偷出来的。让我走吧！她会打我呢。"她叫道，显然觉得她说得太多了，于是从我手里挣脱开去。

"听着，别跑，你是到华西里耶夫岛去的，我也去那边，到十三道街，我也迟了。我去叫马车。你肯跟我一块儿去吗？我带你去。比你走路快一些……"

"你不能跟我一块儿回去，你不能。"她说，惊慌得更厉害了。她的脸简直恐怖地抽搐起来，她以为我是要到她住的地方去。

"可是我告诉你，我是到十三道街去干我自己的事情啊。我不是到你家里去呀！我并不要跟着你。我们坐车去要快一点儿。来吧！"

我们急忙赶到楼下。我喊住头一个碰到的、赶着一辆可怜的马车的车夫。叶列娜显然十分着急，因为她居然答应同我坐进去了。最使我为难的，是我简直不敢问她。我刚问了一声她家里有什么人使她那么害怕，她就把臂膀一甩，几乎要从马车上跳下去了。"什么秘密啊？"我想。

她坐在马车里，非常笨拙。车子每动一下，她为了保持身体的平衡，就用她的左手——一只肮脏的握紧的小手——抓住我的上衣，另一只手紧紧地握着她的书。可以看出，这些书对她来说是极其宝贵的。当她坐稳了，偶然露出她的小腿，我十分吃惊，看见她连袜子都没有，只穿着一双破鞋。我虽然决心不去问她，却又克制不住自己。"你真的没有袜子穿吗？"我问，"这样潮湿的天气，又这样冷，你怎么能够赤着脚到处跑呢？"

"没有。"她坦然地回答说。

"天哪！可是你一定是跟谁住在一起啊！你出门的时候也该问谁借一双啊。"

"我喜欢这样子……"

"但是你会害病啊，你会死的！"

"让我死好了。"

她显然不愿回答，而且听了我的问题生气了。

"瞧！这就是他死的地方。"我说，指着那老人死去的地方。

她注意地望着，忽然带着一种恳求的眼神，转过来对我说："看在上帝的分上，别跟着我。我会来，我会再来的！我一有机会就会来的。"

"很好，我已经告诉过你，我不会跟着你的。但是你怕什么啊？你总有点儿不愉快。这叫我望着你都难过。"

"我不怕什么人。"她回答说，声音里带着一种愤怒的调子。

"但是刚才你还说过'她会打我'呀！"

"让她打好了！"她回答说，眼睛闪着光，"让她打！让她打！"她痛苦地重复说，上嘴唇颤抖着，憎恶地翘了起来。

最后，我们到华西里耶夫岛上。她叫车子在六道街口停住，跳下车去，焦急地向四周环顾了一下。

"开走吧！我会来的，我会来的。"她重复说，极度不安，恳求我不要跟着她，"去吧，赶快，赶快！"

我叫车子开过去。但是沿着河堤没有走几步，我就把车子打发走了，很快地奔过马路，又回到六道街来。我看到了她，她还没走远，虽然走得很快，不断地观望她的四周。她甚至一次两次地停下来，仔细看我是不是跟着她。但是我躲在附近的一扇门后，她看不到我。她继续走过去。我跟着她，一直沿着街对面走。

我的好奇心到了极点。虽然我并不想跟她进去，但是我觉得我必须找到她住的房子，防备万一有什么不测。我被一种奇异的迫人的感觉控制住了，这和亚助尔加死在餐馆里的时候她外公给我的感觉没有两样。

第四章

我们走了很久，一直走到小街。她几乎是在奔跑了。最后她走进一家小铺子。我站住，等候着。"她一定不是住在这铺子里的。"我想。

果然，一分钟以后她又出来了，但是那些书已经没有了。代替那些书的是她手里的一只瓦杯。再往前走没多远，她走进一座不很漂亮的房子的大门里。这是一幢两层楼的古旧石头房子，粉刷成浊黄色，房子并不大。在底下一层的三扇窗子中间，有一扇窗子里放着一具小型的朱红色棺材——作为那里住着一个棺材匠的标志。楼上的窗子极小，而且完全是正方形的，镶着暗绿色的破玻璃，我透过玻璃窗瞥见红色的棉布窗幔。我跨过马路，走到那房子前面去，在大门的一块铁牌子上读到一行字："布勃诺夫夫人"。

但是我刚弄清楚刻在这牌子上的字，就突然听到布勃诺夫夫人的院子里传来一声尖锐的女人的叫声，跟着是一阵叫骂。我从大门往里窥去。那屋子的木头台阶上，站着一个结实的女人，头上包着一块头巾，披着一件绿披肩，穿戴得好像一个女工似的。她脸上带着一种叫人憎恶的紫青色。她那肿胀的、充血的小眼睛闪着狠毒的光芒。虽然这还是早上，她显然还不是很清醒。她向可怜的叶列娜尖锐地叫着，叶列娜化石般地呆立在她的面前，手里握着那只瓦杯。

一个蓬头散发的涂脂抹粉的女人，从那紫青色脸的女人背后的楼梯上窥视着。

过了一会儿，宅基的台阶上一道通向地下室的门打开了，一个穿得很破烂的中年女人，脸色温和而庄重，也许是被这叫声吸引，走到台阶上。地下室里别的房客——一个老态龙钟的老人和一个小姑娘从半开的门里张望着。一个魁梧的粗笨农民，大概是看门人吧，握着一柄扫帚，伫立在院子中间，懒洋洋地看着这光景。

"哼，你这该死的懒货，你这吸血鬼，你这虱子！"那女人尖着喉咙叫，把她所有骂人的话都一口气骂了出来，大半的话连停顿都没有，只是夹着一种喘气罢了。"我照顾你，你就是这样报答我呀，你这褴褛的婊子！我刚叫她去买几条胡瓜，她就溜了！我叫她出去的时候，心里就觉得她一定会溜的！这真叫我心痛啊！就在昨天晚上，为了这我几乎把她头发都拔掉了，今天又跑开了。你到哪里去呀？你去找谁呀？你这该死的干尸，你这瞪眼睛的毒蛇，你这恶毒的贱坯！谁？你找的是谁？说出来，你这烂腐渣子！你不说，我就当场掐死你！"

这狂怒的女人向那可怜的女孩子扑过去，但是看见一个女人从地下室的台阶上望着她，她忽然又收住了，于是朝着她诉说起来，声音比刚才还尖锐，摆着两条胳膊，似乎要叫她来证明她这个倒霉的牺牲者的可怕的罪恶。

"她娘咽了气！你们大家知道的，好街坊，她孤单单地留下来了。我看到她落在你们手里，而你们都是穷人，你们自己还没有吃的呢。于是我想，看在圣·尼古拉的面上，我来麻烦自己，收留这孤女吧。这样我就把她养起来啦，你们相信吗？我才养了她两个月，我发誓，她已经吸光了我的血，把我折磨得只剩一把骨头了。这个吸血鬼，这个响尾蛇，这个魔王的硬骨头。你打她也好，不管她也好，她就是不开口。她就像含着一嘴的水似的，一味闭着臭嘴。她闭着臭嘴来伤我的心哪！你以为自己是什么呀，你这倔强的懒货，你这个绿猴子？要不是我，你早就在马路上饿死了。你应该替我洗脚，喝我的洗脚水哩，你这妖精，你这黑色的法国妖怪！没有我，你早就完蛋啦！”

“可是你何必这样烦恼呢，安娜·特立芳诺芙娜？她又怎样惹恼了你呢？”那个跟这狂怒的泼妇答话的女人有礼貌地问。

“你用不着来问，我的好奶奶。我不喜欢人家来反对我！我是个百事都要随我的人，对也好，不对也好，我就是这样的人！今天早晨，她几乎把我送进坟墓里去啦。我叫她到铺子里去买几条胡瓜，她一去就三个小时。我叫她去的时候，心里就有种感觉——我的心发痛，可不是发痛嘛！她到什么地方去了？她上哪儿去了呀？她找上什么保护人了呀？倒像我不是她的好朋友似的。唉，我饶了她这懒货的娘十四卢布的债，我还花钱埋葬了她，还把这小鬼带来抚养，这你知道的，我的好奶奶，你知道的！唉，有了这些事情，难道我没有权利管她吗？她本来自己就该明白的，可是她不但不明白，反倒来跟我作对啦！我是希望她好的。我要给她穿棉纱衫，这肮脏的懒虫！我还替她在外商市场买了双鞋子来，把她打扮得像孔雀一样，好像过节的光景似的！可是你相信吗，好朋友？过了两天，她就把衣服撕烂了，撕成了破布烂片，她就是这么干！她就是这么干！你想怎么样，她是故意要撕破的呀——我不是撒谎，我亲眼看见的，也就是说，她要穿破衣服，她不愿意穿棉纱衫！哼，我给了她颜色瞧！我给了她一顿打！之后我又请了医生来，还得付他钱呢。如果我掐死你，你这贱货，我只消一个星期不喝牛奶，也就消了罪孽啦，掐死你这样忏悔就够了。我叫她擦地板，作为一种惩罚，你想她怎么样？她就擦呀擦呀老擦不完，这贱货！我看见她擦就心烦起来。哼，我想，她现在是打算从我手里逃走哩。昨天我一时没注意，等找她的时候，她已经溜出去啦。你昨天听到我是怎样打她的，好朋友。我打得臂膀都痛了，我把她鞋子袜子一齐拿掉——我想她总不会赤着脚跑出去。可是她今天还是照样给我溜走了！你到哪里去的？说！你向谁去告我状的，你这荨麻子？你向谁讲坏话了？说！你这吉卜赛，你这假外国人！说！"

她在狂怒中，冲向那个恐惧得像化石般站着的小姑娘身旁，抓住她的头发，把她摔倒在地上。那只盛着胡瓜的杯子摔到一旁打碎了，这更增加了那喝醉酒的泼妇的愤怒。她疯狂地打着她的牺牲品，可是叶列娜依旧倔强地沉默着，甚至在拳脚之下也不出一点儿声，也不哭，也不诉一声苦。

我冲到院子里，愤怒得几乎发狂了，我向那醉酒的女人直奔过去。

"你在干什么？你怎敢这样对待一个可怜的孤女？"我叫着，捉住那泼妇的胳膊。

"这是什么呀？怎么，你是谁呀？"她放开叶列娜，又起两只胳膊，尖叫起来，"你到我屋子里来干什么呀！"

"来告诉你，你是一个没心肝的女人，"我叫，"你怎敢这样虐待一个可怜的孩子？她不是你养的。我刚才听见，她不过是你收养的一个可怜的孤女。"

"耶稣，主哇！"那泼妇叫起来，"可是你是谁呀，来管我的事？你是跟她同来的吗，唔？我要立刻去见警长！安德烈·铁莫费叶契他老人家待我是跟待贵夫人一样的呢！怎么，她是去看你的吗？这是谁呀！他跑到人家屋子里来捣乱。警察呀！"

她握紧拳头，向我奔过来。正在这当儿，我们听到一声尖锐的非人的呼声。我一看，那像失去知觉般木立着的叶列娜发出一声奇怪的、不自然的叫声，砰地倒在地上，在可怕的痉挛中扭曲着。她的脸在抽搐。这是癫痫发作了。那蓬头散发的女人跟那地下室里的女人奔过来，抬起她，匆匆地把她抬到台阶上去。

"她会气死我，这该死的贱货！"那女人在她背后狂叫着，"这个月里已经第三次了……滚开，你这扒手。"于是她又向我冲过来，说："你站在这儿干吗呀，看门的？你拿了人家工钱干什么的呀？"

"走吧，走吧！你要等脑袋开花吗？"那看门人懒洋洋地说，显然只是做个样子，"两人好结交，三人不成局。鞠一个躬，请滚吧！"

一点儿办法都没有了。我走出大门，觉得我的干涉一无是处。但我愤怒得沸腾了。我站在大门对面的人行道上，向门里望着。我一出大门，那个女人便奔到台阶上去，看门人尽了他的职责，就不见了。过了一会儿，那个帮着把叶列娜抬进去的女人，从台阶上急匆匆地下来，走回地下室。她看见我，站住了，好奇地打量着我。她那安详慈和的面相给我一种勇气。我又回到院子里，向她走去。

"容许我问一声，"我说，"这女孩子是谁？这可怕的女人要把她怎么样啊？请别以为我只是出于好奇心才问的。我曾经碰见过这女孩子，由于特殊的情形，我非常关心她。"

"你如果关心她，不如把她带到家里去，或者替她找个地方，总比让她在这儿毁了好。"那女人带着一种显然很为难的神情说，做出要离开的样子。

"但是如果你不告诉我，我能做什么呢？我告诉你，我一点儿也不知道她的事情啊。我猜想，刚才那个就是这屋子的房东布勃诺夫夫人吧？"

"是的。"

"那么，这女孩子怎么会落到她手里呢？她的妈妈是死在这儿的吗？"

"啊，我不能说，这不是我们的事情。"她又想走开。

"但是请为我做件好事吧。我告诉你，我非常关心这件事。也许我能够出点儿力。这女孩子是谁？她的妈妈是什么人？你知道吗？"

"她好像是什么外国人，她跟我们一起住在地下室，但是她害病，害痨病死的。"

"她在地下室里分租一个房间，那一定是很穷了？"

"唉，她很穷。我老替她痛心。我们已经是过一天算一天了，可是她跟我们同住的五个月里，还欠着我们六卢布呢。我们还把她埋葬了。我男人替她做的棺材。"

"那么，那个女人怎么说是她葬的呢？"

"她似乎以为是她葬的！"

"那么她姓什么呢？"

"我念不上来，先生。这很难念，大概是德语。"

"史密斯？"

"不，不大像那样。唔，安娜·特立芳诺芙娜收留这孤女，说要养大她。不过这不大对劲……"

"我想，她收留她是有什么目的吧？"

"她是一个不干好事的女人，"那女人回答说，似乎在犹豫要不要说出来，"这关我们什么事呢，我们都是旁人。"

"你还是管住你的嘴巴吧。"我听见背后一个男人的声音。

那是一个中年男子，穿着一件长袍，长袍外又加了一件上衣，他看起来像一个工匠，是那女人的丈夫。

"她没有必要跟你聊天哩，先生，这不关我们的事。"他说，斜睨着我，"你进去吧！先生，再会吧，我们是做棺材的。你如果有什么惠顾，我们是很欢迎的……但是除此以外，我们没有什么可说的……"

我默默地走了出去，非常激动。我不能做什么，但是我觉得这样离开是很难的。棺材匠的老婆有几句话使我特别激动。我感觉这里一定出了什么岔子。

我走开去，望着地下，沉思着，这时忽然有一个尖锐的声音在叫我的姓。我抬起头一看，面前站着一个喝醉酒的人，几乎是摇摇摆摆的，穿得很整洁，虽然他只穿着一件破烂的大衣，戴着一顶油腻的便帽。他的脸很熟悉。我仔细看了一下。他向我眨眨眼，讽刺地微微一笑："你不认得我吗？"

第五章

"啊，是你呀，马斯罗波耶夫！"我叫起来，忽然认出他是我在省立高等学校的一个老同学。"哎，真是巧遇呀！"

"是呀，真是巧遇呀！我们有六年不见了。或者不如说，我们曾经碰到过，可是阁下不打算来看我呀。自然咯，你现在是位将军，文学将军哩，唔……"

他说话的时候，径自讥讽地微笑着。

"嘿，马斯罗波耶夫老兄，你简直胡说八道！"我插进去说，"将军，就算是文学将军吧，样子跟我差得远呢。此外，让我告诉你，我确实记得曾经有两回在街上碰见过你。可是你先躲开了我。如果我看见人家想躲开我，我又何必闯上去呢？你知道我怎样想吗？如果你不是喝醉了酒，就算在眼前你也不会招呼我吧。这是老实话，是不是呢？嗯，你好吗？我碰到你非常高兴，老兄。"

"真的？我这副'吊儿郎当'的样子不妨碍你吗？可是这用不着问。这是无关紧要的，我老记得你是一个多么可爱的家伙呀，老万尼亚。你记得？你曾经为了我挨过一顿打。你咬紧牙关，不出卖我，事后我非但不感激你，反而嘲笑了你一个星期。你是一个可敬的天真的人哪！看到你真高兴，我亲爱的人！"我们互相吻着。"我在寂寞中苦恼了好多年哪——'从早到夜，从黑到明'，可是我不曾忘记旧时的日子。那是不容易忘记的。但是你在干些什么呀，你在干些什么呀？"

"我吗？唉，我也是在寂寞中苦恼着呀。"

他向我望了好一会儿，眼神充满着一个微醉的人那种深沉的感情，虽然他无论什么时候都是一个脾气极好的人。

"不，万尼亚，你的情况跟我不同。"他最后突然用一种悲剧的调子说，"我读过了，万尼亚，你知道，我读过了，我读过了！可是我说，让我们好好谈谈吧！你忙不忙？"

"我忙哩，而且我应该承认，我正有些事情非常烦心。我要告诉你怎么办才好。你住在什么地方？"

"我会告诉你的。不过这不好，要我告诉你怎样才好吧？"

"唔，什么？"

"唔，这个，你看见了吗？"他指给我看离我们站着的地方几码远的一块招牌，"你瞧，糖果店兼餐馆，这只是一个吃食店，但却是个好地方。我告诉你，这是一个合适的地方，而且那里的伏特加是没话说的！那都是从基辅徒步运来的。我尝过，我尝过许多次，我知道，他们是不敢拿坏酒给我喝的。他们是知道菲利浦·菲利必契的。你知道，我就是菲利浦·菲利必契。唔？你做鬼脸？别，让我说。现在是十一点一刻，我刚才看过。好吧，十一点三十五分我准让你走，这时候我们要干个满杯。为了一个老朋友花二十分钟，这总行吧？"

"如果真是二十分钟，那行，因为，我亲爱的老伙伴，我真是忙……"

"好，一言为定。但是我告诉你，两句话开头：你好像不快活……似乎你有什么事情烦恼着，是不是这样？"

"是的。"

"我猜到了。我正打算学看相呢。你知道，这也是一种职业呀。

那么，来吧，咱们谈一谈。二十分钟之内，我将有时间先喝一杯庆贺酒，再喝光一杯白桦酒，再是一杯苦橘酒，又是一杯 Parfait amour①，以及别的我所想得出的一切。我纵酒啦，老兄！我这个人除了节日去做礼拜，一无是处。可是你不要喝酒。我只要你像现在这样子。你如果喝了酒，会显露出灵魂里特殊的高尚性。来吧！咱们小叙一番，再来一次十年的阔别吧。我是不配做你的伙伴的，朋友，万尼亚！"

"别瞎扯了，来吧。你将有二十分钟工夫，之后就要让我走了。"

到那吃食店去，我们要走上一座从街上通到二楼的两段木扶梯。但是在扶梯上，我们忽然碰到两个喝得烂醉的绅士。他们看见我们，就摇摇晃晃地让到一旁去了。

其中一个，是个年纪很轻、样子很幼稚的少年，脸上带着一种过分愚蠢的表情，只有一点点淡淡的髭痕，却没有胡须。

他穿得像一个花花公子，可是看来却很可笑，好像是穿着别人的衣服似的。他手指上戴着一些看起来很值钱的戒指，领带上有一枚值钱的别针，他的头发梳成一个冠子，看起来尤其好笑。他不住地微笑和吃吃地笑。他的同伴是一个五十来岁的、粗矮、肥硕、秃顶的人，有一张发肿的、喝醉酒的麻子脸和一颗纽扣般的鼻头，穿得比较马虎一点儿，不过领带上也别着一枚大别针，并且戴着眼镜。他脸上的表情是刁钻和琐琐的。他那双猥亵、恶毒且多疑的小眼睛，隐藏在肥肉中间，好像是从裂缝里窥视我们一样。他们显然都认识马斯罗波耶夫，不过那胖子一看见我们就做出不高兴的怪相，而那年轻的却摆出一副谄媚的亲昵的痴笑。他甚至还脱帽子。他戴着一顶便帽。

"原谅我们，菲利浦·菲利必契。"他喃喃地说，柔和地注视

---

① 法语：甜蜜的爱情。此处指酒名。

着他。

"有什么事？"

"请你原谅，我是……"他掸掸衣领，"密特罗胥加在里边。我看他是个流氓哩，菲利浦·菲利必契。"

"嗯，怎么一回事？"

"唉，我看是这样……唉，上星期他……"说到这里，他向他的伙伴点点头，"在一个讨厌的地方，给人家涂了一脸的酸牛油，都是为了密特罗胥加这家伙呀……嘻嘻。"

他的伙伴似乎有点儿恼了，用他的肘子碰碰他。

"你应该跟我们一起来，菲利浦·菲利必契。我们已经干了半打啦。我们可以跟你在一块儿吗？"

"不，亲爱的朋友，现在我不能够，"马斯罗波耶夫回答说，"我有事哩。"

"嘻——嘻！我也有点儿小事哩……说到你……"

他的伙伴又用肘子碰碰他。

"以后再说吧！以后再说吧！"

马斯罗波耶夫显然不想去瞧他们。但是我们一走进外面的房间——沿着那整个房间放着一条极干净的柜台，柜台上放满了冷盘、面饼和盛着各种颜色的酒的酒瓶——马斯罗波耶夫就拉我到角落里，说："这年轻家伙叫西左勃留霍夫，是个有名的小麦商的儿子，他老子一死，他得到了五十万，现在他正过着好日子哩。他去过巴黎，他在那里没有节制地乱花钱。也许把钱都在那里花光了，但是他叔父一死，他又得到一笔财产，于是他从巴黎回来，把其余的钱在这里乱花。再过一年他就要讨饭哩。他笨得像只鹅一样。他在最好的餐馆、酒窟和酒店里乱跑，同女戏子在一起，他还想进骠骑兵队去——他刚获得委任呢。另外那个老家伙，亚立波夫，大概是个做生意的或经纪人之流的人物，他还承办了一些政府的事务。他是一个野兽，一个流氓，现在他是西左勃留霍夫的伙伴。他是一身而兼犹大和福斯塔夫的人①，他曾经破产过两次，而且他还是一个可厌的色情的野兽，专会弄各种各样的鬼花样。我知道一件这种色情的罪案，是有他在内的，但是他设法脱身了。为了一件事情，我倒很高兴在这里碰见他，我正在注意他哩……自然，他现在正在讹诈西左勃留霍夫。他熟悉各种奇怪的地方，这使他对那样的年轻家伙正好有用。我向来就对他有点儿憎恨。密特罗胥加也正要对付他哩——站在窗口、穿着时髦的紧身外衫、有着吉卜赛长相的神气活现的家伙。他是做贩马生意的，这附近的骠骑兵都认识他。我告诉你，他是那样一个聪明的流氓，他会当着你的面造出一张假钞票，而且即使你看着，他也有本领用到你手里来。他穿着一件紧身外衫，却是天鹅绒的，而且看来像一个斯拉夫主义者（不过我认为这很配他）。可是假如让他穿上一件漂亮的礼服，或那一类衣服，把他带到英国俱乐部里，称他为大地主巴拉朋诺夫伯爵，他就会冒充两个小时的伯爵，玩着惠斯特纸牌，像伯爵一样聊天，而且人家绝不会疑心他，他会把人家全骗了。他是不会有好结果的。唔，密特罗胥加对那胖子有很大的仇恨，因为密特罗胥加目下正困难得很。西左勃留霍夫本来跟他很亲密的，但是密特罗胥加还没来得及诈骗他，那胖子就已经把他拖跑了。如果他们刚才在这吃食店里碰到，一定发生过一些什么事情。这件事我也知道一点儿，而且可以猜到是什么事情，因为不是别人，正是密特罗胥加自己告诉过我，他们要到这儿来，而且干了坏事情之后在这些地方徘徊着。我正要利用密特罗胥加对亚立波夫的仇恨，因为我有我的道理，我到这里

---

① 犹大是出卖基督的人，见《圣经》。福斯塔夫是莎士比亚剧本《亨利四世》中的一个肥硕懦弱而又耽于情欲的兵士，富于机智而又轻率无礼。

来，老实说，就是为了这个缘故。我现在不愿意让密特罗胥加看见，你也不要老看着他，但是我们出去的时候，他一定会亲自跑过来，告诉我所要知道的事情的……现在来吧，万尼亚，到另外一间房里去，你明白吗？喂，斯捷潘，"他朝那跑堂的说，"你懂得我要什么吗？"

"是，先生。"

"那么你拿来吧。"

"是，先生。"

"当心一点儿。坐下吧，万尼亚。你干吗老是这样瞧着我？我看你是在瞧我哩。你惊奇吗？不要惊奇。一个人会遭遇任何事情，甚至他梦想不到的事情……尤其是当……唔，当我们在一起死读康尼鲁斯·尼颇斯①的著作的日子里。万尼亚，有一件事情你可以确信：我马斯罗波耶夫也许已经离开了正道，可是他的心依旧没有变，只是环境改变罢了。我虽然也许会落到污泥里，可是我绝不会比别人更肮脏些。我曾经打算去当医生，我也曾准备去当俄国文学教师，我还写过一篇论果戈理的文章，我希望成为金矿主，还打算结婚。一个活着的人在生活中总盼望一些甜蜜的东西呀。而且我虽然穷得连哄只猫的东西都没有，可是她却答应嫁给我了。我已经要去借一双行结婚礼时穿的好靴子了，因为我自己的那双已经破了十八个月了……可是我并没有结婚。她嫁给一个教师了，于是我又去当账房的书记，并不是做生意的账房，不过总是账房就是了。但是后来调子又改变了。一年一年地过去，虽然我不曾干什么职务，我却够自己吃：我接受人家的贿赂，毫无悔恨，不过我还是坚持真理的。我和猎狗一同打猎，我和兔子一同奔跑。我是有原则的。我知道，譬

---

① 康尼鲁斯·尼颇斯，罗马历史学家。此句指"当我们在学校读书的日子里……"

如说，一个人不能孤军作战，于是我留心我自己的事务。我的事务主要是在机密方面，你要明白。"

"你不是什么侦探之类吧，你是吗？"

"不，不完全是侦探。但是我却动手去做，一半是职业性的，一半是为我自己。就是这样，万尼亚，我现在喝伏特加，但是在我没有把我的神志喝昏以前，我是知道我的前途是怎样的。我的好日子过去了，黑马仔是洗不白的。我只要说一件事情：如果不是'人'这个东西在我心里起着反响，我今天依旧不会来招呼你的，万尼亚。你说得对，我以前碰到过你，看见过你，而且有许多次我是想说话的，但是，我还是不敢，把它打消了。我是不配你的。万尼亚，你说我这次跟你说话，只是因为我喝醉了酒的缘故，你说得对。虽然这全是极无聊的事情，可是我们且别谈我吧。我们最好还是来谈谈你。是的，我的好人，我读过了！我全部读过了。我是说你的处女作。我读它的时候，我的朋友，我几乎变成一个可敬的人了。我几乎是在变成一个可敬的人了，但是我再想想，我还是愿意做一个没有名誉的人。所以就是这样……"

他又说了许多话。他越来越醉，变得非常感伤，几乎要哭了。马斯罗波耶夫向来是一个顶呱呱的人物，但是狡猾，而且似乎早熟，从他在学校的时候起，他就是一个乖巧、聪明、狡猾的逃学精，但是他倒真有一副好心肠，他是一个迷了路的人。在俄国人中间，这样的人很多。他们往往有很强的能力，但是他们头脑里的一切却全是乱七八糟的，尤其是在某种情形下，因为柔弱的缘故，他们能够完全违背自己的良心去做事，他们不仅在走向毁灭，并且也预知他们在走向毁灭。比如马斯罗波耶夫吧，就是沉沦在伏特加中。

"现在再让我说一句，朋友，"他接下去说，"我最初听到你的名气怎样轰动，后来我又读了几篇关于你的批评文章（我真的读了，你大概以为我从不读什么东西的吧）。再后来，我看到你穿着破皮靴，在泥浆里走路也没穿上套鞋，戴着一顶破烂的帽子，于是我得出了自己的结论。你目前在当新闻记者吧？"

"是的，马斯罗波耶夫。"

"我想，是干摇笔杆子的活儿吧？"

"差不多。"

"好，那么我告诉你，老兄，那还不如喝喝酒呢。我现在喝酒，躺在沙发上（我有一张装弹簧的上等沙发），幻想我自己是荷马或但丁，或者什么腓特烈·巴巴罗萨①——个人可以随意幻想，你知道，但是你却不能幻想自己是但丁或腓特烈·巴巴罗萨，第一，因为你愿意是你自己；第二，你不许有一切愿望，因为你是一个摇笔杆子换饭吃的呀。我有幻想，而你只有现实。听吧，坦白地、率直地告诉我，像一个兄弟那样说话（如果你不愿意，你就是得罪我和屈辱我十年），你要不要钱？我有很多钱哩。唉，别做怪脸儿。拿点儿去吧，还清你老板②的账，摆脱你的羁绊，那么，你一年的生活有保障，去专心于你所怀抱的理想，写出一部伟大的作品来！唔，你说怎么样？"

"听着，马斯罗波耶夫！我感激你兄弟般的提议，但是我目前不能做任何答复。为什么？说来话长，这中间有些琐细的原委。但是我答应你，以后要像兄弟般地告诉你一切。我感谢你的提议。我答应到你那儿去，而且会时常去。但是我要告诉你的是这样一件事。你既然对我坦白，所以我也决定请你给我一点儿忠告，特别是我觉得，在这种事情上你是行家。"

我告诉他史密斯跟他外孙女的全部故事，从糖果店里那一幕开头讲起。说来奇怪，我讲这故事的时候，我从他的眼睛里看出，他

---

① 腓特烈·巴巴罗萨，神圣罗马帝国皇帝，即腓特烈一世。

② 这里指出版商。

似乎有点儿知道这个故事。我问他。

"不，不完全知道，"他回答说，"不过我听到过关于史密斯的一些事情，一个什么老头儿死在糖果店里的故事。不过关于布勃诺夫夫人的事，我却真的知道一点儿。就在两个月以前，我从这位太太手里弄到一些钱。Je prends mon bien où je le trouve①，这是我像莫里哀的唯一之处。我虽然已经从她那里榨出了一百卢布，可是我当时发过誓，在我放手以前，非得再榨她五百卢布不可。她是一个恶毒的女人！她干着一种不可告人的勾当。那倒没有关系，不过有时她做得太不像话了。请你不要以为我是个堂吉诃德。主要是，我也许会从这中间做出一件极好的事情哩。在半个小时以前碰见了西左勃留霍夫让我非常高兴。西左勃留霍夫显然是被人家带来的，那胖子就是带他来的人，而当我知道那胖子干着一种什么特殊买卖，我就断定……嗯，我要揭穿他的鬼把戏！我很高兴从你这里听到关于这小女孩的事情，这是给我的另一条线索。你知道，我是承办各种各样的秘密工作的，我认识一些奇怪的人物哩！我不久以前替一位公爵侦查过一件小事情。告诉你，人家真想不到这会是那位公爵干的。你或者要听另外一个关于一个结过婚的女人的故事吧？你可以来看我，老兄，我会供给你许多题材，你如果写进作品里去，人家是不会相信的……"

"那公爵叫什么名字？"我带着某种预感问道。

"你要知道他做什么？好吧，他叫华尔戈夫斯基。"

"彼得吗？"

"是的。你认识他吗？"

"是的，不过不很熟。好，马斯罗波耶夫，我要不止一次地到你

---

① 法语：我见钱就拿。这是莫里哀的名句。

那里去打听这位先生呢，"我说着站起来，"你使我感到很有兴趣。"

"好的，老朋友，你高兴什么时候来就什么时候来吧。我可以告诉你许多好的故事，虽然只能在某种范围内，你明白吗？否则一个人就要在买卖上丧失信用和名誉了，而其他一切也都要丧失了。"

"好的，只要在名誉所允许的范围之内。"我真的很激动。他注意到了这一点。

"嗯，你对于我告诉你的故事有什么话要说吗？你想过什么？"

"你的故事？嗯，等两分钟吧。我要去付账。"

他走到碗柜那里，好像是偶然站到那个穿紧身外衫的青年人的身旁，没有客套地称呼那人为密特罗胥加。在我看来，马斯罗波耶夫跟他熟识的程度，比他对我承认的还要深一点儿。无论如何，他们并不是第一次见面。

密特罗胥加是一个很奇怪的家伙。他穿着他那没有袖子的紧身外衫和红色绸短衫，配上他那副狡猾而漂亮的相貌，那张很年轻的黑色的脸，他那勇敢而闪光的眼睛，给人一种古怪却并不乏味的印象。他的姿态上有一种装腔作势的傲慢，但是同时他显然在约束自己，假装出一副做买卖的庄重和沉着的神气。

"喂，万尼亚，"马斯罗波耶夫回到我这边来说，"今天晚上七点来看我，我也许有些事情告诉你。但是，我自己，你瞧，我是没有用的，从前我是有用的，但是现在我只是一个酒鬼，什么事情都不上轨道了。不过我依旧保持着我的旧关系，我也许可以侦查出一些什么。我在各种各样狡猾的人中间嗅着，我就是这样过日子的。当我自由的时候，就是说，当我清醒的时候，我自己也做一些事情，真的，也是通过一些朋友……多半是侦查方面的事情……但是这和我们所谈的不相干。够了。这儿是我的地址，在胥斯梯拉伏契纳街。可是，老兄，我真是无可挽救了。我还要再喝一盅，然后回家。我要睡一会儿。

如果你来，我会把亚历山特拉·西苗诺芙娜介绍给你，如果有工夫的话，我们还要讨论一下诗哩。"

"唔，还要讨论诗吗？"

"是的，也许要。"

"也许我会来。我一定会来的……"

第六章

　　安娜·安德烈耶夫娜已经等了我好久了。我昨天告诉她关于娜塔莎的条子的事，大大地激起了她的好奇心。今天早晨，她老早——十点——就在等我了。我去的时候已经是下午两点，这个可怜的女人的那种等待的痛苦达到了极点。她还盼望跟我谈谈昨天她心里产生的新希望，以及谈谈尼古拉·舍盖伊契。他从那时起就害病了，变得沉郁，同时对她倒似乎特别温存起来。当我出现的时候，她脸上带着一种冷淡和不高兴的神情来接待我，她很少开口，没有一点儿关心的样子，几乎要责问我为什么来和每天都来做什么了。她生气我来得太迟。我却不耽搁，急忙把昨天晚上娜塔莎家里的全部情景向她描述了。她一听到老公爵的访问和他那郑重的提议，她那假装的冷淡神气立即消失了。我找不出适当的字眼来形容她那高兴的样子，她看起来简直不能控制自己了，她在身上画十字，淌着眼泪，在圣像前面鞠躬，拥抱我，并且要跑到尼古拉·舍盖伊契那里去，把她的快乐告诉他。

　　"天哪，我亲爱的，都是他所受过的一切侮辱和委屈使他病了呀，他只要一知道娜塔莎能够得到这全部补偿，他眨眼之间就会把一切都忘了。"

　　我花费很大的力气才劝住了她。这位好太太虽然跟她丈夫已经共同生活了二十五年，可是还不了解他。她焦急得要命，要同我立刻到娜塔莎那里去。我向她指出，不仅尼古拉·舍盖伊契不会赞成她的举动，而且我们这一去甚至会把整个事情都弄糟的。我好不容易才使她改变了主意，但是她又不必要地留了我半小时，全部时间都谈着她自己。

"我将跟谁待在这儿呢？"她说，"我心里怀着这种快乐，一个人坐在这四堵墙壁的中间吗？"

最后，我说服她让我走，提醒她，娜塔莎一定等我等得很焦急了。她好几次画十字祝我路上顺利，还让我带给娜塔莎一个特别的祝福，而当我表示除非娜塔莎那里发生什么特别的事，否则今天晚上我绝不再回来的时候，她几乎要流泪了。这一回，我不曾看到尼古拉·舍盖伊契。他昨夜通宵没睡，抱怨头痛、发冷，现在正在书房里酣睡。

娜塔莎也等了我一个早晨了。我走进去的时候，她照老样子紧握着两只手，在屋子里来回走着，沉思着。甚至现在，我回想起她的时候，还常常看到她独自在一个破落的房间里梦幻地、凄凉地等待着，合着手，低着眼睛，毫无目的地来回走着呢。

她依旧来回走着，低声问我为什么来得这样迟。我告诉她我一切遭遇的简明经过，但是她几乎没有听。人们可以看出，她正在为什么事情非常焦虑呢。"有什么消息吗？"我问她。

"没有什么消息。"她回答说。但是我从她的脸色立刻猜到，是有些什么消息了，而且她等待我的目的，就是要把这个消息告诉我，但是她却照例不愿意立刻告诉我，而要等到我刚要走的时候才讲出来。

我们常常是这样的。我对她已经迁就惯了，于是耐心等待着。

我们开头自然是谈些昨夜的事情。使我特别惊异的，是我们对华尔戈夫斯基公爵的印象竟完全一样。她完全不喜欢他，比当时更不喜欢他。当我们一点一点来分析这次访问的时候，娜塔莎忽然说：
"听着，万尼亚，你知道，事情往往是这样：如果你起初不喜欢一个人，
到后来你却会喜欢他的，这差不多是一种一定的征兆。总之，我就
常常是这样的。"

"让我们希望是这样吧，娜塔莎。这是我的意见，而且是最后的
意见。我全部研究过，我推断是这样，公爵虽然也许是狡诈的，但
是他答应你婚事却是真心的、诚恳的。"

娜塔莎停在屋子中央，严肃地望着我。她的整个脸色都变了，
她的嘴唇轻轻地颤动着。

"不过他怎么能在这样的事情上欺骗而且……撒谎呢？"

"当然不会，当然不会！"我连忙说。

"他当然不是撒谎。我看这是不必去想的。这样的欺骗是不可饶
恕的。而且难道在他眼里我真是那样下贱，使他能这样开我的玩笑
吗？什么人能够干出这种侮辱人的事情呢？"

"当然不会，当然不会，"我同意说，我心里却想，"你走来走去，
并不是在想别的问题呀，我可怜的姑娘，你多半是比我更怀疑这
件事呢。"

"唉，我多么盼望他早一点儿回来呀！"她说，"他要整个黄
昏跟我在一起，而以后……这大概是有重要的事务吧，因为他丢开
一切事情赶了去。你不知道是什么事务吗，万尼亚？你没有听到什
么吗？"

"只有上帝知道。你知道，他是常常在弄钱的。我听说他在彼得
堡的什么包工合约上有点儿股份。对于商业，我们都不懂，娜塔莎。"

"我们当然不懂。阿辽沙昨天讲起什么信件。"

"是某种新闻之类。阿辽沙来过这里吗？"

"是的。"

"很早吗？"

"在十二点，他睡得很晚，你知道。他只留了一会儿工夫。我叫他到卡捷琳娜·菲多罗芙娜那里去，我不该叫他去吗，万尼亚？"

"怎么，他自己不打算去吗？"

"是的，他打算去。"

她还想说些什么，但是自己打住了。我望着她，等待着。她的脸色是忧郁的。我想要询问她，但是她有时特别不喜欢被询问。

"他是一个奇怪的孩子。"她最后说了，嘴巴轻轻地牵动了一下，仿佛极力不想看我。

"怎么啦？我想是发生什么事情了吧？"

"不，没有什么，我只是那么想罢了……他虽然可爱……但是已经……"

"他的一切忧虑和焦灼现在已经过去了。"我说。

娜塔莎探询地望着我。她也许想要这样回答："他以前也没有多少忧虑和焦灼呀。"但是她以为我的话里是包含着同样意思的，她的嘴嚷起来了。

但是她立刻又变得和蔼亲切了。这次她特别温顺。我跟她在一起待了一个多小时。她很不安。公爵把她吓着了。我从她的一些问话中，注意到她非常焦灼地想知道，她给了他一种什么印象。她的举止是否适当？她有没有过分坦直地显露出她的高兴？她是不是太容易动气了？或者相反地，是不是太容易妥协了？他不至于想到什么吧？他不至于笑她吧？他不至于看轻她吧？她这样想的时候，两颊红得像火一样。

"你怎么能够因为一个坏人想些什么，就这样烦恼呢？让他去想好啦！"我说。

"为什么他是坏人呢？"她问。

娜塔莎是多疑的，但却是心地纯洁和率直的。她的怀疑并不是出于不纯洁。她是高傲的，而且带着一种高贵的自尊心，她认为比一切都高贵的事情，结果在她面前变成笑柄，这是她所不能忍受的。她自然也会以轻蔑去回答一个下流人的轻蔑，然而同时，对于人家嘲笑她所认为神圣的事物，不管嘲笑的是谁，她还是会痛心的。这并不是因为缺乏坚强。这一部分是由于对世事知道得太少，由于不习惯与人相处，由于一直封闭在她的小圈子里的缘故。她一生都消磨在她自己的小角落里，难得离开它。最后这种好性情人的特征，也许是从她父亲那里遗传下来的——惯于把人家看得好一点儿，坚信他们总要比实际上好一点儿，热心地夸大人家的一切好处——便在她身上大大地发展起来。这样的人当他以后感到幻灭的时候是很苦的，而最苦的是当他感到自己该受责备的时候。为什么一个人所希望的要比实际能得到的更多呢？这种失望常常存在于这种人的心里，他们最好是安静地住在他们的角落里，不要跑到社会上来。事实上我注意到，他们是真正爱好他们的角落，他们住在里面渐渐变得怕羞和不善交际了。然而不论如何，娜塔莎已经遭受过许多不幸、许多耻辱了。她已经是一个受伤的人了，如果我所说的话中真有什么责备的意思，那她是不应受责备的。

　　但是我很忙，于是站起来要走了。她吃了一惊，看见我要走，几乎要哭出来了，虽然当我跟她在一起的时候，她并没有对我表示出特殊的温情，反倒比平时冷淡些。她热烈地吻着我，注视了我的脸好久。

　　"听着，"她说，"阿辽沙今天早上很荒唐，真叫我惊奇哩。他显然很亲热，很快活，但是忽然飞了进来，像一只蝴蝶、一个花花公子，而且老在镜子前面打扮。他现在有点儿太随便了……是的，他没有待多久。你想，他给我带来一些糖果哩。"

"糖果？嘿，这倒是非常可爱且天真的呀。唉，你们真是一对呀。现在你们开始在互相窥探、互相侦查哩，在互相研究彼此的脸色哩，而且研究彼此心里的想法哩（却一点儿也不理解）。他也没有两样。他还是和平常一样，快活而且带点儿小学生气。但是你，你呀！"

无论什么时候，当娜塔莎变了声调，到我面前来抱怨阿辽沙，或者来要我解决同样的疑难问题，或者告诉我某些秘密，希望我只要听她半句话就明白她，这时，我记得，她总是含着一丝微笑望着我，似乎恳求我一定要给她一个回答，使她心里立刻快活起来。我也记得，每逢这种情形，我总是拿出一种严厉和粗暴的口气，好像在骂人似的，这在我这里完全是无意识的，可是常常很成功。我的严厉和庄重是需要的，这些似乎很有力量，人们有时会感觉一种阻遏不住的欲望，渴望着被人家骂一顿。有时娜塔莎竟是这样被完全安慰下来了。

"不，万尼亚，你瞧，"她继续说下去，把她的一只小手放在我肩膀上，另外一只手紧握着我的手，她的眼睛看着我的眼睛，"我想，他有点儿太不会感动了……他似乎已经是那样的丈夫——你知道，好像已经结了十年婚，但依旧对他太太很客气似的。这不是太早了吗？他笑着，打扮着，但是好像这一切都不相干，好像这件事只和我有一部分关系，和平常不一样了……他急于要去看卡捷琳娜·菲多罗芙娜……我跟他说话，他不听，或者又说起别的事情来啦，你知道，这都是我们两个要他去掉的那种可怕的贵族习惯哪。事实上，他是太……甚至好像毫不关心……但是我在说些什么呀！我是这样说了，我已经这样开始了！唉，我们都是怎样一种苛刻和反复无常的武断的人哪，万尼亚！直到现在我才明白！我们是连一个人脸上的一个小小变化都不肯原谅的呀，上帝知道是什么使他变脸色的呢！万尼亚，你刚才骂我是对的！这都是我的过失！我们给自己制造麻烦，又来抱怨……谢谢你，万尼亚，你让我完全安心了。唉，只盼望他今天能来吧！可是，唉！他也许为了今天早晨的事情生了气呢。"

"你们当真不曾吵过嘴吗？"我惊异地叫起来。

"我没有过什么表示！但是我当时有点儿小小的不开心，他进来的时候虽然那样高兴，但是忽然又沉思起来，我猜想他是冷冷地跟我说再会的。是的，我要派人去找他……你也来吧，今天，万尼亚。"

"是的，我一定来，除非被一件事情绊住了。"

"怎么，什么事情啊？"

"我自找的！不过，我想我一定能来。"

第七章

七点整，我到了马斯罗波耶夫家。他住在胥斯梯拉伏契纳街一座小房子的厢房里。他有三个略为肮脏但布置得并不差的房间。甚至这里还有点儿富裕的样子，同时却又是极端不整洁。门是由一个极标致的十九岁的姑娘开的，她穿得很朴素，却可爱、干净，有一双善良而愉快的眼睛。我立刻猜到，这就是他今天早上顺便暗示过拿介绍她来作为对我的一种诱惑的那位亚历山特拉·西苗诺芙娜了。她问我是谁，一听到我的名字，就说马斯罗波耶夫正在等我，可是他现在正在房间里睡觉，她带我到那房里去。马斯罗波耶夫睡在一张很好的软沙发上，盖着他那件肮脏的大衣，枕着一只破烂的皮枕头。他睡得不是很熟，我们一进去，他就叫着我的名字。

"啊，是你吗？我等着你呢。我正梦见你，你就进来把我惊醒了。是时候了，走吧。"

"我们到哪里去呀？"

"去见一位太太。"

"什么太太？为什么呀？"

"布勃诺夫夫人哪，去惩戒她一下。她不是个美人吗？"他转向亚历山特拉·西苗诺芙娜，拉长声音说，他一想到布勃诺夫夫人，甚至吻起手指头来了。

"滚吧，你又要乱来啦！"亚历山特拉·西苗诺芙娜说，她觉得她应该装出一副生气的样子。

"你不认识他吗？让我替你介绍一下，老兄。喂，亚历山特拉·西苗诺芙娜，我给你介绍一位文学将军，他一年只有一次可以无条件地见人，别的时候你要见他就得付钱哩。"

"他又来说鬼话哩！别听他。他老是嘲笑我的。这位先生怎么会是一位将军呢？"

"这正是我告诉你的，他是一位特别的将军。可是阁下别以为我们就是傻的，我们比你最初所得到的印象要聪明得多哩。"

"别听他的！他老是在诚实的人们面前调侃我，这不要脸的家伙。他倒不如偶尔带我去看看戏呢。"

"亚历山特拉·西苗诺芙娜，爱你的家务事吧……你忘记了你该爱什么吗？你忘记那句话了吗？我教你的那句！"

"我自然没有忘记！这只是胡说。"

"唔，那是什么话呀？"

"好像你一定要我在客人面前丢脸！这多半是不要脸的事情。我要说出来，真把我羞死哩。"

"唔，那么你忘记了。"

"唔，我还没有忘记呢，宅神哪！爱你的宅神哪，这就是他发明的！也许压根儿就没有什么宅神。那么人干吗要爱他呢？他老是胡说！"

"可是在布勃诺夫夫人家里……"

"咄！你跟你的布勃诺夫夫人！"

于是亚历山特拉·西苗诺芙娜很生气，奔到室外去了。

"是去的时候了。再会吧，亚历山特拉·西苗诺芙娜。"

我们走出去。

"喂，万尼亚，首先让我们坐上这辆马车吧。这样才对。其次，昨天我跟你道别以后，我又发现一些事情，不是凭猜想，而是确实的。我在华西里耶夫岛花了整整一个小时。那个胖子是个可怕的流氓，一个淫猥龌龊的野兽，专门干各种各样的鬼把戏，而且还有各种下流嗜好。这位布勃诺夫夫人老早就以专门干这一类把戏出名了。她有一天几乎把一个好人家的小姑娘拖下水了。她给那孤女穿的那件棉纱衫（正如你今天早晨所描述的）使我不安心，因为我已经听到过这一类事情。我今天早晨很偶然地知道另外一些事情，但是我想很可靠。她多大年纪了？"

"从她脸上看，有十三岁了。"

"不过看起来她还没有这么大。唔，她就是这样干的。她需要说小，就说她十一岁，有的时候又说她十五岁。那小姑娘因为没有人保护她，她就……"

"这可能吗？"

"你还以为怎么样？布勃诺夫夫人绝不会只因为怜悯而去收留一个孤女呀。如果那胖子在那里彷徨，那你可以断定是这么一回事情了。他昨天去看了她。而那位傻瓜，西左勃留霍夫，他们答应今天给他弄一个美人儿——一个结过婚的女人，一位官太太，一个有品级的女人。这些放荡的商人的少爷总是喜欢这一套，他们常常很看重品级。这好比拉丁文法的规矩，你记得吗？重要的意思往往放在句末之前。但是我相信我今天早晨还醉着呢。可是布勃诺夫夫人最好还是不要大胆去干这种勾当吧。她还要欺骗警察哩，但这是无聊的！所以我要吓她一下，让她知道这是宿怨的缘故……以及其他一切的缘故，你明白吗？"

我非常惊愕。这一切发现使我吃惊。我一直害怕我们去得太迟了，紧催着车夫。

"请放心。策略已经布置好啦。"马斯罗波耶夫说,"密特罗胥加在那边。对西左勃留霍夫,是要他拿出钱来,可是对那胖子流氓,却是要他的皮。这都是今天早上决定的。唔,布勃诺夫夫人这一份归我……因为别让她敢……"

我们赶到饮食店里,但是那个叫密特罗胥加的人却不在。我们告诉车夫在饮食店阶梯前面等我们,于是走到布勃诺夫夫人那里去。密特罗胥加在大门口等着我们。窗子里有明亮的灯光,我们还听到西左勃留霍夫喝醉酒的咯咯的笑声。

"他们都在里边,已经来了一刻钟了,"密特罗胥加通知说,"现在正是时候。"

"但是我们怎样进去呢?"我问。

"作为客人,"马斯罗波耶夫回答说,"她认识我,也认识密特罗胥加。果然门全锁上了,但这并不是因为我们。"

他轻轻地拍着大门,门立即开了。那看门人打开门,和密特罗胥加交换了一个暗号。我们轻轻地走了进去,屋子里的人不曾察觉。那看门人引我们到台阶前,敲敲门。里面有人在叫他的名字。他回答说有位先生要找她说话。

门开了,我们一起进去。那个看门人不见了。

"哎,这是谁呀?"布勃诺夫夫人惊呼起来,她喝醉了酒,头发蓬松地站在小过道里,手里拿着一支蜡烛。

"谁?"马斯罗波耶夫很快回答,"你怎么能这样问哪,安娜·特立芳诺芙娜?你不认识你尊贵的客人们吗?谁,难道不是我吗?菲利浦·菲利必契呀。"

"哎,菲利浦·菲利必契!是你呀……很欢迎……但是怎么会是你呀……我不知道……请进来吧。"

她吓慌了。

"哪里呀？这儿吗？但是这儿是一个隔间啊，你应该给我们一个较好的招待呀。我们是来开香槟的呀。这儿有什么小姑娘吗？"

那女人立刻又恢复她的信心了。

"哎呀，为了这样的贵客，我掘地也得掘出来呀。我会去大清帝国找哇！"

"两句话，安娜·特立芳诺芙娜，乖心肝儿，西左勃留霍夫在这儿吗？"

"是的。"

"他正是我要找的人。他怎么敢不同我一起喝酒呀，这浑蛋？"

"我希望他不曾忘记你。他好像在等什么人呢，大概就是你。"

马斯罗波耶夫推开门，我们走进一个有两扇窗子的小房间，窗上挂着天竺葵属的花，有几把柳条椅子和一架样子很难看的钢琴，一切都像人们所能猜想到的那样。但是在我们还不曾进去，还在过道上说话的当儿，密特罗胥加就已经不见了。之后我才知道，他不曾进来，而是在门背后等待着。后来有什么人来替他开门的。这天早上我从布勃诺夫夫人背后看到的那个蓬头散发、涂脂抹粉的女人，原来就是他的同伴哪。

西左勃留霍夫坐在一张简陋的、仿桃心木的小沙发上，前面有一张圆桌，上面铺着台布。桌子上放着两瓶微温的香槟和一瓶劣质的甜酒，盆子里装着从糖果店买来的糖果、饼干和三种干果。桌子对面，正对着西左勃留霍夫，坐着一个四十来岁、样子很讨厌的麻脸女人，穿着一件黑色软绸的衣服，戴着青铜色胸针和手镯。这就是那"官太太"，无疑是一个冒牌货。西左勃留霍夫喝醉了，而且十分得意。他那位胖子朋友没有跟他在一起。

"就是这样做人的呀！"马斯罗波耶夫用最高的嗓门咆哮着，"还请人家到特索脱酒楼去呢！"

"菲利浦·菲利必契，来跟我们乐一下吗？"西左勃留霍夫喃喃地说，站起来，带着一种快乐的神气来迎接我们。

"你在喝酒吗？"

"原谅我。"

"别道歉，请你的客人们来加入吧。我们是来找你一块儿玩的。我带了一位朋友来参加。"

马斯罗波耶夫指了指我。

"那才有趣呀，你们使我快乐……嘻嘻！"

"呸，你叫的这是香槟吗？这简直是麦酒。"

"你侮辱我。"

"所以你不敢到特索脱酒楼露面了！还请了人家哩！"

"他刚才告诉我，说他到过巴黎。"那位官太太插嘴说，"他一定是撒谎。"

"菲多西雅·提提胥娜，别侮辱我，我去过。我曾经旅行过。"

"像他那样一个乡巴佬到巴黎！"

"我们是去过的呀！我们能够去，我跟卡浦·华西里契在那边排场了一番呢。你认识卡浦·华西里契吗？"

"我认识你的卡浦·华西里契做啥？"

"哎，这只是……这对你会是合算的呀。咳，在那边，巴黎呀，在乔勃尔脱夫人家里，我们打碎了一面英国的穿衣镜哩。"

"你们打碎了什么？"

"一面穿衣镜。那里墙上有面镜子，卡浦·华西里契喝醉了，他向乔勃尔脱夫人乱说着俄语。他站在那面穿衣镜旁边，用肘子靠着它。乔勃尔脱夫人用她的本国话向他叫起来，说这面穿衣镜值七百法郎哩（等于我们的四百卢布），他会把它打碎的！他狞笑一下，看看我。我坐在对面的沙发上，一个美人儿陪着我，那可不是像眼前这位笨蛋，而是一个漂亮极了的人物呢——只能用这句话来形容她。他叫了起来：'斯捷潘·特仑脱伊契，嘻，斯捷潘·特仑脱伊契！我们各人出一半吧，行吗？'我说：'行！'于是他用拳头在镜子上砰地一下，啪啦！全部玻璃都被打成碎片啦！乔勃尔脱夫人怪叫起来，直奔到他面前：'你在干什么呀，恶棍？'（这是用她自己的方言说的）'乔勃尔脱夫人，'他说，'这儿是镜子的价钱，可别伤我的体面。'于是他当场就掏出六百五十个法郎来，他们还争那其余五十个法郎呢。"

正在这时，一声可怖的尖锐的叫声从离我们这间房约两三个房间的地方传过来。我发起抖来，也叫了起来。我辨别出这叫声，这是叶列娜的声音。紧接着这悲惨的叫声，我们又听到一阵别的叫喊、咒骂和搏斗的声音，最后是一声响亮的、有回声的清脆的耳光。这大概是密特罗胥加照他自己的方法在报仇了。突然房门被猛烈撞开，叶列娜冲了进来，脸色惨白，眼睛迷眩，穿着一件白棉纱衫，皱乱且被撕破了，曾经被小心地梳过的头发，纷乱得像打过架一样。我面对着门站在那里，她直奔向我，搂住我。每个人都跳了起来。每个人都吓坏了。她一进来，叫喊声都起来了。接着，密特罗胥加出现在门口，后面拉着他那位胖子仇人的头发，那胖子已经陷入绝望的纷乱状态了。他把胖子拉到门口，摔进房间。

"他在这儿！带他去！"密特罗胥加带着一种完全满足的神情叫道。

"我说，"马斯罗波耶夫轻轻地走到我面前，拍拍我的肩膀说，"坐我们的车子，把这孩子带走，拉到家里去吧。这儿没有你的事了。其余的事我们明天再来安排。"

我不等他说第二遍。拉了叶列娜的臂膀，就把她带出这鬼窠了。我不知道那边事情是怎样结束的。没有一个人阻挡我。布勃诺夫夫人吓昏了。一切都发生得那样迅速，她不知道该怎样来干涉了。车子在等着我们，二十分钟之内，我们就赶到我的住处了。

叶列娜好像半死不活了。我解开她衣服的扣子，用水洒她，让她躺到沙发上。她开始发烧和讲起谵语来。我看着她那惨白的小脸，看着她那失色的嘴唇，看着她那曾经小心地梳过并且涂过油，而现在却披在一旁的黑发，看着她全身的打扮，看着那些依旧这边那边地留在她衣服上的粉红色丝结。

于是我对于这一切惊心动魄的事实完全没有疑惑了。可怜的小东西呀！她越来越不好了。我不离开她，我决定今晚不到娜塔莎那里去了。叶列娜不时抬起她弯弓般的长睫毛望着我，长久地、专心地凝视着我，似乎认出我来了。她睡熟的时候，已经很晚，过了半夜了。我睡在离她不远的地板上。

第八章

我起得很早。夜里我差不多每半个小时醒一次，起来留心地看看我那可怜的小客人。她在发烧，轻轻地讲着谵语。但是快到早晨的时候，她却睡得很熟了。一个好征兆，我想，但是我早晨一醒来，就决定趁那可怜的小东西还睡熟的时候赶去请医生。我认识一个医生，一个性情极好的老鳏夫，他和他的德国管家，从无法记忆的时候起，就住在符拉狄密尔斯基街了。我赶到他那里。他答应十点到我这里来。我到他那里是八点。我很想顺路去看看马斯罗波耶夫，但是我又改变主意了。他从昨天睡到现在，一定还不曾醒来，而且叶列娜也许醒了，她发现只有自己一个人在屋里时，也许会害怕的。在她发烧的状态下，她很可能忘记她是什么时候和怎样来到这房间里的。

我走进房间里的时候，她就醒来了。我走过去小心地问她觉得怎么样。她没有回答，只是用她那含情的黑眼睛，向我注视了很久、很久。我从她的眼神里猜想出，她是完全意识到并明白所发生的事情的。她不回答我的话，也许正是她一贯的习惯。昨天和前天她来看我的时候，她对于我的某些问话都是不回答一声的，只是迟钝且固执地凝视着我的脸，在那凝视中有一种奇怪的骄傲，同样还有一种惊异和强烈的好奇心。现在我注意到，在她眼睛里还有一种严酷，甚至是不信任的神色。我把手放到她额角上，试试她是否还发烧，但是她不说一句话，把我的手轻轻推开，避开我转向墙壁了。我走开了，为的是不让她烦心。

我有一只大铜壶。我一向用它来代替茶炊烧开水。我有看门人给我拿来的柴，至少够烧五天。我生着炉子，弄来一些水，把茶壶放上去。我把茶具放在桌子上。叶列娜转过身朝着我，带着好奇心望着这一切。我问她是不是要些什么，但是她又转过身去不作回答。

"她为什么生我的气呢？"我奇怪，"古怪的小姑娘啊！"

我那位老医生，照他所答应的，在十点的时候来了。

他以一种德国人的周密诊察着病人，说她虽然发烧，却没有什么特别的危险，这使我大为安慰。他又说，她或许有另外的慢性疾病，心脏的功能有点儿不正常，"不过这一点是需要特别看护的，现在她已经脱离危险了"。与其说是必需的，倒不如说是一种习惯，他开给她一点儿药水和药粉，接着立刻又问我，她是怎样到我这儿来的。同时他又奇怪地看了看我屋子的四周。这老头儿是个喜爱饶舌的人。

他被叶列娜惊着了。当他要去给她把脉时，她把手缩回去，又不肯让他看舌苔，而且他所问的话她一句也不回答。她一直专心地凝视着他颈上挂着的一枚巨大的斯坦尼斯拉夫勋章。

"她一定是头痛得很，"那老头儿说，"不过她是怎样地痴望着呀！"

我想没有必要把叶列娜的一切事情告诉他，因此我推托说这是一段很长的故事。

"有什么需要的时候就来告诉我，"他一边走出去，一边说，"目前她是没有什么危险的。"

我决定整天陪着叶列娜，尽可能少离开她，直到她完全好了为止。但是想到娜塔莎和安娜·安德烈耶夫娜在空等，我会很烦恼，我决定写信让娜塔莎知道，今天我不能到她那里去。我却不能写信给安娜·安德烈耶夫娜。有一回，娜塔莎害了病，我送了一封信给她，之后她要我不要再写信给她了。"我那老头子看见你写来一封信，皱眉头啦，"她说，"他要知道，可怜的亲爱的，信上说些什么。他又不能问，他不能让自己这么做呀。因此，他就烦闷了一整天。而且，我亲爱的，你写了信来只是叫我烦心。这十几行字有什么用处呢？人家要问些详细情形，你又不在这儿。"所以我只能写信给娜塔莎，当我到药房去配药的时候，我就把信发了。

这时叶列娜又睡熟了。她在睡梦里微弱地呻吟着，颤抖着。那医生没有猜错，她头痛得很。她不时地哭出声来，于是醒了。她带着一种异常的烦恼望着我，好像我的看护是特别可厌的。我承认，这使我很伤心。

十一点的时候，马斯罗波耶夫来了。他有什么心事，好像心不在焉的样子，他只进来待了一分钟，便又急急地走了。

"唉，老兄，我想到你住得很糟，"他四周望了望说，"但是却没有想到竟会在这样一只箱子里找到你呀。这不是房间，这是箱子呀。不过这无所谓，问题是这些外来的烦恼打搅了你的工作。我们昨天坐车到布勃诺夫夫人家里去的时候，我就想到这个。凭我天生的脾气，老兄，以及凭我在社会上的地位，我就是这样的一个人，自己一点儿有意义的事情也不会做，但是对别人却很会背教条。听着，我也许明天或后天会顺便来看你，你在星期天早晨一定要去看我。我希望那时这孩子的问题能够完全解决；那时我们再正经地谈谈各种事情吧，因为你需要真诚地照顾一番。你不能这样生活下去。我昨天只不过暗示了一下，现在我要合乎理论地提出来了。简单地告诉我，你暂时在我这儿拿点儿钱去用，是不是会被当作一件不名誉的事情呢？"

"哎，别闹了，"我打断他的话，"你还是告诉我昨天事情是怎样结束的吧。"

"嗯，结束得极其圆满。我的目的是达到了，你懂的。现在我没有工夫。我只顺便进来一分钟，告诉你我忙着，没有工夫跟你谈，同时顺便来看看，你是把她送到什么地方去，还是你打算自己收养她。因为这需要考虑一番来决定的。"

"这个我自己还的确不知道呢。我应该承认，我正要听你的意见呢。我怎么能收养她呢？"

"唉，当一个用人嘛……"

"请别这样大声说。她虽然病着，却很清醒呢，而且我注意到她看见你吓了一跳。她无疑是记得昨天的事情的。"

于是我告诉他关于她的举动以及我从她身上所注意到的一切特征。马斯罗波耶夫对我告诉他的很感兴趣。我又告诉他，我也许把她安顿在一个人家里，并且简单地告诉他我那两位老年朋友。我很惊奇，他似乎知道一点儿娜塔莎的故事，我问他怎么会听到这故事的。

"啊，"他说，"由于事务关系我很久以前就听到一些了。我曾经告诉过你，我认识华尔戈夫斯基公爵。你把她送到老人家那里去，这是一个好主意。不然她只会妨碍你。还有一件事情，她要有张护照之类的。你别担心，我会去搞的。再会了，常来看看我吧。她现在睡熟了吗？"

"我想是的。"我回答说。

但是他一走，叶列娜就立刻喊我。

"这是谁？"她问。她的声音在发抖，但是她还是用同样专心和高傲的神情望着我。我找不出别的字眼来描述它。

我告诉她马斯罗波耶夫的名字，并且说我全靠他的帮助，才把她从布勃诺夫夫人家里救出来的，布勃诺夫夫人是很怕他的。她的脸颊突然绯红起来，大概是回想起过去的事情吧。

"她不会到这里来吧？"叶列娜问，带着一种盘问的眼神望着我。

我连忙安慰她。她依旧沉默着，用她灼热的手拉住我的手，但是立刻又放下，似乎醒悟过来。

"她总不会真的这样讨厌我吧，"我想，"这是她的习惯态度或什么吧……否则就是这可怜的小东西受过太多的苦难，因此对每个人都不信任了。"

我按照规定时间出去取药，同时走到一家认识我并且可以赊账的餐馆里。我带了一只钵去，替叶列娜带了一些鸡汤回来。但是她不吃，那汤就在炉子上暂时搁着。

我给她吃了药，于是坐下来做我的工作。我以为她睡着了，但是偶然回过头去，却看见她仰起头，专心望着我写字。我装作不曾看到她。

后来，她真的睡着了，而且叫我高兴的是睡得很安静，没有呻吟和梦呓。我沉入一种幻想中。娜塔莎不知道是怎么一回事，她看见我今天没有去，会很生气的，而且我想到她因为我的冷淡一定会很伤心，也许这个时候她正需要我哩。这时她也许有特别的烦恼，或者有什么事情要委托我，而我却好像故意躲开她似的。

至于安娜·安德烈耶夫娜那里，我简直不知道明天该怎样向她辩解了。我考虑着这个，忽然决定到这两个地方跑一趟。我只要离开两个小时就行了。叶列娜正睡着，不会看见我出去的。我跳起来，拿起我的外衣和便帽，但是我刚要出去，叶列娜就叫我了。我吃了一惊。难道她是假装睡着的吗？

我这里要插一句话，叶列娜虽然表现出不想跟我说话的态度，可是她这些颇为频繁的恳求，这种每一个困难都要求助于我的愿望，恰恰显示出一种相反的感情，我得承认，这是真正使我喜欢的。

"你打算把我送到什么地方去呢？"我朝她走过去的时候，她问。

她常常是在我不曾料到的时候突如其来地发问的。这一次，我一下子摸不透她的意思。

"你刚才告诉你的朋友，说你打算把我送到一户人家去。我可不愿意去。"

我向她俯下身去，她浑身发烫，又是一阵高热发起来了。我开始安慰她，使她平静，肯定地告诉她，如果她要跟我在一起，我不会把她送到任何地方去的。我一边说，一边脱去外衣和便帽。我不能把她一个人丢在这里。

"不，去吧，"她说，立刻明白我打算留下来，"我瞌睡得很，马上就要睡着了。"

"但是你一个人怎么办呢？"我犹豫地说，"不过我两个小时后一定会回来的……"

"好的，那么去吧。如果我害一年病，你可不能一直都在家里陪着我呀。"

她想微笑一下，奇怪地看着我，仿佛跟一种在她心里激动着的仁爱的感情搏斗着。可怜的小东西呀！虽然她孤僻而且显得无情，然而她温顺的、柔和的心却显露出来了。

我首先跑到安娜·安德烈耶夫娜那里去。她急不可耐地等着我，她用责骂来迎接我，她在可怕的胶着状态中。尼古拉·舍盖伊契吃过饭就出去了，她不知道他是到哪里去的。我有种预感，她是没有法子不把所有事情都告诉他的，自然是照她向来一样用暗示的方法。她实际上已经承认这个了，她告诉我，她是没有法子不让他来共同享受这样的快乐的，但是尼古拉·舍盖伊契——借用她的话来说——是变得"比黑夜还要阴沉了，他没有说什么。他不愿意说，甚至不愿意回答我的问话，一吃过饭，就忽然准备好出去了"。她告诉我这话的时候，几乎沮丧得发抖，而且恳求我陪着她，等到尼古拉·舍盖伊契回来。我向她道歉，几乎是直白地告诉她，我连明天也许都不会来，而且现在我就是赶来告诉她这个的。这一次我们几乎吵起来了。她淌着眼泪，粗暴和痛苦地责备我，仅仅在我刚要走出门的时候，她突然又扑到我的脖子上，用两只手臂紧紧地抱住我，告诉我，别对她那样一个孤寂的人发脾气，也不要因为她说的话生气。

和我的预期相反，我看见娜塔莎又是一个人。而且说来奇怪，她看到我似乎并不像昨天和别的时候那样高兴，似乎我什么事情惹恼了她，妨碍了她一样。我问她阿辽沙今天来过没有，她回答说："他自然来过，不过没有待多久。他答应今天晚上再来一趟。"她犹豫地说。

"昨天晚上他在这儿吗？"

"没，没有。他被留住了。"她很快地接着说，"嗯，万尼亚，你的事情怎么样了？"

我看到她要抛开我们的谈话，另来谈一件新的事情。我更仔细地看着她：她显然很烦恼。但是看到我在望着她而且紧盯着她，她迅速地瞟了我一眼，好像是愤怒地，并且带着那样一种紧张的神情，似乎她的眼睛在对我冒火一样。"她又遭到不幸了。"我想，"但是她不肯对我讲。"

她问起我的工作，我就把叶列娜的故事详细地讲给她听。她非常感兴趣，甚至被我的故事感动了。

"天哪！你不能让她一个人待着，而且她还害着病啊！"她叫起来。

我告诉她，我今天本不打算来的，但是怕她生气，又怕她有什么事情需要我。

"需要。"她好像思索似的对着自己说，"也许我是需要你的，万尼亚，不过最好是别的时候。你到我家里去过吗？"

我告诉了她。

"是的。老天才知道我爸爸对这消息是怎样想的。不过这究竟有什么可想的呢？"

"有什么可想的？"我重复一遍，"像这样一个大变化！"

"我不知道这个……他还能到哪儿去呢？上一回，你以为他是到我这里来了。万尼亚，你知道，如果可能，你明天到我这儿来。我也许会告诉你一件事情……只是我不好意思麻烦你。但是现在你还是回家到你的客人那里去吧。我想你出来已经有两个小时了。"

"是的，有两个小时了。再见，娜塔莎。嗯，阿辽沙今天对你怎么样？"

"啊，阿辽沙。很好……我对你的好奇心有点儿惊讶呢。"

"那么再见吧，我的朋友。"

"再见。"

她不经意地把手给我，避开我最后道别的眼光。我有点儿惊异地走了出去。"不过她有许多事情要考虑呢，"我想，"这不是开玩笑的事情。明天她会首先把这一切都告诉我的。"

我忧虑地回到家里，刚一打开门，就大吃一惊。这时天已经黑了。我看到叶列娜坐在沙发上，脑袋垂在胸前，似乎在沉思。她甚至没有望我一眼。她似乎昏迷了。我走到她面前。她在喃喃地说些什么。"她在说谵语吗？"我想。

"叶列娜，我亲爱的，怎么一回事呀？"我问，坐在她的身旁，搂住她。

"我要离开，我最好还是到她那里去吧。"她说，没有抬起头来看我。

"哪里？到谁那里去？"我吃惊地问。

"到她那里去，到布勃诺夫夫人那里。她老说我欠了她一大笔钱，说是她拿钱葬我妈妈的。我不愿让她讲我妈妈的鬼话。我要到那里去做工，偿还她……之后我自己离开。但是现在我要回到她那里去。"

"安静一点儿，叶列娜，你不能回到她那里去，"我说，"她会折磨你，她会毁了你的……"

"让她毁了我，让她折磨我好了！"叶列娜激昂地应声说，"我不是第一个，比我好的人都在受折磨呢。这是街上一个女叫花子告诉我的。我穷，我就要穷。我一生一世都要穷。我妈妈临死的时候这样告诉我的。我要做工……我不要穿这衣服……"

"我明天替你另外买一件好了。我还要替你去弄几本书。你跟我住在一起。我不会把你送到什么人那里去，除非你自己要去。别烦恼……"

"我要去当女工！"

"很好，很好，只是安静一点儿吧。躺下来，去睡觉吧。"

但是那可怜的孩子哭起来了。慢慢地变成了啜泣。我不知道该怎样对待她。我给她水，润湿她的太阳穴和脑袋。最后她极度疲乏，倒在沙发上，她是被热病引发的颤抖压倒了。我随手找到什么，就把她裹起来。她沉入一种不安的睡眠，不断地惊颤和醒来。这一天我虽然不曾走很多路，却极其疲乏，我决定尽可能早一点儿睡。我的脑袋里充满了苦痛的怀疑。我预知这孩子将要给我添很多麻烦。但是我主要的焦虑还是娜塔莎跟她的事情。就我现在所能记得的，我很少有过像在那个倒霉的晚上我睡觉时的那种深沉的沮丧心情。

第九章

　　我醒来很迟，已经是早上十点，感觉不舒服。我觉得眩晕，而且头痛。我朝叶列娜的床一看，床是空的。正在这当儿，我右边的小房里，有种声音传到我耳朵里，仿佛有人拿着扫帚在打扫。我跑去瞧。叶列娜手里握着一把扫帚，穿着那晚以来一直穿着的那件时髦衣服，正在扫地。烧炉子的柴都在屋角堆了起来。桌子也擦过了，茶壶也擦干净了。一句话，叶列娜是在做家务了。

　　"听着，叶列娜，"我叫，"谁要你扫地呀？我不希望你这样，你在害病啊。你难道是来替我做苦工的吗？"

　　"那么谁扫这儿的地呀？"她回答说，挺起身来，直愣愣地望着我，"我现在没有病了。"

　　"但是我并不是带你来做工的呀，叶列娜。你好像怕我会跟布勃诺夫夫人一样骂你吃饭不做事呢。而且你这把可怕的扫帚又是哪里找来的呢？我没有扫帚哇。"我接着说，惊奇地望着她。

　　"这是我的扫帚。我亲自带到这儿来的，我也常常替外公扫这里的地板呢。这扫帚一向是放在这炉子底下的。"

　　我回到那间屋子里去，默想着。也许是我的不对，但是她好像因为我的殷勤而感到压抑，因此尽可能地做给我看，她不是在我这里吃闲饭的。

"这么看，她是一个多么悲苦的人呀。"我想。两分钟以后，她走了进来，没有一句话，和昨天一样坐在沙发上，探询地望着我。我这时把水烧开了，沏好茶，倒了一杯给她，又给她一片白面包。她没有拒绝，默默地接了过去。她已经二十四小时没有吃东西了。

"瞧，你的漂亮衣服被扫帚弄脏啦。"我说，注意到她外衫上有一道污渍。

她朝下看了一下，突然叫我大吃一惊，她放下杯子，显然是平静而泰然的，两只手拉起那件棉纱衫一条缝子，嗤的一声，从头到尾都撕开了。她撕完了，默默地抬起她那双倔强的眼睛看着我。她的脸是苍白的。

"你在干什么呀，叶列娜。"我叫起来，以为这孩子一定是发疯了。

"这是件可怕的衣服哇。"她叫，激动得几乎喘不过气来，"你怎么说这是一件好衣服呢？我不愿意穿它！"她突然跳起来，叫道："我要撕烂它。我没有向她要衣服穿。她强迫我穿上的。我已经撕烂一件了！我还要撕烂这一件！我要撕烂它，我要撕烂它！我要撕烂它！"

她把愤怒都发泄在这倒霉的衣服上。一下子，她已经把它撕成破布了。当她撕完了，她的脸色那么苍白，简直站不稳了。我惊讶地看着她那种狂怒的神情。她用一种挑衅的神气看着我，好像我也冒犯了她似的。不过我却不知该怎样对付她。

我决定当天早上替她去买件新衣服。这个野性的、痛苦的小人儿必须用仁爱来驯服。她好像从来不曾碰见过一个仁慈的人似的。假如她曾经不顾惩罚撕烂过另一件同样的衣服，那么当她又记起那可怖的一刹那的时候，她会带着怎样的愤怒来对付这一件哪！

在旧货市场上，可以很便宜地买到一件好看且朴素的衣服。不幸这时候我刚好缺钱。但是昨夜我睡觉的时候，已经决定今天早晨到一个有希望弄到钱的地方去。这地方离旧货市场不远。我拿起帽子。叶列娜注视着我，似乎在期待什么。

"你又把我锁在里面吗？"当我拿起钥匙，要像昨天跟前天一样，把门反锁上的时候，她问。

"亲爱的，"我说，向她走过去，"别为这个生气。我锁上门是因为怕有什么人来。你在害病，也许你会受惊。我又不知道谁会来。也许布勃诺夫夫人会想到来……"

我是故意这么说的。我把她锁起来是因为我不信任她。我怕她会忽然想要离开我。我决定暂时小心一点儿。叶列娜没有说什么，于是我又把她反锁在里面。

我认识一个出版家，过去十二年中他曾经出版过许多卷书。我需要钱的时候，常常可以从他那里得到一点儿工作。他付钱很守规约。我去请求他，他预支给我二十五卢布，要我在这个周末替他编辑一篇文章。但是我希望找一点儿时间来写我的长篇小说。这类事情我常常是在万不得已的时候才做的。我拿了钱便到市场上去。在那里，我很快就找到一个熟识的老太婆，她专卖各种旧衣服。我告诉她叶列娜大概的身材，她立刻捡出一件浅色的棉布衣服，价钱极便宜，可是东西却极结实，只洗过一次。我顺便买了一条围巾。我付给她钱时，又想起叶列娜是需要一件外衣、斗篷或这一类东西的。这是冷天，她什么也没有。但是我把这些东西留到下次来买。叶列娜是那么骄傲，她会生气的。天知道，我想，她会对这件衣服抱什么态度呢，虽然我甚至是故意挑最普通的衣服，尽可能朴素和不显眼的。不过我还是替她另外买了两双线袜和一双羊毛袜。这些我可以借她害病而且房间又冷的理由送给她。她也需要一件衬衫。

但是这且待我更了解她的时候再置办吧。接着我又买了一张旧窗帷来铺床。这些都是必要的，也许会叫叶列娜满意吧。

我带着这些东西，在下午一点回到家里。我的钥匙几乎是没有声音地旋开锁，这样叶列娜就不会立刻听到我进去。我看到她站在书桌旁边，翻着我的书和纸。一听见我来，她立刻把她读着的书掩上了，满脸绯红地从桌旁走开。我瞟了那书一眼。这是我的第一部长篇小说，已经印成书了，在书名页上印着我的名字。

"你走后，有人来敲过门！"她带着一种似乎在嘲弄我把她锁在里面的腔调说。

"不是医生吗？"我说，"你有没有招呼他，叶列娜？"

"没有。"

我没有回答，拿出我的小包，解开来，把买来的衣服拿出来。

"瞧，叶列娜，亲爱的！"我向她走去，说，"你不能像现在这样穿得破破烂烂地走来走去。所以我替你买了一件衣服来，日常穿的，很便宜。这样你就无须烦恼了。这只要一卢布二十戈比呢。希望你穿上它吧。"

我把衣服放在她的旁边。她双颊通红，睁大眼睛望了我半天。

她非常惊奇，同时在我看来，不知为什么她似乎十分害羞。但是她眼睛里却有一种柔和而温存的光辉。看见她没有说什么，我转到桌子旁边去。我所做的显然感动了她，但是她竭力控制自己，垂着眼皮坐着。

我脑袋在发昏，头越来越痛了。新鲜空气对我没用。同时我还得到娜塔莎那里去。我对她的焦灼没有比昨天减轻。相反地倒越来越强烈了。我忽然觉得叶列娜在叫我。我转向她。

"你出去的时候不要把我锁在里面吧。"她望着别处，扯着沙发的边缘，好像专心在做着这件事似的，"我不会从你这里走的。"

"很好，叶列娜，我同意。但是假如有陌生人来怎么办呢？我又不知道什么人会来！"

"那么把钥匙给我，我把自己锁在里面吧，如果他们来敲门，我就说'不在家'。"

她羞怯地看着我，好像说："瞧，这多简单哪！"

"谁替你洗衣服？"我还没有来得及回答，她突然问道。

"这里有个女人，就在这座房子里。"

"我会洗衣服。那么你昨天吃的东西是从哪里拿来的？"

"在一家餐馆里。"

"我也会做饭。我来替你做饭。"

"得啦，叶列娜。你怎么会做饭呢？你说废话……"

叶列娜望着地板，默不作声。我的话显然伤她的心了。至少十分钟过去了，我们都沉默着。

"汤！"她忽然说，没有抬起头。

"汤怎么了？什么汤？"我惊异地问。

"我会做汤。我妈妈害病的时候，我常常替她做的。我还常常到市场上去。"

"瞧，叶列娜，瞧你多骄傲，"我说，走到她面前，坐在她旁边的沙发上，"我是照着我的心的指示来对待你的。你只有一个人，没有亲戚，而且不幸。我要帮助你。将来我如果有什么困难，你也可以同样地帮助我。但是你不要那样来看这件事情，而且你从我这里收受这极微薄的礼物，对你本来也没有什么不合适的。你要立刻偿还，要做工来偿还，好像我是布勃诺夫夫人一样，会因此来侮辱你。如果你这样想，那是我的耻辱哇，叶列娜。"

她没有回答。她的嘴唇颤抖着。我相信她要说些什么，但是她克制着自己，沉默着。我站起来准备到娜塔莎那里去。这一回我把钥匙留给叶列娜，要求她如果有什么人来敲门就答应，并且问他是谁。我完全确信娜塔莎那里一定发生什么可怕的事情了，但她却暂时瞒着我，和她前几次一样。我决定无论情形怎样，只进去一会儿就走，因为怕我的坚持会激怒她。

果然不出我所料。她又带着一种粗暴的、不愉快的神色来迎接我。我应该马上就离开她的，但我的两条腿却不听话了。

"我只进来一分钟，娜塔莎，"我开口说，"来请教你，我对我那位客人应该怎么办。"

于是我开始简单地告诉她关于叶列娜的事情。娜塔莎默默地听着。

"我不知道该给你出些什么主意，万尼亚，"她说，"一切事情都说明她是一个极古怪的小人儿。也许她是被可怕地虐待过，受到了惊吓。无论如何给她一些时间，让她身体好起来吧。你想让我家里的人去照顾她吗？"

"她老是说不肯离开我到任何地方去。而且天知道他们会对她怎么样呢，所以我才不知道该怎么办了。嗯，告诉我，亲爱的，你怎么样？你昨天好像不大舒服呢。"我怯怯地说。

"是的……今天我的头还有点儿痛，"她心神恍惚地回答说，"你看到我家里有什么人吗？"

"没有。我明天去。明天是星期六，你知道……"

"嗯，知道什么？"

"公爵晚上要来呀。"

"我并没有忘记。"

"不，我只是……"

她正面对着我站着，注意地朝我脸上看了很久。她眼睛里有一种坚决的、顽强的神气，近乎激昂和愤怒。

"喂，万尼亚，"她说，"仁慈一点儿，走吧，你让我烦恼呢。"

我从椅子上站起来，望着她，惊愕得无法形容。

"娜塔莎，亲爱的，怎么回事？发生了什么？"我惊慌地叫起来。

"没有什么。你明天都会知道的。但是，现在我要一个人在这里。听见吗，万尼亚？马上去吧。我受不住，我看着你受不住呢！"

"但是至少告诉我……"

"你明天都会知道的！啊，我的天！你走吗？"

我走出去。我惊愕得那么厉害，简直不知道我在做什么了。玛芙拉跟着我跑到过道，迎接我。

"什么，她发脾气了吗？"她问我，"我怕走近她呢。"

"她是有什么事情吗？"

"唉，我们那位少爷最近三天都没有露面哩！"

"三天！"我惊愕地重复一遍，"怎么，她昨天还告诉我，他早晨来过，晚上还要来哩。"

"她这么说吗？他早上不曾到我们这边来过！你知道，我们的眼睛三天都不曾看见他呢。你是说，她昨天告诉你，他早上来过吗？"

"是的，她那样说。"

"唔。"玛芙拉沉思地说，"她连你都不肯告诉，一定伤心极了。哼，他是个浑蛋！"

"这是什么意思呀？"我叫。

"意思是我不知道该对她怎么办，"玛芙拉举起两只手说，"昨天她叫我到他那里去，但是两次我都要动身了，她又把我叫回来。今天她连话都不肯跟我说了。只盼望你能看到她。我现在是不敢离开她了。"

我控制不住自己，向楼梯下面猛冲。

"你今天晚上来吗？"玛芙拉在我后面喊。

"再看吧，"我朝上面回答她，"我会跑到你这里来问她怎么样的。只要我还活着。"

真的，我感觉有什么东西刺到我的心窝上了。

第十章

　　我一直到阿辽沙那里去。他跟他爸爸住在小摩斯加雅。华尔戈夫斯基公爵有一层相当宽大的房间，是独家住着的。阿辽沙在这一层有两个华丽的房间。我很少去看他，我想，以前只去过一次。他却常常来看我，特别是在最初，他和娜塔莎确立关系的初期。

　　他不在家。我径直到他房间里，写一张这样的条子给他：

　　　　阿辽沙，你好像有点儿疯了。星期二晚上，你父亲亲自请求娜塔莎俯允做你的妻子，你对于这事非常高兴，这是我亲眼看到的，你必须承认你的行为有点儿奇怪。你知道你对娜塔莎做了什么吗？无论如何，这张条子会提醒你，你对你未来妻子的行为是极端可鄙和轻佻的。我知道，我没有权利来教训你，但是我毫不顾忌这一点。

　　　　又及：她完全不知道这封信的事情，事实上也不是她要我这样做的。

　　我封好信，留在他的桌子上。用人回答我说，阿历克舍·彼特罗维契很少在家，不到凌晨一两点是不会回来的。

　　我几乎回不了家了。我的头眩晕了，我的腿无力且发抖。我家的门开着。尼古拉·舍盖伊契坐着等我。他坐在桌子旁边，带着沉默的惊奇望着叶列娜，而她也带着同样程度的惊奇望着他，不过却是一种顽强的沉默。"一定的，"我想，"他一定觉得她很奇怪。"

"喂，我的孩子，我等了你整整一个小时呢，我必须说，我绝对想不到会看到……像这样的事情。"他接下去说，朝屋子四周望了一圈，朝着叶列娜做了一个几乎令人觉察不到的手势。

他脸上表示出惊异。但当我更靠近去看他的时候，我注意到他有些激动和忧伤。他的脸比平时更苍白了。

"坐下，坐下，"他带着一种恍惚和焦灼的神气说，"我是赶到你这儿来的。我有点儿事情要和你谈。可是怎么一回事？你脸色不大对呀。"

"我不舒服。我已经头晕一天了。"

"啊，当心点儿，不要疏忽。你是受了凉还是怎么的？"

"没有，这是神经性的。我常常犯的，但是你也不舒服吗？"

"没有，没有！没有什么，我只是激动。我有点儿事情跟你谈。坐下吧。"

我拉过一把椅子，面朝着他，靠着桌子坐下来。老人向我俯身过来，低声地说："注意，别望着她，装作我们在谈别的事情。你弄来的这个客人是什么样的人哪？"

"我以后向你解释吧，尼古拉·舍盖伊契。这可怜的小姑娘在这世界上是绝对孤独的。她就是在这里住过、后来死在糖果店里的那个老史密斯的外孙女。"

"哦，那么他有一个外孙女呀！嗯，我的孩子，她是个古怪的小东西哩！她怎样痴望着呀！我老实告诉你，你如果再不来，我不能再忍受五分钟了。她简直不肯开门，一直没有说过一句话！真是不可思议，她简直不像一个人。但是她是怎样到这里来的呢？我猜也

196

许是她不知道她外公死了，来找他的？"

"是的，她非常不幸。那老人临死的时候是想着她的。"

"哦，她很像她外公呢。你以后要告诉我这一切。如果她是这样不幸，也许人家可以想法帮她点儿忙。可是眼前，我的孩子，你是不是可以叫她走开，因为我有点儿重要事情要跟你谈呢。"

"可是她没有地方去呀，她就住在这里。"

我尽可能地用简短的话向他解释，并且告诉他，有什么话在她面前说也无妨，因为她还只是一个小孩子。

"当然……她还是一个小孩子。但是你却叫我吃惊，我的孩子。她跟你住在一起！我的老天爷！"

于是老人又惊愕地望着她。

叶列娜觉察到我们在讲她，默默地坐着，低下头，用手指扯着沙发的边缘。她已经穿上她的新衣服了，那完全合她的身。也许是为了这新衣服的缘故吧，她的头发比平时更仔细地梳过。总之，如果没有她表情中那种奇怪的野性，她一定会是一个非常漂亮的小姑娘。

"我要告诉你的事情是简单明白的，"老人又说起来，"这是一件说来话长的事情，一件重要的事情。"

他坐着，带了一种严肃和沉思的神气望着地面，虽然他性急而且要"简单明白"，可是却找不出话来开头。"出什么事了？"我惊异着。

"你知道，万尼亚，我是来请求你帮一个很大的忙的。但是首先……我现在明白，我应该先向你解释一些情况……很微妙的情况。"

他清一清喉咙，偷偷地望了我一眼，一望，脸就红起来，脸一红，又愤恨自己失态了。他愤恨着，吃力地说下去。

"唉，这有什么好解释的呢！你自己明白的！一句话总结，我要向华尔戈夫斯基公爵提出决斗了，我请你为我布置并且做我的副手。"

我仰跌在椅背上，凝视着他，惊愕得不知所措。

"唉，你呆望些什么呀，我没有发疯啊。"

"但是，原谅我，尼古拉·舍盖伊契！你以什么名义呢，为了什么目的呢？而且事实上怎么可能呢？"

"名义！目的！"老人叫起来，"那很好！"

"好啦，好啦，我懂得你要说什么，但是你这样做有什么好处呢？你决斗会得到什么呢？我得说，我不明白。"

"我想你不会明白的。听着，我们的官司结案啦（这几天就要结案的，只要办一点儿手续就行了）。我输了。我得付一万卢布，这是法院的判决。伊契曼耶夫加田庄作为抵押。所以现在那卑鄙的家伙是得到他的钱了，而我得卖掉伊契曼耶夫加田庄来付清他的赔偿费，才算是一个自由的人哩。现在我可以抬起头来说：'这两年来，尊贵的公爵，你用尽种种方法侮辱了我，你污损了我和我家族的名誉。而我不得不忍受这一切！那个时候我不能找你决斗。那时你会公开说：'你这刁滑的家伙，你预知官司迟早要判决你付钱的，你就想杀死我，可以不必付钱哩。不，先让咱们看官司怎样结案，那时你再向我挑战吧。'现在，尊贵的公爵，官司是结案啦，你是赢啦，那么现在是没有困难了，你可高兴在决斗场来碰碰我吗？这就是我要告诉你的。你以为怎么样？为了一切，为了一切，难道我没有权利为我自己报仇吗？"

我的眼睛里闪出光来。我望了他很久没有说什么。我要刺入他秘密的心思。

"听，尼古拉·舍盖伊契，"最后我说，决心要说出真正的要点来，没有这个，我们彼此不会理解的，"你能对我坦诚吗？"

"行。"他坚决地回答说。

198

"坦白告诉我，只是报仇的心情鼓动你找他决斗，还是有其他的目的呢？"

"万尼亚，"他回答说，"你知道，我不能让什么人来触到我的某些点的，但是现在我把这一次作为例外。因为你，用你清楚的眼光，立刻就明白了我们是无法避开这一点的。是的，我还有另外的目的。我的目的是要保全我的女儿，把她从毁灭的路上救出来，近来的事情正在把她赶向那条路哩。"

"但是你凭这次决斗怎样去拯救她呢？这是个问题呀。"

"去阻止他们正在计划的那一切呀。听着，别以为我是被做父亲的慈爱或这一类的任何弱点所驱使。这一切都是废话！我对谁也不展示我自己心底里的意思的。甚至你也不知道。我的女儿已经抛弃我了，已经跟一个爱人离开我的家了，而我也就把她扔出心外了——我从当天晚上起就断然地扔掉她了——你记得吗？你假如曾经看到我伏在她的画像上哭过，那并不是说我要饶恕她。我那时并没有原谅她。我哭，是为了我失去的幸福，为了我空幻的梦想，并不是为了她现在这种样子。我或许是常常哭泣的。我并不羞于承认这个，正如我并不羞于承认我曾经爱我的孩子胜过爱世界上的一切东西。这一切似乎同我目前的行为是矛盾的。你也许会对我说：'如果是那样，如果你对于她的命运毫不关心，你已经不把她看作你的女儿了，那么你为什么要干涉他们所计划的阴谋？'我回答你：第一，是因为我不要让那些卑鄙而奸诈的人得到胜利；第二，这是出于人之常情。如果她不再是我的女儿，那么她总还是一个没人保护而且被欺骗的柔弱的人，她还在继续被他们欺骗，那会使她完全毁灭的。我不能直接干涉，但是用一场决斗间接干涉，我是可以的。假如我被杀死了，或者我受了重伤，难道她还会踏过我们的决斗场，或许踏过我的尸身，去跟凶手的儿子结婚，好像那个国王的女儿（你记得吗，像你从前用来朗诵的那本书上所说的）驱着战车驶过她父亲的尸身吗？此外，如果闹到决斗的话，我们那些公爵老爷就不会顾到他们自己的婚姻了。一句话，我不要那门婚事，我要尽我所能去阻止它。现在你明白我了吧？"

"不。如果你希望娜塔莎好，你怎么能执意去阻碍她的婚姻？那是唯一可以恢复她的好名声的事情啊！她的未来还有她的一生，她需要有好名声啊。"

"她应该唾弃世俗的意见。她是应该这样去看事情的。她应该认识到她最大的耻辱就是这门婚事，就是跟这些下流的人，跟这个卑劣的社会发生关系。一种高贵的骄傲——这应该是她对这世界的回答。那时我也许答应伸手给她，之后咱们来瞧，谁敢说我的孩子不要脸哪！"

这样一种决绝的理想把我吓住了。但是我立刻看到他不是处在正常的状态中，他是在气愤中说的。

"那太理想化了，"我回答说，"因此是残酷的，你要求她有一种力量，也许她出生的时候你就不曾给过她。你以为她同意这段婚姻是因为她想做一位公爵夫人吗？啊，她是在恋爱，这是爱情，这是命运哪！你盼望她轻视世俗的意见，而你自己却在这种意见面前低头了！公爵侮辱过你，公开攻击过你，说你有种卑劣的阴谋要跟他们公爵家庭联姻，而你现在以为在他们正式提出结婚之后，她如果拒绝他们，这自然是对那旧日的毁谤的最圆满、最明白的驳斥了。这就是你想借此达到的目的。你是在服从公爵的意见哪，你努力要使公爵承认他的错误。你是希望使他成为笑柄，为你自己报仇，因此你就要牺牲你女儿的幸福。这不是自私吗？"

老人忧郁地蹙起眉头坐着，很久没有回答一句话。

"你对我不公平，万尼亚，"他最后说，睫毛上挂着一颗眼泪，"我

200

敢说，你是不公平的。可是让我们别谈这个吧！我不能在你面前把心底的东西都翻出来。"他站起来，拿起帽子，接着说："有件事我得说——你讲到的我女儿的幸福。我对这种幸福简直完全没有信心。而且，即使没有我的干涉，这婚姻也是不能成功的。"

"怎么呢？什么让你这样想呢？也许你知道些什么吧？"我好奇地叫起来。

"没有，我不知道什么特别的事情。但是那可咒的狐狸是绝不能做出这样的事情来的。这全是胡说，全是一种圈套。我深信这个，记住我的话，事情的结果会是这样的。其次，如果这婚姻能够成功，那只有在那个流氓想从这婚姻中取得什么特殊的、神秘的利益的时候才行，那种谁也不知道的利益，我更是完全茫然的——那么，告诉我，问问你自己的心，她在这婚姻中会幸福吗？侮辱，屈服，跟着她那个配偶，一个卑劣的孩子，他已经对她的爱厌倦了，他一结婚，立刻就会看不起她、侮辱她和羞辱她的。同时，他的感情变得越冷淡，她的感情就会变得越强烈；嫉妒，痛苦，地狱，离婚，或者甚至犯罪……不，万尼亚！如果你们都是为了这样的结局努力，你也参加在内，那你要为这件事对上帝负责的。我警告你，虽然到那时太迟了！再会。"

我拦住他。

"听，尼古拉·舍盖伊契，让我们决定再等一下。让我确切地告诉你，并不止一双眼睛在注意着这件事情啊。也许这事情本身就会自然而然地用最好的方法来解决，无须粗暴的手段或人工的干涉，例如决斗之类。时间是最好的裁判。最后让我告诉你，你的全部计划是完全不可能的。你能不能想一想，公爵会接受你的挑战吗？"

"不接受？你这是什么意思呀？"

"我敢说他不会接受，相信我，他会找出一种完全满意的方法来脱身的，他做这一切还带着一副装腔作势的矜贵样子，同时你却要变成被嘲笑的目标了……"

"哎呀，我的孩子，哎呀！你只是吓唬我！他怎么能够拒绝呢？不，万尼亚，你只是一个瞎吹的，一个十足瞎吹的人！怎么，你以为他跟我打架有什么不相称吗？我跟他是一样高贵的呀。我是一个老头子，一个被侮辱的父亲。你是一个俄国著作家，那么也是一个高贵的人物。你可以做个副手，而……而……我想不出你还要些什么……"

"嗯，你要明白，他会首先向你提出那样的借口，让你先明白你跟他打架是完全不可能。"

"哼！很好，我的朋友。随你吧！我等一些时候就是了。我们看看等些时候有什么用。但是有一件事，我亲爱的，请答应我，你不要把这些话到'那边'去说，也不要对安娜·安德烈耶夫娜说。"

"我答应。"

"还有一件事情要你答应，万尼亚，别再提这件事情了。"

"很好，我答应了。"

"还有一个请求：我知道，我亲爱的，这对你也许是乏味的，不过还是要请你尽可能常来看看我们。我那可怜的安娜·安德烈耶夫娜是那么喜欢你，而且……而且她没有你，就会感到很寂寞……你明白吗，万尼亚？"

他紧紧地握着我的手。我真心实意地答应他。

"现在，万尼亚，这是最后的不好开口的问题了。你有钱用吗？"

"钱？"我惊奇地重复一遍。

"是的。"老人满脸通红，望着地面，"我看你，我的孩子，看你的住屋……看你的境况……我又想你还有其他特别的花费（你现在也许就有），那么……这儿，我的孩子，一百五十卢布作为第一次付款……"

"一百五十！而且是第一次付款。你可是刚输了官司呀！"

"万尼亚，我看你一点儿也不明白我！你会有额外需要的，明白这一点。在某种情形下，钱会帮助人获得独立的地位，独立的决定。也许你现在并不需要，难道你将来也不需要吗？无论如何，我是要留给你的。这是我所能积蓄起来的全部。如果你不花掉，将来可以还我的。那么再会了。我的天，你脸色多苍白呀！怎么，你很不舒服……"

我没有拒绝，把钱收下了。我很明白他为什么留钱给我。

"我简直站不起来了。"我回答说。

"你要当心你自己，万尼亚，亲爱的！今天不要出去了。我会告诉安娜·安德烈耶夫娜你现在的情形。你该请一个医生吧？明天我再来看你，只要这两条腿挪得动，我无论如何会设法来的。现在你最好躺下吧……好，再会。再会，小姑娘。她把身体背过去哩！听着，我亲爱的，这儿另外有五卢布，是给那孩子的，不过别告诉她是我给的，替她花了就是了。买点儿鞋子或衬衫给她。她需要这一类东西。再会了，我亲爱的……"

我陪他走到大门口。我要去请看门人替我买点儿吃的东西来。叶列娜还不曾吃午饭呢。

第十一章

但是我刚回到里面，就觉得头晕起来，倒在房间的中央了。我什么也不记得，只听见叶列娜一声尖叫。她拍着手，奔过来扶住我。这是留在我记忆里的最后一刹那……

当我恢复知觉，发觉自己已经躺在床上了。后来叶列娜告诉我，她是在买了食物回来的看门人的帮助下，才把我抬到沙发上的。

我醒来好几次，老看见叶列娜怜悯和焦灼的小脸俯在我身上。但是我记得这一切都好像在梦里，好像通过一层雾似的，那可怜的孩子的脸一闪一闪地映到我眼里，由于我的昏迷，好像是一种幻象，又像是一幅图画。她拿些什么给我喝，整理我的毯子，或者带着一副忧愁和受惊的脸色坐着凝视我，用手指抚摸我的头发。有一次我还记得她在我脸上柔和地亲吻。另外一次，我忽然在夜里醒来，借着放在我床边小桌上的快要烧完的蜡烛光，我看见叶列娜躺着，脸放在我的枕头上，她温暖的脸颊贴着她的手，她苍白的嘴唇在不安的睡眠中半张着。但是我完全恢复知觉是在第二天清早。蜡烛已经烧完了。朝阳鲜艳的玫瑰色光辉已经在墙上游戏。叶列娜坐在桌子旁边，睡着了，疲乏的小脑袋枕在她的左臂上。我还记得，我好半天注视着她孩子般的脸，即使是在睡梦中，那脸上也充满着一种不像孩子的忧郁和一种奇怪的、病态的美丽。她的脸色是苍白的，长睫毛覆在瘦削的脸颊上，深黑色的头发浓厚地打着一个草率的结，披在一旁。她另一只臂膀放在我的枕头上。我极轻地吻了吻这条瘦小的臂膀。但这可怜的孩子却没有醒，虽然她那苍白的嘴上有一丝微笑轻轻地闪过。我继续注视着她，随后又平静地沉入一种酣熟的、使人复原的睡眠中了。这一次我差不多一直睡到中午。我一醒来，觉得差不多完全复原了。四肢有种疲乏且沉重的感觉，这是我的疾病留下的唯一痕迹。我从前也常有这种突然的神经性的发作，我很清楚这个病。平常这种发作大概二十四小时就过去了，虽然当时那病发作是剧烈而且凶猛的。

这时快中午了。我看到的第一件东西是我昨天买来的窗帷，现在挂在屋角的一条绳子上。叶列娜已经安排好，她把屋角遮起来，隔成她自己的一个单独的房间。她正坐在炉子前烧水。看见我醒来了，她愉快地一笑，立刻向我走过来。

"我亲爱的，"我说，拉住她的手，"你照顾了我一整夜。我不知道你竟是那样仁慈。"

"你怎么知道我照顾着你呢？也许我整夜都睡着呀。"她说，带着一种害羞和好意的狡黠望着我，同时因为她自己的话又不好意思地脸红了。

"我醒了，看到你。你直到天快亮的时候才睡熟的。"

"你要喝点儿茶吗？"她打断了我的话，似乎觉得继续谈下去很困难。凡是心地纯洁而且极其诚实的人，被人家称赞的时候往往都是这样的。

"我要，"我回答说，"但是昨天你吃午饭了吗？"

"我没有吃午饭，不过吃了晚饭。那看门人拿来的。可是别讲话吧。静静地躺着，你还不曾完全好呢。"她接着说，拿了一点儿茶来，坐在我的床边。

“静静躺着，真的！我要静静躺着，不过躺到天黑，我就得出去。我当真一定得去，列诺契加[①]。”

“啊，你一定，一定吗？你去看谁？不是昨天来过的那位先生吧？”

“不，我不是到他那里去。”

“好的，我高兴你不是到他那里去。昨天就是他烦扰了你的。那么是到他女儿那里去吗？”

“你怎么知道是他女儿呢？”

“昨天你们说的话我全听见了。”她望着地面说。她的脸上浮上一层阴影。她蹙起眉头。

“他是一个可怕的老人呢。”她接着说。

“你一点儿都不理解他。相反，他是一个极仁慈的人哩。”

“不，不，他是恶毒的。我听见了。”她带着确信说。

“怎么，你听见了什么？”

“他不肯饶恕他的女儿……”

“但他是爱她的。她曾经对他很不好，而且他是替她焦灼和忧虑的。”

“他为什么不饶恕她呢？如果他不饶恕她，她就不应该回到他那里去。”

“怎么了？为什么不应该呢？”

“因为他不配受他女儿的爱，”她激烈地回答说，“让她永远离开他，让她去讨饭，而且让他看着他女儿去讨饭，去遭受不幸吧。”

她眼睛里冒着火，脸颊涨红了。

“她的话里一定有什么意思。”我想。

---

① 对叶列娜的爱称。

"你要送我去的就是他家吗？"她沉默了一下，接着问。

"是的，叶列娜。"

"不，我不如到别处当用人去。"

"唉，你这些话多么不对呀，列诺契加！真是废话呀！谁会雇你当用人呢？"

"随便哪个农民。"她不耐烦地回答说，样子越发沮丧了。她显然是被激怒了。

"一个农民是不会雇用像你这样的女孩子去替他做工的。"我说，笑了起来。

"那么，上绅士家里去。"

"以你这样的脾气，能在绅士家里待下去吗？"

"是的。"

她开始变得愤怒，她的回答也越发粗莽了。

"但是你绝对受不住。"

"不，我受得住。他们骂我，我就存心不说话。他们打我，可是我不开口。让他们打我吧——我无论怎样都不哭。那比哭还要使他们恼火哩。"

"真的，叶列娜！你多么凶狠，又多么骄傲哇！你大概是遭受过很多的困苦……"

我站起来，走到我的大桌子旁边去。叶列娜依旧坐在沙发里，出神地望着地板，扯着沙发的边缘。她没有说话。我怀疑她是因为听了我的话在发脾气。

我站在桌子旁边，机械地打开我昨天带回来作为辅助编辑用的书籍，渐渐地我被那些书吸引住了。我常常是这样：打开一本书要去找些什么，但是一读下去，就把什么事情都忘记了。

"你总在写些什么？"叶列娜带着一种羞怯的微笑问，轻轻地走到桌子旁边来了。

"各种各样的东西，列诺契加。他们为这个给我钱哩。"

"呈文吗？"

"不，不是呈文。"

于是我尽可能地向她解释，说我写着关于各种人的各色各样的故事，由这些故事做成的书叫作小说。她带着极大的好奇心听着。

"你写的都是真的吗？"

"不，是我造出来的。"

"既然不是真的，那你为什么写呢？"

"唉，这儿，读一读吧。你瞧这本书，你已经看过的。你会读吗？"

"是的。"

"好，那么你会懂的。这本书是我写的。"

"你？我要读它的……"

她显然想说些什么，但是觉得不好说，而且又是在极度兴奋中。她的问话里面藏着些别的意思。

"他们给你很多钱吗？"她最后问。

"这得碰着看。有时很多，有时什么也没有，因为作品写不出来。这是很艰难的工作呀，列诺契加。"

"那你不是很有钱吗？"

"不，我没有钱。"

"那么我要做工来帮助你。"

她迅速地望了我一眼，脸红了，垂下眼睛，向我走了两步，突然用臂膀搂住我，她的脸紧紧地贴着我的胸脯。我惊愕地看着她。

"我爱你……我并不骄傲。"她说，"你昨天说我骄傲。不，不，我不是那样的。我爱你。你是唯一关心我的人哪！"

但是眼泪使她窒息。一会儿过后，眼泪狂涌出来，正和昨天一样。

她在我面前跪下来，吻着我的手、我的脚……

"你关心我！"她重复着说，"你是唯一的，唯一的。"

她痉挛般地抱着我的膝盖，她抑制了那么久的感情，一下子都爆发出来了。我懂得这种心肠的奇怪的倔强性，它可以暂时踌躇不决地掩藏住它的感情，而当它表达和发泄的需要逐渐强烈的时候，它就越发粗暴，越发倔强，直到那无可避免的爆发到来，那时整个的存在都被忘记了，只能让它屈服在爱的渴求、感激、爱情和眼泪之下了。她啜泣着，直到变成歇斯底里的样子。我用力把她的臂膀松开，抱起她，把她弄到沙发上去。她继续啜泣了很久，把脸藏在枕头里，好像不好意思看我似的。但是她紧紧地握着我的手，把它压在她的心口上。

渐渐地，她平静一点儿了，但是仍然没有向我抬起头来。有两次，她的眼光掠过我的脸，眼光里有一种极其温柔的神情和一种羞怯的、重新掩藏起来的感情。

最后，她脸一红，微笑起来。

"你好点儿了吗？"我问，"我多情的小列诺契加，痛苦的小孩呀！"

"不是列诺契加，不是……"她低声地说，依旧躲开我的视线。

"不是列诺契加？那么是什么？"

"尼丽。"

"尼丽？为什么是尼丽？这倒是一个极漂亮的名字呢。我就这样叫你吧，如果你希望的话。"

"这是我妈妈叫我的，没有别人叫我这名字，没有别人，只有她……而我也不要什么人叫我这名字，除了我的妈妈。但是你就这样叫我吧。我要你叫，我会永远爱你，永远。"

"一颗可爱而骄傲的心哪！"我想，"我费了好长时间才获得叫你尼丽的权利呀！"

但是现在我知道，她的心永远是我的了。

"尼丽，听着，"她更加平静一点儿的时候，我说，"你说，除了你妈妈没有人爱过你。难道你外公也不爱你吗？"

"是的，他不爱我。"

"可是你为他哭过，你记得吗，这儿，在扶梯上？"她约莫有一分钟没有说话。

"不，他不爱我……他是恶毒的。"一种痛苦的神情浮上她的脸。

"但是我们不应该太苛刻地判断他，尼丽，我想他年纪越大就越孩子气了。他死的时候好像疯了一样。我告诉过你他是怎样死的。"

"是的，但是他在最后一个月才变得完全精神恍惚的。他会整天坐在这里，如果不是我来看他，他会两三天不吃也不喝，就这么坐着。他以前比较好一点儿。"

"你说'以前'是什么意思？"

"在妈妈死以前。"

"那么是你给他送吃喝的东西的，尼丽？"

"是的，我经常这样。"

"你从哪里弄来的呢？从布勃诺夫夫人那里吗？"

"不，我从不在布勃诺夫夫人那里拿什么东西的。"她用战栗的声音着重说。

"你上哪里弄来的呢？你什么东西都没有，不是吗？"

尼丽的脸色变得苍白极了，没有说什么，注视了我很久。

"我常常到街上去讨……我一有了五戈比，就替他去买面包和鼻烟……"

"他就让你去！尼丽！尼丽！"

"起先我没有告诉他。但当他发觉以后，他却常常叫我去，我常常站在桥上，向过路的人乞讨，他就在桥的附近走来走去。他一瞧见人家给我钱,就奔过来把钱拿去,好像我要藏起来不给他似的。"

她说的时候,露出一丝苦笑。

"这都是在我妈妈还没死的时候,"她接着说,"之后,他就好像发疯了。"

"那么说,他一定很爱你的妈妈了。他怎么不跟她住在一起呢?"

"不,他不爱她……他是恶毒的。他不肯饶恕她……好像昨天那老头子一样。"她静静地说,几乎是一种低语,而且脸色越来越苍白了。

我骇然了。整部小说的情节在我脑海里闪现。那个在棺材匠的地窖里濒于死亡的可怜的女人;她的女儿,那个不时去看望咒骂过她母亲的外祖父的孤女;那个在自己的狗死去以后也在糖果店里奄奄一息的古怪的疯老头。

"亚助尔加本来是我妈妈的狗,"尼丽忽然说,回想起什么,微笑起来,"外公从前是非常爱我妈妈的,当妈妈离开他的时候,就把亚助尔加留下来了。所以他才那么喜欢亚助尔加。他没饶恕我妈妈,但是那狗一死,他也就死了。"尼丽接着粗暴地说,那微笑从她脸上消失了。

"他从前是做什么的,尼丽?"我歇了一下又问她。

"他本来很有钱……我不知道他是做什么的,"她回答说,"他有一个工厂。妈妈这样告诉我的。起先她以为我太小,所以什么事情都不告诉我。她常常吻着我,跟我说,'你会知道一切事情的,总有一天,你会知道一切事情的,可怜的、不幸的孩子呀!'她常常叫我可怜的和不幸的。有时夜里她以为我睡着了(虽然我是假装睡着的),她常常看着我哭,她会吻我并且说'可怜的、不幸的孩子呀!'"

"你妈妈是怎样死的?"

"害痨病死的,这是六个星期以前的事。"

"你记得你外公有钱时候的情形吗？"

"那时我还没出生，妈妈在我出生以前就离开外公了。"

"她跟谁去的？"

"我不知道，"尼丽轻柔地说，似乎有点儿踌躇，"她到了外国，我是在那里出生的。"

"外国？什么地方？"

"瑞士。我到过一切地方。我还到过意大利和巴黎。"

我吃惊了。

"这一切你全记得吗，尼丽？"

"我记得很多。"

"你的俄文为什么这么好呢，尼丽？"

"妈妈从那时起就教我俄文了。她是俄国人，因为她的妈妈是俄国人。但是外公是英国人，不过他也像一个俄国人。当我们一年半前到俄国的时候，我已经完全学会了。妈妈那时就病了。之后我们越来越穷。妈妈常常哭，起初她在彼得堡找我外公，找了很久，常常哭着说她对他不好。她就是这样哭哇，哭哇！当她知道外公也穷了，她比以前哭得更多了。她常写信给他，他却从不回信。"

"你妈妈为什么回到这儿来呢？就只是为找她的父亲吗？"

"我不知道。但是在那边我们是那么快乐。"尼丽的眼睛闪亮了起来，"妈妈独自跟我住在一起。她有一个朋友，一个跟你一样仁慈的人。他在她离开家以前就认识她。但是他在那里死了，于是妈妈回来了……"

"那么，你妈妈就是跟着他离开你外公的吗？"

"不，不是跟他。妈妈是跟另外一个人走的，他把她丢了。"

"他是谁，尼丽？"

尼丽瞅了我一眼，没有说什么。她显然知道带着她妈妈出走且或许就是她父亲的那个人的名字。要她说出那个名字，即使是对我说，对她来说也是痛苦的。

我不愿拿这些问题去烦她。她有一种奇怪的性格，神经过敏和烈性的，然而她却抑制着自己的冲动。她是可爱的，不过她却把自己封闭在骄矜和缄默的藩篱后面。虽然她用全副心肠在爱我，用最坦白和真实的爱在爱我，差不多是和爱她那一提起就不能不痛苦的死去的妈妈一样，可是在我和她认识的所有时日中，她还是难得对我毫无隐讳的，除开那天，她很少想跟我谈谈过去的事情；相反，她似乎严谨地隐瞒着我。可是在那天，她却在几个小时里，把她记忆中一切最悲苦、最惨痛的事情都告诉了我，而我也永远不会忘记这个可怕的故事，但是大部分内容我将在以后叙述……

这是一个可怕的故事。这是关于一个被遗弃的，在幸福被毁灭，害病，困乏，被人人摒弃，又被她所能希冀的最后一个人——曾经一度被她错待过、后来为了难忍的痛苦与屈辱而发疯的她的父亲——所拒绝之后还活着的女人的故事。这是关于一个被逼得绝望、在彼得堡寒冷而污秽的街上、带着被她当作婴儿的小女孩去求乞的女人的故事；这是关于一个女人在潮湿的地窖里濒死地躺了几个月，而她的父亲直到她生命的最后一刻还不肯饶恕她，当他追悔起来要赶去饶恕她的时候，他在世界上比什么都钟爱的那个女人却已经是一具冰冷的尸首了的故事。

这是关于那个疯老头子跟他那小外孙女——她虽然还是个小孩子，却已经理解了有些人在他们平稳而舒适的生活中过了许多年月也不会理解的许多事情——的神秘难解的关系的故事。这是一个凄惨的故事，是在彼得堡的阴暗天空下，在广大城市的黑暗秘密的角落里，在生活的炫目的沸腾中，在阴沉的自私、利益的矛盾、黑暗的罪恶和秘密的犯罪中，在没有理性和反常的生活的最下层地狱中常常看不见的、几乎是神秘地扮演着的许多凄惨而悲苦的戏剧中的一个故事……

　　但是这故事将在以后再来叙述……

第三部

第一章

当我从阴郁的梦魇中醒来,恢复现状之前,暮色已经笼罩了下来,天已经黑了。

"尼丽,"我说,"你在害病,且又烦恼,而我却只得把你一个人丢在流泪和苦恼中。我亲爱的!原谅我吧,让我告诉你,那边另外还有一个曾经被爱过但没有被饶恕的人哩,她是不幸的、被侮辱和被遗弃的。她正在等着我哩。听了你的故事以后,我觉得我的心被她吸引了,因此我忍不住要立刻去看她,现在就去。"

我不知道她是否明白我说的这一切。我已被她的故事和我的病搞得心烦意乱,但是我还是奔到娜塔莎那里去。我到的时候已经很晚了,有九点了。

在街上,我看到一辆马车停在娜塔莎住的房子前,我猜想这是公爵的马车。进门的路要穿过院子。我刚开始走上楼梯,就听见在我上面的一段楼梯上,有人在小心地摸索着路,显然他不熟悉这地方。我想这一定是公爵了,但是我立刻又怀疑起来。那位来客一边往上爬,一边不停地抱怨和诅咒这楼梯,他越往上走,他的语调就越发强烈,越发粗暴起来。自然,那楼梯是狭窄的、肮脏的、陡峭的,而且从来不点灯,但是我在第三层楼听到的竟是那样一种语调,那使我不能相信这会是公爵:那位往上走着的绅士竟像车夫一样咒骂着呢。但是第三层楼上有点儿微弱的亮光，娜塔莎的房门口点着一盏小灯。我在门口赶上了那位来客，这让我多么吃惊啊，那时我认出他正是华尔戈夫斯基公爵！我猜想，他这样出乎意料地碰见我，是极不愉快的。最初的一瞬间，他还不曾认出我来，但是突然他脸色都改变了。最初那种愤怒和憎恨的脸色变成一种和蔼的、愉悦的表情了，他格外高兴地向我伸出两只手来。

"啊，是你呀！我快要跪下来感谢上帝保全我的性命哩！你听见了我的咒骂吗？"

于是他带着极温和的表情大笑起来。可是忽然他脸上又装出一副恳切和焦虑的表情。

"阿辽沙怎么能让娜塔莎·尼古拉耶夫娜住在这样一个地方呢？"他摇着头说，"这就是那些所谓的细节，可以看出一个人的性格。我替他焦心哩，他原是好性情的，他有一颗善良的心，但是这儿你已经看到一个例子：他是在疯狂地恋爱，可是他却把他所爱的姑娘放在这样一个洞窠里。我甚至还听说她有时连吃的东西都不够哩。"他低声补了一句，在找门铃的拉手，"我一想到他的将来就头痛，尤其是想到安娜·尼古拉耶夫娜的将来，当她做了他的妻子，我更头痛……"

他叫错了名字，却不曾注意到，他因为找不着门铃的拉手，正在烦躁呢。可是这儿却没有门铃。

我拉拉房门的拉手，玛芙拉立刻打开门来，慌乱地迎接我们。在厨房里——这厨房是在小过道里用一道木屏风隔成的——从一道开着的门里可以看到准备了些什么：一切东西都和平日有些不同，干净而且被擦洗过了；炉子里生着火，桌子上放着一些新的陶器。这显然是在等待我们。玛芙拉奔过来帮我们脱去外衣。

"阿辽沙在这儿吗？"我问她。

"他没来过。"她神秘地低声说。我们走到娜塔莎那里去。她的房间里却没有什么特别准备的样子。什么东西都和平日一样。不过她房里的一切东西都经常是那么整洁和可爱的，也就无须再整理了。娜塔莎站在门前迎接我们。我因为她脸上那种消瘦的神色和极端的苍白而震惊了，虽然这会儿她那没有血色的脸颊上泛出了一层红晕。她的眼神很狂热。她没有说话，仓促地向公爵伸出手去，显然是昏乱且激动的。她甚至没有看我一眼。我默默地站着。

"我来啦！"公爵亲切而愉快地说，"我才回来几个小时呢。这些日子里我一直不曾忘记你哩，"他柔和地吻着她的手，"我是多么想念你呀。我是多么想跟你说……好啦，我们可以开诚布公地谈一谈了！首先，我那个没头没脑的孩子，他还不曾来……"

"原谅我，公爵，"娜塔莎红着脸，困窘地打断他说，"我要跟伊凡·彼特罗维契说一句话。万尼亚，来吧……只两句话……"

她握住我的手，拉我到帷幕后面去。

"万尼亚，"她低声说，把我领到最远的角落里，"你会饶恕我吗？"

"嘘，娜塔莎，你这是什么意思？"

"不，不，万尼亚，你已经饶恕我太多次了。但是一切忍耐都有限度。我知道，你是绝不会不照顾我的。但是你会说我忘恩负义。而我在昨天和前天就是对你忘恩负义的，自私、残酷……"

她突然哭了出来，把脸压在我的肩膀上。

"嘘，娜塔莎，"我赶快安她的心，"我害了一夜病，现在还站立不稳哩，所以我昨天没有来，而你却以为我生气了。最亲爱的，你以为我不明白你现在心里在想什么吗？"

"嗯，那么好了……那么你已经和之前一样饶恕我了。"她说，从泪眼里微笑着，把我的手捏得发痛，"别的以后再谈吧。我有许多话要跟你说呢，万尼亚。但是现在回到他那里去吧……"

"赶快吧，娜塔莎，我们那么突然离开他……"

"你会看到，你将会看到马上发生什么事情，"她对我低声说，"现在我全明白了，我全看穿了，这全是他的过错。许多事情今天晚上都要决定了。来吧！"

我不明白，但是已经没有时间问了。娜塔莎带着从容的神情走到公爵跟前。他依旧握着帽子站在那里。她愉快地向他告罪，从他手里接过帽子，推过一把椅子给他，于是我们三个围着她那张小桌子坐了下来。

"我刚才开头讲到我那个没头没脑的孩子，"公爵继续说下去，"我只看见过他一下，那是在街上，当时他刚坐上马车要赶到任娜达·菲多罗芙娜伯爵夫人那里去。他忙得可怕，你相信吗？我离开四天，要他停留一下到我房里来他都不肯，我相信这是我的过失，娜塔莎·尼古拉耶夫娜。他没有到这里来，而我们却在他之前先到了。我抓住这个机会，因为我今天不能到伯爵夫人家里去，我叫他带一封信给她。不过他一两分钟内就会到这里来的。"

"我猜想，他答应过你今天要来吧？"娜塔莎问，带着十分单纯的神色看着公爵。

"老天爷，倒好像他不会来似的！你怎么能这样问呢？"他叫起来，惊异地望着她，"不过我懂的，你是在生他的气。真的，他最后才来，这似乎不大对。但是我再说一遍，这是我的过失。别生他的气吧。他浅薄、轻浮，这我不替他辩护，但是某种特殊的情况，使他不能抛弃伯爵夫人跟其他几位亲戚的关系，并且相反地，应该尽可能随时去看望她们。而现在，他想必不愿离开你的身边，已经把地球上的其他一切都忘记了，如果我有时带他离开一两个小时——不会超过的——去替我做些事情，我请你不要生气。我敢说，自从那天晚上以后，他还不曾去看过一次K公爵夫人呢，我很遗憾，我还没有来得及查问他哩！"

我朝娜塔莎望了一眼。她正带着一丝轻轻的、半嘲弄的微笑听着华尔戈夫斯基公爵。可是他说得那么坦直，那么自然，似乎让人不可能去猜疑他。

"那么你当真不知道，这些日子他一直都不在我身边吗？"娜塔莎用一种平静温和的声音问，仿佛她是在谈最寻常的事情。

"什么？一次都没有来过？老天爷，你在说什么呀！"公爵说，显然极为惊异。

"星期二晚上你跟我在一起。第二天早上他来看过我半个小时，从此以后我就不曾见过他了。"

"不过这是令人难以相信的呀！"他越来越惊异了，"我以为他从来不会离开你身边哩。原谅我，这是那么奇怪……这简直令人不能相信呀。"

"不过这是真的呀，而我是那么难过。我盼望看到你，我希望从你这里知道他究竟在什么地方。"

"天哪！但是他马上就要来了。但是你告诉我的使我那样吃惊……我承认无论他做什么事情我都能料得到，可是这件事，这件事呀！"

"这怎么会使你吃惊呢？我以为，你不但不会吃惊，而且你事先就知道会是这样的。"

"知道？我？我向你保证，娜塔莎·尼古拉耶夫娜，我今天才看见他一下哩，而且我也不曾向人家问起过他。而你好像也不相信我，这叫我觉得好奇怪。"他接下去说，打量着我们两个人。

"上帝不容许！"娜塔莎叫道，"我完全相信你所说的是真实的。"

于是她又大笑起来，正对着华尔戈夫斯基公爵的脸，使他几乎退缩了一下。

"你自己解释吧！"他疑惑地说。

"唉，这没有什么好解释的。我说得极简单。你知道他是多么轻浮和健忘。现在你给了他完全的自由，他就失魂落魄了。"

"但是像这样失魂落魄是不可能的呀。这里面一定有些什么。他一进来，我就让他解释。但是最使我吃惊的是，你好像以为我多少该受责备，甚至当我不在这里的时候。不过我明白，娜塔莎·尼古拉耶夫娜，你非常生他的气——我是完全理解的。你有权利这么做，而我，假如是第一个来到你这里的人，自然我是第一个该受责备的了。就是这么一回事吧，是不是呢？"他转向我，带着一种愠怒的嘲笑接着说。

娜塔莎的脸红了。

"当然，娜塔莎·尼古拉耶夫娜，"他严肃地说下去，"我承认，我该受责备，不过这只是因为我认识你之后第二天就走了，因此，由于你天性的多疑——这是我从你身上观察到的——你已经改变对我的看法了。自然，环境对这件事也有影响。如果我不离开，你对我会更了解一些，而且阿辽沙有我管着他，也不至于这样不留心了。今天晚上你可以亲耳听到我要对他说些什么话。"

"那是说，你要设法使他开始感觉我是一种累赘吧。自然，凭你的聪明，你不可能认为这对我会有什么帮助吧。"

"你的意思是想暗示，我存心想使他感觉你是一种累赘吗？你侮辱我了，娜塔莎·尼古拉耶夫娜。"

"我能够不用暗示，总不想用暗示来说话，不管是对什么人说话。"娜塔莎回答说，"相反，我常常想尽可能地坦直，今天晚上你也许会相信我的话。我并不希望侮辱你，而且也没有理由侮辱你，只要你不因为我的话生气，我什么话都可以说。这一点我是十分确信的，因为我完全明白我们彼此之间的关系。你不能把这关系看得太郑重了,不是吗?但是如果我真的冲撞你了,我准备请你原谅,使我在……款待客人的义务上不致有什么欠缺之处。"

虽然她说话时带着轻松甚至玩笑的口吻,而且嘴唇上还挂着微笑,可是我却从不曾看见娜塔莎激动得这么厉害过。直到现在我才明白这三天她是怎样心痛。她说她现在已经明白了一切,猜到了一切,这种莫名其妙的话使我震骇,这是直接对着华尔戈夫斯基公爵说的。她已经改变了对他的看法,而把他看成她的敌人了,这是显然的。她显然把她和阿辽沙之间的挫折归罪于他的影响,这种意见或许是有某种根据的吧。我担心他们随时会吵一架。她嘲笑的语调太明显,太不隐晦了。她对公爵所说的最后一句话,说他不能把他们之间的关系看得太郑重,和那关于款待客人的话,她那近乎威吓的诺言,以及向他表示她知道该怎样坦直——这一切话都是那么刺人,那么明白,公爵绝不会听不懂的。我看见他脸色变了,但是他还能很好地控制自己。他立刻装作没有注意到这些话,装作不理解这些话的意思,自然用一些嘲讽的话来掩饰自己。

"上帝不容许我要求你道歉的!"他叫,笑了起来,"这绝不是我想要的,而且当真,要求一个女人道歉,是违反我的规矩的。我们第一次见面的时候,我曾经预先告诉过你我是怎样的一个人,所以你大概不至于只凭一种观察就对我生气吧,尤其是应用到所有女人身上。你也许同意我这话。"他接下去说,恭敬地向我转过来:"我注意到女性的一种特点,就是一个女人如果有什么错误,她宁愿事后用千百种抚慰来减轻她的过失,也不肯在当面对质的时候承认她的错误和请求宽恕。所以即使我被你侮辱了,我也并不急于要求道歉。如果事后你承认了你的错误,而且想用……千百种抚慰来报答我,那对于我倒是更好哇。而且你是那么和婉,那么纯洁,那么爽气,那么坦白,当你追悔的时候,我可以预见到一定是很媚人的。你且不要道歉，不如告诉我，今天晚上我是否可以做点儿事情，来表示我对你比你所想象的更真诚、更坦直？"

娜塔莎脸红了。我也感觉到华尔戈夫斯基公爵的答话有点儿太轻薄，甚至语气有点儿太不经意了——一种颇不合礼的戏谑。

"你要证明你对我是单纯和坦白的吗？"娜塔莎带着一种挑衅的神气望着他。

"是呀。"

"假如这样，我要求你一件事，请你做到。"

"我预先答应你。"

"就是说，别用一句话或一个关于我的暗示去烦扰阿辽沙，不管是今天还是明天。也不要因为他忘记我而去责备他，也别告诫他。我要装作没事似的接待他，使他看不出什么。这就是我所要求的。你能够答应我吗？"

"十分高兴，"华尔戈夫斯基公爵回答说，"并且请允许我凭我的诚心再补说一句：我在这种环境中，很少遇见比这更有见识、更有眼光的态度呢……可是我相信，这是阿辽沙来了。"

果然，过道上传来一阵声音。娜塔莎惊跳起来，似乎要准备什么的样子。华尔戈夫斯基公爵带着严肃的脸色坐着，等着看会发生什么事情，他留心地望着娜塔莎。门开了，阿辽沙奔了进来。

第二章

他简直是奔进来的，带着一张发亮的脸，快乐又兴奋。显然这四天里他过得快乐且幸福。从他脸上可以看出，他有些话要告诉我们。

"我来啦！"他叫，向我们所有的人打招呼，"我是应该比谁都先到的人哪。可是我马上就告诉你们一切事情，一切事情，一切事情！今天早上我没有工夫跟你多说两句话，爸爸，而我是有很多话要跟你说的。只有趁他高兴的当儿，他才让我对他这样说的。"他打断他自己的话，朝着我说："我确实告诉你，在别的时候，他是不容许我说话的！我告诉你他做了什么事。他开始用我的全名啦①。从今天起，我要使他常常过好日子，我要为他去安排！这四天来，我完全变成一个不同的人了，完全、完全不同了，我要告诉你们这一切。不过这个待会儿再讲吧。现在最主要的是她在这儿，她在这儿！再说一遍！娜塔莎，亲爱的，你好吗？我的安琪儿！"他挨着她坐下来，贪婪地吻她的手："这些日子我是多么怀念你呀！但是事情是这样的！我没有办法！我不能够处理得很好，我亲爱的！你看起来瘦了一点儿，你变得多么苍白……"

他狂喜地吻着她的双手，用他美丽的眼睛热情地瞧着她，好像

---

① 俄国成年人的全名包括他自己的名字、父名和姓。这里的意思是说，父亲承认他是成年人了。

永远瞧不够似的。我扫了娜塔莎一眼，从她的脸色上，我猜到我们的心思是一样的：他完全是无辜的。真的，这个无辜的人，几时该受责备呢？又怎么该受责备呢？一阵发亮的红晕突然在娜塔莎苍白的脸颊上泛开来，仿佛她全身的血突然从她的心冲到了她的头部。她眼睛发亮，骄傲地望着华尔戈夫斯基公爵。

"但是这许多日子你在……哪里呢？"她以一种压抑、断断续续的声音说。她沉重且不均匀地喘息着。天哪，她是多么爱他呀！

"当然，我似乎是该受责备的，而且真的，不仅仅是'似乎'！自然，我是该受责备的，我自己知道，我知道这个，所以我来了。卡佳昨天和今天都告诉我说，没有一个女人会宽恕这样的疏忽的（她知道星期二这里所发生的全部事情，我第二天就告诉她了），我跟她辩论，我认为这样的女人是有的，她的名字叫娜塔莎，在这世界上，也许只有一个女人可以跟她匹敌，那就是卡佳；而我来到这里，自然知道我的话是对的。像你这样的安琪儿难道会不宽恕吗？'他没有来，一定是什么事情把他绊住了。这不会是他不爱我了！'我的娜塔莎是会这样想的！怎么会不再爱你呢？难道这是可能的吗？我整个的心都为你发痛呢。不过我还是该受责备的。可是当你知道了一切事情以后，你一定是第一个来支持我的。我马上就要把这一切率直地告诉你，我要把我的心向你们所有人公开，这就是我来的目的。我今天白天就想飞到你这里来（我白天自由了半分钟）给你一个飞吻，可是我连这个都不曾成功。卡佳有重要的事情要差遣我，就是你在马车里看到我之前，爸爸。那是接到第二个条子以后第二次赶到卡佳那里去呢。送信的人整天都在两家之间奔跑着。伊凡·彼特罗维契，我直到昨天晚上才有时间读到你的条子，你所说的全对。可是我该怎么办呢？这是肉体所做不到的呀！于是我想'明天晚上我就会把一切事情都弄妥当'，因为今天晚上我再不来是不可能的了，娜塔莎。"

"什么条子？"娜塔莎问。

"他到我的房里去，没有找到我。自然他就在信里直言不讳地痛责我不来看你。他的话是完全对的。这是昨天的事情。"

娜塔莎望了我一眼。

"但是假如你有工夫跟卡捷琳娜·菲多芙娜从早到晚都在一起……"华尔戈夫斯基公爵开始说。

"我知道，我知道你要说什么，"阿辽沙打断他说，"如果我能在卡佳的家里，我就该有双倍的理由留在这里。我完全同意你的话，并且我自己还要补充一句：不仅有双倍的理由，而且应该有一百万倍的理由。但是说起来，在生活中常常有一些奇怪的意外的事情，把一切事情都弄得颠倒，弄得乱七八糟，我所碰到的正是这一类事情。我告诉你们，这几天来我完全变成另外一个人了，从头到脚完全变成新的人了。所以一定是些重要的事情啊！"

"啊，我的天，但是你究竟碰到什么事情啊？请别老让我们吊着心啊！"娜塔莎叫道，看着阿辽沙那种热烈的样子，微笑起来。

他确实是相当可笑，他讲得很快，他的话以一种疾速的、不停的嘈杂声调纷乱地吐出来。他要告诉我们一切事情，要讲，要说。但是他一边讲，一边却依旧握牢娜塔莎的手，而且不断地把它提到他的嘴唇边去，好像永远吻不够似的。

"全部的要点就在这里——就是我所遭遇的事情，"阿辽沙继续说下去，"唉，我的朋友们，那些我所看到的和所做的事情啊，那些我所认识的人哪！首先是卡佳！那样一个完美的人哟！我从前一点儿也不知道她，一点儿也不。就是那一天，星期二，你记得吗，娜塔莎？我带着那样一种热忱谈到她，甚至那时候我也不大知道她哩。直到现在为止，她不曾把她自己的真相向我显示过。但是现在我们已经彼此透彻了解了。我们彼此称呼卡佳和阿辽沙了。可是我要从头讲起。首先是，娜塔莎，但愿你能听到她怎样对我说，当我那天告诉她关于你的事情的时候，那是星期三，我告诉她这里发生的一切事情……顺便说一句，我记得星期三那天我来看你的时候，我是多么蠢哪！你带着热忱来迎接我，你满心关怀着我们的新的处境，你要跟我谈谈这一切，你是忧郁的，同时却又来捉弄我，开我的玩笑；而我呢，却想装出一副有尊严的样子。啊，傻瓜，我真是个傻瓜！你相信吗，我那时是想表现一番，夸耀一番我马上就是一个做丈夫的人了，一个有尊严的人了，而且是想对你表现呢。唉，你是怎么地笑我，而我又是怎样该受你的嘲笑哇！"

华尔戈夫斯基公爵默默地坐着，带着一种胜利而讽刺的微笑望着阿辽沙。他似乎很高兴他儿子显得那样轻浮甚至可笑。这一晚上我都在仔细地观察他，我得到的结论是他根本不爱他的儿子，虽然他常常对他儿子说到一些做父亲的热忱。

"那天我从你这里到卡佳那里去，"阿辽沙喋喋地说下去，"我已经告诉你了，就在那天早上我们才彼此彻底了解了，怎么会是这样？这是奇怪的……我记不得是怎样的了……一些热情的话，一些坦率地表白出来的情感、思想，于是我们就成为永久的朋友了。你一定要认识她，娜塔莎。她是怎样对我讲，怎样对我来解释你呀。她怎样对我解释，你是一个如何宝贵的人哪。渐渐地，她使我了解了她的全部观念，她的整个人生观，她是那样一个真挚的、热诚的姑娘啊！她谈到责任，谈到我们生活的使命，谈到我们所有人应该怎样为人类服务。当我们谈了五六个小时以后，我们的意见完全一致了，我们最后互相誓约保持永久的友谊，我们一生将在一起工作！"

"做什么工作呢？"他父亲惊讶地问。

"我是那样改变啦，爸爸，这一切会使你吃惊的。我事前就知道你的一切反对意见了。"阿辽沙胜利地回答说，"你们都是一些讲究实际的人，你们有许多过时的、严厉的、苛刻的原则。你们带着不信任，带着敌意，带着狐疑来看一切新的事物，一切年轻的和新鲜的事物。可是我跟你在几天前所了解的我已经完全不同了。我是换了一个人了！我勇敢地正视着世界上一切事物和一切人。如果我知道我的信念是正确的，我将追随它到底；如果我不迷路，我就是一个诚实的人了。这对我已经足够了。不管你怎么讲，我都相信我自己。"

"哦！啊！"公爵揶揄地说。

娜塔莎不安地朝我们望了一眼。她替阿辽沙担心。每逢他说话说得极不得当而她已经知晓这一点的时候，她常是这样子。她不愿意阿辽沙在我们，尤其是他父亲面前显得很可笑。

"你说的是什么呀，阿辽沙？我想这是一种什么哲学吧？"她说，"什么人教过你了……你还是来告诉我们你做了一些什么吧。"

"我这不是正在告诉你们吗？"阿辽沙说，"你们知道，卡佳有两位远亲，大概是表兄弟之类，叫莱文加和鲍令加。一个是学生，另外那个只是一个青年。她跟他们很要好，而他们简直是非常的人物哩。他们为了主义的缘故，不大愿意到伯爵夫人家里去。那回卡佳跟我谈到人的命运，谈到我们生活的使命以及这一切问题的时候，她对我讲起他们，并且立刻为我写了一张条子给他们，我立刻飞奔了去，跟他们认识了。当天晚上，我们就成了亲密的朋友。那里约莫有十二个各种各样的人——学生、军官、艺术家，还有一位作家……他们都知道你，伊凡·彼特罗维契，就是说，他们都读过你的书，希望你将来写出伟大的作品来。他们亲口这样告诉我的。我告诉他们，我认识你，答应把他们介绍给你。他们都张开臂膀像对待兄弟一样来迎接我。我直白地告诉他们，说我不久要结婚了，于是他们就把我当作一个结了婚的人来接待。他们住在五层楼上，正在屋顶底下，他们尽可能地经常聚会，多半是在星期三，在莱文加和鲍令加家里。

他们都是新生的青年，对全人类充满热爱。我们谈着我们的现在、我们的未来，谈着科学和文学，谈得那么好，那么爽快和单纯……有一个高等学校的学生也来了。你可以看到他们彼此是怎样相处，他们是怎样的慷慨呀！我以前从不曾看到过像他们那样的人！这些时候我是在什么样的地方啊？我看了一些什么呀？我获得了一些什么观念哪？只有你一个人，娜塔莎，曾经告诉过我一些这类的事情。唉，娜塔莎，你一定要去认识他们哪，卡佳已经认识他们了。他们谈到她，几乎是带着虔敬的神气。卡佳已经告诉过莱文加和鲍令加，说她将来得到财产的时候，她将立即捐助一百万卢布做公共事业。"

"我猜想莱文加和鲍令加以及他们这一班人，将是这一百万卢布的保管人吧？"华尔戈夫斯基公爵问。

"这是鬼话，这是鬼话！这样说话是一种耻辱，爸爸！"阿辽沙激昂地喊道，"我疑心你在想些什么！我们自然也谈到那一百万卢布，而且花了很长时间来讨论怎样去用它。我们最后决定首先要用在社会教育事业上……"

"是的，我知道，我确乎还不曾完全了解卡捷琳娜·菲多罗芙娜哩。"华尔戈夫斯基公爵好像在对自己说，依旧带着同样的嘲弄的微笑，"她的许多事情我都料想得到，可是这个……"

"为什么这个？"阿辽沙打断他说，"你为什么以为这是奇怪的呢？因为这不大合乎你们的惯例吗？因为在这以前没有人捐助过，而她捐助了吗？那又怎么样呢！她如果不愿意靠别人的钱财生活，那又有什么妨碍呢？因为靠这几百万卢布来生活，就是靠别人的钱财来生活呀（这个我最近才搞清楚）。她要为她的国家和一切服务，把她的一点儿微薄的财产捐给公共事业。我们在我们的抄写簿上常常读到这种小捐款，而当这种小捐款数目是一百万卢布的时候，你们就觉得这有点儿不对了！这种被人们那样称赞的，又是我所相信的常识，全是根据什么的呢？你为什么这样瞧我呀，爸爸？好像你是在瞧一个小丑、一个傻瓜呀！就算我是一个傻瓜，这又有什么关系呢？娜塔莎，你应该听听卡佳是怎样谈这个问题的。'头脑并不是主要的东西，主要的是指导头脑的东西——性格、心肠、慷慨的品质、进步的思想。'但是皮士梅金对这一点说得更好，那是充满天才的话。皮士梅金是莱文加和鲍令加的朋友，他在我们中间是一个有头脑的人，而且是一个天才领袖。就是昨天，他在聊天中说，'一个傻瓜，承认他自己是一个傻瓜，那么他就不再是傻瓜了'。这句话多真实呀！人们每一分钟都能够听到他说出这样的话。他真是在传播真理呀。"

"真是天才呀。"华尔戈夫斯基公爵说。

"你就是会嘲笑。但是我从来不曾从你那里听到过像这样的话，我也不曾从你的朋友们那里听到过这样的话。相反地，在你们的圈子里，你们似乎都避讳这一切，匍匐在地上，使所有的身体、所有的鼻子都可以丝毫不错地遵守着一定的尺度，一定的规则——似乎这是可能的，似乎这并不比我们所谈所想的更不可能千百倍。可是他们反而叫我们乌托邦派哩！你应该听听他们昨天对我说了些什么……"

"嗯，可是你们谈的和想的究竟是什么呢？告诉我们，阿辽沙。我还不大明白哩。"娜塔莎说。

"一般都是关于引导向进步、向人道、向爱的一切事情，这全是和现代问题有关的。我们谈到需要一张自由的报纸，谈到那正在开始的改革，谈到人类的爱，谈到当今的领袖们；我们批评他们并研究他们。但是最重要的，我们答应彼此完全公开，说出关于我们自己的一切事情，坦白地、公开地，没有迟疑。除了公开和坦直，没有什么东西能达到我们的目的。这是皮士梅金最努力追求的。我把这些告诉了卡佳，她完全同情皮士梅金。我们所有的人也都一样，在皮士梅金的领导下，大家答应终生终世要诚实和坦直地做人，无论如何都不欺诈，不以我们的赤诚、我们的热心、我们的错误为可耻，勇往直前，不管人家怎样讲我们，不管人家怎样评判我们。如果你要人家尊重你，首先你要尊重你自己。只有如此，只有自重才能使人家来敬重你。这是皮士梅金说的，卡佳完全同意他。我们现在在总的信念上已经达成一致了，而且已经决定严格地注意我们自己的学习，在聚会的时候做到彼此坦诚。"

"一派胡言！"华尔戈夫斯基公爵不安地喊起来，"这皮士梅金是谁呀？不，不能让事情变成这样……"

"什么不能让事情变成这样？"阿辽沙喊，"听吧，爸爸，我为什么要在你面前说这些话呢？因为我想把你也拉进我们的团体。我已经把你的名字由我作保提出去了。你笑啦，哼，我知道你要笑的！但是听完我的话吧。你是仁慈且慷慨的，你最终会理解的。你还不知道，你从来不曾看见过那些人，还不曾听过他们说话哩。就算你已经听过这一切，已经研究过这一切吧，你是很有学问的，可是你还不曾看见过他们本人，还不曾到他们家里去过，因此你怎么能正确地判断他们呢？你只是想象你知道他们罢了。你跟他们住到一起去，去听他们说话，那时——那时我可以担保，你一定会成为我们的一分子。主要是，我要用一切方法把你从你那样依恋着的毁灭的圈子中拯救出来，并且把你从你的信念中挽救过来。"

华尔戈夫斯基公爵含着一丝恶毒的冷笑，静静地听着这种俏皮话，脸上显出一种恶意。娜塔莎带着毫不掩饰的反感望着他。他看见了，却装作没有注意。阿辽沙刚一说完，他父亲就爆发出一阵狂笑。他往椅背上一仰，仿佛控制不住自己似的。但那狂笑分明不是真的。显然，他的笑只是想尽可能地去伤害和侮辱他的儿子罢了。阿辽沙当然是被羞辱了。他整个脸显出一种极其悲哀的神情。但是他还是忍耐地等待着，直到他父亲笑完。

"爸爸，"他开始忧郁地说，"你为什么笑我呢？我是坦白和公开地对你说话呀。如果你以为我所说的是蠢的，你最好教训我，可不要笑我呀。而且你究竟觉得什么好笑呢？是笑我现在认为高尚和神圣的事情吗？咳，就算我是错误的，就算这一切全不对，讲错了，就算我是一个小傻瓜吧，像你好几次这样叫我的。即使我做错了事，可是我在这事情上却是真挚且诚实的，我可没有做什么卑鄙的事。我是热衷于崇高的理想的。这些理想也许是错误的，但是它们的基础却是神圣的。我告诉过你，你和你的朋友们从来不曾对我说过一些足以指导我和影响我的话。你要驳斥他们，告诉我一些比他们所说的更好的东西，那我就会服从你，可是你别笑我呀，这很伤我的心哪。"

阿辽沙这些话说得极其诚恳，而且带着一种严肃的正经样子。娜塔莎同情地望着他。公爵带着真正的惊愕听了他儿子的话，立刻转变了口吻。

"我并不是要伤你的心，亲爱的。"他回答说，"相反，我是为你忧虑。你准备跨出人生的这一步，只有不再是这样一副没头没脑的样子，才配得上。这是我的意思。我忍不住要笑，并不是要伤你的感情啊。"

"我为什么这样想呢？"阿辽沙带着痛苦的感情说，"为什么过去的许多日子里，你对我好像是跟我对立似的，带着冷冷的讽刺，不像是个做父亲的样子。为什么我感觉假如我处在你的地位，我就不会像你对我那样侮辱地发笑呢？听吧，让我们彼此坦白地说说吧，立刻如此而且永远如此，这样可以不再有误会了。而且……我要告诉你全部的真相。我到这儿来的时候想过，这里是有一些误会。我可不曾料到会碰见你们全在一块儿。我说得对不对？如果我是对的，那么不如各人都把自己所感觉到的公开说出来。多少罪恶是因为公开坦白而避免了的呀！"

"说吧，说吧，阿辽沙。"华尔戈夫斯基公爵说，"你所提议的是很合理的。或许应该由你来开头吧。"他补了一句，望了娜塔莎一眼。

"别因为我说得太爽直而生气，"阿辽沙开头说，"是你要这样而且你自己叫我这样的。听吧，你同意我跟娜塔莎结婚了，你给了我们这份幸福，而且为了这缘故，你已经克服了你自己的情感。你慷慨大度，我们大家都尊敬你的大度。可是为什么现在你又带着一种得意扬扬的样子，不断地暗示我是一个可笑的孩子，不配做一个丈夫呢？尤其是你似乎要羞辱我，使我在娜塔莎眼里变成可笑的，甚至是可鄙的。你把我弄得荒唐可笑，你总是很高兴。我在这以前就注意到这个了。不知为了什么，你似乎要向我们说明我们的婚姻是荒唐且愚蠢的，我们是彼此不相配的。真的，好像你替我们所计划的事情，连你自己都不相信哩，好像你把这一切全看成玩笑、一种荒唐的幻想、一出可笑的滑稽戏哩。我不仅是听了你今天所说的才这么想。那天晚上，星期二，我从这里回到你那里去的时候，我从你那里听到了一些奇怪的话，那使我吃惊又伤心。星期三，也是一样的，当你离开的时候，你对我们目前的处境做了一些暗示，你讲到她，虽然并没有侮辱的话，而是刚好相反，可是也不是我所愿意听到你说的，你多少有点儿轻薄，缺乏爱，缺乏对她的尊重……这是很难描述的，但是那口吻很清楚，人家在心里可以感觉到。告诉我吧，说我是弄错了。安我的心吧，安慰我跟……她吧，因为你也伤害她了。我刚进来的时候就猜到了……"

阿辽沙是带着激昂和决心说出这些话的。娜塔莎带着一种胜利的神气听着，她的脸因为兴奋而发红了。在他说话时，她一次两次地好像在对她自己说"是的，是的。这是真的"。华尔戈夫斯基公爵被惊骇住了。

"我亲爱的孩子,"他回答说,"自然,我记不得我对你说过的每一件事情了,但是你竟那样来理解我的话,是非常奇怪的。我准备用一切可能的方法来安你的心。如果说我刚才笑了,那是十分自然的。我告诉你,我是想用笑来掩饰我痛苦的心情啊。当我想到你快做丈夫了,我是那么难以相信,那么荒唐——我这样说,请原谅——甚至是那么可笑。你怪我笑你,但是我告诉你,这全是你自己做出来的呀。我也是该受责怪的。也许我近来没有好好地留心你,所以直到今晚我才看出你有什么能力。现在我一想到你和娜塔里雅·尼古拉耶夫娜的将来,我就发抖。我太性急了,我看到你们之间有很大的差异。爱情随时会逝去,但是矛盾却永远留存。我现在并不是在谈你们的命运,但是如果你的意志是诚实的,那么来考虑一下:你会毁了娜塔里雅·尼古拉耶夫娜,也会毁了你自己的,你一定会!你在这儿已经谈了一个小时对人类的爱呀、你的信念的崇高哇、你所结交的那些高贵的人哪。可是请问问伊凡·彼特罗维契,刚才我们从那讨厌的楼梯爬到四层楼上来的时候,和站在房门口感谢上帝保全我们的生命和四肢的时候,我对他说了一些什么呀。你可知道我心中产生的这种按捺不住的感情吗?我真吃惊,你爱娜塔里雅·尼古拉耶夫娜,你却忍心让她住在这样的地方。你怎么会不懂得,假使你没有资产,假使你没有能尽你责任的地位,那你就没有权利来做一个丈夫,你就没有权利来担当任何责任。单单恋爱是小事,恋爱是以行动表示出来的呀,然而你的座右铭却是'如果你能同我受苦,你就跟我住在一起'。这是不人道的,你知道,这是不体面的。一边在高谈爱一切人类,狂喜地研究宇宙的问题,一边却不知不觉地做出违反爱情的罪行——这是不可理解的!别打断我,娜塔里雅·尼古拉耶夫娜,让我说完。我觉得这太让人痛苦了,我必须说出来。

你告诉我们，阿辽沙，最近这些天，你是被一切光荣的、优美的、高贵的东西吸引住了，并且你还责难我，说我的朋友们中没有这种吸引人的东西，除了冷酷的常识什么也没有。你想想看吧，醉心于一切崇高且尊贵的东西，而且是在星期二——这儿发生的事情以后，却整整四天把人家以为你看得比世界上的一切都珍贵的女人忽略掉了。你已经正面承认，说你跟卡捷琳娜·菲多罗芙娜辩论过，认为娜塔里雅·尼古拉耶夫娜是那样大度、那样爱你，因此她会宽恕你的行为。可是你有什么权利来期望这种宽恕，而且拿它来打赌呢？你这些时候居然一次也不曾想到你给了娜塔里雅·尼古拉耶夫娜什么样的苦恼，什么样的痛苦的感情，什么样的疑虑，什么样的猜疑，这是可能的吗？你以为你被这些新思想迷惑了，因此你就有权利来忽略你主要的责任？原谅我，娜塔里雅·尼古拉耶夫娜，因为我破坏我的诺言了。但是眼前的情形比任何诺言更重要，这你自己会明白的……你知道吗，阿辽沙？我发现娜塔里雅·尼古拉耶夫娜处在那样一种烦恼的痛苦心情中，这显然是你这四天替她造下的地狱，而这四天，在人家想来，本来应该是她一生中最幸福的日子呀。一方面是这种行为，另一方面是议论，议论，议论……我说得不对吗？这完全是你的错，你能责备我吗？"

华尔戈夫斯基公爵说完了。他当真是被自己的雄辩感动了，掩饰不住他的得意了。阿辽沙听说娜塔莎的苦恼，就带着痛苦的焦虑望着她，但是娜塔莎已经下定决心了。

"别管它，阿辽沙，别不快活，"她说，"别人比你更该受责备呢。坐下吧，听我跟你父亲说些什么。这是该结束的时候了。"

"你自己解释吧，娜塔里雅·尼古拉耶夫娜！"公爵叫起来，"我恳切地请求你！过去两个小时里我已经听了这些神秘的暗示了。这越来越叫人忍受不住，我应该承认，我没有料到会在这里受到这样

236

的款待呢。"

"也许吧，因为你原来期望用一些话来迷惑我们，使我们注意不到你秘密的心思。有什么要向你解释的呢？你自己全知道，全明白呀。阿辽沙是对的。你的第一个欲望是要拆散我们。你早就知道星期二以后这里将发生的一切事情，而且几乎是记在心里，而你计算着这一切。我已经告诉过你，你并不曾郑重地对待我，也不曾郑重地对待你所计划的婚姻。你是在开我们的玩笑，在玩弄我们，而你是有你自己的目的的。你的把戏是稳妥的。阿辽沙责怪你把这一切事情看作一出滑稽戏，这是对的。你不应该责骂阿辽沙，反而应该高兴，因为他虽然莫名其妙，却已经做了你所期望的一切事情了，甚至还超过你所期望的哩。"

我惊骇得呆住了。我本来就预期这天晚上会发生什么灾祸。但是我却被娜塔莎无情的、坦直的话语和她那明显的侮慢口吻完全吓住了。这样看来，她当真是知道一些什么了，我想，而且她已经毫无改变地决定要破裂了。也许她不耐烦地等待着公爵来，是为了当面告诉他一切事情。华尔戈夫斯基公爵的脸色变得有点儿苍白了。阿辽沙的脸上显出单纯的惊惶和痛苦的期待。

"想想看，你刚才怎样咒骂了我！"公爵叫道，"稍微考虑一下你的话吧……我一点儿也不理解哩。"

"啊！那么你一句话也不高兴来理解呢。"娜塔莎说，"甚至他，甚至阿辽沙，都像我一样地理解你，而我们可不曾商量过呀。我们连面都不曾见过哩！他爱你，相信你犹如天神，可是他也以为你是在跟我们玩弄一个卑劣和侮辱的把戏呀。你没有想到你对他必须十足小心和虚伪，你以为他是不会看穿你的。可是他却具有一副柔和的、敏感的和容易感动的心肠，而你的话，你的口吻，像他所说的，已经在他心上留下一种痕迹了……"

"我一句话也不懂，一句也不懂。"华尔戈夫斯基公爵重复地说，带着极度迷乱的神气转向我，好像要叫我来证明似的。他情绪激昂且发怒了。

"你是多疑的，你激动了。"他对她说，"事实上你在妒忌卡捷琳娜·菲多罗芙娜，所以你来找每一个人的错处，特别是我……容许我说，你使人家对于你的性格发生一种奇怪的想法哩……我是不习惯于这种场面的。如果我不是为了我的儿子，我是不愿意在这儿再待一分钟的。我仍然等待着。你愿意屈尊来解释一下吗？"

"那么，你依旧坚持着和不愿来理解，虽然你心里是明白这一切的。你当真要我说出来吗？"

"这是我所渴望的。"

"很好，那么，听吧，"娜塔莎叫，她的眼睛愤怒地发着光，"我要告诉你一切。"

第三章

她站了起来，开始站着说话，她在激动中没有注意到这个。华尔戈夫斯基公爵听了一会儿以后，也站起来了。整个场面变得非常严肃。

"回想一下你自己在星期二说的话吧，"娜塔莎开口说，"你说，你要钱，要遵从习俗，要社会上的身份地位——你记得吗？"

"我记得。"

"嗯，为了获得那些钱，获得那从你手上滑走了的胜利，你星期二来到这里，并且决定了这段婚姻，你估计这个恶作剧会帮助你去捕获那躲闪着你的东西哩。"

"娜塔莎！"我喊道，"想想你在说什么呀！"

"恶作剧！"公爵带着一种尊严受到侮辱的神气重复说。

阿辽沙坐着，忧伤极了，不大理解地凝望着娜塔莎。

"是的，是的，别阻止我。我已经发誓要说出来了。"娜塔莎激动地继续说下去，"你自己记得，阿辽沙不曾听你的话。整整六个月，你曾经尽你最大的力量要把他从我这里拉开。他却坚持着来反对你。到了最后你再不能丧失一分钟了。如果你让这一分钟过去，那么那继承产业的姑娘，那钱财，主要是钱财，那三百万陪嫁，就将从你手指缝里滑走了。你只剩下一个办法，就是使阿辽沙去爱那个你替他决定的姑娘。你想,假如他跟她恋爱了,那么他就会抛弃我。"

"娜塔莎!娜塔莎!"阿辽沙悲苦地喊,"你在说什么呀?"

"而你就这样做了,"她接下去说,没有理会阿辽沙的叫喊,"但是——这又是同样的老故事!什么事情都可以顺利进行了,可是我又挡了路。只有一件事情给了你希望。像你这样狡猾和有经验的人,绝不会看不出,那时阿辽沙就似乎对他旧的恋爱有点儿厌倦了。你不会没有注意到他已经开始看不起我了,有点儿厌烦了,一离开我就是五天。你以为他会全然厌倦,而且会抛弃我的时候,不料星期二那天阿辽沙果断的行动,却像是突然对你的一个闪击似的。你怎么办呢!"

"原谅我,"华尔戈夫斯基公爵叫道,"相反地,那事实……"

"我说,"娜塔莎着重地说下去,"你那天晚上问自己该怎么办,于是决定不是实际上,只在口头上允许他跟我结婚,那不过是来缓和他一下罢了。你想婚礼的日子是可以无限期拖延的。而这时候那新的情感却在生长,你看到这一点。于是你就把你一切的希望都寄托在这个新的恋爱的发展上了。"

"奇谈,奇谈,"公爵低声说,仿佛在对自己说似的,"孤独、沉思和读小说呀。"

"是的,你把一切都寄托在这个新的恋爱上,"娜塔莎重复说,没有去注意他的话,完全陷入一种狂热,越来越入迷了,"和对这新的恋爱有利的机会上了!在他认识那姑娘的全部德行以前就开始了。当他那天晚上向她公开说他不能爱她,因为责任和另一段恋爱不容许,就在那一刹那,那姑娘忽然显露出那样一种高贵的性格,那样一种对他和对她的情敌的同情,那样一种主动的宽恕,那使他虽然本来已经相信她的美丽了,可是直到此刻才认识到她有多么高贵。他到我这里来,什么也不谈,只谈她,她已经给了他那样一种印象了。是的，如果只是出于感谢，他第二天应该感到一种不可抑制的冲动，要再去看看这位高贵的人物。而且，真的，他为什么不该到她那儿去呢？他那旧的恋爱已经没有什么不幸了，她的未来是安定了，他的整个生命已经委之于她了，而另外那一位却只需要一分钟啊。假如娜塔莎连这一分钟都要妒忌，那她是多么忘恩负义呀。而这样他就毫不注意地夺去了他的娜塔莎不单是一分钟，而是一天、两天、三天……就在这三天中，那姑娘以一种新的、完全意外的姿态，向他显示了她是那么高贵，那么热情，而同时又是那样一个天真的孩子，而且事实上又跟他的性格那么相近哪。他们立下了永久的友谊和兄妹般的关系，希望永不分离。经过五六个小时的谈话后，他的灵魂容纳了一种新的感觉，而且他的整个心被征服了。你估计那样的时候终会到来的，那时他会拿他旧的感情和新的感觉来比较。这边什么东西都是熟悉的，照老样子的；这边什么都是严肃的、苛刻的；这边他看到嫉妒和责备；这边他看到眼泪……如果这边也有轻快和玩笑的话，那只是把他看作一个小孩子而不是站在同等的地位……然而最糟糕的是：这里一切全是熟悉的，和往常一样的……"

眼泪和一阵痛苦的痉挛哽住了她，但是娜塔莎还是控制了自己约莫一分钟。

"此外还有什么呢？唉，时间哪。跟娜塔莎举行婚礼的日子反正还不曾决定呢，你想，还有许多时间，而一切全会改变的呀……于是你的话呀，暗示呀，议论哪，雄辩哪……甚至你还能捏造一些口实来攻击那讨厌的娜塔莎哩。你把她放在一个不利的地位，你也许会成功的，而……很难说这是怎么做的，然而胜利却属于你了！阿辽沙！别责备我，我亲爱的！别以为我不理解你的爱和不重视它。我知道，即使现在你还是爱我的，也许这会儿你还不理解我所说的话呢。我知道我说的这一切是很不对的，但是我有什么办法呢？既然我理解这一切，而且越来越爱你……简直是发疯似的！"

她把脸藏在手里，倒在椅子上，像孩子般啜泣起来。阿辽沙发出一声高叫，向她冲过去。他向来一看到她哭，就没有不陪着哭的。

她的哭，我认为对公爵很有利。娜塔莎在这冗长的解释中的激昂，她对他攻击的猛烈，如果仅从礼节上说，是不能不叫他愤慨的。现在这一切也许都可以解释成疯狂的嫉妒的爆发，解释成受伤害的爱情，甚至是一种病。那显然是应当对她表示同情的。

"你自己平静一下吧，别苦恼，娜塔里雅·尼古拉耶夫娜，"华尔戈夫斯基公爵鼓励她说，"这是狂热、想象和孤寂的结果呀。你被他没头脑的行为激怒了。你知道，这只是因为他没头脑哇。星期二的事情，你所认为的最重要的事实，应该向你证明了他对你爱情的深度，可是相反地，你却认为……"

"啊，别跟我说话，这个时候别再来折磨我吧！"娜塔莎叫道，痛苦地啜泣起来，"我的心已经告诉我一切事情了，已经告诉我很久了！你以为我不明白我们旧的爱已经完结了吗……这儿，就在这间屋子里，一个人……当他抛开我，忘记我的时候……我已经忍受过一切，想过一切……我还要怎么办呢？我不责备你，阿辽沙……你为什么欺骗我呢？你以为我不曾尝试欺骗我自己吗？啊，好多回呀，好多回呀！我不曾听出他声音里的每一种调子？我没有学会怎样去研究他的脸色、眼色吗？这全过去啦，全埋葬啦……啊，我是多么不幸啊！"

阿辽沙跪在她面前哭着。

"是的，是的，这是我的过失呀！这全是我做出来的呀！"他在哭泣中重复地说。

"不，别责备你自己，阿辽沙。这是别人……我们的敌人……这是他们做出来的呀……他们哪！"

"但是请原谅我，"公爵最后带着一些不耐烦的神气说，"你有什么根据把这一切罪名都安在我身上呢？这些都是你的猜测，没有凭据呀……"

"没有凭据！"娜塔莎叫道，从她的安乐椅上迅速地站起来，"你要凭据，奸诈的人哪。你有计划地来到这儿，你是不能有别的动机，不能有别的动机的啊！你必须抚慰你的儿子，缓和他良心上的不安，使他可以带着一种比较轻松和安适的心情委身给卡佳。如果不是这样，他就会老惦记着我，会来反对你，而你已经等得厌烦了，不是吗？"

"我承认，"公爵带着一种讽刺的微笑说，"假如我要欺骗你的话，我一定会那么算计的。你是很……机智的，可是在你用这些责难的话来侮辱别人之前，你应该先有凭据呀。"

"凭据吗？就是你以前想把他从我这里拉开的时候你的全部行为呀。一个人训练他的儿子去忽视那种义务，为了世俗的利益，为了钱去开他们玩笑，这是在腐蚀他！你刚才谈到楼梯和我住处的恶劣，那是什么意思呀？你不是停止给他日常的津贴，想靠贫穷和饥饿来强迫我们分开吗？这住所和楼梯原是你自己的过失呀，而你现在却拿这来责备他——两面三刀的人！是什么东西引起你那天晚上那样的热情，那样新的、非你特有的信念哪？而我对于你为什么又是那样必需呢？这四天来我在这地方走来走去，我想过一切事情，我估量过你说的每一句话，你脸上的每一个表情，我断定，这全是假装、欺诈，一出卑劣的、侮辱人的和毫无价值的滑稽戏……我知道你，我早就知道你了。每一回阿辽沙看完你回到这儿来，我都能从他脸上看出你对他说的一切话和你给他的一切印象。不，你欺骗不了我的！也许你现在还有什么别的计算，也许我还没有说出那最卑劣的事情来，但是这无关紧要！你已经欺骗我了——这是主要的事情。我就得当面告诉你这个！"

"这就是全部的话吗？这就是你的全部凭据吗？但是想一想吧，你这狂妄的女人：为了那出滑稽戏——你这样想我在星期二提出的建议——我是太束缚我自己了，从我这方面说太不负责了……"

"怎么，你怎么束缚了你自己呀？欺骗我对你来说算得了什么？侮辱像我这样的一个女子又有什么关系呢？一个不幸逃出来的人，被她父亲所抛弃的、毫无保护的、不道德的人！她还羞辱了她自己。如果这个玩笑只能有一些极小的用处，把事情弄得这么麻烦又有什么必要哇！"

"只想一想，你把你自己放到怎样一个地位上啊，娜塔里雅·尼古拉耶夫娜。你咬定你是被我侮辱了。但是这种侮辱是那么严重、那么丢人，我简直不能明白，你怎么想象出来的，更不明白你怎么会一口咬定是这样。你这样轻易就假定这种事情，大概由于你平时习惯这样吧，我这样说，你能原谅就原谅吧。我是有权利来责备你的，因为你在指使我儿子来反对我。如果他现在并没有因为你的缘故攻击我，他的心也是在反对我的。"

"不，爸爸，不！"阿辽沙喊，"如果我没有攻击你，那是因为我不相信你犯了侮辱人的罪，而且我也不相信这样一种侮辱是可能的！"

"你听见了吗？"华尔戈夫斯基公爵叫道。

"娜塔莎，这全是我的过失呀！别责备他吧。这是不道德的和可怕的呀。"

"你听见了吗，万尼亚？他已经在反对我啦！"娜塔莎喊道。

"够了！"公爵说，"我们应该把这痛苦的场面结束了。这种盲目和冲动的嫉妒的爆发在完全新的见地上显示出你的性格了。我得到事先的警告了。我们太性急。我们确实太性急了。你甚至没有留心你是怎样侮辱我的。这对你来说是无所谓的。我们太性急了……

太性急了……自然，我的话应该是神圣的，但是……我是一个父亲，我希望我的儿子幸福……"

"你收回你的话！"娜塔莎喊起来，控制不住自己了，"你是高兴有这个机会的。但是让我告诉你，就在这里，我一个人，在两天以前就已经决心驳回他的诺言了，现在我再在每个人面前重复一遍。我放弃他了！"

"这也许是你要重新唤醒他旧日的烦恼，他的责任感和一切由于责任而引起的苦闷吧（像你刚才所表示的），这样你又可以把他拉到你那边去啦。这都是根据你自己的理论的解释。这就是为什么我要这样说。但是够了，时间会决定一切的。我要等待一个比较平静的时候再对你做一次解释。我希望我们不至于断绝一切关系。我还希望你会把我估计得好一点儿。我本来打算今天告诉你我对于你家族的计划，那会使你明白……但是够了！伊凡·彼特罗维契，"他接着说，向我走过来，"我常常想更了解你一点儿，而现在比往常更重视这个了。我希望你理解我。我一两天之内会来看你，如果你允许的话。"

我鞠了一躬。在我看来，似乎现在我也不能避免跟他来往了。他握了握我的手，向娜塔莎鞠了一躬，没有说话，带着一种尊严被冒犯了的神气走出去了。

第四章

好几分钟，我们都没有说话。娜塔莎沉思地坐着，忧郁而疲乏。她的全部精力突然离开她了。她笔直地望着前面，看不见什么，把阿辽沙的手紧握在自己的手里，似乎陷入了迷茫。他默默地淌着眼泪，倾泻他胸中的悲伤，不时带着怯弱的好奇心看看她。

他开始怯怯地想来安慰她，求她不要发怒，并责备他自己，他显然很想替他父亲辩护，这是重重地压在他的心头的。他几次想开口说这件事，但是不敢说出来，怕再惹起娜塔莎的愤怒。他发誓说他永恒不变的爱，并且热烈地证明他对卡佳的忠诚，不断地重复说他只是把卡佳当作一个亲爱的姊妹，他是不能完全丢开她的，否则他未免太粗暴和残忍了，并且还说，娜塔莎如果认识了卡佳，她们立刻就会做朋友的，甚至她们将永远不会分离，永远不会吵嘴。这个想法特别叫他欢喜。这可怜的家伙是真实的。他没有了解她的疑惧，而且当真不理解她刚才对他父亲说的话。他所了解的，只是他们吵了一场嘴，而这像块石头似的压在他的心头。

"你是为了你父亲在责备我吗？"娜塔莎问。

"我怎么能责备你呢？"他带着痛苦的心情说，"我是祸首，而且这全是我的过失呀！都是我惹你这样生气，而在你处在愤怒中，你也责备他了，因为你要替我辩护哇。你常常保护我，我是不配的。

你一定要把这罪过安在什么人身上，于是你就安在他身上了，而他却实在是不应该被责怪的呀！"阿辽沙叫道，亢奋起来了，"难道他是存了那样的心思到这儿来的吗？难道他盼望这样吗？"

但是当他一看见娜塔莎带着痛苦和谴责的神情望着他，他立刻就畏怯了。

"原谅我，我不说啦，我不说啦，"他说，"这全是我的过失呀！"

"是的，阿辽沙，"她带着痛苦的情感说下去，"现在他已经插进我们中间来了，而且毁坏了我们终身的平静。你向来对我比对谁都相信的。而现在他已经把对我的不信任和猜疑注入你心里了，你怪我啦，他已经把你的半个心从我这里拿去了。黑猫已经跑到我们中间来了。"

"别这么说呀，娜塔莎。你为什么要说'黑猫'呢？"他被这句话刺伤了。

"他已经用他那虚伪的慈爱，用他那虚伪的慷慨把你争取过去了。"娜塔莎继续说，"而现在他将使你越来越反对我了。"

"我发誓，不是那样的，"阿辽沙带着更大的热情说，"他说他'太性急了'，你会看到这话是在他被激怒的时候说的。明天，一两天之内，他会重新考虑的。如果他真是那样愤怒，当真不要我们结婚，那我发誓我不会服从他的。我对这件事情也许有力量。你知道谁会帮助我们吗？"这个主意使他高兴，他叫了起来，"卡佳会帮助我们的！而且你会看到，你会看到她是个多么奇特的人啊！你会看到，她究竟是否要做你的情敌和要拆散我们。你刚才说我是结婚之后会变心的那种人，这多么不公平啊！这叫我痛心哪！不，我不是那样的人哪，而且假使我经常去看卡佳……"

"嘘！阿辽沙！你什么时候高兴去看她就去看她吧。我刚才说的不是这意思。你完全不曾理解呢。你喜欢谁，就跟谁去欢乐吧。我不能要求超过你能给予我的更多的爱情……"

玛芙拉进来了。

"我把茶拿进来吧？这可不是开玩笑哇，茶炊已经开了两个小时。现在十一点了。"

她说话鲁莽而执拗。她显然很不高兴，而且在生娜塔莎的气。事实是这样，从星期二那天以来，她就快乐极了，因为她的年轻女主人（她是非常喜欢她女主人的）快要结婚了，她已经把这消息传播给满屋子，给街坊邻舍，给铺子里和给看门的人。她曾经吹了一番牛，得意地说那是一位公爵、一位要人，并且还是一位将军，非常有钱，亲自跑来请求她的年轻女主人允婚，而她，玛芙拉，亲耳听见的。可是现在这件事却突然烟消云散了。公爵发了脾气跑掉了，连茶也不曾给他喝，而这一切自然都是年轻女主人的错呀。玛芙拉听到她在对他不客气地说话。

"哦……是的。"娜塔莎回答说。

"那些吃的东西呢？"

"是的，也拿来吧。"娜塔莎是被弄窘了。

"我们备下那样一些东西，那样一些东西。"玛芙拉说下去，"昨天起我的腿都跑断了。我还跑到尼佛斯基去买酒哩，而现在……"

她走了出去，愤愤地把门砰地关上了。娜塔莎的脸发红，有点儿奇怪地望着我。

这时，茶已经摆上了，还有吃的东西。其中有野味，有某种鱼，有两瓶从爱立赛耶夫买来的好酒。我奇怪，这一切准备是为了什么呢？"你瞧，我是怎样一个人哪，万尼亚，"娜塔莎说着，走向餐桌，她不好意思得甚至不敢正面看我，"你知道，我事先料到，事情会像刚才那样结局的，可是我还是想，也许不会是那样的结局吧。我想，阿辽沙也许来，而且会来调解，那么我们又将和好了。也许会弄清楚我的一切猜疑是不合理的，而我会被说服的……于是我就准备了一顿晚餐。我想，我们也许会坐在一起，谈到很晚的。"

可怜的娜塔莎呀！她说这话的时候，脸红得那样厉害。阿辽沙却高兴了。

"你瞧，娜塔莎！"他叫道，"你自己也不相信这个哩。两个小时之前，你自己还不相信你自己的猜疑哩。是的，这一切必须弄好。我是该受责备的。这全是我的过失，我将把它弄好。娜塔莎，让我回到我爸爸那里去吧。我必须去看他，他被伤害了，被冒犯了，我必须去安慰他。我要告诉他一切，只讲我自己，只讲我自己！不会把你扯到里面去的。我会解决一切事情。别因为我那么焦急要到他那里去和要离开你就生我的气吧。完全不是那么一回事。我是替他难过呢，他会向你表白他自己的，你会明白的。明天天一亮我就来陪你，我将整天陪着你。我不想到卡佳那里去了。"

娜塔莎没有留他，她甚至催促他离开。她非常怕阿辽沙会勉强自己从早到晚地陪她，而且会对她厌倦起来。她只是求他别用她的名义去说话，而在离开的时候，还想更愉快地向他笑一笑。他正要走出去，但是突然他又向她走回来，两只手拥抱着她，在她旁边坐下了。他带着无尽的柔情望着她。

"娜塔莎，我的亲亲，我的安琪儿，别恼我，让我们永远也别吵嘴了。答应我，你永远相信我，而我也会相信你。唉，我的安琪儿，我现在要告诉你。我们曾经吵过一次嘴，我记不得是为什么了，那是我的错。我们都不说话。我不愿先来求饶，而我是非常凄惨的。我在整个城市里徘徊着，到处去闲荡，去找我的朋友们，而我的心是那样沉重……接着，一种念头涌上我的心头：譬如说，如果你病了，而且死了，那怎么办呢？我一想到这个，突然感到那样绝望，仿佛我真的已经永远失去你了。我的念头越来越迫人和可怖。渐渐地我想象着我是在朝你的坟墓走去，绝望地扑在那坟墓上，拥抱着它，悲痛得昏厥过去了。我想象我怎样吻着那坟墓和喊你从里面出来，就是一瞬间也好，我祈求上帝显示一个奇迹，在那一瞬间，你会在我面前站起来；我想象，我将怎样冲向你，把你抱起来，使你紧紧地贴着我，吻着你，于是怀着好像能再像以前一样抱着你的幸福而死去。我想象到这里，一种念头突然涌上我的心头：为什么我要来祈求上帝给这一分钟？你跟我在一起已经六个月了，在这六个月中，我们吵过多少次，有好多日子我们彼此都不愿说话。我们整天地闹别扭和轻视我们的幸福，而现在我却来祈求你从坟墓里出来一分钟，而我还准备为这一分钟献出我的整个生命呢……当我幻想着这一切，就抑制不住自己了，只有尽快地奔到你这里来。我奔到这里，你也正在等我，我记得，我们吵嘴以后互相拥抱，我把你紧紧地抱在怀里，仿佛我当真会失去你似的，娜塔莎。我们别再吵嘴了！这老是那么伤我的心。天哪，你怎么能想象我能离开你呀！"

娜塔莎大哭起来。他们彼此热烈地拥抱着，阿辽沙又一次发誓，说他永远不会离开她。之后他奔到他父亲那里去了。他坚信，他会解决一切事情，他会把一切事情都弄妥的。

"一切都完啦！这全完啦！"娜塔莎说，痉挛般地捏着我的手，"他爱我，他绝不会不爱我的。但是他也爱卡佳，再过一些时候，他就会爱她胜过爱我了。而那个阴毒鬼，那公爵，会睁大眼睛看着呢，那时……"

"娜塔莎，我也相信那公爵不是坦直行事的，但是……"

"你不相信我跟他说的一切话哩！我从你的脸色上看得出来。可是过一些时候，你自己就会明白我究竟对不对。我还只是一般地说呢，天知道他肚子里还有些别的什么花样呢！他是一个可怕的人。

过去四天中，我在这屋子里来回地走，我完全看穿了这一切。他要阿辽沙解脱，把他的心从他生活中的忧愁的重担下、从爱我的责任下解脱出来。他想出了这个结婚的计划，同时也含着这样一层意思，就是要钻到我们中间，来影响我们，并用他的宽宏大度擒住阿辽沙。这是真话，这是真话，万尼亚！阿辽沙就是这样一种人。他对我会感到安心，他对我的不安会过去。他会想：'唉，她现在是我的妻子了，她一生都是我的了。'这样他就不知不觉更注意卡佳了。公爵显然是研究过卡佳的，他认为她对他是合适的，而且她会比我更能吸引他。唉，万尼亚，你现在是我唯一的希望了！他不知为了什么要接近你，要了解你。别反对这个吧，而且，看在上帝面上，亲爱的，想点方法到伯爵夫人那里去，跟这位卡佳做朋友，彻底地研究她，告诉我她是怎样一个人。我要知道，你对她是怎样的看法。没有一个人能像你这样了解我，你会明白我所要的是什么。并且去观察他们的友谊究竟达到怎样的程度，他们之间究竟怎么样，他们在谈论一些什么。你必须主要观察卡佳。再向我表示一次吧，亲爱的，万尼亚，好人哪，再向我表示一次你是我的一个多么真实的朋友吧！你是我的希望，我现在唯一的希望了。"

我回到家里，快一点了。尼丽带着一张瞌睡的脸替我开了门。她愉快地望着我。这可怜的孩子因为她自己睡着了很恼呢。她原本是很想坐着等我的。她告诉我，有人来过并且问起我，在这里坐着等了一会儿，还在桌子上留给我一张条子。那条子是马斯罗波耶夫写的。他叫我明天十二点到一点之间到他那里去。我还想问问尼丽，但是我把这搁到明天再说吧，坚持要她马上去睡觉。这可怜的孩子是疲乏了，因为她一直坐着等我，在我进来以前半个小时才睡着了。

第五章

　　早晨，尼丽告诉我关于昨夜来访问的一些颇为奇怪的详细情形。真的，马斯罗波耶夫昨夜突然想起来找我，这事情就有点儿古怪。他明明知道我不在家的，我们上次见面的时候，我曾经通知过他，这个我记得清清楚楚。尼丽告诉我，她起先不肯开门，因为她害怕——那时是晚上八点了。但是他在门外劝她开门，肯定地跟她说，如果他今晚不留张条子给我，明天会于我很不利。她放他进来的时候，他立刻写了一张条子，向她走过来，在她旁边的沙发上坐下。

　　"我站了起来，不想跟他说话，"尼丽说，"我非常怕他，他开头谈到布勃诺夫夫人，告诉我她是多么愤怒，说她现在是不敢来找我了。他又称赞你，说他是你的一个老朋友，从还是小孩的时候就认识了你。之后，我开始跟他说话。他拿出一些糖果来，请我吃。我不要，接着他又向我保证他是个好性情的人，他还能唱歌和跳舞。他蹦了起来，就跳舞啦。这叫我发笑。接着他说他要多等一会儿：'我要等等万尼亚，他也许就会来的。'于是他竭力劝我不要怕他，叫我靠着他坐下。我坐下了，但是我不愿跟他说些什么。之后他又告诉我，他熟悉我妈妈跟外公，并且……于是我也说话了。他就待了很长一段时间……"

　　"你们讲了些什么呢？"

　　"讲了妈妈……布勃诺夫夫人……外公。他待了两个小时。"

尼丽似乎不愿意说出他们谈话的内容。我也不问她，希望从马斯罗波耶夫那里听到这一切。但是马斯罗波耶夫趁我出去的时候，故意到我家来，为的是找尼丽说话，这却叫我惊奇。"他这是什么意思呀？"

她拿出他给她的三块糖果给我瞧。那是用红绿纸包着的水果糖，很肮脏，也许是从水果店里买来的。尼丽给我看的时候，笑了起来。

"你为什么不吃呢？"我问。

"我不要吃，"她蹙起眉头正经地说，"我没有拿他的，他自己把它们搁在沙发上……"

这一天我有许多地方要跑。我向尼丽告别。

"你老一个人闷不闷？"我走的时候问她。

"闷，也不闷。我闷是因为你要好久不在这里。"

她说这话的时候带着怎样的爱望着我。这天早晨她一直柔情地望着我，她似乎那么快乐，那么含情脉脉，而同时又有点儿羞赧，甚至举止上都有点儿畏怯，好像她怕我不高兴和怕失去我的爱似的。而且……怕她的感情显示得太强烈了，她似乎因此在害羞呢。

"那么你怎么又不闷呢？你说你'闷，也不闷'哪！"我忍不住问，朝她微笑着——她对我来说已经变得非常亲密且可爱的了。

"我知道为什么。"她笑着回答，不知为什么又脸红了。

我们在敞着的过道上说话。尼丽站在我的面前，眼皮垂着，一只手放在我的肩膀上，另一只手拉着我的袖子。

"是什么，秘密吗？"我问。

"不……没有什么……我已经……我已经开始读你的书了，当你出去的时候。"她用低低的声音说，朝我投来一个温柔敏锐的眼神，又满脸绯红了。

"啊，这样吗？你喜欢它吗？"

我感觉到一个作家当面受人家恭维的那种狼狈，但是我不知道假如我当时吻了她会怎样。不过吻她总觉得不大可能。尼丽沉默了一会儿。

“为什么，为什么他会死掉呢？”她带着忧伤的神情说，向我偷偷地瞅了一眼，又把眼皮垂下去了。

“谁？”

“那个害痨病的青年哪……那书上说的。”

“这没有法子。只能如此呀，尼丽。”

“完全不该如此，”她几乎是耳语般地回答说，但是突然粗鲁地，几乎是愤怒地噘起嘴，更加顽强地凝视着地板。

又一分钟过去了。

“还有她……他们……那女孩跟那老头儿呢？”她轻轻地说，依旧抓牢我的袖子，比刚才更着急了，“他们会住在一块儿吗？他们不会再穷了吧？”

“不，尼丽，她要到很远的地方去，她要跟一个乡下绅士结婚，而他却把她孤零零地扔掉了。”我带着极大的遗憾回答，真的觉得抱歉，因为我不能告诉她一些令人感到安慰的东西。

“唉，天哪……多可怕呀！唉，怎样的人哪……我现在不要读它了！”

于是她愤怒地推开我的手臂，急忙转过身，向桌子旁边走去，脸朝着屋角，眼睛望着地面站着。她整张脸都涨红了，不规则地呼吸着，仿佛陷入什么可怕的绝望似的。

“喂，尼丽，你生气了？”我说着，向她走去，“你知道，这书里写的不是真的，这全是假的呀，这有什么好生气的呢！你真是一个容易伤感的小姑娘啊！”

“我没有生气，”她怯怯地说，抬起清亮且多情的眼睛望着我，接着，她突然捉住我的手，把她的脸紧贴着我的胸脯，不知为什么哭出来了。

但是同时她却又笑了——哭笑一齐来了。我也觉得好笑且又有点儿……可爱。但是没有法子叫她抬起头来，我刚把她的小脸从我肩膀上拉开去，她却越来越紧地贴着我，而且笑得更厉害了。

最后，这种多情的场面结束了。我们分开了。我忙着要走。尼丽红着脸，依旧有些羞答答的，眼睛亮得像星星似的，追到楼梯上来，恳求我早点儿回家。我答应一定回来吃午饭，而且尽可能早点儿回来。

我开头先到伊赫曼涅夫家里去。他们二老都在生病。安娜·安德烈耶夫娜病得很厉害，尼古拉·舍盖伊契在他的书房里坐着。他听见我来了，但是我知道他照老规矩在一刻钟之内是不会出来的，这样可以让我们有时间先谈一下。我不愿意使安娜·安德烈耶夫娜太烦恼，因此我尽可能地把昨天晚上的事情说得和缓一点儿，但是我把实情告诉她了。叫我吃惊的是，我那老年朋友虽然感到失望，可是当她听到这破裂的可能性，却并不怎样惊骇。

“唉，我亲爱的孩子，这正是我所想的。”她说，“你走了以后，我仔细想过了这件事，我断定这事是不会实现的。我们不配有这样的福气，何况他又是那样一个卑劣的人，从他那里是指望不到什么好事的。他白白地从我们手里拿去一万卢布，这就显出他是怎样的一个人了。他知道这是无缘无故的，但是他还是拿去了。他是在抢夺我们的最后一片面包啊，伊契曼耶夫加田庄是要卖掉了。娜塔莎不相信他，是对的，是有知觉的。可是你知道，我亲爱的孩子，”她放低声音接下去说，“我那可怜的人哪！我那可怜的人哪！他是绝对反对这件亲事的。他说出来了。‘我不愿意。’他说。起初，我以为这是犯傻，不，他就是这样的意思。那么，她会遭遇什么呢？可怜的心肝。他会完全诅咒她了。阿辽沙怎样呢？他说了些什么？”

她接着向我问了很久，照往常一样，我回答一句她就叹息着和呻吟着。后来，我看她似乎完全失去常态了。每一点儿消息都使她烦恼。她对娜塔莎的焦虑是在毁坏着自己的健康和神经哩。

老人穿着睡衣和拖鞋进来了。他说他在发烧，但是却柔情地瞧着他的女人，我在那里的全部时间，他始终像一个看护似的照料着她，注视着她的脸，而且对她好像有点儿畏怯似的。他瞧着她的神情里含着无限的温情。他是担心着她的病，他觉得他如果失掉了她，他会失掉世界上的一切东西。

我陪他们坐了一个小时。当我告辞的时候，他陪我走到过道里，谈起尼丽来。他真的想把她带到家里来填补他女儿娜塔莎的位置。他跟我商量怎样促使安娜·安德烈耶夫娜赞成这个计划。他带着特别的好奇心，询问我关于尼丽的事情，问我有没有找出关于她的什么新的材料。我简单告诉了他。我的故事使他感动。

"我们再谈吧。"他决然地说，"现在……不过还是等我病略微好一点儿，我马上就到你那里去。那时我们再来决定种种事情。"

十二点整，我赶到马斯罗波耶夫的家里。我大为惊愕，我进去碰到的头一个人，就是华尔戈夫斯基公爵。他正在门口穿外套，马斯罗波耶夫殷勤地帮他穿，把手杖递给他。虽然他曾经告诉过我，他跟公爵相熟，但是这次碰头还是叫我极其吃惊的。

华尔戈夫斯基公爵一看见我，似乎变得很不好意思。

"啊，是你呀！"他多少带着点儿热情叫起来，"碰得多巧哇，真想不到呢！但是我刚才听马斯罗波耶夫先生说起他认识你。我高兴，真高兴碰到了你。我正想看你，盼望尽可能早一点儿去拜访你哩。你能答应我吗？我要请求你一件事，帮助我解释一下我们目前的处境。你自然明白，我是指昨天发生的事情……你是一个很熟的朋友，你是明白这全部事情的，你是有力量的……我很抱歉我现在不能留下来……有事务哇！但是这几天里，也许是早一点儿，我将有拜访你的荣幸，不过现在……"

他带着过分的热心握了握我的手，同马斯罗波耶夫交换了一个眼色，就走开了。

"看在老天的面上告诉我吧……"我走进屋子的时候说。

"我不会告诉你什么，"马斯罗波耶夫打断我的话，急急地抓起他的便帽，向门口走去，"我有事情。我还得跑着去，我的朋友。我已经迟啦。"

"怎么？你自己写了条子叫我十二点来的呀。"

"我写了十二点又怎么样呢？那是我昨天写给你的，可是今天人家又给我写了在十二点呢，那样一件事情，我的脑袋都昏啦！他们等着我哩。原谅我，万尼亚，我只能向你提议一件事，叫你消消气，就是说，为了我无缘无故麻烦了你，打我的脑袋吧。你要消气就打吧，不过，看在基督的面上快一点儿吧！别留我啦，我有事，我迟了……"

"我打你的脑袋干吗？你有事情就快去吧，预料不到的事情谁都有的。只是……"

"是的，说到这个'只是'，那让我来告诉你吧。"他打断我说，奔出门口，穿上外衣（我也跟着他穿上了）。"我跟你也有点儿事情，很重要的事情，那就是我约你来的理由，这是直接关系到你和你的利益的。不过现在是没法儿说这个了，看在上帝的面上，答应我今天七点到我这里来吧，别早也别迟。我会在家里的。"

"今天……"我无法决定地说，"唔，老兄，我今晚打算上……"

"现在立刻上你今晚要去的地方吧，亲爱的朋友，今晚还是到我这里来。万尼亚，我要告诉你的事情，你才想象不到呢。"

"可是我说，那是什么事呀？我承认你使我好奇起来了。"这时我们已经走出大门，站在人行道上了。

"那你会来吗？"他固执地问。

"我跟你说过我会来的呀。"

"不行，给我拿名誉来担保。"

"咄！你这家伙！很好，就拿名誉来担保。"

"豪爽，漂亮！你往哪边走？"

"这边。"我指指右边回答说。

"好的，我往这边走。"他说，指指左边，"再会吧，万尼亚。记住，七点。"

"奇怪。"我望着他的后背想。

我本来打算晚上到娜塔莎家里去的。但是现在既然已经答应马斯罗波耶夫了，就决定马上到娜塔莎那里去。我觉得在她那里一定会碰上阿辽沙。果然他在那儿，一看见我进去，大大地高兴起来。

他很愉快，对娜塔莎十分温柔，我一到他简直脸都亮了起来。娜塔莎虽然也想装作快乐的样子，但显然很吃力。她脸色苍白且带着病容，而且睡得很不好。她对阿辽沙表现出过分的温柔。

阿辽沙虽然说了许多话，告诉她各种事情，却显然是想逗她高兴，逗她嘴唇上露出一丝微笑来，那嘴唇仿佛老是在不笑的严肃中似的，他显然避免谈到卡佳或他的父亲。他想调和的努力，明显不曾成功。

"你知道什么吗？他拼命想走开呢。"娜塔莎匆忙地向我低声说，当他出去吩咐玛芙拉什么事的时候。"可是他怕。而我也怕自己叫他走，这么一来，他也许倒故意留下来了。但是我最害怕的，是他会厌倦我，而且会因此完全冷冷地对待我！我该怎么办呢？"

"老天爷，你们把自己弄到怎样一个地步啦！你们彼此都是怎样地猜疑，怎样地戒备呀！干脆向他说明白，了结掉就是了嘛。唉，他对这样的处境会厌倦的呀。"

"怎么办呢？"她惊惶地叫。

"等一下，我来替你安排。"

于是我走到厨房，请玛芙拉把我布满泥泞的套鞋擦干净。

"留心一点儿呀，万尼亚。"她在我背后叫。

我刚走到玛芙拉那里，阿辽沙就朝我奔过来，仿佛在等待我似的。

"伊凡·彼特罗维契，我亲爱的人，我怎么办呢？给我出个主意吧。昨天我答应了卡佳今天这个时候到她那里去。我不能不去。我说不出地爱娜塔莎，我可以为她赴汤蹈火，可你也得承认，我不能把那边的一切全抛弃掉哇……"

"嗯，那么去就是了。"

"可是娜塔莎怎么办呢？你知道我会使她难过的。伊凡·彼特罗维契，替我找一个出路吧……"

"我想你还是去的好。你知道她多么爱你啊，她会想你是不耐烦跟她在一块儿而且是违背你自己的意思而留着的。还是不受羁束好一点儿。跟我来吧。我会帮助你的。"

"亲爱的伊凡·彼特罗维契，你多么仁慈啊！"我们走回去，隔了一分钟我对他说："我刚才看到你的父亲了。"

"在哪里？"他吓了一跳。

"在街上，偶然碰到的。他站住跟我谈了一分钟，又要求跟我多来往。他问起你，问我知道不知道你现在在哪里。他急着想找你，要告诉你一些什么呢。"

"啊，阿辽沙，你还是去看他吧。"娜塔莎插嘴说，知道我要把话题引到什么上面。

"可是我现在到哪里去看他呢？他在家里吗？"

"不，我记得他说要到伯爵夫人那里去的。"

"那么我怎么办呢？"阿辽沙天真地问，可怜地望望娜塔莎。

"嗯，阿辽沙，怎么了？"她说，"你当真打算要抛弃那个相识

259

来安我的心吗？嗯，那简直是孩子气呀。首先，这是不可能的；其次，这对卡佳是忘恩负义的。你们是朋友——不可能就这样鲁莽地断绝关系的。如果你以为我是那么妒忌，这到以后会惹我生气的。马上去吧，去，我求你，去满足你的爸爸吧。"

"娜塔莎，你是一个安琪儿，我是够不上你一个小手指头的。"阿辽沙狂喜地和悔恨地叫，"你是那么仁慈，而我……我，嗯，让我告诉你，我刚才还在厨房里请求伊凡·彼特罗维契帮助我离开呢。而这是他的计划呢。可是别责备我，娜塔莎，我的天使！我完全不该受责备的，因为我对你的爱，要比对世界上任何东西都超过一千倍，因此我想了一个新计划——去告诉卡佳一切，向她描述我们现在的处境，告诉她昨天这里发生的一切。她会想出一些办法来救我们的，她是全心全意对我们忠诚的……"

"好，去吧，"娜塔莎微笑着说，"我要告诉你，我自己是很急于要跟卡佳认识的。我们怎么来安排一下呢？"

阿辽沙的热情是超越一切的。他立刻开始计划一次会面。在他想来，这是极简单的，卡佳会想出办法来的。他热情地、兴奋地扩展他的意思。他答应今天就带一个回音来，就在两个小时之内，并且今天晚上还要跟娜塔莎在一起呢。

"你当真来吗？"娜塔莎让他出去的时候问。

"你能怀疑这个吗？再见了，娜塔莎，再见了，我的亲亲，我永久的爱人。再见了，万尼亚，啊，我无意中叫你万尼亚了。听吧，伊凡·彼特罗维契，我爱你。让我叫你万尼亚吧。让我们抛开那套礼节吧。"

"好的，让我们这样吧。"

"感谢上帝！我心里想过一百次了，可是我总不大敢说出来。伊凡·彼特罗维契！唉，我又叫这个了。你知道，一下子叫万尼亚是那么困难。我想起，托尔斯泰曾经在什么书上描写过这个：有两个人约好大家叫昵称，可是都做不到，只好什么名字都不叫了。啊，娜塔莎，让我们一块儿读《童年·少年·青年》①吧。这是那样好哇。"

"喂，去吧，去吧。"娜塔莎笑着撵他走，"你是高兴得乱吹啦……"

"再见。两个小时之内我就来陪你。"他吻了她的手，匆匆走了。

"你瞧，你瞧，万尼亚。"她说着，眼泪模糊了双眼。

我陪着她留了两个小时，竭力安慰她，使她安下心来。自然，她对一切事情的所有疑惧都是对的。我一想到她目前的处境，我的心就痛苦地揪紧。我有点儿担心，但是我有什么办法呢？

阿辽沙在我看来也有点儿奇怪。他爱她并不比以前少，真的，他的情感由于悔恨和感激也许比以前更强烈、更锐利了。

但同时他新的爱情却又牢固地占据了他的心。这将导致怎样的结局是不可预见的。我很想去看看卡佳。我再一次答应娜塔莎，说我会去认识她。

娜塔莎到后来似乎差不多愉快起来了。在说话中我告诉她关于尼丽，关于马斯罗波耶夫和布勃诺夫夫人，关于今天早晨我在马斯罗波耶夫家里碰到华尔戈夫斯基公爵，以及马斯罗波耶夫约我今晚七点去他家的一切事情。这一切都使她感兴趣。我讲了一点点关于她的父母的事情，但是我没提起最近她父亲去看我，他想要跟公爵决斗的计划会把她吓死的。她也觉得非常奇怪，公爵会跟马斯罗波耶夫有什么来往，而且他又表示那样一种要跟我做朋友的意愿，虽然这多少可以用目前的形势来解释……

三点的时候，我回到家里。尼丽带着她明朗的小脸来迎接我。

---

① 《童年·少年·青年》是托尔斯泰的长篇小说。

第六章

七点整，我到了马斯罗波耶夫的家里。他用大声欢呼和张开臂膀来欢迎我。不消说，他是喝得半醉了。但是最使我吃惊的是，为了我去拜访而特地备下了一些异常丰盛的东西。这显然是在等候着我。小圆桌上铺着一块好看且奢侈的台布，上面放着一只沸腾着的精致的黄铜茶炊。茶桌上一些水晶的、银质的和白瓷的器皿闪着亮光。在另外一张桌子上，铺着一种不同的、却一样华丽的台布，放着几盘上等的糖果，基辅的干湿蜜饯、果酱、果子冻，法国的蜜饯、橘子、苹果和三四种干果，实在是堪比一家糖果店了。在第三张桌子上，铺着一块雪白的台布，那上面是各色各样的美味——鱼子酱、干酪、馅儿饼、香肠、熏火腿、鱼和一排精致的玻璃盛酒器，装着许多种类的和颜色极其迷人的酒——绿色的、红玉色的、紫红色的和金黄色的。最后，在那一边，一张小桌子上——也铺着一块白台布——放着两瓶香槟。在沙发前面的桌子上，有三只瓶子，盛着白葡萄酒、拉飞脱酒和康耐克酒，都是从爱立赛耶夫铺子里买来的极名贵的酒。亚历山特拉·西苗诺芙娜坐在茶桌旁边，虽然她的服装和打扮都很朴素，却显然都是经过考虑和研究的，结果确实很成功。她知道她穿什么合适，而且显然对这感到骄傲。她站起来，带着几分礼节来迎接我。她那鲜艳的小脸因为快乐和满意在发光。马斯罗波耶夫跋拉着华贵的中国拖鞋，穿着奢侈的睡衣和精致洁净的衬衫。衬衫上面凡是可以装上扣子的地方，都装上了时髦的活扣和纽扣。他的头发搽过油膏，照时髦的偏分样子梳了开来。

我是那样吃惊，在房间中呆住了，张着嘴巴，先望望马斯罗波耶夫，又望望亚历山特拉·西苗诺芙娜，她处在一种快乐的满足状态中。

"这是什么意思呀，马斯罗波耶夫？你们今晚有宴会吗？"我带着几分不安喊道。

"不，只有你一个人！"他庄重地回答道。

"可是这在干什么呀？"我问（指着那些美味），"怎么，你们备了够一团兵马吃的东西哩！"

"并且还够喝哩！你忘记主要的东西——酒了！"马斯罗波耶夫补充说。

"而这都是为了我弄的吗？"

"也是为了亚历山特拉·西苗诺芙娜呀。她高兴搞这些东西。"

"哼，果然不错。我早知道会是怎么样的。"亚历山特拉·西苗诺芙娜红着脸喊，虽然她看来正满意呢，"不是说我不会好好招待客人，现在又怪我不对啦。"

"你相信吗？一清早她听说你今晚要来，她就忙起来哩，她苦闷着呢……"

"这是鬼话！并不是今天清早，是昨天晚上。你昨夜回来，告诉我这位先生要来消夜。"

"你误会我了。"

"一点儿也不。这是你自己说的。我从不撒谎，而且我为什么不该欢迎一位客人呢？我们一天一天过着，虽然有着许多东西，却没有一个人来看望我们。也让我们的朋友瞧瞧，我们跟人家同样知道

263

怎样过活呀。"

"尤其是，瞧瞧你是怎样一个好主妇和管家太太呀。"马斯罗波耶夫补充说，"你猜猜看，我的朋友，我也得到一些什么呢。她给我硬套上一件麻纱衬衫，安上扣子——又是拖鞋，中国式睡衣——她亲自替我梳头发，替我搽上香橙油，还替我洒上香水，可是这个我受不住啦。我反抗起来，坚持着我做丈夫的权威。"

"那不是香橙油。那是最好的法国美发膏，是从一只描花的瓷瓶里取出来的呀。"亚历山特拉·西苗诺芙娜驳斥说，动起气来，"你评评看，伊凡·彼特罗维契，他从不让我去看戏或去跳舞，他只是给我衣服，我要衣服干吗呀？我穿上这些衣服，独自在房间里走来走去。有一天，我把他说服了，我们都准备上戏园子去了。可是我刚一转身扣上我的胸针，他就跑到酒柜前面，一杯又一杯地喝起来，直到喝醉了。我们就是这样待在家里。没有一个人来看望我们。只有早晨，有一种什么人为些事务到这里来，而我又是被支开了。可是我们却有茶炊，有餐具跟上好的杯子——我们有各种各样的东西，全是人家送的礼物。他们还送我们吃的东西呢，我们除了酒，很少买什么东西的，就是那美发膏和那里的一些美味，那馅儿饼、火腿和糖果是我们为你买的。只盼望有谁来瞧瞧我们怎样过活就是了！我想过整整一年：如果有一位客人，一位真正的客人愿意来，我们可以让他瞧瞧这一切，并款待他一番。于是人家会赞美这些东西，我们也就高兴了。要说到我替他搽美发膏，这蠢家伙，他是不配的。他老是穿着肮脏的衣服跑出去。瞧，他穿着的睡衣多好。这是一件礼物。可是他配穿这样一件睡衣吗？他首先是要喝酒的。你瞧着吧。他会在喝茶以前先请你喝伏特加呢。"

"哈！这话倒有理！让我们先来喝一些银封的和一些金封的，万尼亚，等精神爽快了，我们再来喝其他的饮料吧。"

"瞧，我早就知道会是这样的！"

"别着急，沙省加。我们也会喝一杯茶的，在里面加点儿白兰地，祝你健康吧。"

"哼，得啦！"她绞着手叫起来，"这是沙漠商人带来的茶叶呢，要六卢布一磅呢，还是前天一个商人送我们的，而他却要加点儿白兰地来喝呢。别听他的，伊凡·彼特罗维契，我来替你倒一杯。你会知道……你自己会知道这是什么样的茶哩！"

于是她在茶炊前面忙碌起来。

我看出，他们是打算把我留一晚上了。亚历山特拉·西苗诺芙娜盼望客人已经盼望了一年，而现在就在我身上发泄了。可是这对我一点儿也不合适呀。

"听着，马斯罗波耶夫，"我坐了下来说，"我并不是来做客的。我是有事情来的，你自己请我来，说要告诉我什么事情呀……"

"嗯，事情归事情，但是照样有时间谈谈知心话呀。"

"不，我的朋友，别指望我吧。到了八点半我就要告辞了。我有一个约会呢。那是约定了的。"

"没有那回事吧。天哪，就这样对待我吗！就这样对待亚历山特拉·西苗诺芙娜吗！瞧瞧她吧，她发呆啦。她替我搽上美发膏是为的什么呀，我干吗要搽这香橙油哇。想想看哪！"

"你就光会开玩笑，马斯罗波耶夫。我可以对亚历山特拉·西苗诺芙娜发誓，下个星期我一定来陪你们吃饭。要是你们高兴，就在下个星期五。可是现在，我的朋友，我已经说过了，或者说得更确定一点儿，我是有绝对必要到一个地方去的。你还是说明你要告诉我什么吧。"

"那么你当真只能坐到八点半就要走吗？"亚历山特拉·西苗诺芙娜用一种怯怯的和悲哀的声音喊起来，当她递给我一杯好茶的时候，她几乎要哭出来了。

"别难受，沙省加，那全是瞎说！"马斯罗波耶夫插嘴说，"他会留下的。那是瞎说。可是我要告诉你，万尼亚，你最好让我知道，你常常到什么地方去。你在干些什么事？我可以知道？你每天都要跑到什么地方去。你不曾工作……"

"但是你为什么要知道呢？我以后也许会告诉你的。最好还是你来说明，为什么昨天你去看我，我告诉过你那时候我是不会在家的呀。"

"我后来才记起来。但是当时我可忘记了。我当真要跟你谈些事情。不过我先得安慰亚历山特拉·西苗诺芙娜一下。'这儿，'她说，'一个人，一位朋友已经到来了。为什么不请请他呢？'而且她已经为了你闹了我四天啦。不消说，为了那香橙油，他们会在来世赦免我四十种罪过的，可是我想，他为什么不应该照友谊的态度跟我消磨一个黄昏呢？因此我就略施小计，写条子告诉你，说我有那样的事情，如果你不来就要把我们的计划全部打乱啦。"

我恳求他以后别再做这样的事情，直接告诉我就得了。但是这样解释完全没有使我满足。

"好吧，可是今天早晨你逃开我又是为什么呢？"我问。

"今天早上我真是有事情。我一点儿也不撒谎。"

"不是跟那公爵有事情吧？"

"你喜欢我们的茶吗？"亚历山特拉·西苗诺芙娜带着温柔的声调问。她已经等了五分钟，要我称赞她的茶，可是我却不曾想到呢。

"好极了，亚历山特拉·西苗诺芙娜，顶呱呱的。我从来不曾喝过这样的东西呢。"

亚历山特拉·西苗诺芙娜满意得脸都发红了，飞奔过来又替我倒上一点儿。

"那公爵！"马斯罗波耶夫叫，"那公爵！我的朋友，那公爵是个流氓，是个浑蛋，像……哼！我可以告诉你，我自己虽然也是个流氓，可是单就守本分这一点来说，叫我做他，我才不愿意哩。但是够了，别再扯啦！关于他的事情，我所能告诉你的，就是这些了。"

"可是我百忙之中跑来找你，就是要问问关于他的事情呀。不过这往后再谈吧。昨天我不在家，你为什么给叶列娜糖果吃，又跳舞给她看呢？而且你跟她谈了些什么，能谈上一个半小时！"

"叶列娜是个十二岁，或许还只有十一岁的小姑娘，目前住在伊凡·彼特罗维契家里。"马斯罗波耶夫突然向亚历山特拉·西苗诺芙娜叫起来，"瞧，万尼亚，瞧。"他指指她接着说，"她一听说我送糖果给一个不认识的姑娘，脸就红得多么厉害呀。她可不是吓了一跳，脸都红了，好像我们向她放了一枪似的吗？我说，她的眼睛好像煤火在烧着似的发光呢！这没有用，亚历山特拉·西苗诺芙娜，要想掩饰是没有用的。她是在吃醋哩。如果我没有解释清楚那是个十一岁的小孩子，她就会揪我的头发啦，香橙油也救不了我呀！"

"就这样也救不了你呀！"

亚历山特拉·西苗诺芙娜说着这话，就从茶桌后面一蹦，冲过去，马斯罗波耶夫还来不及保护他的脑袋，她早把他的头发一把抓住了，好好地扯了他一下。

"瞧吧！瞧吧！你敢在一个客人面前说我吃醋！你敢！你敢！你敢！"

她满脸通红了，虽然她在笑着，马斯罗波耶夫也有点儿急了。

"他专会说各种不要脸的事情呢。"她转向我，严肃地补了一句。

"万尼亚，你瞧，我过的就是这种生活！这就是为什么我必须喝伏特加呀。"马斯罗波耶夫理了理他的头发，几乎是一个箭步就蹿到玻璃酒瓶前面去了。可是亚历山特拉·西苗诺芙娜比他还抢先。她蹦到桌子旁边，亲手倒出一杯，递给他，甚至还亲昵地拍了拍他的脸颊。马斯罗波耶夫向我眨眨眼，咂了咂舌头，然后得意地把杯子里的酒喝光了。

"讲到那糖果，这说起来怪费事，"他说，在我旁边的沙发上坐下来，"有一天，我喝醉了，我在一家水果店里买了这些糖果，我也不知道为什么。也许是为了支持家庭工业和制造商吧，我不大能确定。我只记得，我喝醉了酒，沿着街走，跌到泥浆里了。我抓着头发，动弹不得，哭了起来。自然我就把那些糖果忘掉了，它们就一直留在我的口袋里，直到昨天我坐到你的沙发上，屁股坐着它们才记起来。跳舞也是属于喝醉酒的问题。昨天我喝得相当醉了，我一喝醉酒，满足于我的命运的时候，我有时会跳起舞来。就是这么一回事罢了。此外，也许是那小孤女惹起我的怜悯，再则她不肯跟我说话，她似乎很生气，因此我跳舞来逗她高兴，给她水果糖吃。"

"你可是想诱惑她，想从她身上得到一些什么吧？老老实实承认吧。你可是知道我不会在家，故意跑去跟她密谈，想从她身上得到一些什么吗？你瞧，我知道，你跟她在一起有一个半小时，说你认识她死去的母亲，而且盘问了她一些什么。"

马斯罗波耶夫眯起一双眼睛，狡猾地大笑起来。

"嗯，这不会是个坏主意吧。"他说，"不，万尼亚，不是那样的。真的，假如有机会，我为什么不该盘问她呢？不过不是那么回事。听着，老朋友，虽然现在我说的是怀着恶意。"

"那么，不怀恶意呢？"

"嗯……不怀恶意也不会骗你的。算了吧，让我们喝点儿酒，再来谈事情吧。这并不是什么重要的事情。"他喝了一口酒继续说下去，"就是那个叫布勃诺夫夫人的女人并没有权利收养那个女孩子。我已经调查过这一切了。其中并没有什么收作养女这一类的事情。那做母亲的欠了她钱，于是她就把那孩子占为己有了。那布勃诺夫夫人虽然是个刁诈的老鸨和淫恶的道德败坏者，却是个愚蠢的女人。那死掉的女人有一张很好的护照，因此一切事情都不成问题。叶列娜可以跟你住在一起，然而最好是有位带家眷的仁人君子能够好好地收留她和抚养她。不过目前就让她跟你住在一起吧。那很妥当。我会替你安排一切。布勃诺夫夫人绝不敢动一根指头的。关于叶列娜的母亲，我很少查出什么确定的事情。她是一个叫作沙尔兹曼的女人。"

"是的，尼丽这样告诉过我。"

"那么，事情就是这样讲完了。喂，万尼亚，"他带着一定的郑重神气说，"我要求你帮我一个大忙，请你答应我。尽可能详详细细地告诉我，你究竟在忙些什么，你是在往什么地方跑，你有时整天地消磨在什么地方。我虽然听说了一些，但我要知道得更详细一些。"

那种郑重的神气叫我吃惊，甚至叫我不安起来。

"可是，这是怎么一回事？你干吗要知道呢？你问得那样郑重其事。"

"唉，万尼亚，别废话了，我要替你效一次劳呢。你瞧，我亲爱的朋友，如果我不是坦白地对待你，我不会这样郑重其事地来向你盘问这一切的。可是你在怀疑我对你不坦白——就是刚才，那些水果糖，我懂的。但是我既然这样严肃地说话，你可以相信我所考虑的并不是我的利害关系而是你的利害关系呀。所以别再有什么怀疑了，就把全部真实情形说出来吧。"

"但是效什么劳呢？听着，马斯罗波耶夫，你干吗不肯告诉我关于公爵的任何事情呢？这是我想知道的。这就是帮了我的忙啊。"

"关于公爵吗？哼，很好，我会坦白地告诉你的。我现在要问你关于公爵的事情。"

"怎么了？"

"我会告诉你的。我已经注意到，我的朋友，他似乎有点儿牵涉到你的事情，譬如，他向我打听过你。他怎样知道我们彼此认识，这不是你的事情。唯一有关的，就是你要防范着这个人。他是一个奸诈的犹大，而且比犹大更卑劣哩。所以，我一看到他牵涉到你的事情，就替你发抖呢。但是，自然，我对这件事一点儿也不知道，这就是为什么我要求你告诉我，那使我可以判断……而这也就是为什么我今天请你到这儿来。这就是我所说的重要的事情。我坦白地告诉你了。"

"你无论如何总得告诉我一些什么呀，就单单告诉我为什么我要怕公爵也好。"

"很好，就这样吧。我的朋友，我有时是受人家雇用去承办某些事务的。但是有些人能够信任我，就是因为我不是一个话匣子。你自己评评看，我该不该讲给你听呢？所以假如我只是概括地说，事实上是很概括的，只说明他是怎样一个流氓，那你可别介意。好吧，先说你的故事吧。"

我认为，对马斯罗波耶夫确实是无须掩饰我的事情的。

娜塔莎的事情也不是一个秘密，而且我也许可以指望从马斯罗波耶夫那里为她找到一些帮助。自然，在我叙述中，我尽量略掉某些地方。马斯罗波耶夫对于和华尔戈夫斯基公爵有关的一切地方，都特别留心地听，他在好些地方打断了我，关于某几点他再三地问我，因此到最后，我相当详细地把故事告诉他了。这次叙述足足用了半个小时。

"嘿！这姑娘是有头脑的，"马斯罗波耶夫评价说，"如果她对那公爵不曾猜得十分准确，一开始就认定她所对付的是一种什么人，而跟他断了一切关系，这无论如何是件好的事情。勇敢哪，娜塔里雅·尼古拉耶夫娜！我举杯祝她健康。"（他喝了一口酒）"这不单是靠头脑，还得靠她的心，那使她没有受骗。她的心不曾引错了她。她的斗争自然是失败了。公爵会有办法，而阿辽沙会抛弃她的。我只是替伊赫曼涅夫家难受——付了一万给那个流氓。唉，谁替他打的官司，谁替他代理的呀？我敢打赌是他亲自料理的！嘻嘻！正和那些尊贵的高尚的人一样！他们实在是什么事情也办不来！那不是对付公爵的办法呀。我已经替伊赫曼涅夫找到一个很好的小律师了，嘻嘻！"

他烦闷地在桌子上敲着手指头。

"好吧，现在谈谈华尔戈夫斯基公爵吧。"

"唉，你还是缠着要说公爵。但是关于他，我能说些什么呢？我抱歉我做了这样的提议，万尼亚，我只是要警告你留心那个骗子，就是说，避免受他的影响。谁跟他接触都不会平安无事的。所以睁着你的眼睛就是了。而你却在猜想，以为我有什么巴黎之谜要向你泄露哩。人家一看就知道你是一个小说家。嗯，关于那恶棍，我告诉你一些什么呢？恶棍就是恶棍罢了……嗯，举例说吧，我要告诉你一个小故事，自然，地名、城市或人物是不必举出的，也就是说，无须提及的。你知道，当他年纪很轻的时候，靠着他的官俸过活，他娶了一个极有钱的商人的女儿。嗯，他并不很有礼貌地去对待那小姐，虽然我们现在并不是来讨论她的问题，我可以顺便说一下，万尼亚老朋友，就是他一生之中特别喜欢从这类事情中获取利益。这儿又是一个例子。他跑到国外去了。在那里……"

"停一下，马斯罗波耶夫，你说的是到哪一国去旅行？在哪一年？"

"正在九十九年零三个月以前①。嗯，他勾引了某个父亲的女儿，

---

① 马斯罗波耶夫下面的一段话，是借着隐喻说的。所以年代、人名、地方都故意乱扯，说成一个荒诞不经的故事。

把她带到巴黎去了。这就是他干的！那父亲好像是个什么厂主，不然就是某个公司的股东吧。我知道得不大确切。我所告诉你的都是从我的猜测以及从其他事实中推断出来的。嗯，那公爵欺骗了他，自己也钻到他的事业中去。他完全把他骗了，把他的钱全弄到了自己手里。那老人自然有些合法的文件可以证明那钱是公爵从他手里弄去的。那公爵不肯把钱还他，用俄国话说得坦白点儿，就是要偷他的钱。那老人有个女儿，是个美人儿，她有个心目中的爱人，是席勒同志会的会员，一个诗人，同时是个商人，一个青年梦想家，总之，是一个地道的德国人，一个叫菲菲尔枯金的。"

"你是说，菲菲尔枯金是他的姓吗？"

"嗯，也许不是叫菲菲尔枯金吧，该死的家伙，他是不相干的。但是公爵勾搭上了那个女儿，他那么成功，使她疯狂地跟他恋爱起来。那时公爵要两件东西：第一件要得到那女儿，第二件要弄到那些牵涉他骗了老人的钱的文件。那老人的一切钥匙都是交给他女儿保管的。老人异常喜欢他的女儿，喜欢得不肯让她嫁人。是的，当真是那样。他妒忌她的每一个情人，他不想和她分开，于是他把菲菲尔枯金赶出去了。他，那父亲，是一个怪物，是个英国人……"

"一个英国人？但是这一切发生在什么地方呢？"

"我只是叫他一个英国人，这是打比方的话呀，而你却又来插嘴啦。这事发生在珊塔一费一达一波高塔市^①，或者是在克拉哥，但是更像是在纳萨王国，好像这汽水瓶上的标签写的一样，确实，这是在纳萨。这样你满足了吧？嗯，那公爵就这样把那姑娘勾搭上了，把她从她父亲那里带走了，而且引诱那姑娘把那些文件偷出来带走了。你知道，万尼亚，像这样的恋爱事件是常有的。唉！上帝饶恕

---

① 此处是马斯罗波耶夫杜撰的地名。

我们吧！她是一个诚实的姑娘，你知道，尊贵且高尚。这倒是真的，她似乎并不怎么知道那些文件的内容。唯一叫她烦心的事，就是怕她父亲会诅咒她。这时公爵也有办法应付，他给了她一张正式的、合法的书面婚约。这样一来，就说服了她：他们只是暂时地到外国去走一趟，做一次假期旅行，等老人家的怒气平息了，他们就回来结婚，以后他们三个人将快乐地生活下去，等等。她跑掉了，那老人诅咒了她而且破产了。那个弗劳恩米尔契追着她到了巴黎，他抛弃了一切，甚至抛弃了他的事业，他是非常爱她的。"

"停一下，弗劳恩米尔契是谁呀？"

"怎么，那个家伙呀！费尔巴赫，不是吗？天杀的，就是菲菲尔枯金哪！嗯，自然，那公爵是不会跟她结婚的：那些赫莱斯托夫伯爵夫人①会怎么说呢？那些斯罗普男爵②又将如何想呢？他就是这样欺骗了她。他太残酷地欺骗她了。首先，他殴打她；其次，他故意请菲菲尔枯金来拜访他们。唔，他就常常去看他们，而且成为她的朋友了。他们两个会一晚上一晚上地单独待在一起，在一块儿呜咽，悲泣他们的不幸，而他就来安慰她。他们实在是可爱的、纯洁的人儿呀！公爵是故意这样摆布的。有一次，他在深夜发现他们，就借口说他们通奸，并且说是他亲眼看见的。哼，他把他们两个都赶出了屋子，自己暂时跑到伦敦去了。那时她快要生孩子了，他把她赶出去以后，她生了一个女孩，不，不是女孩是男孩，当真，一个小男孩，名叫伏罗特加。菲菲尔枯金就做他的教父。嗯，她就这样跟菲菲尔枯金一同走了。他略微有一点儿钱。她游历了瑞士和意大利，自然是极惬意地游历了一切有诗意的地方。她老是哭泣，菲菲尔枯金也啜泣着，许多年就这样过去了，那婴孩也长成一个

---

① 赫莱斯托夫伯爵夫人是指那些过分关心礼法的道学先生。

② 斯罗普男爵的意思等于警察老爷。

小姑娘了。那公爵一切事情都做得很妥当，只有一件事他做错了，他不曾把那张婚约拿回来。'你是一个卑劣的人。'她跟他分开的时候对他说过，'你劫掠了我，你侮辱了我，现在你又把我抛弃了。再见吧。可是我不会把婚约还给你的。并不是因为我还想跟你结婚，而是因为你害怕这个文件。所以我要永远把它抓在手里。'她实在是忍不住了，可是公爵却满不在乎。这种流氓对付那些所谓的高尚君子总是得手的。他们是那样清高，很容易受骗，而且他们可以打官司却总不去打，却爱把自己永远不变地拘囿在尊贵和清高的蔑视中。譬如那年轻的母亲吧，她虽然保留着那张婚约，却老躲避在高傲的蔑视之中。那公爵自然知道，她宁愿上吊死了，也不愿利用这婚约，因此，他暂时觉得很泰然。她虽然当面唾骂了他，却把伏罗特加带在自己身边。她如果死了，那孩子将会怎样呢？可是她不曾想到这点。勃鲁特尔希夫脱只是鼓励她，也不曾想到这点。他们读着席勒的作品。最后勃鲁特尔希夫脱害了什么病，死掉了……"

"你是说菲菲尔枯金吗？"

"自然啰——该死的！而她……"

"慢着，他们一共旅行了多少年？"

"整整两百年。嗯，她又回到克拉哥来。她父亲不肯收留她，诅咒了她。她死掉了，公爵高兴得在自己身上画起十字来。我那时也在那边，喝了不少的酒，我们的耳朵里充满了甜蜜，我们的嘴巴急于要吃，他们给我轻轻一拍，我就给他们暗中逃脱……让我们喝酒吧，万尼亚兄弟。"

"我疑心你是在这件事情上帮他的忙吧，马斯罗波耶夫。"

"你会这样疑心吗？你会吗？"

"我只是不明白，在这件事情上，你有什么可做的。"

"怎么，你瞧，当她离开十年以后，换了另外一个名字回到玛德里来了。那时这一切就都得探查明白了，而且还有关于勃鲁特尔希夫脱，关于那老人，关于那孩子，以及她究竟是否死了，她究竟是否还有什么文件等事情都得追究一下呀。此外还有一些别的事情。他是一个可怕的人呢，你要当心点儿，万尼亚，至于对我马斯罗波耶夫，你要记住一件事情：别让什么事情使你叫他是浑蛋。他虽然是一个浑蛋（在我想来，没有一个人不是浑蛋），但是对待你他却不是一个浑蛋。我喝得很醉了，可是听我说。要是以后，或早或晚，现在或明年，你以为马斯罗波耶夫在欺瞒你了（请别忘记'欺瞒'这个词），那请你放心，这是不怀恶意的。马斯罗波耶夫在保护着你呢。所以别相信你自己的疑心了，到马斯罗波耶夫家里来走走，像朋友一样对他直说好了。好吧，你还要再喝一杯吗？"

"不。"

"要吃点儿什么东西吗？"

"不，朋友，原谅我……"

"那么好，你就走吧。现在已经八点四十五了，你很急。你该走了。"

"哼，还要说什么呢？他自己喝醉了，却撵起客人来啦。他老是这样的。嘿，你这不要脸的家伙！"亚历山特拉·西苗诺芙娜叫道，几乎哭出来了。

"跑腿的人是配不上骑马的人的。亚历山特拉·西苗诺芙娜，咱们两口子留着彼此崇拜崇拜算了。这是一位将军哪！不，万尼亚，我撒谎哩，你不是一位将军，而我却是一个浑蛋呢！你瞧瞧我现在是什么样子呀！我在你旁边算是什么东西呢？原谅我吧，万尼亚，别指责我，让我倾吐……"

他抱住我，突然流起眼泪来了。我准备走开。

"天爷呀！我们替你备下晚饭呢！"亚历山特拉·西苗诺芙娜带着可怕的烦恼叫了起来，"你星期五会来吗？"

“我会来的，亚历山特拉·西苗诺芙娜。我发誓会来的。”

“你也许瞧不起他吧，因为他是那样一个……醉鬼。别瞧不起他吧，伊凡·彼特罗维契！他是一个好心人哪，那样一个好心人哪，他是多么爱你呀。他日日夜夜对我讲你，不讲别的，就专讲你。他为了我特地去买了你的书，可是我还不曾读呢。我明天就要开始读了。你一来我多高兴啊！我从未见过什么人。从来没有什么人来跟我们一起坐坐。我们要什么东西都有，就是我们老是孤零零的。你讲话的时候，我一直坐着听呢，那多好哇……那么星期五再见吧。”

第七章

我出来，急忙赶回家去。马斯罗波耶夫的话给我留下了很深的印象。各种念头都在我心里涌了起来……好像命该如此似的，家里又有一件意外的事情在等着我，那像触电似的叫我惊跳起来。

在我住的房子大门的正对面，矗立着一盏街灯。我刚走到门道上，街灯底下就冲出一个奇怪的人影来，那样奇怪，我喊了起来。这是一个活东西，吓得要死的，震颤的，半疯的，它尖叫了一声，抓住我的手。我吓得怔住了。这是尼丽呀。

"尼丽，怎么啦？"我叫起来，"怎么一回事呀？"

"那儿，楼上……他在我们……房里。"

"那是谁？来吧，跟我来吧。"

"我不，我不。我等到……在这过道里，等他走了……我不。"

我心里怀着一种奇怪的预感回到我的房间，打开门，看见华尔戈夫斯基公爵。他坐在桌子旁边读我的小说呢。至少那书是翻开的。

"伊凡·彼特罗维契。"他欣然地喊，"我真高兴，你终究回来了。我正打算走哩。我已经等了你一个多小时了。为了伯爵夫人热烈和特殊的期望，我答应今晚带你去看她。她那样恳求我，她是那样焦急地想认识你呢。因为你曾经答应过我，我想我可以趁你还不曾出去之前早一点儿来看你，请你同我一块儿去。想想看我多倒霉。我一来，你的用人就告诉我你不在家。我怎么办呢？我已经答应带你去啦。所以我就坐下来等你，决心等你一刻钟。这一刻钟可长哩！我打开你的小说读着，把时间都忘记了。伊凡·彼特罗维契！这是一本杰作呀！他们对你的评价还不够呢！你已经引得我掉眼泪啦，你知道吗？是的，我哭了，我可是不常哭的呀。"

"那么你要我去吗？我得承认，现在……并不是我反对，但是……"

"看在上帝的面上，让我们去吧！你是怎样对待我啊！唉，我已经等了你一个半小时呢……再者我是那样想跟你谈谈。你知道是谈什么。你比我更了解这整个事情呢……也许我们会决定一些什么，得到某种结论。只想一想这个吧！看在上帝的面上，别拒绝吧。"

我想，我迟早要去的。娜塔莎现在自然是孤寂的，需要我去，但是她自己也叫我尽可能早一点儿去认识卡佳。再则，阿辽沙大概也在那边。我知道，我没有把卡佳的消息带给娜塔莎之前，她是不会满意的，于是我就决定去了。可是我却替尼丽担忧。

"等一下。"我对公爵说，走到楼梯上去。尼丽在那儿一个黑角落里站着。

"你为什么不进来呀，尼丽？他做了些什么？他跟你说了一些什么？"

"没有什么……我不要进来，我不要……"她重复说，"我怕。"

我竭力劝慰她，可是没有什么用。我跟她商量好，等我跟公爵一出去，她就立刻回去把自己锁在里面。

"别让任何人进来，尼丽，不管人家怎样劝你。"

"可是你同他一起去吗？"

"是的。"

她抖了起来，紧抓着我的臂膀，似乎求我不要去，不过她却没有说出一句话来。我决定等明天再仔细盘问她。

我向公爵道了一声歉，开始换衣服。他向我保证，无须换衣服，去看伯爵夫人是无须打扮的。

"也许稍微打扮一下就得了。"他补了一句，从头到脚地审视我，"你知道……这些习俗的成见……完全去掉是不可能的。我们的社会要经过很长的时期才会达到那样理想的境地。"他下结论说，很满意看见我有一件晚礼服。

我们走出去。但是我留他在扶梯上，又回到房里来，尼丽已经溜进来了，我再来向她说次再会。她激动极了。她脸上毫无血色。我替她担忧，我真不愿意离开她呀。

"你那女仆真是古怪。"我们下楼梯的时候公爵说，"我猜想那小女孩是你的女仆吧？"

"不……她……是暂时跟我住在一起的。"

"古怪的小女孩子。我断定她是疯的。你想吧，一上来她很文气地回答我，但是后来她一看见我，就向我冲过来，喊着，抖着，抓住我……想说些什么又说不出来。我承认我是被吓着了。我想逃开，天可怜见，她却自己逃走了。我吓愣住了。你打算怎样和她过下去呢？"

"她是患癫痫的。"我回答说。

"啊，那就是了！嗯，那么，这就不奇怪了……她如果是发病的话。"

我突然想起昨天马斯罗波耶夫明知道我不在家还来看我，今天早晨我去看马斯罗波耶夫，马斯罗波耶夫在醉后违反他的本意而告诉我的故事，他再三请我今晚七点到他家里去，他劝我不要相信他会隐瞒我，以及最后那公爵等了我一个半小时，那时也许他明知我是在马斯罗波耶夫家里的，而尼丽又在那时逃开他奔到街上去，这一切事情多少都是有点儿关联的。我要好好想一想了。

华尔戈夫斯基公爵的马车在大门口等着。我们一坐进去就开走了。

第八章

　　我们到屠高伏亥桥并不很远。最初一分钟里我们都沉默着。我一直在想，他将怎样开头来说话。我猜想他会试探我，打量我，考验我。可是他并不拐弯抹角，而是单刀直入地说起来了。

　　"我有一件事情觉得很不安，伊凡·彼特罗维契，"他说，"我首先要跟你谈这件事，而且要向你请教。我前些日子决心放弃我打官司赢来的东西，想把那争执着的一万卢布还给伊赫曼涅夫。我怎样去办这件事呢？"

　　"你不会当真不知道怎么办吧？"我心里闪过这样的念头，"你这不是在跟我开玩笑吗？"

　　"我不知道，公爵，"我尽可能简单地回答说，"在别的事情上，就是说，同娜塔里雅·尼古拉耶夫娜有关的各种事情上，我准备告诉你一些对你和对我们也许都有益的话，可是对这件事情，你当然比我知道得更清楚。"

　　"不，不，我知道得并不清楚，当然不清楚。你熟悉他们，而且娜塔里雅·尼古拉耶夫娜也许不止一次把她对这个问题的意见告诉过你了。她这些意见会是我的指导原则。你可以帮我很大的忙。这是一件极其困难的事情。我准备做一次让步。我甚至已经决定做一次让步，不管别的事情结局如何，你懂吗？可是怎样和用什么方式

281

来让步呢？这是一个问题。那老头儿是傲慢且固执的。他很可能因为我的好心反过来侮辱我，把钱抛到我的脸上。"

"可是，请原谅我。你对这笔钱是何看法呢？看作是你自己的还是他的呢？"

"我赢了官司，所以这笔钱是我的。"

"可是在你良心上呢？"

"自然，我认为这是我的。"他回答说，因为我的不礼貌多少有点儿愠怒了，"但是我相信，你对于这案子的全部事实还不知道。我并不责怪那老头儿存心不老实，我从来不曾责怪过他，是他自己要把这看作一种侮辱。我承认我是责怪他不小心，怪他没有更精心地去处理我托付给他的事情。按照我们的合同，他是应该对他的某些错误负责的。可是你要知道，甚至这个还不是真正的要点呢。真正的要点是那时我们吵嘴，我们互相责备，事实上伤害了双方的自尊心。我对这一万卢布的小款子并不重视，但是自然，你知道这整个案子是怎样开始和因什么事情而引起的。我承认我是多疑的，而且也许是不公平的（就是说，当时我不公平），但是我并不管这个，当我恼怒和憎恨他那种无礼的时候，我是不愿意让机会溜掉的，就打起官司来了。你也许会想我不够大度。我并不替自己辩解，但是我可以说，发脾气——或者说得更那个一点儿——受了伤害的自尊心，跟不够大度是不相同的，那是一种自然的人性的东西，而且我承认，我再说一遍，我根本不了解伊赫曼涅夫，很相信关于阿辽沙跟他女儿的那些谣言，因而就能相信那钱是存心偷的……但是这些且抛开不谈，真正的问题是，现在我怎样办？我可以不收这笔钱，但是如果同时我又说，我仍然认为我的要求是正当的,这变成是我给他钱了，再加上关于娜塔里雅·尼古拉耶夫娜的微妙地位，他一定会把钱扔到我脸上的呀……"

"呃，你瞧，你自己说他会把钱扔到你的脸上，那么你认为他是个诚实的人了，因此也就可以完全断定他不曾偷你的钱。如果是那样，你为什么不到他那里去，坦白地告诉他你认为你的要求是不合法的？这样会体面一点儿，而且这样一来伊赫曼涅夫接受他的钱也许并不会感到困难了。"

"哼！他的钱……这正是问题呀，你把我放在一种什么地位啊？到他那里去，告诉他说我的要求是不合法的。'你如果认为这是不合法的，那么为什么又要提出这种要求呢？'这句话，谁都会当面问我的。而我却不该听这种话，因为我的要求是合法的呀。我从来不曾说过，也不曾写过他偷了钱，但是我却相信他的不小心、他的疏忽和他管理事业的无能。那笔钱无疑是我的，因此对我自己来做一次假意的责备，这是可耻的。而且最后我重说一遍，那老头儿给自己招来耻辱，而你却逼我为这种耻辱去求他原谅——这是困难的。"

"我以为，如果两个人想要讲和，那就……"

"你以为这是容易的吗？"

"是呀。"

"不，有时挺不容易呢，特别是……"

"特别是，假如这件事情还关联着别的事情。是的，这一点我同意你，公爵。娜塔里雅·尼古拉耶夫娜和你儿子的处境，在那些需要由你来解决的各点上，是应该由你来解决的，而且应该那样来解决，使伊赫曼涅夫家可以完全满意。只有这样，你跟伊赫曼涅夫关于官司的事情才能够坦诚相见。目前什么都不曾解决，你只有一条路可走：向他承认你的要求是不正当的，坦白地承认，必要时甚至公开地承认，这就是我的意见。我这样坦率地告诉你，是因为你亲自来问我的意见，而且你大概也不希望我对你不诚恳。这使我有勇气来请问你，你为什么要为这件还钱给伊赫曼涅夫的事情来伤脑筋呢？你如果认为你的要求是正当的，那么你又干吗要还给他呢？我这样喜欢盘问，要请你原谅，但是这件事是和另外那些事情有密切关系的。”

"你以为如何？"他忽然问，似乎并不曾听见我的询问，"如果没有什么托词和……和……奉承的话，就把这一万卢布交给他，你以为那老伊赫曼涅夫一定会拒绝吗？"

"他当然会拒绝的。"

我脸上绯红，简直愤怒得发抖了。这个不要脸的怀疑的问题在我身上起了那么一种影响，好像他唾了我的脸似的。另外一些因素更增加了我的憎恶：他那种无礼的贵族的态度，以这种态度，不回答我的问话，而且显然不理睬我的问话，却用另外一个问题来打断我，这也许是他想叫我明白，我太过分了，太随便了，竟然敢问他这样的问题。我痛恨，我憎厌这种贵族的机巧手段，过去我曾经竭力叫阿辽沙改掉这种脾气。

"哼！你是太冲动了，实际生活中的事情并不像你理想中那样。"公爵听见我的叫喊平静地说，"但是关于这个问题我想娜塔里雅·尼古拉耶夫娜也许会做些决定，请你告诉她可以提供一些意见。"

"一点儿也不会，"我粗鲁地回答说，"你不打算听我刚才对你说的话，打断了我。娜塔里雅·尼古拉耶夫娜会明白的，如果你退还那笔钱，不是坦直的，没有你所谓的那些奉承的话，那就等于你付这笔钱是为了那父亲失去他的女儿，为了她失去阿辽沙。换句话说，你是在用金钱来赔偿……"

"哼！……你就是这样来了解我的呀，我的好伊凡·彼特罗维契。"公爵大笑起来。他干吗笑哇？

"眼前，"他接着说，"我们还有许多事情得在一起谈的。但是现在没有时间了。我只求你明白一件事情：娜塔里雅·尼古拉耶夫娜和她的整个前途是牵涉着这件事情的，而这一切在某种程度上是要依靠我们的决定。你是不可缺少的，你自己会明白。所以你如果依旧对娜塔里雅·尼古拉耶夫娜忠诚的话，你是不能拒绝和我坦诚地来参与这些事情的，不管你对我多么不同情。我们到啦……à bientôt^①。"

---

① 法语：一会儿再见。

第九章

　　伯爵夫人的生活过得很讲究。房间里布置得很舒适且很风雅，却完全不奢侈。不过每件东西都带着一种暂时小住的特色，不带一切贵族阶级的有钱人家的永久固定住宅所具有的那种气魄和一切他们认为必要的那种怪癖。有一个传言，说伯爵夫人夏天要到锡姆勃斯克省她那座破落的和典押了的田庄去，而且公爵会陪她同去。我已经听见这个话，不安地奇怪着：如果卡佳跟着伯爵夫人去了，阿辽沙将怎么办呢？可是我还不曾把这个告诉娜塔莎。我怕告诉她。不过从我注意到的某些征兆上来看，我料想她也知道这传言了。可是她却沉默着，暗地里自苦着。

　　伯爵夫人给了我很好的招待，热诚地向我伸出手来，一再说她早就希望和我结识。她亲手从一只精致的银茶炊里倒茶，我们都围着茶炊坐下来，公爵和我，还有另外一位绅士，年老而极其贵族气的，胸前挂着一枚勋章，态度有点儿古板而且有点儿外交家的神气。这位客人似乎是个很受尊敬的人物。伯爵夫人从外国回来以后，这年冬季里还没有来得及在彼得堡广为结交，以及像她所希望和打算的那样建立起她的地位。除了这位绅士，没有别的客人，一晚上也没有别的人来过。我寻找卡捷琳娜·菲多罗芙娜，她跟阿辽沙在隔壁房里，一听见我们到了，她就立刻走进来。公爵恭敬地吻了她的手，伯爵夫人示意她向我走过来。公爵立刻替我们介绍了。我急切地细看她。她是一个矮小的、温柔的金发碧眼的小姑娘，穿着一件白色的外衫，带着一种驯顺的沉静的表情，有一双蓝色的眼睛，正如阿辽沙所说的一样，她有一种青春的美，只是这样罢了。我原来指望碰到一位十足的美人，可是这却算不上美人。那整齐的、线条柔和的鹅蛋脸，那十分端正的五官，那浓厚且确实漂亮的头发，梳成了简单的家常的样式，那温和的认真的表情——这一切，如果我是在旁的什么地方碰到她，我是不会特别注意就走过去的。但是这不过是最初的印象，在这天晚上我继续获得了对她较充分的认识。她跟我握手，带着一种天真的过分的热心，站着望着我的脸，不说一句话——那种样子，就以它的奇特情形给了我一种印象，我忍不住对她微笑起来。显然，我立即感到，我是面对着一个心地极其纯洁的人物。伯爵夫人认真地望着她。卡佳握过手以后就匆匆地从我这里走开，跟阿辽沙在房间的那一端坐了下来。当阿辽沙来问候我的当儿，他轻轻地对我说："我在这儿只留一会儿，我就要上'那边'去了。"

那位"外交家"——我不知道他的名字，随便叫叫，就叫他外交家吧——沉着且神气地在聊天，发表着某种见解。伯爵夫人专心地听着。公爵给予他一种鼓励的谄媚的微笑。那位雄辩家不时朝着他说话，显然认为他是一个值得注意的听众。他们倒了一些茶给我，让我独自待着，这个我倒是十分感谢的。同时我在打量着伯爵夫人。最初一眼，我禁不住被她吸引了。她也许已经不年轻了，但是在我看来却还像没有过二十八岁。她的脸依然是鲜艳的，在她青春初期，一定是很美丽的。她那暗棕色的头发依旧十分浓密，她的表情十分温和，但是有点儿轻佻，而且带着恶作剧般的侮慢。不过眼前她显然在约束着自己。她的眼睛里还可以看出很聪明的样子，尤其是好脾气和愉快。在我看来，她主要的特征是某种轻浮，一种享乐的热

287

望和一种温和的自私，这种自私也许占很大部分。她是绝对听公爵指导的，他对她有一种异常的影响。我知道他们是有私情的，我还听说，当他们在国外的时候，他就已经不是一个善妒的爱人了。我一直猜想着，并且现在还这么想，除开他们从前的关系，还有一种别的什么，一种相当神秘的联系把他们联结在一起，那似乎是基于自私的动机的相互责任……事实上一定是有这样一种东西的。我还知道，目前公爵已经对她厌倦了，不过他们的关系却不曾断绝。使他们还能在一起的，或许就是对卡佳的企图吧，这大概是由公爵主动的。公爵怂恿她让阿辽沙跟她继女结婚，这样他就有理由推掉与伯爵夫人的婚姻了，她确实是对他要求过婚姻的。至少我从阿辽沙十分单纯地透露出的一些事实中，推测出这样的结论，连他对这也不能不有所注意了。除开阿辽沙的话，我还猜想到，虽然伯爵夫人是完全受公爵控制的，可是他因为某种缘故却有点儿怕她，连阿辽沙也注意到了这个。后来我才知道，公爵是急于要让伯爵夫人跟别的什么人结婚，一半也是为了这个目的，所以他要把她送到锡姆勃斯克去，希望在那个省份能替她找到一个合适的丈夫。

我默默地坐着听他们说话，不知道怎样能够快一点儿跟卡捷琳娜·菲多罗芙娜做一次密谈。那位外交家在回答伯爵夫人关于目前政治局势和正在进行的改革的一些问题，她问他这些是不是可怕的。他长篇大论说了一大通，沉着地，像一个权威人士。他精细且聪明地发表着他的意见，但是他的意思却是叫人反感的。他不断地坚持说这种改革和改进的全部精神只会很快地就产生某些结果，看到这些结果，"他们才会领悟过来"，那么这种改革的精神不但会从社会上（自然是在某一部分社会上）消失掉，并且他们会从经验中认识他们的错误，之后他们就会用加倍的努力来恢复到旧的传统上去，所以，这种经验虽然惨痛，却是大有益处，因为这会教训他们维持有益的传统，使这样的做法获得新的根据，因此只盼望这种极度的莽撞尽早到来吧。"没有我们，他们是干不下去的。"他说，"没有我们，没有一种社会能站得稳的。我们是不会丧失什么的。相反，我们总是胜利的。我们是要升到上面来的，而眼前我们的格言却是 Pire cava, mieux ca est[1]。"公爵带着一种可憎的同情向他微笑着。那位雄辩家十分满意自己。我那么傻，甚至想要跟他争辩。我的心在沸腾着。但是阻止我的却是公爵那副恶意的神情，他朝我这边偷偷地瞟了一眼，我看他正在期望我会发出一种奇怪的、青年人的脾气来。也许他甚至期望这个，为了拿我的自找麻烦来开心呢。同时，我确实相信那外交家不会理会我的抗辩的，甚至连我这个人也不会理睬的。跟他们坐在一起真叫人讨厌呢，可是阿辽沙救了我。

他轻轻地走到我旁边，在我肩膀上碰了一下，要我跟他说两句话。我猜他是带着卡佳的口信来的。果然如此。一分钟之后我已经坐在她的旁边了。起初，她一直专心地望着我，似乎在对她自己说："你原来是这样一个人哪。"而在最初，我们彼此都找不出一句话来谈。可是我却确实感到，她要是一说开，就会说个没完，直说到明天早晨。阿辽沙说过的"五六个小时的谈话"那句话，又涌上我的心头。阿辽沙坐在我们旁边，性急地等着我们开始谈话。

"你们怎么不说呀？"他开头说，带着一丝微笑望着我们，"你们就一起默默地坐着呀？"

"哎，阿辽沙，你怎么能够……我们马上就会说的呀。"卡佳回答说，"我们有那么多话要说呢，伊凡·彼特罗维契，我简直不知道从哪里说起呢。我们彼此认识已经迟了，我们早就该会面的，虽

---

[1] 法语：越糟越好。

然我很久以前就知道你了。我急于想见你哩！我甚至想给你写封信呢……"

"为什么事情？"我问，不由自主地微笑着。

"有那么多事情呢。"她热诚地回答说，"唉，即使是想知道阿辽沙说的话真不真实也好，他说他在这样的时候让娜塔里雅·尼古拉耶夫娜一个人留着，她不会伤心的。什么人能像他那样做人呢？你怎么现在还待在这儿呀？请你告诉我。"

"唉，老天爷，我马上就要走啦！我刚说过，我只在这儿再待一分钟，就是要瞧瞧你们两个，瞧你们怎样彼此说话，之后我就上娜塔莎那边去。"

"那么，我们是在这儿呀，我们坐在一块儿呀，你瞧见了没有？他老是这样的。"她补了一句，脸微红，用手指指他，"'一分钟'，他老这么说，'只一分钟'；你瞧，他却会待到半夜，到那时候，去那边又太迟啦。'她不会生气的，'他说，'她是仁慈的。'这就是他的看法。这是对的吗？这是讲情义吗？"

"好吧，如果你要我走我就走吧。"阿辽沙可怜地回答说，"可是我十分想跟你们两个在一起呢……"

"你要跟我们在一起做什么？相反，我们有许多话必须单独谈呢。听着，不要难过。这是必要的，你要彻底地了解。"

"如果这是必要的，我立刻走就得啦——这有什么好难过的呢？我顺便去看一下列文加，之后就马上到她那儿去。我说，伊凡·彼特罗维契，"他拿起帽子，又补了一句，"你知道我爸爸要拒绝接受他跟伊赫曼涅夫打官司赢来的那笔钱吗？"

"我知道，他告诉我了。"

"他这样做多慷慨呀。卡佳却不认为他做得慷慨呢。跟她谈谈这个吧。再见了，卡佳，对于我爱娜塔莎这一点，请不要怀疑吧。你们两个怎么老是这样拘束我，责怪我和管着我呀——好像你们必须得监视着我似的。她知道我多么爱她，她对我是放心的，而我也确信她是对我放心的。且不说一切，且不说一切责任，我是爱她的。我说不出我多么爱她，我就是爱她。所以用不着来盘问我，好像我该被责备似的。你可以问伊凡·彼特罗维契，他现在在这儿，他会证明我所说的，就是娜塔莎是嫉妒的，她虽然那么爱我，可是她的爱情里有许多自私的成分，因为她从来不肯为我牺牲什么。"

"这是什么话？"我愕然地问，几乎不能相信我的耳朵了。

"你在说什么呀，阿辽沙？"卡佳绞着手，几乎惊叫起来。

"怎么，这有什么好大惊小怪的？伊凡·彼特罗维契知道这个的。她老坚持要我跟她在一起。倒不一定是她坚持，但是别人可以看出，这正是她所想要的。"

"你不害羞吗？你不害羞吗？"卡佳说，气得脸都通红了。

"这有什么好害羞的呀？你真是什么样的人啊，卡佳！我比她所想象的还爱她呢，如果她真的也像我爱她那样爱我，那她当然会为我牺牲她的快乐呀。她让我走开，这倒是真的，可是我从她脸色上看出，她很不愿意这样做。那么这和她不肯让我走开正是一样的呀。"

"哼，这里面有鬼呢！"卡佳叫道，带着发亮的愤怒的眼光又向我转过来，"承认吧，阿辽沙，马上承认吧，这全是你的父亲使你想起这种念头的。他今天跟你谈过话，是不是？请别试探和欺骗我了，我马上就会查出来的！是不是这样呢？"

"是的，他跟我谈过话，"阿辽沙昏乱地回答说，"这又怎么啦？他今天是用那么一种仁慈和友爱的态度说着话，不断地对我称赞她。我实在是惊奇，她把他那样侮辱了，他还这样称赞她。"

"你……你就相信他的话吗？"我说，"为了你，她已经把她所能抛弃的一切都抛弃了！而就在眼前，就在今天，她的一切焦愁都是为了你，为了不使你厌烦，不剥夺你来看卡捷琳娜·菲多罗芙娜的可能。这是她今天亲自对我说的。而你却立刻就相信这些胡诌的暗示了。你不害羞吗？"

"没良心的孩子呀！可是正是这样的。他什么事情都不害羞呢。"卡佳说，挥一挥手叫他走开，仿佛他无可救药了。

"但是，真的，你是怎样在说话呀！"阿辽沙用一种可怜的声音继续说，"你老是这样子，卡佳！你老是猜疑我有什么不好的地方……我并不计较，伊凡·彼特罗维契！你以为我不爱娜塔莎了。我刚才说她是一个自私的人并不是那个意思。我只是说她太爱我了，所以弄得一切全失去了平衡，我为这受苦，她也受苦。我的爸爸从来没有影响过我，虽然他是想那样做。我不容许他。他也并不是从任何坏的意思上说她是一个自私的人，我了解他。他说的正和我刚才说的一样：她太爱我了，爱得那样专心一致，这就是单纯的自私了，这使我受苦，也使她受苦，而且我以后还要更受苦。他说的是真话，而且是因为爱我才说这话的，这绝不是他有什么攻击娜塔莎的意思；相反的，他明白她爱情的力量，她那深长的、几乎令人难以相信的爱情……"

但是卡佳打断了他的话，不让他说完。她开始激烈地责难他，断定公爵称赞娜塔莎只是想假充仁慈来欺骗他罢了，一切都是为了要摧毁他们的恋爱，怀着一种心思，想不露痕迹地使阿辽沙掉过头来反对她。她热烈和聪明地辩论着，说娜塔莎是爱他的，说没有一种恋爱能够原谅像他对待她的那种行径，又说阿辽沙自己才是真正自私的人哩。渐渐地，卡佳把他弄到十分痛苦和完全悔恨的地步。他坐在我们旁边，完全吃瘪了，脸上带着一种痛苦的神情凝视着地板，不再打算回答了。但是卡佳是毫不留情的。我一直带着极大的兴趣望着她。我急切地想理解这位奇怪的姑娘。她完全是个孩子，然而却是个奇怪的孩子，一个有信念的孩子，具有坚定的原则，而且对善良与正义具有热烈的天赋的爱。如果人们当真叫她是个孩子，那么她是属于那一类有思想的孩子，这种孩子在我们俄国家庭中是很多很多的。显然她对许多问题都曾深深地思索过。那是极有兴味的，去窥察这颗善于思索的小头脑，和去看看这头脑里面那些完全孩子气的想象和幻想跟那些从生活经验中（因为卡佳是确实生活过来的）得来的严肃观念与思想的混合，而同时这些又混合着那些她并不知道、还不曾经历过的观念，那些从书本上得来的抽象理论——虽然她也许把这些抽象理论误认是从经验中得来的概括呢。这种抽象的观念大概是极多的。在那天晚上和以后的日子，我相信，我是相当彻底地研究了她，她的心是热情和敏感的。在某种情形下，她似乎轻视约束自己，把真实看得比什么都重要，而把生活上的各种束缚都看作习俗的成见。她似乎以这种信念自傲，那些热情很高的人，甚至那些年纪并不很轻的人往往都是这样的。然而正是由于这一点，才使她具有一种特殊的魅力。她很爱思索，爱探求事物的真理，却并没有一点儿书呆子气，那样充满年轻人的风习，使人家一上来就会爱好她那些新颖的思想，并且接受这些思想。我想起列文加和鲍令加来，这一切我认为都是属于事物的自然程序。说来奇怪，她那脸庞，在我最初的一瞥中，并不觉得特别美丽，可是这天晚上似乎每一分钟都在越变越漂亮，越变越动人了。她身上这种孩子的成分和善于思索的妇女的成分的天然的混合，这种孩子气是绝对真实的对真理正义的渴求，以及在她感情冲动的时候那种绝对的真诚——这一切使她的脸庞由于真诚的充溢而辉耀起来，赋予它一种崇高的精神的美，叫人明白，这种美并不是在一切寻常的没有同情的眼睛里一下子就能看得出来的，要估量这种美的充分意义不是那么容易的。我看出阿辽沙一定会热情地依恋她的。如果他自己没有能力去思想和推论，那么他会被那些能够替他思想甚至能够替他希望的人所吸引，而卡佳已经把他放在她的羽翼之下了。他的心肠是厚道的，他对一切高尚和光荣的东西是无须斗争就会立即被降服的。而卡佳已经以一个孩子的同情与全部真诚在他面前把许多事情都坦白地说出来了。他是没有自己的意志的。她却有极强烈的、坚毅的和热诚的意志；而阿辽沙是只能让自己去依恋一个能够支配他和甚至命令他的人的。一半也是因为这缘故，所以娜塔莎在他们最初发生关系的时候，也曾吸引了他，然而事实上卡佳却有比娜塔莎更优越的条件，因为她自己还是一个孩子，而且以后许多日子里还将是个孩子。这种孩子气，她那种辉煌的智慧，以及某种判断力的缺乏，这一切使她和阿辽沙更相近。他感到了这一点，于是卡佳就越来越吸引他了。我相信，当他们单独一块儿聊天，在卡佳热烈地讨论他们的"宣传"的时候，他们有时会恢复到孩子的淘气中。虽然卡佳也许常常教训阿辽沙，而且已经把阿辽沙按在她的拇指底下了，而他却显然觉得，跟她在一起要比跟娜塔莎在一起更舒适。他们是很好的一对，而这就有很大的关系了。

"停住，卡佳，停住。够啦，你总是对的，我总是错的。那是因为你的心比我的更纯洁。"阿辽沙说着站起来，伸手向她道别，"我直接到她那里去，我不顺路去看列文加了……"

"你到列文加家里也没有什么事。可是你肯听话是很可爱的，现在去吧。"

"而你比谁都更可爱一千倍呢，"阿辽沙忧郁地回答说，"伊凡·彼特罗维契，我有两句话跟你说。"

我们走开了一两步。

"我今天做了丢人的事，"他向我轻轻地说，"我做了卑劣的事，我对世界上每个人都犯了罪，尤其是对她们两个。今天饭后，爸爸把我介绍给亚历山特琳娜小姐（一个法国姑娘）——一个迷人精。

我是给……迷住啦，而且……可是说它做什么呢……我是配不上她们的……再见了，伊凡·彼特罗维契！"

"他是一个仁慈的、心地高贵的孩子呢，"当我重新在她身旁坐下来的时候，卡佳匆忙地开始说，"可是关于他，我们以后有许多话要谈的。首先，我们应当获得一种了解：你对公爵怎样看？"

"他是一个很可怕的人。"

"我也这样想。那么我们对这一点是同意了，而且这样将使我们能够判断得更好一些。现在，关于娜塔里雅·尼古拉耶夫娜……你知道，伊凡·彼特罗维契，我现在好像还是在黑暗中，我盼望你带给我光亮呢。你必须替我把这一切弄个清楚，因为许多要点，我只能从阿辽沙告诉我的话里凭猜测去判断呢。再也不能从什么人那里听到什么了。告诉我，首先是（那是重点）你以为怎样：阿辽沙和娜塔莎在一起，会不会幸福？这是我首先要知道的，这可以使我断然决定我应该怎样做。"

"这个事情别人怎么能确切地说呢？"

"不，自然不是确定地说，"她插嘴说，"但是你以为怎么样？因为你是一个极聪明的人哪。"

"我想，他们是不会幸福的。"

"为什么呢？"

"他们是不合适的。"

"我也是这样想的呀！"

于是她绞着手，好像深深地痛苦着似的。

"更详细一点儿告诉我吧。听，我非常焦灼地想看娜塔莎呢，因为有许多话我得跟她谈，而且我以为她跟我在一起是能解决一切事情的。我近来不断地遐想。她一定是很聪明的，认真的，真诚的，美丽的。是不是这样呢？"

"是的。"

"我确信是这样。嗯，如果她是这样，她怎么会爱上像阿辽沙这样一个小毛头呢？解释解释吧。这一点我常常奇怪哩。"

"这是不能解释的，卡捷琳娜·菲多罗芙娜。人们怎样恋爱，什么会使他们恋爱，这都是难以想象的。是的，他是一个小孩子。但是你知道，一个人怎么会爱上一个小孩子？"我望着她，望着她那双含着一种深刻的、诚挚的、难耐的注意紧紧地盯着我的眼睛，我的心软了。"娜塔莎自己越是不像一个小孩子，越是认真，她就越容易跟他恋爱。他是老实的，诚恳的，天真得可怕而有时又是天真得可爱的！她爱上了他——我怎样来解释这个呢？——也许是出于一种怜悯吧。一种厚道的心肠往往会因怜生爱的。虽然我感到我不能做什么解释，但是我却想反过来问你：你爱不爱他呢？"

我大胆地问了她这个问题，觉得我不至于因为这问题的唐突，扰乱了她坦白的心灵中那种孩子般的无限纯洁吧。

"我当真还不知道呢。"她平静地回答说，从容地望着我的脸，"可是我想我是很爱他的……"

"那么你瞧，你能解释你为什么爱他吗？"

"他没有虚伪，"她想了一下回答说，"当他看着我的眼睛说些什么的时候，我就喜欢这种没有虚伪。告诉我，伊凡·彼特罗维契，我现在在这儿跟你谈这些话。我是一个女孩子，你是一个男人，我这样做是对呢，还是不对呢？"

"怎么，这中间有什么问题吗？"

"没有什么。自然这中间并没有什么。可是他们，"她向围坐在茶炊四周的那一伙人望了一眼，"他们一定会说这是不对的。他们对不对呢？"

"不对。唉，只要你心里并不觉得你做得不对，那么……"

"我就是常常这样的，"她插嘴说，显然是急于要把她所能说的话尽量告诉我，"当我被什么事情弄得困惑了，我就常常问我的心，我的心是泰然的，我也就泰然了。这是我应该做的。我对你说话就和对我自己说话一样爽直，因为一则你是一个光明磊落的人，二则我知道你的过去。在阿辽沙以前，你跟娜塔莎，我听见这话的时候，都哭起来了。"

"唉，谁告诉你的？"

"自然是阿辽沙，他告诉我的时候，他自己眼睛里也含着眼泪呢。这是他极好的地方，我就是为这个喜欢他。我想，他喜欢你超过你喜欢他呢，伊凡·彼特罗维契。就是为了这些事情，所以我喜欢他。我对你这样坦白的另一个理由，是因为你是一个极聪明的人，你能给我出主意和教导我许多东西。"

"你怎么知道我聪明到能够教导你呢？"

"啊，那你无须问！"

她思索起来。

"我实在并不打算谈这些的。让我们谈那最紧要的吧。告诉我，伊凡·彼特罗维契，我现在觉得我是娜塔莎的情敌，我知道我是的，我该怎样做呢？这就是我为什么要问你：他们会不会幸福。我日日夜夜想着这个问题。娜塔莎的处境是可怕的！你知道，他已经不再爱她了，而他却越来越爱我了。就是这样的，对不对呢？"

"看来是这样的。"

"可是他却并不是在骗她。他并不知道他不再爱她了，但是无疑她是知道的。她是多不幸啊！"

"你要怎么办呢，卡捷琳娜·菲多罗芙娜？"

"我有许多计划，"她郑重地回答说，"同时我又弄不清楚。这就是为什么我那么耐不住想见你，要你来替我把这一切弄个清楚。你对这些是比我知道得更清楚的。你知道，你现在对于我就是神。听啊，我最初想的是这样：如果他们彼此相爱，他们一定是幸福的，那么我就应该牺牲自己来帮助他们——我不应该吗？”

“我知道你曾经牺牲过你自己。”

“是的，我牺牲过。但是后来他到我这里来，越来越关心我，我又迟疑起来了。我现在依旧在迟疑，我究竟该不该牺牲我自己。这是很不对的，是不是呢？”

“那是很自然的，”我回答说，“一定会是这样的……这并不是你的错。”

“我想这是我的错。你那么说，因为你是非常仁慈的。我想这是由于我的心还不十分纯洁吧。如果我有一颗纯洁的心，我就会知道怎样做。可是让我们别谈这个吧。后来我从公爵那里，从妈妈那里，从阿辽沙本人那里，听到更多关于他们彼此之间的态度的话，我猜想他们是不合适的，而现在你已经证明这点了。我就比以前更加迟疑起来，我现在拿不定该怎么办了。你知道，他们这样下去会不幸，唉，他们还是分开好一些。所以我决心更详细地问你一下，我亲自到娜塔莎那里去，跟她一起解决这一切事情。”

“但是怎样解决呢？这就是问题。”

“我将对她说：‘你非常爱他，是不是？那么你关心他的幸福一定胜过关心自己的，因此你就必须跟他分开。’”

“是的，但是她怎样接受这个呢？就算她同意你的话，她能够那样坚强地实行吗？”

“这正是我日日夜夜所想的，而……而……”她突然流起眼泪来。

“你不知道，我多么替娜塔莎难过呢。”她轻轻地说，带着眼泪，嘴唇颤抖起来。

没有什么话要说了。我沉默着，而当我望着她的时候，我也觉得好像要哭出来了，并不是为了什么特别的理由，只是出于一种类似脆弱的模糊的情感罢了。她是多么可爱的一个孩子呀！我不再问她为什么她自认为能使阿辽沙幸福了。

"你喜欢音乐吗？"她问，平静一点儿了，不过依旧被刚才的眼泪影响着。

"是的。"我回答说，有点儿惊异。

"如果有时间，我要为你弹一曲贝多芬的第三协奏曲。这是我现在在弹的。一切感情都包含在里面了……正如我现在所感觉的。我以为是这样。不过等别的时候再弹吧，现在我们还是聊天。"

我们开始讨论，她怎样去见娜塔莎，这一切怎样布置。她告诉我，他们老管束着她，她继母虽然仁慈且喜欢她，但也绝不会允许她跟娜塔里雅·尼古拉耶夫娜交朋友，所以她决定只能用瞒骗的方法。她有时早晨乘着马车去散步，但常常是跟伯爵夫人一起。有时伯爵夫人不跟她一起去，却叫一位法国女人陪她去，这位法国女人现在正害着病呢。伯爵夫人有时会害头痛病，所以她得等到她头疼的那一天。同时她还得去说服她的法国女人（一个老妇人，是一种做伴的女人），因为后者是个性格极好的人。归结起来，要在事前决定她哪一天能够去看娜塔莎，这是不可能的。

"你不会后悔同娜塔莎结识的，"我说，"她也急于想认识你呢，而且她一定要认识你，哪怕她是为了要知道她把阿辽沙让给谁。不要为这些事情太苦恼了。用不着你烦心。时间会决定一切的。你们要到乡下去，是不是？"

"很快就要去了。也许就是下个月，"她回答说，"我知道这是公爵主张的。"

"你以为阿辽沙会跟你们同去吗？"

"我已经想过这件事，"她认真地望着我说，"他会去的，他不会吗？"

"是的，他会去的。"

"天哪，我不知道这一切将怎样结局呢。我告诉你，伊凡·彼特罗维契，关于种种事情，我会写信给你的，我会时常详细写信给你的。现在我也要麻烦你了。你能常来看我们吗？"

"我不知道，卡捷琳娜·菲多罗芙娜。这得看情形。也许我根本就不会来。"

"为什么不呢？"

"这要经过几种考虑，主要是我跟公爵的关系。"

"他是一个不诚实的人，"卡佳果断地说，"我告诉你，伊凡·彼特罗维契，我来看你怎么样？这样好不好？"

"你自己以为怎么样？"

"我想这是好的。这样我可以带给你消息，"她笑了笑补充说，"我这样说，是因为我非常喜欢你，非常敬重你。而且我能够从你那里学习许多东西。我喜欢你……我这样说话不算丢脸吧，是吗？"

"怎么会丢脸呢？对我来说，你已经跟我家里人一样了。"

"那么，你要做我的朋友吗？"

"啊，是的，是的！"我回答说。

"可是他们却一定会说这是丢脸的哩，说一个年轻姑娘是不应该这样的。"她说，又指指围着茶桌在聊天的那一伙人。

我这里得说明一句，那公爵似乎故意让我们在一起，使我们能够谈得称心如意。

"我知道得很清楚，"她接着说，"公爵是在想我的钱。他们以为我是一个十足的小毛头哩，而且事实上他们公然对我那样说了。但是我可不那样想呢。我现在不是一个小孩子了。他们是些古怪的人，他们自己才像小孩子呢。他们这样乱哄哄地在干些什么呀？"

"卡捷琳娜·菲多罗芙娜，我忘记问你了，阿辽沙常常去看望的列文加和鲍令加是什么人哪？"

"他们是远房亲戚。他们是很聪明和很诚实的，可是他们话真多哩……我认识他们的……"

她微笑起来。

"说你将来要捐给他们一百万，这是真的吗？"

"啊，你瞧，我如果捐了怎么样？关于那一百万，他们讲了多少空话了，讲得叫人受不住哩。自然，捐钱给一切有益的事情我是高兴的，有这样巨大的财产又有什么用呢？就是我将来捐给他们，这也没有什么，可是他们却已经把它分配啦，讨论啦，吵闹啦，争论这钱用在哪里最好啦，甚至为了这个还吵起架来，这可太奇怪了。他们太性急呀。不过他们毕竟是诚实和聪明的。他们都在读书。那比别人的过法好一些，是不是呢？"

我们又谈了许多。她差不多把她的全部生活都告诉了我，热心地听着我对她说的话。她坚持要我再多告诉她一点儿关于娜塔莎和阿辽沙的事情。当华尔戈夫斯基公爵跑来，让我知道该告辞的时候，已经十二点了。我说了再见。卡佳热烈地握着我的手，深情地望着我。伯爵夫人请我下次再来，我同公爵出来了。

我禁不住有一种奇怪的，或许是很不适当的批评意见。在我跟卡佳三个小时的谈话以后，我在对她的其他印象中，留下了那种奇怪的然而却是确实的信念，就是说，她依旧还是那样的一个小孩子，她还不曾有两性关系的内在意义的观念。这使她的某些感想以及她谈论许多重要问题时的那种严肃的口吻具有一种异常滑稽的风趣。

第十章

　　"我跟你说，"华尔戈夫斯基公爵上了马车，在我旁边坐下的时候说，"我们现在去吃点儿夜宵怎么样？你说怎么样？"

　　"我不知道，公爵。"我迟疑地回答说，"我向来不吃夜宵的。"

　　"唔，自然，我们一边吃夜宵一边还谈谈呢。"他补充说，狡猾地瞅着我的脸。

　　这是很明显的！"他打算直说出来呢，"我想，"这正是我所需要的。"我答应了。

　　"那么就这样决定了。到大摩斯卡雅街 Б 家铺子去吧。"

　　"是家酒馆吗？"我有点儿迟疑地问。

　　"是呀，怎么会不是呢？我常常不在家里吃夜宵的。你一定不会拒绝做我的客人吧？"

　　"但是我已经告诉过你，我向来不吃夜宵。"

　　"可是偶然吃次没有关系的，特别是我请你……"

　　这是说，他要替我付钱了。我断定这句话是他故意加上的。我答应同他去，可是决定到酒馆里自己付钱。我们到了，公爵包了一间单间，带着专家的神气，选定了两三样菜。那都是很贵的菜，他叫的那瓶美酒也一样。这些我都吃不起。我看了看菜单，叫了半只山鹬和一杯拉飞脱酒。公爵反对了。

"你不肯同我吃夜宵哇！嘿，这简直是笑话呀！Pardon，mon ami①，这可是……叫人反感的拘谨哪。这是最无价值的自负。这几乎带有阶级感情的嫌疑了。我敢打赌，是这样的。我确实告诉你，你是在侮辱我呀。"

但是我仍然坚持着。

"可是，随你高兴吧，"他接着说，"我不坚持……告诉我，伊凡·彼特罗维契，我可以像朋友那样跟你说话吗？"

"我请求你这样。"

"好的，那么，我认为这种拘谨是妨碍你的。你们这些人都是这样妨碍着你们自己。你是一个文学家，你应该懂得人情世故，而你却跟什么东西都离得远远的。我现在并不是讲你的山鹬，是说你打算完全拒绝跟我们这圈子里的人来往，这对你是不利的。姑且不谈你损失很大——事实上是损失了一种事业，单从你应当知道你在描写什么这一点来说吧，那么在小说里，也得有伯爵呀，公爵呀，闺秀呀……我在说什么呀！你们现在是以描写贫穷为时髦啦，什么丢了的外套哇！②钦差大臣哪，吵架的官吏呀，书记呀，过去的日子呀，背叛国教的异端哪，我懂得的，我懂得的……"

"但是你错了，公爵。我不想跑进你们那个所谓的'高等圈子'，第一，是因为我在那里感到很无聊；第二，我在你们的圈子里并没有什么事情可做！不过我有时也进去过……"

"我知道，一年一度，在Б公爵家里。我曾经在那里碰到过你。但是一年中的其余日子里，你就停留在你们那民主主义的骄傲里，潦倒在你们那顶楼里，不过并不是你们所有的人都是那样的。你们中间有些人是一种冒险家，真叫我恶心……"

① 法语：对不起，我的朋友。
② 指果戈理的小说《外套》。

"我求你，公爵，换一个话题吧，别转到我们的顶楼去吧。"

"哎呀，冒犯你啦。可是你知道，你答应我可以像朋友一样跟你聊天的呀。不过这是我的不对，我是不配获得你的友谊的。这酒极可口。尝尝看。"

他从酒瓶里倒出半杯给我。

"你瞧，我亲爱的伊凡·彼特罗维契，我很懂得，强迫一个人跟任何人讲友谊，是不好的行为。我们并不像你所想象的那样全是那么粗暴和骄横。我很明白你坐在此地并不是由于对我有好感，而只是因为我答应要跟你聊天。就是这样的，是不是呢？"

他笑起来。

"而且因为你是照顾着某个人的利益的，所以想听听我打算说些什么。就是这样，是不是呢？"他带着恶意的微笑又补充了一句。

"你没有说错。"我忍不住插嘴说，（我看出，他是那样一种人，只要谁稍微落在他们的掌握里，他们就非得让你感觉到不可。我现在是落在他的掌握里了。我不听完他打算说的话，是不能走开的，这一点他很明白。他的口吻忽然改变了，变得越来越无耻、狎呢、充满嘲笑了。）"你没有说错，公爵，我就是为了这个来的，否则我就不会坐在这里了……这么晚了。"

我原想这样说："我无论如何不会跟你一起吃夜宵的。"可是我并没有那样说，却用另外的话来结束我的语句，那倒并不是由于胆小，而是由于我那可诅咒的柔弱和稳重。而且，实在的，就算对方活该，就算你存心要对他无礼，一个人怎么好对人家当面无礼呢？我猜想公爵从我眼睛里已经看出这点了，当我说完那句话，他嘲笑地瞅着我，似乎在拿我的怯懦开心，又似乎用他的眼睛在向我挑战："那么，你是不敢无礼了，就是这样啊，我的孩子！"准是那样的，因为我一说完，他就咯咯地笑起来，而且带着一种屈尊的亲热的态度拍拍我的膝盖。

"你倒很有趣，我的孩子！"这是我从他眼睛里看出来的。

"等着瞧吧！"我想。

"今晚我觉得精神很好！"他说，"我当真不知道为什么。是的，是的，我的朋友。我想要跟你谈的，正是那个年轻人。我们必须十分坦白地说话，直谈到我们得到某种结论为止，我希望这一次你能彻底了解我。我刚才跟你谈到那笔钱，那个老古板的父亲，那个过了六十个夏天的小毛头……嗯！现在是不值得谈的。你知道，那只是说说罢了！哈哈哈。你是一个文学家，你应该猜想到了。"

我惊愕地望着他。我觉得他还没有喝醉。

"至于那个姑娘，我确实告诉你，我是敬重她的，我实在是喜欢她。她就是有点儿任性，可是'没有不带刺的玫瑰'，五十年前人家就这么说的，还有那句也说得好：刺是刺人的，但却是诱人的。虽然我那阿历克舍是一个傻瓜，我却因为他的审美力，已经在某种程度上原谅他了。一句话，我是喜欢那样的年轻小姐的，而且事实上我有……"（他带着深长的意味抿紧他的嘴唇。）"我自己的见解……不过这个以后再……"

"公爵！听着，公爵！"我叫，"我不懂为什么你这么快就改变态度，可是……换个话题吧，如果你高兴。"

"你又冒火啦！很好……我换个话题，我换个话题吧！但是我告诉你，我的好朋友，我只问你，你是不是很敬重她？"

"自然。"我带着粗暴难忍的口气回答说。

"啊，当真是。那么你爱她吗？"他继续说，可憎地狞笑着，眯起他的眼睛。

"你忘形啦！"我叫。

"啊，啊，我不会的！你别发脾气吧！我今天心情特别好。我很久没有这样高兴了。我们来喝点儿香槟好不好？你说怎么样，我的诗人？"

"我一点儿也不喝。我不想喝。"

"你别这么说吧！你今天真应该陪我一下。我觉得那么快乐，而且我是心肠柔弱到伤感的地步了，我受不住独自快乐呢。谁知道呢，我们也许会来祝贺我们永久的友谊呀。哈哈哈！不，我的年轻朋友，你还不曾了解我哩！我相信你慢慢会爱我的。今天晚上，我要你来分享我的忧愁和我的快乐，我的眼泪和我的笑，不过我希望至少我不会流眼泪。喂，你说怎么样，伊凡·彼特罗维契？你瞧，你得想想，如果我得不到我所需要的，我的全部灵感就会逝去，就会消失，就会飞走，那么你就什么也听不到了。你知道，你坐在这里，不过是希望听我说些什么罢了。是不是呢？"他补充说，又向我无礼地眨眨眼睛，"那么，你自己选择吧。"

这个威胁是严重的。我答应了。"他不至于要把我灌醉吧？"我想。这里我顺便提一下，我很久以前就听到一个关于公爵的传言了。那传言说公爵在社交界虽然漂亮且有威仪，可是有时他却喜欢在夜里酗酒，喜欢喝个烂醉，喜欢干秘密的勾当，喜欢干那令人作呕和神秘的缺德行为……我听到过关于他的一些可怕的传言。据说阿辽沙也知道他父亲有时酗酒，却想对所有人瞒住这件事，尤其是对娜塔莎。有一次他在我面前露出了一点儿，但是立刻换了话题，不肯回答我的询问。不过那传言我倒不是从他那里听来的，而且我承认，我不曾相信那传言。现在我等着，看看究竟怎么样。

香槟拿来了，公爵给他自己倒了一杯，又替我倒了一杯。

"一个可爱的，可爱的姑娘啊，虽然她骂过我，"他津津有味地啜着酒，说下去，"可是这种可爱的人儿只有在那种当儿才更可爱呢……你知道，她无疑以为她把我羞辱了一顿，你记得那天晚上她把我打击得一塌糊涂吗？哈哈哈！脸儿红红的多么适合她啊！你是妇女的鉴赏家吗？有时候一阵突然的红晕，对于一张苍白的脸来说是非常适合的。你注意到这个吗？哎呀，我相信，你又生气了！"

"是的，我生气了！"我叫，控制不住自己了，"我不要你讲娜塔里雅·尼古拉耶夫娜……我是说，不要用那种口吻讲她……我……我不容许你这样！"

"哦，好吧，只要你高兴，我就顺从你的意思，换些话题谈谈吧。我是像面团一样听话和柔软呢。让我们来谈谈你吧。我喜欢你，伊凡·彼特罗维契，但愿你知道我对你是抱着怎样一种友爱和诚恳的关心哪。"

"公爵，谈谈事情不更好吗？"我打断他说。

"你是说谈谈我们的事情吧。你讲半句话我就懂得你的意思啦，mon ami①，可是你却不知道，如果我们现在谈你，而且，自然啰，如果你不打断我的话，我们已经多么接近事情本身了。我就这样说下去吧。我要告诉你，我珍贵无比的伊凡·彼特罗维契，像你这样生活只是自己毁灭自己呀。让我来说说这个不易措辞的问题吧，我是像朋友那样说话的。你是穷困的，你向你的出版商预支稿费，还你的零星小债，用剩下来的一些余款，喝喝茶度过半年，而当你等着要写出一篇小说，给你那出版商的时候，你就在你的顶楼里发抖，就是这样的，是不是呢？"

"就算是这样，无论如何这是……"

"这比偷东西、拍马屁、受贿赂、耍手段诸如此类的事情总体面一点儿吧。我知道，我知道你要说什么，这些话人家早就印在书上哩。"

"那么，就用不着你来谈我的事情了。真的，公爵，我无须给你

---

① 法语：我的朋友。

这么一门不易措辞的功课的！"

"嗯，当然你是不需要的。可是如果这恰恰是我们必须接触到的一个微妙的关键，那怎么办呢？那是避不开的。但是抛开顶楼不谈吧。我一点儿也不喜欢它，除非在某种情形下。"他带着一声可憎的笑，补充说，"但是教我吃惊的，是你竟会这样去当一个配角。自然，我记得，你们作家中有一位曾经在什么地方说过，最大的成就是一个人知道怎样在生活中把自己限制在一个配角的地位……我相信，就是这么一类事情。我在什么地方也听过这类的话，但是你知道阿辽沙把你的未婚妻夺去啦，我知道这个，而你却像什么席勒一样，准备为人家去受火刑，你是在伺候他们，而且差不多唯命是从……你得原谅我，我亲爱的人，不过这却是相当令人厌恶的高贵感情的表现。我以为你是应该憎恶这个的！这实在是丢人哪！我如果处在你的地位，我相信，我是会烦恼死的，而最糟糕的是丢人哪！"

"公爵，你带我到这里来好像是故意要侮辱我呀！"我叫起来，怒不可遏。

"啊，不，我的朋友，一点儿也不。这会儿我只是一个实事求是的人，我并不希望什么，只希望你幸福。事实上，我是想把一切事情都弄妥当。但是让我们把这些搁一下再谈吧，你且听我说完，别再发脾气，只要两分钟。唔，假如你结婚，你觉得怎么样？你瞧，我现在是完全扯到题外的事情上去了。你怎么这样惊愕地望着我呀？"

"我是在等你说完哪。"我说，确实是带着惊愕在盯着他。

"不过这是无须多说的。我只想知道，假如你的朋友中有一个人，急于想使你获得真正永久的幸福，不只是一种暂时的幸福，打算献给你一位姑娘，年轻貌美的，只是……略微有点儿经验，你觉得怎么样？我只是打比方，但是你会明白的，就是说，假定那姑娘有点儿像娜塔里雅·尼古拉耶夫娜的样子，自然还有适当的报酬（注意，我是在说不相干的事情,并不是说我们的事情)。嗯,你觉得怎么样?"

"我说,你是在……发疯。"

"哈哈哈!呸!嘿,你几乎要揍我啦!"

我的确准备扑到他身上去。我不能再约束自己了。他给我的印象,就好像一种爬虫,一只大蜘蛛,我很想捣死它。他是拿嘲弄我来开心。他像猫耍老鼠那样在玩弄我,想象我完全在他的掌握里。在我看来(而且我明白),他似乎在最后当着我的面扯下他的假面具时的那种无耻、骄横和玩世不恭的态度中获得某种快乐,或者求得某种快感。他拿我的吃惊和恐惧开心。他真的瞧不起我而且在嘲笑我哩。

我一开始就有一种预感,这一切全是预先计划好的,这背后还有某种动机,但是我却处在这样一种地位,就是不管碰到什么,都得听他说下去。这是为了娜塔莎的缘故,我不得不下决心来对付一切,来忍受一切,因为全盘事情也许会在这个时刻决定下来。但是我怎么能听得了他讥笑她的这些下流且玩世不恭的话语呀,怎么能冷静地忍受这个呀!而使事情愈弄愈糟的,是他完全看出,我不得不听他说话,而因此加倍地来侮辱我。不过我想起,他也是需要我的,于是我就开始粗鲁和无礼地回答他。他懂得这意思。

"瞧吧,我的年轻朋友,"他正经地望着我的脸说,"我们不能这样子下去,所以我们要谅解才好。你瞧,我打算对你坦白地谈一些事情,不管我说什么话,你一定得听。我想讲什么,高兴讲什么,我就讲什么,是的,在目前情形下,这是必要的。就是这样吧,我的年轻朋友,你肯俯允吗?"

我约束着自己,沉默着,虽然他带着那样一种刻毒的嘲笑瞅着我,似乎要挑动我做最直白的抗议。但是他看出我已经同意不走了,于是又说下去。

"别对我发脾气,我的朋友!你在为什么事情发脾气,是不是?

只是为了一些表面上的事情，是不是？唉，你实质上对我并没有什么别的期望，不管我怎么样说话，斯斯文文讲礼貌也好，像现在这样子也好，不管怎样，意思总是一样的。你瞧不起我，是不是？你瞧，我的心是多么可爱单纯、多么坦白、多么老实呀！我什么事情都向你表白出来，甚至我那孩子气的任性。是的，mon cher①，是的，你也该略微和气一点儿才好。那么，我们就会意见一致，就会好好儿谈下去，而到临了会彼此完全了解的。别觉得我奇怪。我是那么讨厌这一切天真烂漫，阿辽沙的这一切田园牧歌，这一切席勒主义，跟这位娜塔莎搞这种讨厌的恋爱的那一切的高傲（不过，她是一个很可爱的姑娘），老实说，我是高兴有一个机会对这些东西来任性放肆一番的。哼，现在机会是来啦。再则呢，我是渴望把我的心向你倾吐一番呢。哈哈哈！"

"你让我吃惊呢，公爵，我几乎不认得你了。你沦落到像一个小丑的程度呢。这些意想不到的直率……"

"哈哈哈！当然这话一部分是真实的！一个可爱的比喻呀！哈哈哈！我是出来喝酒的呀，我的孩子，我是出来喝酒的呀！我是在为自己找乐子呀！而你，我的诗人，该对我尽量宽容啊。我们还是喝酒吧。"他说着，注满他的酒杯，自己十分得意，"我告诉你吧，我的孩子，在娜塔莎家里那个可笑的晚上，你记得吗，几乎是把我完全毁了。她本人是很可爱的，这倒是真的，可是我走开的时候，感到非常愤怒了，我是不愿意忘记它的。不忘记它也不掩饰它。自然，我们的日子还是会到来的，而且确实很快就会到来，不过现在我们且不去谈它吧。顺便我要向你解释一下：我有一个特点，那个你还不曾知道，就是说，我痛恨这一切下流的和毫无价值的天真和牧歌

---

① 法语：我亲爱的。

式的胡闹；而且我最感兴趣的娱乐之一，就是我自己也装成那种派头，学着那种口吻，大大地去骗一下那个永远年轻的席勒，并且怂恿他，之后，趁他绝不会想到这样惊奇的事情的时候，我就突然一下子把他一拳打倒，在他面前突然扯下我的假面具，而且把我狂欢的脸突然变作一张鬼脸，向他吐出舌头来。什么？你不明白吗？你也许认为这是卑劣的、愚蠢的、下流的吧，是不是呢？"

"自然是的。"

"你倒直率。我想想，如果他们来折磨我，那我可怎么办呢？我也是直率到愚笨的程度的，但那是我的特性。不过，我要告诉你我一生中几件有特征的意外事情。这将使你更了解我，而且这是很有趣的。是的，我今天也许当真像一个小丑，可是小丑也是坦直的，不是吗？"

"听着，公爵，现在很晚了，而且当真……"

"什么？老天爷，好没有耐性啊！而且忙什么呢？你以为我醉了。没有关系。这样更好。哈哈哈！这种友好的会面常常在很久以后还记得的，你知道，人们是带着那样一种快乐去回忆它们的。你不是一个好脾气的人，伊凡·彼特罗维契。你没有伤感，没有感情。为了像我这样的朋友，多花上一两个小时的空闲时间，算得了什么呢？而且这对某件事情还有一种关系呀……自然你应该知道这个的，而且你还是一个文学家呢，是的，你是应该庆幸有这机会。你也许会从我身上创造一个典型呢，哈哈哈！真的，我今天直率得多么可爱呀！"

他显然是喝醉了。他的脸色变了，摆出一副狠毒的神情。他显然渴望着去伤害，去刺，去咬，去嘲笑。"在某种意义上，他喝醉了倒好些，"我想，"一个人喝醉了酒，往往会把话吐出来的。"但是他知道他是在干什么。

"我的年轻朋友，"他说，无疑是在寻开心，"我刚才已经向你做了一番自白，也许那是不适当的，就是说，我有时有种不可抗拒的欲望，想在一定的情形下，去捉弄别人一下。由于这种天真和心地单纯的爽直，你把我比作小丑，这真使我感到有趣。但是如果你因为我事实上改变了口吻，现在对你没有礼貌，或者像种田佬那样没有体统，你就吃惊或者责骂我，那就太不公平了。第一，这恰合我的心意；第二，我不是在家里，而是跟你在外面……也就是说，我们是像好朋友一样在外面喝醉酒；而第三，我是非常喜欢照我的幻想做事的。你知道吗，我一度有过一种幻想，想做一个形而上学者和一个博爱主义者，那几乎达到和你同样的观念了。不过那是在很久以前，在我青年的黄金时代呢。我记得那时候，我带着人道主义的意志回到乡下，不消说是苦恼死了。你才不会相信我那时碰到的事情呢。在苦恼中，我结识了几个漂亮的小姑娘……什么，你已经板起脸来啦？唉，我年轻的朋友！我们现在是像朋友一样在说话呀！人有时也得寻寻开心，人有时也得让自己放纵一下呀！我有一种俄国人的气质，你知道，一种真正俄国人的气质，我是一个爱国者，我爱抛弃一切东西，此外一个人必须及时行乐。我们终是要死的——死了还有什么呢！嗯，所以我就去追求那些姑娘。我记得有一个牧羊女，她有丈夫，是个漂亮的小伙子。我把他结结实实打了一顿，打算把他送去当兵（从前的恶作剧呀，我的诗人），但是我并不曾把他送去当兵。他在我的医院里死掉啦。我在乡里有一所医院，有十二张床位，装修得挺漂亮，那样洁净，有嵌花的地板。我早已把它毁了，但是那时候，我对它是自豪的，我是一个博爱主义者哩。嗯，我为了他老婆的缘故，把那个农民几乎打死了……怎么你又板起脸来呢？你讨厌听这些话吗？这冲犯了你高贵的感情了吗？唉，唉，别苦恼吧！这全是过去的事情啊。这些是在我富于幻想的时期干出

312

来的。我想做人类的恩人，想建立一个慈善团体……这是我那时所走的路子。那时我就爱打人了。现在我再不干这样的事了，现在人们对这要皱眉头啦，现在在我们对这全要皱眉头啦——那是时代呀……但是现在最使我发笑的，是那个傻瓜伊赫曼涅夫。我相信，他是完全知道那个农民的事情的……你想怎么样？由于他的好心肠——我准相信他那颗心是蜜糖做的——由于他那时候爱我，对他自己夸奖我，他决心一句话也不相信，而且他当真一句话也不曾相信，也就是说，他不肯相信那事实，十二年来他坚定得像块岩石似的替我辩护，直到他自己也触犯了。哈哈哈！不过这全是胡闹。让我们喝酒吧，我的年轻朋友。听着，你喜欢女人吗？"

我不回答他。我只听他说。他已经开始喝第二瓶了。

"嗯，我喜欢在吃夜宵时谈谈这些事情。吃过夜宵，我给你介绍一位我认识的菲立勃脱小姐。唔？你怎么说？可是怎么回事啊？你连瞧都不瞧我哩……哼！"

他在沉思，忽然又抬起头来，好像含着深意似的向我望了一眼，又接下去说："我告诉你，我的诗人，我要向你显示一种自然的神秘，我看你似乎对这个还一点儿不理会呢。我断定，你这会儿认为我是一个罪人，或者是一个流氓，一个罪恶与堕落的魔鬼。但是我可以告诉你！假如可能（不过从人类天性的法则上说，这是绝不可能的），假如可能使我们每一个人把他自己所有的秘密念头都叙述出来，把他所不敢说出来的和无论如何不肯告诉人家的，把他连对最要好的朋友都不肯告诉的，有时实际上连对他自己都不肯承认的东西，都毫不迟疑地公开出来，那这世界就会臭气冲天，使我们全都窒息而死哩。这就是为什么——我附带说明一下——我们的社会礼俗和习惯是那么好。它们是有很大价值的。我不是为了道德说的，而只是为了保存自己，为了求得安慰而说的。自然安慰是更主要的，因为说实在的，道德也是一种安慰呀，也就是说，道德也只是为了安慰的缘故而发明的。不过我们以后再来谈礼俗吧，我已经离开主题了，以后提醒我吧。我要用下面的话来结束了：你责备我罪恶、堕落和不道德，但是也许只怪我比别人更坦白吧，如此而已；因为正如我刚才所说的，别人连对自己都要掩饰的事情我却不曾隐讳呢……这对我来说是可怕的，但正是我现在所要做的。"但是，请放心吧，"他带着讽刺的微笑接着说，"我说'怪我'，但是我并不要求原谅。并且还要注意这一点：我并不是要使你惭愧。我并不是问你有没有这种秘密，来为我自己辩护。我做事是十分得体和光明正大的。我做事总像一个绅士一样……"

"这简直是蠢话。"我轻蔑地看着他说。

"蠢话！哈哈哈！但是可要我告诉你你在想什么吗？你在纳闷我为什么带你到这里来，忽然莫名其妙地对你这么坦白起来。是不是呢？"

"是的。"

"好，你以后会明白的。"

"最简单的解释是，你已经喝了两瓶了，而且……不清醒了。"

"你是说，我仅仅是喝醉了酒。也许'不清醒'！这比说我喝醉了来得文气一点儿吧。啊，青年人，满身都是文雅呀！可是……我们似乎又要彼此对骂起来啦，而我们是在谈那么有趣的事情啊。啊，我的诗人，如果世界上有可爱且美丽的东西的话，那就是女人哪。"

"你知道，公爵，我依旧不明白，你为什么拣我来作为谈你的秘密和谈你的女色的……嗜好的心腹朋友？"

"哼！我不是告诉过你，以后你会知道的呀？别激动吧，就算我没有理由，那又怎么样呢？你是一个诗人，你会了解我的，我可是已经告诉你了。在突然撕掉假面具时，当一个人在另一个人面前，甚至不屑顾虑合不合礼便突然显露自己的真相，这种玩世不恭的态度中间，是有一种特殊的令人满足的乐趣的。我告诉你一个故事。从前在巴黎有一个发疯的官员，后来人家看出他疯了，把他送进疯人院去了。嗯，他发疯是想娱乐自己呢。他在家里把衣服脱得精光，完全像个亚当的模样，只留着袜子跟鞋子，穿上一件长及脚踝的大氅，把自己裹在里面，带着一副庄严和威武的神气跑到街上去了。嗯，如果从侧面看过去——他正和别人一样，为了取乐穿件长大氅出去散散步。但是当他一到荒僻的地方碰上一个什么人，四周又没旁人的时候，他就默默地向那人走去，摆出最严肃的和深沉思索的神气，在那人前面突然站住，把大氅一摔，带着一片……清白的心显露他自己的真相！这样总要继续一分钟之久，然后又把自己裹起来，默默地，脸上的肌肉一丝也不动，昂然地从那吓呆了的看客旁边走过去，就跟《哈姆雷特》中的幽灵一样庄严和威武。他时常对每一个人——不管男的、女的还是小孩子，都这样干，这就是他唯一的乐趣。嗯，这种差不多相同的乐趣，也可以在那会儿经历到，就是当一个人去吓唬某个罗曼蒂克的席勒，趁他毫不提防的时候向他伸出舌头来。'吓唬'这个字眼多妙！我在你最近的一篇作品中碰到过这个字眼呢！"

"哼，那是一个疯子，可是你……"

"我是神志清楚的吗？"

"是呀。"

华尔戈夫斯基公爵咯咯地笑了起来。

"你说得对，我的孩子！"他带着一种最骄横的表情补充了一句。

"公爵，"我说，被他那种骄横激怒了，"你憎恨我们所有人，连我在内，而你就为了所有人和所有事情来向我报复了。这都是由于你那偏狭的自负。你是狠毒的，而且你的狠毒是偏狭的。我们曾经惹你发过怒，而你最愤怒的也许就是那天晚上。自然，你除了这种绝对的侮蔑，是找不出更有效的方法来向我报复的。你抛弃了我们彼此之间应有的、最普通的、一般都应该遵从的礼貌。你要向我明白地表示，你甚至不屑在我面前顾虑合不合礼，把你那龌龊的假面具公然地和出乎意料地在我面前撕下，在那种道德上玩世不恭的态度中显露你自己的真相……"

"你为什么对我说这些话？"他粗暴地、带着恶意地望着我说，"表示你的观察力吗？"

"表示我了解你，把这明白地摆在你的面前。"

"Quelle idée, mon cher①？"他接下去说，改变他的声调，忽然恢复他以前那种轻快的、爱说话的、快乐的口吻，"你不过把我从话题上引开罢了。Buvons, mon ami②，让我注满你的酒杯吧。我只是想告诉你一次动人而且极其奇怪的遭遇。我要简明地告诉你这个。我从前认识过一个女人，她已经不是在青春初期，差不多有二十七八岁了。她是个一等漂亮的女人。多好的胸部，多好的姿态，多好的风采呀！她的眼睛像鹰眼一般敏锐，常常是严肃且不可侵犯的；她的态度是庄重而难以亲近的。她一向是有冷若冰霜之称的，她那白璧无瑕的、吓人的贞操把什么人都吓怕了。'吓人的'，这是个恰当的字眼。附近所有地方没有一个人在评判事情上像她那样严厉。她不仅责罚做坏事的人，并且责罚别的女人最细微的缺点，坚决地、无情地责罚这些。她在她的圈子里有很大的势力。那些最骄傲的和最讲贞操的老女人都尊敬她，甚至想跟她亲近。她冷酷无情地观察着每一个人，好像中世纪修道院里的院长似的。年轻女人碰着她的眼光和批评就发起抖来。她一句简单的话，一个简单的暗示就足以毁坏一个人的名誉，她在社会上就有这样大的力量，连男人

① 法语：你这是什么想法，我亲爱的？
② 法语：喝酒吧，我的朋友。

都害怕她哩。最后她皈依了一种同样具有沉静和尊严性质的静观的神秘主义……但你会相信吗？你找不出一个比她更放荡的罪人哩，而我是那么幸福，竟得到她的完全信任。事实上我是她秘密的和神秘的情人呢。我们的约会安排得那么聪明和巧妙，连她家里都没有一个人会有丝毫怀疑。只有她的丫头，一个极可爱的法国姑娘，洞悉她的全部秘密，但是那个女孩子是绝对可以信赖的。她在这事情上也有份——是怎样的——我现在不说。我那情妇的欲望是那么强烈，甚至萨德侯爵①也得请教请教她呢。但是这种淫乐最强烈、最彻骨和最惊人的，就是它的神秘性，是欺骗的大胆。嘲笑那位伯爵夫人在人家面前所宣称的一切崇高的、卓绝的、神圣的事情，终于这种内心可怕的冷笑，故意踩躏一切公认为神圣的事物——而这一切没有限度地放肆到连最狂热的想象都想象不出的程度——这种淫乐的最鲜明的特点就在这里。是的，她是魔鬼的化身，可却是最迷人的魔鬼呢。我现在一想到她就禁不住迷醉。当她的淫欲正旺的时候，她会突然像一个中邪的人似的狂笑起来，而我完全理解这个，我理解她的笑，于是我也狂笑起来。这教我现在想起还叹息呢，虽然这是很久以前的事了。她一年工夫就把我丢开了。我就是想要伤害她，也办不到。谁会相信我呢？像她那样品格的人物。你怎么说呢，我年轻的朋友？”

“哼，多令人作呕！”我回答说，带着反感听着他这种自白。

“你如果不是这样回答，你也就不会是我年轻的朋友了。我知道你会这样说。哈哈哈！等等吧，我的朋友，生活得久一些，你就会明白了，但是现在，现在你仍然需要在你的假货上镀金呢②。不，如果你说这话，那你就不是一个诗人。那个女人是懂得生活的，而且

---

① 十八世纪时法国的色情文学作家。

② 意思是讲究外表的虚饰。

懂得怎样享受生活。"

"但是为什么堕落到那样兽性的地步呢？"

"什么兽性？"

"那个女人堕落到的兽性，而你跟她一起堕落了的。"

"啊，你称它为兽性——这表示你还是路都不会走的小毛头哩。自然，我承认独立是可以在完全相反的方面表现出来的。让我们谈得更爽直一点儿吧，我的朋友……你必须承认这一切全是没有意义的。"

"什么是有意义的呢？"

"有意义的是个人——我自己。一切都是为我，全世界都是为我创造的。听着，我的朋友，我始终相信，幸福地生活在这世界上是可能的。这是最好的信仰，因为没有这个信仰，一个人连过不幸福的生活都办不到，除了服毒自杀。人家说这是一些傻瓜干的事。这种傻瓜老是谈着哲学，一直谈到他把一切、一切全毁了，连一切正常和自然的人类本分的义务都毁了，直到最后，他什么也没留下。总数等于一个零，于是他宣称生活中最好的东西便是氢氰酸①。你说，那是哈姆雷特。事实上那是可怕的绝望，是我们从来不会梦想到的重大事情。但你是一个诗人，而我却是一个平凡的俗人，所以我说，一个人必须从最平凡、最实际的观点去看事情。拿我来说吧，我老早就摆脱掉一切桎梏，甚至摆脱掉一切义务。只有我看到有利可图的时候，我才承认义务。你呢，自然不能像这样去看事情的，你的腿上还套着脚镣呢，而且你的口味是病态的。你高谈理想，高谈德行，嗯，我亲爱的家伙，我准备承认你告诉我的一切，可是我假如知道事实上在一切人类德行的根底里都存在着最自私的成分，那我

———————————

① 意指毒药。

318

怎么办呢？而且越是有德行的东西，里面自私的成分就越多。爱你自己——这是我所承认的唯一守则。生活是一种做买卖的勾当，别浪费你的钱，但是你得花钱款待客人，而且也要对你的邻人履行一切义务。假如你当真要知道的话，这些就是我的道德了。虽然我承认，能够不为邻人花钱，也能使他们无代价地为我做事，那就更好。我没有理想，我也不要理想，我也从来不感到需要它们。一个人没有理想就能够过那样快乐且可爱的生活呀……而且 ensomme^①，我很高兴，我不需要氢氰酸就能过得下去。如果我稍微有点儿德行的话，我也许就像那个傻瓜哲学家（不消说，是个德国人）一样，没有它就不行了。不！生活中剩下的好东西还多着哩！我爱权势、品级、高楼大厦，下大注的赌牌(我是非常喜欢赌牌的)。而尤其，尤其是——女人……以及女人的各方面。我甚至喜欢秘密的、偷偷摸摸的不良勾当，带点儿新奇且独创的，甚至为了不单调，要求稍微猥亵一点儿，哈哈哈！我在瞧你的脸呢。你带着怎样的轻蔑在望着我呀！"

"你说得对。"我回答说。

"嗯，也许你是对的，不过无论如何，猥亵总比氢氰酸好一点儿，是不是呢？"

"不，氢氰酸更好。"

"我问你'是不是'，是故意要拿你的回答开心的，我知道你会这么说的。不，我年轻的朋友。如果你是一个真正爱人类的人，就希望一切聪明的人都有像我一样的趣味吧，就是带着一点儿猥亵也没关系，否则聪明的人在世界上就没有事干，除了愚人就没有人了。这对他们倒算是好运气。虽然直到现在，当真还有一句俗语这么说：愚人运气好。你知道，没有一件事情比跟愚人生活在一起并且帮助

---

① 法语：老实说。

他们更为有趣的了,这是有利可图的!你无须奇怪我为什么重视习俗,维持某种传统和争求势力,自然我知道我是生活在一个没有价值的世界里,不过同时这世界却是舒适的,而我支持它,对它表示坚决的拥护。虽然如果时机到来,我第一个就会离开它。我懂得你们那一切现代观念,不过我却绝不为它们去伤脑筋,也没有理由这样。我从来不为什么事情感到良心受到责难的。只要我能够顺遂,我就什么都赞成,而且有许许多多的人都像我一样,我们当真都是很顺遂的。世界上一切都会毁灭,只有我们不会毁灭。世界存在一天,我们就存在一天。整个世界也许会沉沦,但是我们将浮起来,我们将永远浮在顶上。顺便想想一件事情吧:像我们这样的人多么富有生命力呀。我们的生命力非常罕有地强盛,这使你吃惊过吧?我们活到八十岁、九十岁。造物主就是这样保佑我们的,嘻嘻嘻!我尤其要活到九十岁。我不喜欢死,我害怕死。鬼才知道死是什么样子。但是干吗谈这些呢?这都是那个服毒自杀的哲学家惹我说起来的。该死的哲学!Buvons,mon cher①。我们来谈谈漂亮姑娘吧……你要到哪里去?"

"我要回家去,你也该走了。"

"胡说,胡说!我差不多把整个心都向你公开了,而你却不觉得这是多么伟大的友谊的明证啊。嘻嘻嘻!你心里是没有爱的,我的诗人。但是等一下,我再要一瓶……"

"第三瓶吗?"

"是的。说到道德,我年轻有为的朋友(你允许我用这个亲密的名字叫你吗?),谁知道呢,也许我的教训有一天会是有用的。所以,我年轻有为的朋友,关于道德我已经说过了:越是善良的道德,它

---

① 法语:喝酒吧,亲爱的。

里面的自私成分便越多。我要告诉你一个极美的故事。我一度爱过一个年轻姑娘，几乎是真正爱她的。她为了我甚至牺牲很大哩。"

"是抢了她钱的那个女人吗？"我粗鲁地问，不愿再约束自己了。

华尔戈夫斯基公爵吓了一跳，脸色都变了，他用那双通红的眼睛直盯着我。那眼睛里带着惊愕和愤怒。

"等一下，等一下，"他似乎在对自己说，"让我想想。我当真是喝醉了，我很难回忆了。"

他歇了一下，带着同样狠毒的眼神探究地望着我，把我的手握在他的手里，好像怕我走开似的。我相信，他这个当儿是在心里盘算，想找出我是从什么地方听来这件很少有人知道的事情的，和我知道了这件事是不是有什么危险。这样继续了一分钟，他的脸色很快就变了。原来那种嘲弄的、喝醉酒的、愉快的表情又显现在他眼睛里了。他笑了起来。

"哈哈哈！你真是一个塔列朗①啊！没有别的字眼可以形容你了。嘿，当她扑到我身上，说我抢了她的钱的时候，我当真是站在她的面前愣住了！那时她叫喊得像个什么样子呀，把我骂成什么样子呀！她是一个暴烈的女人，没有自制力的。但是你来评评看：第一，我并没有像你刚才所说的抢过她的钱，是她自己把她的钱送给我的，那么这钱就是我的了。假如你送给我你那件最好的晚礼服，"（他一边说，一边睃着我那唯一一件差不多走了样的晚礼服，这件礼服还是三年前一个叫作伊凡·斯库那金的裁缝替我缝的。）"我谢了你便穿上了，忽然在一年以后，你来跟我吵，要我还给你，而那时我已经把衣服穿破了……这不大体面吧，那又何必送呢？第二，钱虽然是我的，不过我当然要还给她，但是想想看吧，我一下子哪里收集

––––––––––––––
① 十八世纪的法国政治家。

得到这样大一笔数目呢？而尤其是，我受不住这种席勒主义和牧歌式的胡闹：我已经告诉你过了——这就是这事情的全部内幕哇。你想象不出，她是怎样装模作样地说她给了我钱（这钱已经是我的了呀）。我最后冒起火来，但我却忽然做到能够很正确地判断情形，因为我向来不张皇失措的。我想，我还了她的钱，也许会使她不快乐的。我这样会剥夺她那种完全因我而遭到的不幸并且终身可以诅咒我的那种乐趣。相信我，我年轻的朋友，在这种不幸中，在感到自己是慷慨的和绝对有理的，并且有权利叫对方流氓的这种感觉中，确实有种崇高的狂悦。自然，在那些席勒式的人们中间是常常会有这种憎恨的狂悦的，后来她也许会连饭都没得吃，然而我相信她是快乐的。我不愿剥夺她这种快乐，所以我就没有把钱还给她。这充分地证明了我的格言，就是说，一个人的慷慨越显著，越明白，它里面所隐藏着的可厌的自私成分也就越多……自然你是明白这个的……可是你要来抓我哩，哈哈哈！……喂，承认吧，你是想要抓我哩……啊，塔列朗啊！"

"再见。"我说，站了起来。

"再一分钟！两句话就结束！"他忽然扔掉他那可憎的口吻，正经地说，"听我说最后的话吧：从我刚才所说的话里，清楚且明白地推论出（我想象你也已经看出来了）我绝不会为谁放弃于我有利的事情的。我喜欢钱，我需要它。卡捷琳娜·菲多罗芙娜有很多钱。她父亲收了十年的酒税。她现在有三百万，而这三百万对我是很有用的。阿辽沙跟卡佳是一对完满的配偶，他们都是十足的傻瓜，而这正是适合我的。因此我希望而且想使他们的婚礼尽可能早点儿举行。在两星期或三星期中，伯爵夫人和卡佳将要到乡下去。阿辽沙必须护送她们去。警告娜塔里雅·尼古拉耶芙娜，最好不要搞牧歌式的胡闹，不要有席勒主义，也就是说他们最好不要反对我。我是爱复仇和恶毒的，我要卫护我自己。我是不怕她的。一切事情无疑都会像我所希望的，所以我现在警告她，当真还是替她打算呢。注意，别瞎想，她自己处理得懂事一点儿。否则这对她的前途是不利的。她应该感谢我，我不曾用我应该采取的手段——用法律去对付她。我告诉你，我的诗人，法律是保障家庭安宁的，它保证儿子要服从老子，谁要引诱孩子们背弃他对父母的神圣责任，法律是不许的。并且记住我有许多亲戚，而她是没有的，而且……你当然知道我会怎样对付她的。但是因为她到现在为止总算做事还有理性，所以我并不曾那样对付她。别不放心。过去六个月中每一分钟他们所采取的任何行动，都有敏锐的眼睛在观察着。每件事情极琐碎的细节，我都知道呢。因此，我就静静地等着阿辽沙自己来抛弃她，而这个过程现在已经开始了，同时这对他来说是一种可爱的消遣：我在他的想象中依然是个仁慈的父亲，而且我必须使他这样来想象我。哈哈哈！我记得，那天晚上她那么大度和不自私，肯不嫁给他了！我要知道她怎么能嫁给他呢？那时我去拜访她，那很简单，因为已经是结束这关系的时候了。但是我想用自己的眼睛、用自己的经验来证实一切事情。嗯，这使你满足了吧？也许你还想知道，我为什么把你带到这里来，为什么我在你面前这样开玩笑，为什么我对你这样干脆痛快，当这一切事情无须这样开诚布公就可以说出来的时候，是吗？"

"是的。"

我约束着自己，专心地听着。我无须再回答什么了。

"唯一的，我年轻的朋友，是我观察到，你对于一切事情是比我们那两个傻瓜更有常识和清楚的眼光。你也许从前就已经知道我是什么样的人，已经对我有过揣测和猜想了，但是我想省去你的麻烦，决定面对面地展示给你看，和你打交道的是怎样一个人。直接印象是很重要的。了解我吧，我的朋友，你知道你在和谁打交道，你爱她，所以我现在希望你会用你的一切力量（你对她是有力量的）使她免掉某种不愉快的事情①。否则是会发生这种不愉快的事情的，我老实告诉你，这不是开玩笑的事情。最后，我跟你开诚布公的第三个理由……（你自然已经猜到了，我亲爱的孩子）是的，我当真要唾弃这所有事情，还要我当着你的面来唾弃它吗？"

"你已经达到你的目的了，"我说，激动地发抖，"我同意，你除了对我坦白，再没有更好的方法来表示你对我和对我们所有人的狠毒和轻蔑了。你很明白你对我坦白绝不会连累你自己的，你甚至不怕羞，把自己的真相都向我显露了。你确实像那个穿大氅的疯子。你没有把我当作一个人。"

"你猜得对，我年轻的朋友，"他说，站了起来，"你全看明白了。你不枉为一个作家。我希望我们像朋友一样分手。我们不一起来喝杯 briiders chaft② 酒吗？"

"你喝醉了，这是唯一我不给予你应有的回答的理由……"

"又是一副沉默的样子——你该说的话还不曾说出来哩。哈哈哈！你允许我替你结账吗？"

"用不着麻烦你，我自己结账。"

"啊，别多心，我们同路走吗？"

"我不同你走。"

"再见，我的诗人。我希望你了解我……"

他出去了，脚步走得不大稳，再不向我转过脸来了。他的仆人扶他上了马车。我走开。这时将近凌晨三点了。天在下雨。夜是阴暗的……

---

① 在俄国的法规下，一个没有正常地位的女子，往往会成为维持风化的警察迫害和敲诈的对象，此处是暗示这个。

② 法语：友爱。

第四部

第一章

　　我不想描写我的愤怒了。虽然一切事情我都预料到了，可是这总是一个打击，似乎他带着全部狰恶的面目突如其来地出现在我面前。但是我记得我的感觉是纷乱的，仿佛我被什么东西击倒了，压垮了，惨淡的悲哀越来越痛苦地咬啮着我的心。我替娜塔莎担忧。我预见到她未来的巨大的苦难，我在迷茫中替她筹思一些办法，使她在结局的大灾难到来之前可以避免这苦难，可以缓和她最后的一刻。这个大灾难已经是毫无疑问的了。这就在眼前，而这将以怎样的形式出现，是不可能看不出来的。

　　我不曾注意我是怎样回到家里的，不过我一路上被雨淋得很湿了。那时已经是凌晨三点。我还来不及敲我的房门，就听到一声呻吟，那门就急遽地被打开了，似乎尼丽并不曾睡觉，一直就在房门口等着我。房间里点着一支蜡烛。我看见尼丽的脸，惊慌起来了。她的脸完全扭曲了，她的眼睛像害热病似的在发烧，带着一种慌乱的神色，仿佛不认得我了。她在发高烧哇。

　　"尼丽，怎么一回事呀？你病了吗？"我问，俯下身去，搂住她。

　　她战栗地挨着我，似乎在害怕什么东西，急促而混乱地说了些什么，好像她专等着我回来要告诉我似的。可是她的话既奇怪又不连贯，我一点儿也听不懂。她处在精神错乱的状态中。

我迅速地把她引到床上。可是她不断地惊跳起来并紧贴着我，似乎害怕着，似乎求我保护她避开什么人，甚至当她躺在床上的时候，她还是一直抓住我的手，紧紧地捏着，仿佛怕我会再跑开。我是那么震惊，我的神经是那样震动，当我望着她的时候，我当真哭起来了。我自己也在害病哩。她一看见我流泪，就定着眼睛望了我半天，带着紧张的、专心的注意，仿佛要领会和理解什么似的。这显然使她很吃力。之后她脸上显出一种类似思索的神气。在一次猛烈的癫痫发作以后，她常常好些时间不能够集中她的思想或者清楚地发音。现在就是这样。她费了很大的劲想跟我说些什么，知道我不曾懂得她的意思，便伸出她的小手来替我擦去眼泪，接着又搂住我的脖子，把我拉过去，吻我。

这很清楚，当我不在的时候，她曾经发过一次癫痫，是当她站在门口的时候。也许当她恢复过来之后，她有很长一段时间不能清醒。在这种时候，现实和梦呓混在一起，她一定想起某些可怕的事情，某些恐怖的东西。同时她也迷迷糊糊地感觉到，我回来要敲门的，于是她就躺在门道的地板上，留心等我回来，一听到我敲门就站起来了。

"但是为什么她刚好在房门口呢？"我奇怪着，突然我惊愕地注意到她穿着她那件小棉外衣（我不久前才从一个做小贩的老妇人那里弄到这件外衣。这个老妇人常常拿些东西给我，用来偿还我借给她的一点儿钱）。这样看来，她或许是打算出去，或许她已经把房门的锁都开了。而就在这时候，她突然犯了癫痫。她打算到哪里去呢？还是那时她已经精神错乱了呢？

这时，她还不曾退烧，不久她又沉入梦呓和不省人事的状态中了。她在我这间房里已经发过两次病了，可是都平静地过去了，然而现在她似乎在发高烧。我在她旁边坐了半个小时，把一把椅子推到沙发前面，就躺在那里。我不脱衣服，靠她近一点儿，这样她一叫我，我就可以较快一点儿醒来。我连蜡烛也不曾熄。我睡熟以前又看了她好多次。她是苍白的，嘴唇热得发焦，或许因为跌了跤的缘故，嘴唇上还沾着血。她脸上仍然留着那种恐怖的神色和某种切肤的痛苦，似乎睡梦中还在烦扰她。我决定如果她病情再严重下去，我明天就尽可能早地去找医生。我担忧这会变成真正的脑炎。

"一定是那公爵把她吓着了！"我想，战栗了一下，并且想起他说的那个把钱摔到他脸上的女人的故事了。

第二章

两个星期过去了。尼丽渐渐痊愈。她不曾患上脑炎，但是病得很厉害。四月底一个晴朗的日子里她起床了，是在复活节的那一周。

可怜的小东西呀。我不能再用同样的叙述方式继续写我的故事了。我现在所描述的这一切是过去很久的事了，但是直到目前，我依然带着一种迫人的、伤心的苦痛，回忆着那张苍白的、瘦削的小脸，以及当我们单独在一起的时候，她那双黑眼睛里那种探究的、凝神的注视。她从床上用一种悠长的注视紧盯着我，似乎要引我去猜想她心里的事情；可是看到我并不在猜想而且依旧迷惑的样子，她就似乎暗自温柔地微笑起来，而且会突然向我伸出她那手指纤细而消瘦的、正发烧的小手来。现在这一切全过去了，一切事情也都明白了，但是直到今天，我还是不知道那颗害病的、被折磨与被迫害的小心灵里的秘密哩。

我觉得我把话头扯开了，但是这会儿我却偏要单单去想念尼丽。说来奇怪，我现在孤零零地躺在医院的病床上，被所有我所深爱的人遗弃了，有些从前的琐细的偶然事情，当时未被注意而且很快就忘掉了的，现在却一下子记了起来，而且忽然获得一种新的意义，补充和解释了我甚至此刻都不理解的事情。

在她害病的最初四天里，我们——医生和我——很替她担心，但是到了第五天，医生拉我到一旁，告诉我说已经没有着急的必要了，她一定会复原的。这个医生是我早就认识的，一个好心肠的古板的老鳏夫，尼丽第一次害病时我就请过他，他胸前挂着的那枚巨大的斯坦尼斯拉夫勋章曾经给她留下了深刻的印象。

"那么，没有着急的理由了。"我说，大大地安心了。

"不，这一次她会好的，不过之后她很快就会死的。"

"死！可是为什么？"我叫起来，被这死亡宣告震惊了。

"是的，她一定很快就会死。这位病人心脏的结构有毛病，环境稍微有点儿不顺利，她就又会躺下的。也许她会好一点儿，但是以后还是要病的，最后她会死去。"

"你是说没有办法可以救她吗？一定是不可能的。"

"这是避免不了的。然而如果能避开不顺利的环境，能够有一种平静和安适的生活，生活能够快乐一点儿，她或许可以不至于死，而且甚至还可以有些……意料不到的……奇怪的和例外的情形……事实上，这病人如果有完全顺利的环境，是可能得救的，但是根本治好——是绝不可能的。"

"可是老天爷，现在该怎么办呢？"

"听我的劝告，过一种平静的生活，有规律地吃药粉。我注意到这女孩子有点儿任性，有种神经质的脾气并且喜欢笑。她极不愿意有规律地吃药粉，她刚才就绝对不肯吃。"

"是的，医生。她自然是有点儿古怪的，不过我认为这一切都是因为她的病。昨天她就很听话，今天我给她吃药的时候，她好像偶然似的把汤匙推开，把药都打翻了。我让她再喝一服药，她把药匣子从我手里抢去，扔到地上，接着突然哭起来了。不过我并不认为这是因为我要她吃药的缘故吧。"我想了一下，补充说。

"啊！刺激呀！她过去的巨大不幸啊。"（我曾经详尽地和坦白地把尼丽的大部分历史都告诉那医生了，我说的故事使他极其吃惊。)

"这一切接二连三地发生，因此就得病了。目前唯一的补救就是吃药粉，而且她必须吃药粉。我要再去试一次，使她了解服从医生命令的责任，和……总而言之……吃药粉。"

我们两个走出厨房（我们是在那里会面的），医生又走到那生病的孩子的床边去。但是我想尼丽大约已经偷听到我们的话了。无论如何，她从枕头上抬起头，向我们这边侧着耳朵，一直在细心地听着。我从半开的门缝里注意到这个。当我们向她走去，这小家伙立刻缩到被子底下，带着一丝嘲弄的微笑偷看我们。在这害病的四天中，这可怜的孩子已经瘦了许多。她的眼睛陷了下去，而且依旧在发烧，因此使这医生——他是彼得堡最好心肠的德国人中的一位——对她那恶作剧的表情和闪烁的放肆的眼色那么惊奇，看起来和她的脸太不相称了。

他开始庄重地——虽然他想尽可能使他的声音柔和——用一种仁慈和抚爱的声音解释这药粉是多么重要和有效，因此每个病人必须吃它。尼丽抬着头，但是突然用一种看来很偶然的臂膀挥动，把汤匙一推，药又全泼在地板上了。无疑她是有意这么做的。

"这是极不愉快的疏忽，"老人平静地说，"我怀疑你是有意这么做的，这是该受责备的呀。但是……我们可以纠正它，再来配一包药粉。"

尼丽对着他的脸大笑起来。医生严正地摇摇头。

"这很不对，"他说，打开另一包药粉，"很该受责备的呀。"

"别跟我发脾气呀，"尼丽回答说，想不再笑却做不到，"我一定吃它……但是你喜欢我吗？"

"如果你肯守本分，我会非常喜欢你的。"

"非常？"

"非常。"

"但是此刻你喜欢我吗？"

"是的，我就是此刻也喜欢你。"

"那么假如我想吻你，你会吻我吗？"

"是的，假如你高兴。"

说到这里，尼丽又忍不住大笑起来。

"这个病人有一种愉快的特性，但是现在——这是神经质和任性。"医生带着一种极严重的神气轻轻对我说。

"很好，我会吃药粉的，"尼丽突然用微弱的声音说道，"但是当我长大成人的时候，你肯跟我结婚吗？"

显然，这个新发明的幻想使她大为高兴，她的眼睛简直亮了起来，她的嘴唇笑得歪扭，当她等待着那几乎吓坏了的医生的回话的时候。

"很好，"他回答说，听到这个怪念头也忍不住微笑起来了，"很好，假如你长成一个善良的、有好教养的年轻姑娘，而且听话，而且……"

"吃我的药粉？"尼丽插嘴说。

"哦！当然，吃你的药粉。一个好女孩儿呀，"他又向我耳语说，"她很有点儿路数……是善良且聪明的，但是……结婚……多么奇怪的任性啊……"

于是他又给她吃药。这一次她可没有装，干脆用手把汤匙从下面往上一推，那药又全部泼到那可怜的医生的衬衫护胸和脸上了。尼丽高声地大笑起来，但却不像前一回那种愉快和善意地大笑了。她脸上有一些残忍和恶意的神色。这时她似乎在避开我的眼睛，单单望着那医生，而且带着一种嘲弄的神色等着看那"可笑的"老头儿还会做出些什么来，不过从这种嘲弄中却显出一些不安的神情。

"啊，你又这样干啦！……多么倒霉！但是……我可以再替你配一包药粉哪！"老人说，拿手帕擦擦他的脸和衬衫护胸。

这使尼丽感动极了。她以为我们会发脾气，以为我们会责骂她和训斥她，而她这会儿也许无意识地在期望一些借口使她可以哭一场，可以歇斯底里地啜泣，可以像刚才那样打翻更多的药，甚至趁她恼怒打碎一些什么东西，用这一切来宽慰一下她那任性的和痛苦的小心灵。这种任性的脾气不仅病人有，也不仅尼丽才有，我就常常这样，在房间里走来走去，带着一种无意识的欲望，等什么人来侮辱我一下，或者对我说几句话，那我就可以把它当作侮辱的借口，来对什么人发泄我的愤怒了。女人是用这种方法来发泄她们愤怒的，开头先是哭，淌着最真实的眼泪，而更会动感情的女人甚至会变得歇斯底里。这是极简单的和日常的经验，尤其当心中有什么悲哀——这种悲哀常常是秘密的——想要发泄而不能发泄的时候，便常常发生这种情形。

但是那老医生天使般的仁慈和他一句责备的话也不说就替她再配一包药的那种耐性把她感动了，尼丽突然平静下来了。嘲弄的神色从她嘴唇边消失了，红晕泛到她脸上来，她的眼睛湿了。她向我偷偷瞧了一眼，立刻又避开了。医生给她拿来药，她驯顺地和不好意思地吃了，握着老人那粗壮的发红的手，慢慢地望到他的脸上。

"你……因为我很可恶而在发脾气吧？"她想说却没能说完，她缩到被窝里，藏起她的脑袋，发出大声的、歇斯底里的哭泣。

"啊，我的孩子，别哭！……这没有什么……这是神经上的毛病，喝点儿水吧。"

但是尼丽不曾听见。

"放心吧……别苦你自己了，"他接下去说，几乎对她哽咽起来了，因为他是一个极易感动的人哪，"我会宽恕你而且会跟你结婚的，如果你像一个好好的有教养的姑娘一样，肯……"

"肯吃我的药粉。"话语夹着一阵轻轻的神经质的笑声从被窝底下透出来，那笑声像只铃铛似的响着，却被哭泣打断了——这是我极熟悉的一种笑。

"一个好心肠的、可爱的孩子呀！"医生庄重地说道，眼泪几乎充满他的眼睛了，"可怜的女孩子呀！"

从这一天起，他和尼丽之间就发生了一种奇异而稀罕的爱。尼丽对我反而越来越不高兴、神经质和易怒了。我不知道是什么缘故，觉得她奇怪起来，尤其是她这个变化似乎是突如其来的。在她害病的头几天里，她对我特别温柔和怜爱，好像她的眼睛不能离开我似的。她不肯让我离开她，把我的手紧紧地抓在她发烧的小手里，让我坐在她的旁边，而且她如果一看到我忧郁和焦灼，就竭力想逗我高兴，说说笑话，跟我玩儿，又向我微笑，显然努力想克服她自己的痛苦。她不要我晚上工作，也不要我坐着照顾她，我不听她就难过起来。有时我注意到她脸上的一种焦灼神色，她开始盘问我，竭力想找出我为什么忧郁，我心里在想些什么。但是说来奇怪，我一提起娜塔莎的名字，她就立刻打断话头或者说一些别的事情。她似乎要避免谈到娜塔莎，这却叫我吃惊。我一回家，她就高兴了。我一拿起帽子，她就沮丧地而且多少有点儿奇怪地望着我，眼睛跟着我，仿佛含着责备的意思。

在她害病的第四天，我整个黄昏跟娜塔莎在一起，一直待到半夜。我们有些事情要讨论。那天我出去的时候，我对我那病人说我很快就会回来的，我真是打算这样的。在娜塔莎那儿却几乎出乎意料地被耽搁住了，我对尼丽倒很放心。亚历山特拉·西苗诺芙娜在陪着她，她是从马斯罗波耶夫——他曾经来看过我一下——那里听说尼丽在害病，而我又处在极端困难中完全没有帮手。天哪，好心肠的亚历山特拉·西苗诺芙娜是多么忙乱哪！

"所以，他自然现在是不能来跟我们吃饭了！……唉，宽恕我们吧！而且他完全是孤独的，可怜的人，完全是孤独的呀！好吧，现在我们可以向他表示我们对他多么好了。这是一个机会，我们不要让这个机会逃掉。"

她立刻出现在我住的地方，随着她的车子带来一只大篮子。她打开包裹，第一句话就宣称她打算留下来，在困难中帮我的忙。那包裹里是给病人吃的糖浆和腌菜，几只小鸡和一只大鸡是预备给病人好一点儿的时候吃的，还有预备带来烘烤的苹果、橘子，基辅的干果酱（那是预备在医生允许的情形下吃的），最后是衬衫、被单、餐巾、睡衣、绷带、压定绷带——整个医院的装备都带来了。

"我们什么东西都有了，"她对我说，似乎急促地发出每一个字音，"你瞧，你像一个单身汉一样过活。这些东西你差不多全没有。所以请答应我吧……而且菲利浦·菲利必契这样跟我说过的。嗯，现在怎么样呢……赶快吧，赶快吧，现在我要做些什么呢？她怎样了？清醒着吗？唉，她躺得多么不舒服哇！我要把她的枕头放平，让她的头可以放得低一点儿，你认为怎么样，有一个皮枕头不更好吗？皮枕头比较凉快一点儿。哎，我真是一个蠢家伙！我就没有想到带一只来。我去拿吧。我们要不要生火呢？我要把我那个老女佣派到你这里来。我认识一个老女佣。你没有用人，是不是？……嗯，我现在做些什么呢？这是什么东西？药草……是医生开的吗？我想，来烧点儿药草茶吧，我马上去生火。"

但是我让她安定下来，她却非常惊异，甚至颇为烦恼，看到并没有很多事情可做。可是这根本没有使她丧气，她立刻就和尼丽做起朋友来，在她整个害病期间，成为我的一个大帮手。她几乎每天都来看我们，而且她一来总好像掉了什么东西，一定要急忙找到它似的。她常常还补充说是菲利浦·菲利必契叫她来的。尼丽非常喜欢她。她们两个就跟两姊妹一样，我猜想亚历山特拉·西苗诺芙娜有许多地方跟尼丽一样，像小毛头似的。她时常讲一些小孩子的故事使她开心，她一回家，尼丽便常常感到寂寞。她第一次来的时候，我那病人很惊奇，但是她很快就猜到这个不速之客是为了什么而来，于是照老样子皱起眉头，变得沉默和冷冷的。

"她为什么来看我们？"当亚历山特拉·西苗诺芙娜走了以后，尼丽带着不高兴的神气问。

"来帮助你，尼丽，来照顾你呀。"

"为什么？什么意思？我从来不曾为她做过这样的事呀。"

"仁慈的人并不等待这个呀，尼丽。他们愿意帮助需要帮助的人，并不指望人家为他们做什么事。这就够了，尼丽，世界上有很多仁慈的人。你不曾碰见过他们，而当你需要他们的时候也不曾碰见过他们，这只是你的运气不好罢了。"

尼丽没有说话。我从她身边走开了。但是一刻钟以后，她用一种微弱的声音喊我，向我要些东西喝，突然一下子热烈地把我抱住了，很长一段时间不让我走开。第二天，亚历山特拉·西苗诺芙娜再来的时候，她就带着一种愉悦的微笑去欢迎人家，虽然她不知什么缘故似乎依旧有点儿不好意思的样子。

第三章

　　这就是我在娜塔莎家里留到半夜的那天。我到家已经很迟了。尼丽睡熟了。亚历山特拉·西苗诺芙娜也很瞌睡，但是她依旧陪病人坐着，等我回来。她用急促的低语告诉我，尼丽起先精神极好，甚至笑了好多次，但是后来她又抑郁起来，而且因为我没有回来，她变得沉默和思索起来了。"接着她说她头痛，开始哭起来了，而且哭得那样厉害，我真不知道该拿她怎么办。"亚历山特拉·西苗诺芙娜补充道，"她对我谈起娜塔里雅·尼古拉耶夫娜，可是我不能告诉她什么。她后来也就不问了，老是哭，就这样哭着睡熟了。好吧，再见了，伊凡·彼特罗维契。她无论如何是好一点儿了，我可以看出来，我现在该回家去了。菲利浦·菲利必契跟我说过的。我得承认这一回他只让我出来两个小时，可是我却自己留下来了。不过不要紧，别替我烦恼。他不敢对我发脾气的……只是或许……唉，我的天，伊凡·彼特罗维契，亲爱的，我该怎么办呢？他现在常常喝醉了回家呀！他有些什么事情忙碌得很，他也不跟我讲，他在烦恼。他心里有什么重大的事情，我看得出来，可是他每天晚上还是喝醉……我就是想，他如果回来，谁把他扶到床上去呢？好吧，我要走了，我要走了，再见吧。再见吧，伊凡·彼特罗维契。我刚才看到这儿有一些书，你弄了多少书哇，它们应该都是很深奥的吧。而

338

我是那样一个蠢货，我从来不读一些什么……嗯，等明天……"

可是第二天早晨尼丽醒来，抑郁且愠怒，而且不高兴回答我。她并不主动地来跟我说话，好像在跟我发脾气似的。但是我注意到她仿佛偷偷地向我瞥了几眼，在那眼神中有一种隐藏的、真心的痛苦，然而也有一种明显的温柔，那是在她正面看我的时候看不出来的。这是在和医生闹吃药的那一天一样的眼神。我不知道该怎么想。

但是，尼丽对我完全改变了。她那奇怪的态度，她的任性，以及她有时甚至憎恨我，一直持续到她不跟我住在一起的那一天，直到那作为我们罗曼史结局的大灾难为止。不过这是后话了。

然而有时也碰到这种情形：她会有个把小时对我依旧像起先一样挚爱。在那种时刻，她是加倍地温存，多半是苦苦地哭泣。但是这样的时光很快就过去，于是她又回到原来的痛苦中，又带着敌意瞧着我，或是像从前对医生那样任性，或是忽然注意到我并不喜欢她新近的某些顽皮态度，就大笑起来，而且常常几乎是弄到哭起来才收场的。

有一次她甚至跟亚历山特拉·西苗诺芙娜也吵起嘴来了，对她说，她不要她的什么东西。在我当着亚历山特拉·西苗诺芙娜的面责怪了她几句的时候，她就发起脾气来，带着一种积压已久后爆发出来的憎恨回答我，但是突然又陷入沉默，两天没有跟我说一句话，药也一包都不吃，甚至连茶饭都不吃，除了那老医生，谁也不能使她开心和使她觉得害羞。

我已经说过，从闹吃药那天起，她和医生之间产生了一种惊人的爱情。尼丽非常喜欢他，不管他没有来之前她是多么悲郁，一看见他，她就常常报以一种温情的微笑。而在他那一方面呢，这老头儿开始每天都来了，有时甚至一天来两次，甚至当尼丽能起床了和已经完全复原了都还是这样，而她似乎迷住了他，他如果一天不听到她的笑声和跟她开玩笑——这玩笑有时是很有趣味的——他简直就过不下去了。他给她带来一些图画书，大抵是带有教育性质的。其中有一本是他特地买来给她的。之后，他又给她带来装在漂亮盒子里的精致糖果。在那种时候，他一进来就带着一种得意的神情，仿佛是他的生日似的，而尼丽立刻就猜到他是带着礼物来了。可是他却不把礼物拿出来，只是狡猾地笑笑，靠着尼丽坐下来，暗示她说假如有哪位年轻小姐知道怎样好好做人而且当他不在的时候也该受到夸奖，那么这位小姐是应当得到一份漂亮的奖赏的。而在这样的时刻，他老是那么单纯和温和地望着她，尼丽虽然带着最坦直的样子讥笑他，可是这种时候在她那发亮的眼睛里同时却是含着真挚和深切的爱的光辉的。最后那老头儿从椅子里庄重地站了起来，拿出一盒糖果，当他把这交给尼丽的时候，补充说："给我未来的可爱的伴侣。"在这个时候，他其实是比尼丽还快乐的。

接着，他们就开始聊天，每次他都热诚地和谆谆地劝她当心身体，给她很有说服力的医药上的劝告。

"一个人最主要的是要保养自己的身体，"他教条式地说，"首先和主要的是为了使自己活着，其次是为了健康，这样才能获得生活的幸福。如果你有什么悲哀，我亲爱的孩子，把它们忘掉吧，最好不要去想。如果你没有悲哀——好，那么也别去想，只是设法想想快乐的事情……一些愉快和有趣的事情吧。"

"那么我想些什么愉快和有趣的事情呢？"尼丽会问。医生立刻被难住了。

"嗯……想些合乎你年龄的天真的游戏呀，或者，嗯……这一类事情……"

"我不要游戏，我不爱游戏。"尼丽说，"我倒更喜欢新衣服。"

"新衣服！哼！嗯，这不大好。在生活上，在一切事情上，能适中就该满足了。不过……或许……喜欢新衣服也没有什么害处吧？"

"那么，我嫁给你的时候，你会给我很多衣服吗？"

"什么念头啊？"医生说，忍不住皱起眉头。尼丽狡猾地微笑着，甚至一下子忘记自己，向我瞟了一眼。

"不管怎么样，如果你的行为配得上有件新衣服，我会给你一件的。"医生接着说。

"那么，我嫁给你之后，还要每天都吃药吗？"

"嗯，那时候，你也许就不必经常吃药了。"

医生微笑起来了。

尼丽用笑打断了这次谈话。老头儿陪着她笑，慈爱地看着她那快乐的样子。

"一种好玩的戏谑的心情啊！"他转向我说，"但是人家还是看得出来那种任性的以及某种古怪的和容易受刺激的痕迹呢。"

他说得对。我不明白她究竟发生了什么事。她似乎不高兴跟我讲话，仿佛我有什么地方错待她似的。这使我非常痛苦。我自己蹙紧眉头。有一次我一整天不跟她说话，但是第二天我就觉得害羞起来。她常常哭，而我却一点儿也不知道怎样去安慰她。可是有一次她却打破了对我的沉默。

有一天下午，我在天黑以前回家，看见尼丽把一本书仓促地藏到枕头底下。那是我的一本小说，她从桌子上拿去，趁我不在的时候读的。她干吗要向我掩饰这件事呢？"似乎她不好意思呢。"我想，但是我却装作不曾注意到什么。一刻钟以后，我到厨房里去了一下，她很快地从床上跳起来把小说放回原来的地方，我回来的时候，看见它又摆在桌子上了。隔了一分钟，她把我叫过去，她的声音里有一种激动的调子。在过去的四天中，她很少跟我说话。

"你……今天……去看娜塔莎吗？"她用一种断断续续的声音

问我。

"是的，尼丽，我今天必须去看她。"尼丽没有说话。

"你……很……喜欢她吗？"她用一种微弱的声音又问。

"是的，尼丽，我非常喜欢她。"

"我也爱她呢。"她柔和地补充说。接着又是一阵沉默。

"我要到她那里去，跟她住在一起。"尼丽又说，怯怯地望着我。

"那是不可能的，尼丽，"我回答说，有点儿惊奇地望着她，"你跟我就这样在一起不好吗？"

"为什么这是不可能的呢？"她脸红起来，"哼，你劝我去跟她父亲住在一起，我不要到那里去。她有用人吗？"

"有的。"

"嗯，请她把那个用人打发掉吧，我去替她当用人。我会替她做一切事情，不要她的工钱。我会爱她，替她烧饭。你今天就这样告诉她吧。"

"但是为什么呢？这是怎样的念头啊，尼丽！而且你对她是怎样的想法呢，你以为她会把你当作厨娘吗？她如果愿意收留你，她就会平等待你，把你看作她的妹妹一样。"

"不，我不要平等，我不要那样子……"

"为什么？"

尼丽不作声。她的嘴唇抽搐着，快要哭了。

"是不是她爱的那个男人离开了她，现在只留她一个人了？"她最后问。

我吃惊了。

"怎么，你怎么知道的，尼丽？"

"全是你自己告诉我的呀，前天早晨亚历山特拉·西苗诺芙娜的丈夫进来的时候，我也问过他，他什么都告诉我了。"

"怎么，马斯罗波耶夫早晨来过吗？"

"是的。"她垂着眼睛回答说。

"你为什么没有告诉我他来过呢？"

"我不知道……"

"天知道马斯罗波耶夫为什么这样神秘莫测地出现哪。他跟她在搞些什么花样啊？我得去看看他。"我想。

"嗯，他如果遗弃她，尼丽，这又关你什么事呢？"

"哎，你那么爱她，"尼丽说，没有抬起眼睛望着我，"你既然爱她，那么他离开，你就可以跟她结婚了。"

"不，尼丽，她并不像我爱她那样爱我呢，而我……不，那是不会有的事，尼丽。"

"我就替你们两位当用人，替你们做工，你们可以过活，而且可以幸福。"她没有望着我，几乎是耳语般地说。

"她是怎么一回事呀？她是怎么一回事呀？"我想，我心中感到一种纷乱的悲痛。尼丽沉默着，一晚上不再说一句话。当我出去的时候，她哭了，而且哭了一晚上，这是亚历山特拉·西苗诺芙娜告诉我的，而且就这样哭到睡熟了。她甚至睡梦中都还在哭，说着一些什么话。

但是从那天起，她变得更阴郁和沉默了，而且简直就不跟我说话了。那倒是真的，我碰到她偷偷地向我瞟过来的两三次眼色，而且这些眼色中含着那样的温情。但是这种情形和引起这种突然的温情的瞬间都过去了，而且她似乎反对这种冲动，尼丽连对医生都一小时、一小时地越变越阴郁了，他对她这种性情的变化也很惊奇。这时她差不多已经完全复原，最后医生允许她到外面去散散步，不过只准许一段极短的时间。那时天气很好，和暖而又晴朗。这是在复活节前的一个星期，这年复活节来得很迟，我早上就出去了，我那天必须留在娜塔莎的家里，但我想早点儿回来，以便带尼丽去散一会儿步。那时我把她一个人留在家里。

我描述不出在家里等着我的是怎样一种打击。我匆匆赶回家。一到家，我看见钥匙插在房门外的锁孔里。我走进去，房里没有人。我吓得目瞪口呆。我找了一下，在桌子上留着一张纸，用铅笔写着歪歪斜斜的字体：

> 我走了，我再也不回到你这里来了。但是我是非常爱你的。
>
> 　　　　　　　　　　　　　　　　　　　你忠实的尼丽

我发出一声可怕的叫喊，从房间里冲了出去。

第四章

我还没有来得及奔到街上，我还没有来得及考虑怎么办或做什么，就突然看见一辆四轮马车停在我们房子的大门口，亚历山特拉·西苗诺芙娜从车子里出来，拉着尼丽。她紧紧地抓住她，生怕她再逃跑似的。我向她们奔过去。

"尼丽，怎么一回事呀！"我喊道，"你到哪里去了？你为什么要走呀？"

"等一下，别急，让我们快点儿上楼去。你到楼上会听到这一切的。"亚历山特拉·西苗诺芙娜颤声说，"我得告诉你一些事情，伊凡·彼特罗维契，"她在路上对我急促地低声说，"人家只会奇怪……来吧，你马上就可以听到。"

她脸上显示出她有极其重要的新闻。

"去吧，尼丽，去吧，去躺一会儿吧，"我们刚走进房间她就说，"我知道你是累了，跑这样远的路，这不是开玩笑，尤其是在病后，躺下吧，亲爱的，躺下吧。那么我们到房间外面去吧，我们不要打搅她，让她睡一会儿。"

她向我做了个手势，叫我同她到厨房里去。

但是尼丽没有躺下，她在沙发上坐下，把脸藏在她的手里。

我们走到另一间房里，亚历山特拉·西苗诺芙娜大概告诉了

我事情发生的情形。后来我又更详细地听到一些。事情的经过是
这样的：

在我回来两个小时以前，尼丽走出这间房，并且留了一张条子
给我，她首先跑到老医生家里。事前她就设法打听到他的住处。那
医生告诉我，他一看见她，完全呆住了，而且她在那里的时候，他
简直"不能相信他的眼睛"。"我现在都还不能相信哩。"他说完这
故事后又补了一句，"而且我将永远不相信这回事呢。"可是尼丽确
实到过他家里。她奔进去，在"他还没有明白是怎么回事"，就扑到
他的脖子上的时候，他正穿着睡衣静静地坐在书房的圈椅里喝咖啡。
她哭着拥抱他，吻他，吻他的手，热烈地却是不连气地恳求他让她
跟他住在一起，宣称她不愿意并且不能够再跟我一起住下去，而这
就是为什么她要离开我的原因；又说她是不幸的；又说她再不会取笑
他或者讲什么新衣服，还会好好注意自己的行为和学习她的功课；
又说她会学习"洗衣服和修理他的衬衫护胸"（她也许在路上或甚至
以前就想好全部的话了）；又说她实在是情愿听话和情愿随他的意思
每天吃多少药粉的。至于她要嫁给他，那只不过是一句笑话，她并
没有这种意思。那德国老人愣住了，他从头到尾张着嘴巴，忘记了
手上的雪茄，直到它熄灭。

"小姐，"他最后恢复了他的说话能力，才吐出话来，"据我了
解，你是要求我在我家里给你一个位置，但这是不可能的。你瞧，
我是很窘迫的，又没有很多收入……而且事实上，不假思索莽撞地
做事……那是可怕的呀！而且事实上，据我看来，你是从家里逃出
来的，这是该受责备的并且不可能的呀……尤其是我只答应你在你
的恩人照顾之下散散步，而你却抛弃了你的恩人，在你应该好好留
心自己的身体和……和……吃你的药的时候却跑到我这儿来了。而
且事实上……事实上……我不能理解这件事情……"

346

尼丽不让他说完。她又哭了起来且恳求他，但是没有用。

老头儿越来越错愕了，越来越不能理解了。最后，尼丽放开了他，叫了一声："啊，天哪！"便奔出室外去了。"这一整天里我害了病，"那老医生迷乱地说，"晚上我吃一服煎药……"

尼丽又奔到马斯罗波耶夫家里去。她也早就知道他们的住址，虽然不是没有麻烦，但终于被她找到了。马斯罗波耶夫在家里。亚历山特拉·西苗诺芙娜一听说尼丽要求他们收留她，惊愕地双手合掌，问她为什么要这样，有什么事情不对，是不是在我这里她很不快活。尼丽没有回答，只是扑在一把椅子里哭。"她哭得那么厉害，"亚历山特拉·西苗诺芙娜说，"我以为她会哭死哩。"尼丽求他们收留她，只当她是一个女佣或者一个厨娘，说她会扫地和洗衣服（她似乎特别把希望寄托在洗衣服上面，而且不知为什么似乎把这看作使他们收留她的一个大大的引诱）。照亚历山特拉·西苗诺芙娜的意思，是想把她留着，等到这问题弄清楚，同时也让我知道。但是菲利浦·菲利必契却绝对不许，叫她把逃跑的人立刻带回我的住处来。在路上，亚历山特拉·西苗诺芙娜吻她和拥抱她，可尼丽比刚才哭得还厉害。亚历山特拉·西苗诺芙娜看着她，也淌起眼泪来了。她们两个就是这样在马车里一路哭过来的。

"但是，为什么，尼丽，为什么你不要跟他继续住下去呢？他做了什么事？是他对你不好吗？"亚历山特拉·西苗诺芙娜泪眼蒙眬地问。

"不是。"

"嗯，那么为什么呢？"

"没有什么……我就是不要跟他住在一起……我老是对他那么不好，而他却是那么仁慈……但是对你们，我是不会不好的，我会做工。"她说，歇斯底里地哭泣着。

"你为什么对他那样不好呢，尼丽？"

"没有为什么……"

"我所能问得出的就是这些了，"亚历山特拉·西苗诺芙娜擦着眼泪说，"为什么她是这样一个不快乐的小家伙呢？她是在发病吗？你觉得呢，伊凡·彼特罗维契？"

我们走到尼丽那里去。她躺着，把脸藏在枕头里哭。我跪在她旁边，拿起她的手吻着。她把手缩回去，比刚才哭得更厉害了。我不知道该说些什么。正在这时候，老伊赫曼涅夫走了进来。

"我有点儿事情来找你，伊凡，你好吗？"他说，看着我们所有人，惊异地看到我跪着。

老人新近害了病。他苍白而又消瘦，但是仿佛故意跟谁怄气似的，他无视自己的病，拒绝听安娜·安德烈耶夫娜的劝告，照常每天跑出来干他的事情，不肯躺在床上。

"现在我要告退一下，"亚历山特拉·西苗诺芙娜说，望着那老人，"菲利浦·菲利必契叫我尽可能快快赶回去。我们忙着哩。但是黄昏的时候，我会再来看你们，跟你们待上一两个小时。"

"这是谁？"老人轻轻地对我说，显然他想到别的什么事情了。

我解释了。

"哼！好吧，我有点儿事情来找你，伊凡。"

我知道他是为什么事情来的，而且我是盼望他来看我的。他要跟我和尼丽讲，要求她到他家里去。安娜·安德烈耶夫娜最后同意收养一个孤女了。这是我们之间一次秘密谈话的结果。我说服了那老太太，告诉她那孩子的光景，她的母亲也是被一个执拗的父亲诅咒了，这也许会使我们那位老年朋友的心转移到另外一种感情上去。我把我的计划解释得那样明白，因此现在她自己开始劝她丈夫去收留那孩子了。老人即刻就同意了，首先，他要取悦他的安娜·安德烈耶夫娜，此外他还有他自己的动机……但是这一切，我将放在后面更充分地说明。我已经交代过，当这老头儿第一次来访的时候，尼丽就不喜欢他。后来我注意到，在她面前一提起伊赫曼涅夫的名字，她脸上就有一种几乎是仇恨的神情。我那老年朋友毫不客气，立刻就切入他的正题。他径直向尼丽走去，她依旧躺着，把头埋在枕头里，他拉着她，问她愿不愿意跟他们住在一起并代替他女儿的位置。

"我有一个女儿。我爱她甚于爱我自己，"老人最后说，"但是现在她不和我在一起了，她死了。你肯代替她在我家里和……在我心里的位置吗？"在他那双由于发烧的缘故看起来干燥且发炎的眼睛里闪烁着一滴眼泪。

"不，我不。"尼丽说，没有抬起她的头。

"为什么不，我的孩子？你是没有亲人的，伊凡也不能永远跟你在一起。你跟我去，你可以跟在你自己家里一样啊。"

"我不愿意，因为你是卑劣的。是的，卑劣，卑劣，"她补充说，抬起她的头面对着老人，"我也是卑劣的，我们都是卑劣的，但是你却比谁都卑劣。"

尼丽说这话的时候，脸色变得苍白了，眼睛发亮，连嘴唇都变得苍白了，并且由于强烈感情的冲动而扭曲起来。老人迷惑地望着她。

"是的，比我还卑劣，因为你不肯饶恕你的女儿。你要完全忘记她而再去收养另外一个孩子。你怎么能忘记你自己的孩子呀？你怎么能爱我呀？你一看见我，就会想起我是一个外人，而你自己是有女儿的，你却把她忘掉了，因为你是一个残忍的人。我是不愿意跟一个残忍的人住在一起的。我不愿意！我不愿意！"

尼丽发出一声啜泣，然后扫了我一眼。

"后天就是复活节了，每个人都要亲吻，彼此拥抱，他们都要和和气气，互相宽恕……我知道……但是你……只有你……哼，残忍的人哪！走开吧！"

她的眼泪模糊了双眼。她大概是预先准备好这一套话，记在心里，防备我那老年朋友再来向她提要求的。

我那老年朋友被感动了，他的脸色也变得苍白了。他的脸上显露出痛苦。

"而且为什么，为什么每个人都为我这么焦急呀？我不要这个呀，我不要这个呀！"尼丽像发疯似的突然叫起来，"我要到街上去讨饭！"

"尼丽，怎么回事？尼丽，亲爱的。"我不由自主地叫，但是我的叫喊只是火上浇油罢了。

"是的，我不如到街上去讨饭。我不要住在这里！"她哭着锐声叫道，"我妈妈也在街上讨过饭，临死的时候，她对我说，'穷苦和在街上讨饭要比……还好些。''讨饭并不可耻。我向一切人讨，这和向一个人讨并不相同。向一个人讨是可耻的，但是向一切人讨并不可耻。'这是一个讨饭的女孩子告诉我的。我年纪小，我没有赚钱的本领。我要向一切人讨。我不要！我不要！我是卑劣的，我比任何人都卑劣。瞧，我是多么卑劣啊！"

忽然，完全出乎意料的，尼丽从桌子上抓起一只杯子，摔到地板上。

"嘿，这可打破了，"她补充说，带着一种挑战般的胜利望着我，"这儿只有两只杯子。我还要打碎那一只……到时我看你怎样喝茶？"

她看起来是被愤怒支配了，想从愤怒中获得快感，似乎她意识到这是可耻和不对的，同时却把自己刺激到更暴烈的地步。

"她病了，万尼亚，就是这么一回事，"老人说，"否则……否则就是我不理解这孩子。再见！"

他拿起帽子,跟我握手。他似乎被压倒了。尼丽可怕地侮辱了他。我心里的一切都被搞得七颠八倒了。

"你对他没有一点儿怜悯,尼丽!"当我们两个人留下来的时候,我叫,"你不害羞吗?你不害羞吗?不,你不是一个好女孩子!你真是卑劣!"

我一边说,一边帽子也不戴,就去追赶那老人。我要送他到大门口,至少说几句话安慰他。我奔下楼梯的时候,尼丽脸庞的影子在追逐着我。听了我的责备以后,她的脸色变得惨白极了。

我很快就追上了我那老年朋友。

"那可怜的女孩子曾经受过虐待,有她自己的悲哀,相信我吧,伊凡,我要把我的悲哀告诉她呢,"他带着一丝苦笑说,"我触及她的痛处了。人家说,饱汉不知饿汉饥,我还要补充一句,饿汉也未必老是知道饿汉的苦。好吧,再见了。"

我还想讲些什么,但是老人挥挥手叫我走开了。

"不必来安慰我,你不如去照顾你那女孩子,不要让她再从你这里跑掉。她好像还是要跑掉的。"他带着一种愤怒补充说,迅速地踏着步子走开,挥着他的手杖,在人行道上敲击着。他倒并没有要做先知的意思。

我当时是怎样一种心情啊,当我回到房里,吓了一跳,发现尼丽又不见了!我冲到过道里,到楼梯上去找她,喊她的名字,甚至敲邻居的门,去打听她。我不能,也不相信她会再跑掉。而且她怎么能够跑掉呢?这大厦只有一道大门,她大概是趁我跟我那老年朋友谈话的时候从我们旁边溜掉的。但是我立刻想到一种使我非常伤心的可能性,她大概先在楼梯上什么地方躲着,等我回去以后再溜掉的,所以我就碰不到她了。无论如何,她不会跑远的。

我带着极大的焦灼再奔出去找她,让门虚掩着,以防她回来。

我首先跑到马斯罗波耶夫家里去，我到他们家里，两个人都不在家。我留了一张条子给他们，告诉他们这新的祸事，请求他们如果尼丽来时，立刻让我知道，然后我就跑到医生家里去。他也不在家。用人告诉我昨天以后没有人来访问过。那么怎么办呢？我又到布勃诺夫夫人那里去，从我那位朋友——棺材匠老婆那里知道她的女房东不知为什么已经被警察局扣押两天了，从"那一天"以后，尼丽一直不曾来过。我又累又乏地再跑到马斯罗波耶夫家里去。依旧是一样的回答，没有人来过，而且他们自己也不曾回来过。我的条子放在桌子上。我该怎么办呢？

　　我沮丧得要死，很晚才回到家里。这天晚上我本该到娜塔莎家里去，她早晨邀请过我。可是这天我连东西都不曾进过口。想到尼丽，我的整个灵魂都被搅乱了。

　　"这是什么意思呀？"我奇怪，"这能是她害病的结果吗？难道她发了疯或失了神吗？但是，天哪，她现在在哪里呢？我该到哪里去找她呢？"我刚说出这些话，就忽然看见尼丽离我几步远，站在B桥上。她站在一盏街灯底下，没有看见我。我正要向她奔过去，但是我约束住自己。"她在这里能做些什么呢？"我迷惑地惊异着，相信我现在不至于再失去她了，我决定等着观察她。十分钟过去了，她仍然站着，在注意来往的行人。最后一个穿得很好的绅士走过去，尼丽就迎上去。他没有停下，从口袋里摸出一些什么给了她。她向他屈屈膝。我描写不出我当时的感觉。这带给我一种受苦般的悲痛，似乎什么宝贵的东西，我所爱的，我曾经爱抚和珍视过的东西，这会儿在我的眼前被羞辱和唾弃了。同时我觉得眼泪在掉下来。

　　是的，这是为可怜的尼丽掉的眼泪，虽然我同时感到极大的愤怒，她并不是因为需要而去讨饭的；她并不是被什么人驱逐、遗弃或是听凭命运摆弄的；她并不是从残酷的压迫者那里逃出来，而是从爱她和抚育她的朋友们那里逃出来的。她似乎要用她的行为来震骇或惊吓什么人，似乎要向什么人夸耀一番。然而她心里有些什么秘密在酝酿着……是的，我那老年朋友是对的，她曾经被虐待过，她的创伤是不能医治的，而且她故意用这种神秘的行为，这种对我们所有人的不信任来加重她自己的创伤，似乎她想用这种"痛苦的自私"——假如我可以用这个名词表示——来享受她自己的痛苦。这种加重自己的痛苦和在其中放纵自己，我是能理解的，这是许多被侮辱与被损害的人们，那些受了命运的压迫和由于意识到命运的不公平而痛苦的人们的一种享乐。但是尼丽在我们中间又有什么不公平之处可以诉说呢？她似乎想用她的行为，她的任性和野蛮的恶作剧来震骇和惊吓我们，似乎她在我们面前逞能……但是不对！她现在只一个人。我们中间没有人会看到她在行乞。难道她自己能够在其中找到享乐吗？她为什么要求布施呢？她要了钱有什么用呢？她获得了人家给她的钱以后，就离开那座桥，向一家铺子灯光雪亮的橱窗走去。她到那里数了数她获得的钱。我离她十几步远站着。她手里已经有不少钱了。她显然从上午就开始乞讨了。她把钱捏在手里，穿过马路，走进一家小杂货铺。我立刻走到那铺子的门口去，那门大开着，我要看看她究竟在做什么。

我看见她把钱放在柜台上，接过一只杯子，一只没有印花的茶杯，很像今天早上她为了向伊赫曼涅夫和我表示她多么卑劣而摔碎的那只杯子。那只杯子也许还不值十五戈比。铺子里的伙计用纸把它包起来，扎好了交给尼丽。她急急地走出铺子，一副很满意的样子。

"尼丽！"当她走近我的时候，我叫起来，"尼丽！"

她吓了一跳，朝我看了看，那杯子从她手里滑下去，掉在人行道上打碎了。尼丽脸色发白，但是看了我一眼，知道我已经看到和明白全部事情了，她突然脸红起来。在这阵脸红中可以看出一种难忍的痛苦的害羞。我拉着她的手带她回家。我们用不着走很多路。路上我们没有讲一句话。到了家里，我坐下了。尼丽站在我的面前，沉思和窘迫着，脸色依旧和原来一样苍白，眼睛直盯着地板。她不能看我。

"尼丽，你在乞讨吗？"

"是的。"她轻轻地说，脑袋比刚才垂得更低了。

"你要讨钱买一只杯子来赔早上打碎的那一只吗？"

"是的……"

"但是我为了那只杯子责备过你，骂过你吗？真的，尼丽，你应该明白你的行为是多么倔强，对不对呢？你不害羞吗？真的……"

"是的。"她用一种几乎听不到的声音轻轻说，一颗眼泪从她脸颊上滚下来。

"是的……"我跟着她重复一句，"尼丽，亲爱的，如果我对你有什么不好，请你宽恕我，让我们做朋友吧。"

她望着我，眼泪从她眼睛里涌出来，她扑进我的怀里了。

正在这时候，亚历山特拉·西苗诺芙娜奔进来了。

"怎么？她回来了？又是一次？哎，尼丽，尼丽，你究竟是怎么回事呀？好的，你回来了，总之是一件好事。你在哪里找到她的，伊凡·彼特罗维契？"

我朝亚历山特拉·西苗诺芙娜做个手势，要她不要问，她领会了。我温柔地和尼丽道别，她依旧在苦苦地哭泣，恳求好心的亚历山特拉·西苗诺芙娜跟她在一起，等到我回来，我奔到娜塔莎家里去。我已经迟了，而且很匆忙。

这天晚上，我们的命运要决定了。我跟娜塔莎有许多话要说。但是我还是设法漏出一句关于尼丽的话，并且详细地告诉她发生的一切事情。我的故事使娜塔莎产生了极大的兴趣，事实上她感动极了。

"你知道吗，万尼亚，"她想了一会儿说，"我相信她是在爱你呢。"

"什么……这怎么会呢？"我惊奇地问。

"是的，这是爱的开始，是真正在成长中的爱哩。"

"你怎么能这样，娜塔莎，瞎说！嘿，她是一个小孩子呀！"

"一个马上就要十四岁的小孩子。这种愤怒是由于你不理解她的爱，也许她自己也还不理解这个呢。这是一种愤怒，其中有许多孩子气的成分，却是真挚的、痛苦的。尤其是她在妒忌我。你是那样的爱我，也许连你在家里的时候，还常常为我烦恼，挂念我，谈起我，因此没有十分关注她。她看到这个，刺伤了她的心。她也许想跟你谈，盼望向你披露她的心，可是不知道怎么做，她不好意思，而且也不理解她自己，她在等待一个机会，而你非但不给她这样一个机会，反而不断离开她，往我这边跑，甚至当她害病的时候，还整天让她一个人留在家里。她为了这个哭，她挂念你，而最使她伤心的是你没有注意到这一点。现在，像这样的时候，你还为了我的缘故丢下她一个人。是的，她明天还会因为这缘故害病哩。你怎么能离开她呢？立刻回到她那里去……"

"我本来不应该离开她，但是……"

"是的，我知道。我自己请你来的。但是现在去吧。"

"我会去，可是这话我一句也不相信。"

"因为这和别人是那么不同。想想她的经历吧，再三地想一想，你就相信了。她不是像你我那样长大的呀。"

可是我回家已经很晚了。亚历山特拉·西苗诺芙娜告诉我，尼丽又和昨夜一样哭得很厉害，而且和上次一样"哭到睡熟了"。

"我要走了，伊凡·彼特罗维契，菲利浦·菲利必契跟我说过。他在等着我呢，可怜的家伙。"

我谢了她，靠着尼丽的枕头旁边坐下来。在我看来，这种时候离开她对我自己来说是很可怕的。我在她旁边坐了很久，直到夜深，沉入思索……这是我们所有人的一个重要的时刻。

我现在该描述一下这两个星期中所发生的事情了。

第五章

　　自从我跟华尔戈夫斯基公爵在酒馆里度过那令人难以忘记的一晚以后，我有好几天一直为娜塔莎的事情感到害怕。"这个可诅咒的公爵究竟存着怎样的恶意在威吓她呢，而且他打算用什么方法向她报仇呢？"我每分钟都在问自己，而且被各种各样的猜想弄得心烦意乱了。我最后得到一个结论，他的威胁绝不会是空谈，绝不仅仅是瞎吹，只要她和阿辽沙生活在一起，那公爵当真会给她带来一些不愉快的事情的。我想起他是偏狭的、好复仇的、恶毒的和有心计的。要他忘记一次侮辱和放弃任何报复的机会，都是很难的。无论如何他已经把这一点说出来了，而且在这一点上明明白白地显示出他自己了。他绝对主张阿辽沙跟娜塔莎断绝关系，而且希望我使她对就要到来的分离有心理准备，并且使她准备好"不要闹什么花样，不要有牧歌式的胡闹，不要有席勒主义"。自然，他最关切的是阿辽沙应该和他继续保持很好的关系，依旧把他看作一位慈爱的父亲。为了使他能够更便利地控制卡佳的钱，这是极其必要的。因此这是我的任务，使娜塔莎对这个就要到来的分离做好心理准备。但是我注意到娜塔莎心里起了很大的变化，现在她对我再也找不出一点儿从前那种坦白的痕迹了，事实上，她对我似乎变得真的不信任了。我要安慰她的那种努力只是使她烦恼罢了，我的询问越来越使她厌烦，甚至使她愤恨起来。我有时坐在她的旁边，观察着她。她抱着胳膊，苍白且阴郁地，从房间的这个角落走到那个角落，仿佛忘记了一切，甚至忘记我在她的旁边似的。有时她偶然望到我（她甚至是避开我的眼睛的），脸上闪射着一种忍不住的恼怒，而且很快就把脸扭过去了。我看出她也许正在考虑一些计划，准备应付就要到来的分离呢，她想着这些事情又怎能不苦痛和悲哀呢？而且我确信，她已经决定断绝关系了。然而我仍然因为她那种阴郁的绝望神情而烦恼着和惊惶着。尤其是有时我简直不敢跟她说话或安慰她，只能怀着恐惧等待着最后的结局。

至于她对我的粗暴和憎厌的态度，虽然使我烦恼和不安，但是我却深信我的娜塔莎的心。我看到她是痛苦极了，而且她是可怕地消损了。任何外来的干预只会刺激得她恼怒和憎厌罢了。在那种情形下，特别是知道她的秘密的朋友的干预是比一切更叫她憎厌的。但是我也知道得很清楚，到了最后一分钟，娜塔莎是会回到我这边来的，而且会在我的爱情中来寻求安慰的。

自然，关于我和公爵的谈话，我并不曾说什么，我的叙述只会使她更激动、更心烦意乱罢了。我只是顺便提到，我和公爵曾经到过伯爵夫人家里，并且确信他是一个可怕的流氓。关于他，她甚至问都不问我，这使我很高兴；但是当我告诉她我跟卡佳的会面，她却热心地听着。她听了我的叙述，也并不说什么关于她的话，可是她苍白的脸却发红了，而是这一天她似乎特别激动。关于卡佳，我并不向她隐瞒什么，而且向她承认，说她也给我留下了一个极好的印象。真的，隐瞒这个又有什么用呢？娜塔莎自然会猜到我向她隐瞒了一些什么的，而这只会使她对我发脾气罢了。因此我就故意尽可能充分地把一切事情都告诉她，揣测她有什么问题要提出，因为我感到在她那样的地位是很难问这些事情的。一个人要带着毫不在乎的神情来详询他的情敌的一切，这可不是一件容易的事呀。

我猜想，她还不曾知道公爵坚决要阿辽沙陪伯爵夫人和卡佳到乡间去，于是费了很大的劲才把这件事向她透露，为了缓和这个打击。可是叫我惊愕的是，我刚说出第一个字，娜塔莎就把我打断了，说无须安慰她，并且她知道这件事已经五天了。

"天哪！"我叫起来，"怎么，谁告诉你的？"

"阿辽沙呀！"

"什么？他已经告诉你了吗？"

"是的，我什么事情都已经下了决心了，万尼亚。"她补充说，带着一种异样的神色，显然不耐烦似的警告我不要再继续谈这个了。

阿辽沙到娜塔莎家里去得很勤，可是总是一会儿就走了，只有一次，他跟她在一起待了几个小时，可是那次我不在那里。他往往忧郁地走进来，带着畏怯的温柔望着她，但是娜塔莎却是那样热情地和挚爱地去迎接他，使他常常一下子忘记忧伤，而且高兴起来了。他也开始很勤地跑来看我，几乎每天都来。他当真苦恼极了，不能够怀着他的悲哀独自过一会儿，老是不断地跑到我这里来寻求安慰。

我又能对他说些什么呢？他怪我冷淡，怪我无情，甚至怪我对他有恶意；他悲叹着，淌着眼泪跑到卡佳那里去，一到那里他就被安慰了。

就在娜塔莎告诉我她知道阿辽沙要离开的那一天（这是在我跟公爵谈话以后的一个星期），他绝望地跑到我这里来，拥抱我，扑在我的脖子上，并且像一个小孩子般啜泣着。我不作声，等着看他要说些什么。

"我是一个卑劣的、下贱的人哪，万尼亚，"他开头说，"拯救我，使我不要这样吧。我哭，并不是因为我是卑劣和下贱的，而是因为娜塔莎为了我的缘故要不幸啊。我是把她抛到不幸中了……万尼亚，我亲爱的，告诉我，替我决定一下吧，她们中我究竟最爱谁呢，娜塔莎还是卡佳呢？"

"这不是我所能决定的，阿辽沙，"我回答说，"你应该比我更清楚……"

"不，万尼亚，不是这个意思，我还不至于蠢笨到问这样的问题，但最糟糕的是我自己说不出来。我自己问自己，却不能回答。可是你作为旁观者，或许会比我自己看得更清楚呢……嗯，纵使你也不知道，你就告诉我你认为是怎样的吧。"

"我看你是更爱卡佳的。"

"你这样想！不，不，完全不对！你没有猜准。我爱娜塔莎是超越一切的。我永远不能离开她，没有什么能引诱我，我对卡佳也这么说过，她完全同意我的话。你怎么不作声呢？我刚才还看到你笑呢。唉，万尼亚，我像现在这样太不幸了，你却从来不安慰我……再见了！"

他奔出房间，给受惊的尼丽留下一个特殊的印象，她默默地听着我们的谈话。这时她依旧病着，躺在床上，还在吃药。阿辽沙从来不曾向她打招呼，他每回来的时候也很少注意到她。

两个小时以后，他又跑回来了，而且我被他那副高兴的脸色惊住了。他又扑到我的脖子上，把我抱住。

"事情已经解决了！"他叫，"一切误会都过去了。我从你这里一直到娜塔莎那里去。我烦扰着，我没有她不能存在。我一进去就跪在她脚下，吻她的脚，我必须这样做，我渴望这样做。如果我不这样做，我会悲哀得死去。她默默地拥抱着我，哭泣着。接着我直白地告诉她我爱卡佳更甚于爱她。"

"她怎么说呢？"

"她没有说什么，她听我说了以后只是抚摸我和安慰我——她知道怎样安慰人的，伊凡·彼特罗维契。啊，我把我的一切悲哀都向她哭了出来——我把一切都告诉她了。我直白地告诉她我非常喜欢卡佳，但是不管我怎样爱她，也不管我爱的是谁，我没有她——娜塔莎，我是不能存在的，没有她我会死的。不，万尼亚，没有她我是不能生活的，我感觉到这个，不！于是我们决定马上结婚，不过在我离开以前这是不能举行的，因为现在是四旬斋期①，我们不能在四旬斋期间结婚的，得等我回来，也就是六月初。我父亲会答应这件事的，这是没有疑问的。至于卡佳，嗯，这有什么关系呢！我没有娜塔莎是不能生活的呀，你知道……我们结了婚就立刻到卡佳那里去……"

可怜的娜塔莎哟！她是做了怎样的牺牲，来安慰这个孩子，来俯就他，来听他的忏悔，还想出马上结婚这种谎话来安慰这个天真的自私者。阿辽沙当真是被她安慰了好几天。他常常奔到娜塔莎那里，因为他那脆弱的心是无力单独承受他的悲哀的。但是当他们分离的日子越发接近的时候，他又恢复到哭哭啼啼和焦躁烦闷的状态了，又奔到我这里来，倾吐他的悲哀。近来，他变得和娜塔莎那么难舍难分，他简直一天都离不了她，更不必说六个星期了。他直到最后一分钟，还完全相信他不过离开她六个星期，而他一回来他们就要举行婚礼。至于娜塔莎，她完全感到她的整个生活将要改变了，阿辽沙是再不会回到她那儿了，而且事实一定会是这样的。

他们分离的日子临近了。娜塔莎害着病，脸色苍白，带着发烧的眼睛和焦枯的嘴唇。她时而自言自语，时而迅速向我投来探究的目光。她没有流泪，不回答我的问话，一听见阿辽沙响亮的声音，就像树叶子般颤抖起来；她的脸灼红得和落日一般，飞奔过去迎接他，

---

① 四旬斋是复活节前四十天的大斋。

歇斯底里地吻他和拥抱他，笑着……阿辽沙凝视着她，带着焦灼询问她的健康，安慰她，说他不会去很久，而且之后他们就要结婚了。娜塔莎显然想努力抑制住自己的眼泪。她在他面前是不哭的。

有一次，他说要留些钱给她，够她在他离开的日子里的开销，又说她不必焦虑，因为他父亲已经答应给他许多钱作为旅行的费用。娜塔莎皱起眉头。当我们单独留下的时候，我跟她说，我有一百五十卢布留给她需要的时候用。她也不问这钱是哪里来的。那是在阿辽沙离开前两天，就是娜塔莎和卡佳最初也即最后的会见的前一天。卡佳托阿辽沙送了一张条子来，请娜塔莎答应她第二天来拜访，同时她也写了一张条子给我，请我在她们会面的时候也到场。

我决心十二点一定要到娜塔莎那里（这时间是卡佳规定的），不管一切阻碍，我那时是有许多麻烦和被耽搁的事情的，除了尼丽，我上个星期跟伊赫曼涅夫二老还有许多烦恼的事情呢。

安娜·安德烈耶夫娜有一天早晨送了一封信来，要我扔开一切事情立刻到她那里去，因为有一件不能耽搁的紧要事情。我一到那里，看见只有她一个人在家。她绕着房间走着，带着激动与惊惶的狂热，急切地盼望她丈夫回来。照以前一样，我总得花很多工夫才能弄明白是怎么一回事，以及她为什么这样惊慌，而同时每一分钟显然都是很宝贵的。最后，要发过一通激烈和没头没脑的责骂，比如"我为什么不去，为什么让她一个人陷在悲苦中？"因此"天知道我不在的时候发生了什么事情"，她这才告诉我最近三天来尼古拉·舍盖伊契处在一种激动的状态中，"那是无法形容的"。

"他简直不像他自己啦，"她说，"他在发热狂症，晚上他偷偷跪在圣像前面祷告。他在睡梦中说梦话，而白天他就像一个半疯的人一样。我们昨天喝汤，他却找不到就放在他旁边的汤匙。你问他这件事情，他回答你那件事情。他每分钟都在打算跑出屋子去，他老

362

说'我有事情要出去，我必须去找那律师'。而今天早晨他却把自己锁在书房里了。'我得写一份重要的申告书,关于我法律上的事务的。'他说。哼,我想,你连汤匙都找不到,还怎么能写申告书呢? 我从钥匙孔里去望他,他正坐着写,一边写一边大哭。我想,是多古怪的事务申告书哇,他要这样写。不过,也许他是在为我们伊契曼耶夫加田庄伤心吧。那么这田庄一定是丢了! 我这么想着,他却突然从桌子旁边跳了起来,把笔猛地丢在桌子上;他满脸通红,眼睛发亮,抓起他的帽子,跑到我面前来。'我马上就回来,安娜·安德烈耶夫娜。'他说。他跑出去了,我立刻到他写字台旁边去。那儿有那么一大堆关于我们的官司的文件,那些文件他从不让我碰一碰的。我问过他多少次:'你让我拿起这些文件吧,只一次就好了,我要抹一抹桌子呀。''你敢! '他吼起来,挥挥他的臂膀。他在彼得堡变得那么暴躁,老爱吼。所以我跑到桌子旁边去看看他究竟在写些什么东西。因为我知道他并不曾把这张纸带出去,当他站起来的时候,把它塞在另一张纸的底下。这儿,瞧,伊凡·彼特罗维契,亲爱的,你看我找到了什么。"

她给我一张记事纸,半面写了字,可是,涂改得那样乱,有几处简直辨认不出。

可怜的老人家呀! 从第一行起,人家就可以知道他在写什么和写给什么人的。这是给娜塔莎,给他钟爱的娜塔莎的一封信哪。他热情和慈爱地开头,带着宽恕谴责了她,并且劝她回到他这里来。全篇信是很难辨认的,写得那么凌乱和潦草,还夹着许多涂污的地方。只是显然能看出,那种使他拿起笔写最初几行的充满慈爱的热烈感情,很快就被另一种情绪取代了。老人开始责备他的女儿,用最苛刻的话描述她的不道德,愤怒地指出她的固执,责备她没有良心,也许一次也不曾想过她是在怎样对待她的父母。他用报应和对她那种自负的诅咒来恫吓她，最后要她立刻服从地回到家里来。"只有那时，在你的家庭的怀抱中经过一段卑恭和行为可取的新生活后，我们或许会决定宽恕你。"他写着。显然，在写了最初几行之后，他认为他起先那种慈祥的感情是个弱点，于是他觉得可耻起来，而最后感到自尊心受到伤害的痛苦，于是他用愤怒和恫吓来结束这封信。安娜·安德烈耶夫娜紧握着两只手朝我站着，在一种紧张的痛苦中等着听我要针对这封信说些什么。

我十分真诚地告诉她，这多么使我感动，这是说，她的丈夫没有娜塔莎是生活不下去的，而且可以确定地说，他们之间的和解很快就要到来了，虽然一切事情还得看环境。我同时表示了我的推测，或许他的官司的失败对他而言是一个巨大的打击和震动，至于因为公爵胜利而使他自尊心遭受委屈，和他因为官司的结果感到愤怒，就更不必说了。在这种时候，一个人的内心是忍不住要寻求同情的，而且他还带着一种更加热情的渴望在想着她，他爱她胜过世界上所有的人。而且他或许也听到（因为他是在留心着并且知道娜塔莎的一切的）阿辽沙快要抛弃她了。他也许知道她现在过着怎样一种生活，而她多么需要安慰。可是他还是不能约束他自己，认为他被他的女儿侮辱和损害了。也许他想到，她不愿意走第一步，而且可能她并没有在想他以及希望和解。"这大概是他所想的，"我说，"这就是为什么他没有写完这封信，而且也许这只会引起他新的屈辱，甚至比最初的屈辱来得更锐利，而且，谁知道呢，也许这将使和解无限期地拖延下去……"

安娜·安德烈耶夫娜一边听我说，一边哭了起来。最后，我说我要立刻到娜塔莎那里去，并且说我已经迟了，她惊跳起来，告诉我她忘记主要的事情了。当她从桌子上拿起那张纸的时候，她把墨水打翻了。有一只角被墨水涂污了，这位老太太十分害怕她丈夫会

364

从这墨渍上发觉他出去的时候她翻过他的文件和读过他给娜塔莎的信。她这样惊惶是有理由的：我们知道了他的秘密这件事也许会使他因为害羞和恼怒而更坚持他的愤怒，以及因为自尊心的缘故而变得执拗和不肯饶恕了。

但是我仔细想了一下，就告诉我那老年朋友不要忧虑。

他放下信站起来的时候是处在那样兴奋的状态中，那他也许不会记得那么仔细，也许他会以为是他自己泼污了的呢。我这样安慰了安娜·安德烈耶夫娜一番，就帮她把信放回原处，然后我想跟她正经地谈一谈尼丽的事情。我想起，这个可怜的被遗弃的孤女——她的母亲曾经被一位不肯饶恕的父亲诅咒过——也许可以用她的生活和她母亲的死的凄惨和悲惨离别的故事来感动这老人和引起他慈祥的情感。一切都具备了，一切都在他心里成熟了，对于他女儿的渴望已经超越了他的自尊心和受伤的虚荣心了。他需要的只是一种感动，一个有利的机会，而尼丽也许可以提供这个机会。我那老年朋友带着极大的注意听着。她的整个脸庞由于希望和热情而发亮了。她立刻责备我为什么以前不告诉她，耐不住地向我盘问关于尼丽的事情。最后我郑重答应她将劝她丈夫把那孤女收留到他们家里来。她开始对尼丽抱着一种真正的爱，听说她害病就烦恼起来，向我询问关于她的事情，强迫我给那孩子带一罐果子酱去，她亲自奔到储藏室去取来，又给了我五卢布，以为我没有足够的钱去请医生，而当我拒绝接受的时候，她简直不能平静了，只拿各种想法来安慰她自己，说尼丽是需要衣服的，所以她应该那样去帮助她。于是她着手来搜寻她的每只衣箱和检查她所有的衣橱，把她可以给那孤女的东西都一齐拣了出来。

我到娜塔莎家里去。当我踏上楼梯的最后一段时——我曾经交代过，那楼梯是螺旋形转上去的——我注意到在她房门口有一个人正要敲门，可是听到我的脚步声又停住了。接着，他犹豫了一下，显然打消了他的主意，跑下楼梯来了。我在楼梯转角上碰到他，看出他正是伊赫曼涅夫，我多么惊愕呀！这楼梯就是在白天里也是很幽暗的。他猛地缩到墙壁上让我走过去，我记得当时他仔细地望着我，他那眼睛里有一种奇异的闪光。我想他是痛苦地红了脸，至少他是大大吃惊了，甚至被窘迫困住了。

"咦，万尼亚，怎么，是你呀！"他用一种震颤的声音吐出来，"我来找一个人……一个抄写的书记……有事情……他新近搬来的……就在这边……不过看来他不住在此地……我找错了……再会吧。"

于是他迅速跑下楼梯去了。

我决定暂时不把这件事情告诉娜塔莎，无论如何得等到阿辽沙走了，只剩下她一个人的时候。这个时候，她是那么心烦意乱，虽然她会明白和看出这件事情的重要性，但她是无法像在最后那难堪、悲惨和绝望的瞬间那样去领会和感受这件事情的。还不是时候呢。

这天我本来应该再到伊赫曼涅夫家里去一次的，而且我也很想这样做。但是我却没有去。我猜想我那老年朋友看见我会不好意思，他也许会想到我是因为碰到他才跑去的。我没有去看他们，直到两天以后，我那老年朋友虽然沮丧，但是他带着一种完全无所谓的神气来迎接我，除了跟我谈他的官司以外并不谈什么。

"我说，那天我们碰到，你记得吗——那是几时——我想是前天吧，你跑到那样高的地方去找谁呀？"他突然问，相当漫不经心地，不过他却避开不看着我。

"我的一个朋友住在那里。"我回答说，也把我的眼睛避开去。

"哦！我是去找我的书记亚斯泰斐耶夫的，人家告诉我是那座房子……可是弄错了。嗯，我刚才告诉你的……在立法院，这判决……"

他把话题转移开去的时候，脸完全红了。

366

我这天把这件事对安娜·安德烈耶夫娜重复讲了一遍,使她高兴。我顺便求她现在不要带着有意味的神气看他,不要叹气或暗示,事实上无论如何不要透露出她知道他最近的行动。我那老年朋友是那么吃惊和高兴,起先她甚至不肯相信我的话。她告诉我她已经向尼古拉·舍盖伊契暗示了一下关于那孤女的事情,可是他却没有说什么,虽然这之前他时常恳求她让他们收养这个孩子。我们决定明天她不用什么暗示也不讲废话,直截了当地对他讲出来。可是到了第二天我们两个都惊惶和焦灼极了。

事情是,在那天早晨,伊赫曼涅夫跟替他打官司的一个人会面,那人告诉他,说他看到过公爵,并且说虽然公爵保留了伊契曼耶夫加田庄的所有权,但是"为了某种家庭问题的关系",他决定赔偿老人,并且答应给他一万卢布。老人见过他之后,就在一种可怕的激愤状态中直接跑来找我,他的眼睛里闪着愤怒的光。他叫我走出房间到楼梯上来,我不知道为了什么事,他坚决地要我立刻到公爵那里去,向他挑起一次决斗。

我是那么震骇,好久不能集中我的思想。我想劝阻他。但是我那老年朋友变得那么愤怒,他气得病倒了。我奔到房间里去取一杯水来,可是当我跑回来时,我发现伊赫曼涅夫已经不在楼梯上了。

第二天我跑去找他,他还是不在家。他整整三天不曾露面。

到了第三天,我们知道发生什么事情了。他从我那里直接赶到公爵那里去,他不曾在他家里找到他,便留下了一封信。在他的信里,他说他已经听到公爵的意见了,他认为这些意见是一种不共戴天的侮辱,而且他认为公爵是一个卑劣的流氓,因此他向他挑起一次决斗,警告他别想拒绝这次决斗,否则他要受到当众羞辱的。

安娜·安德烈耶夫娜告诉我,他在那样狼狈和激动的状态中跑回家来,以致不得不去睡一觉了。他对她非常温存,只是几乎不回答她的询问，而且显然在狂热地期待着什么。第二天早晨，邮局送来了一封信。他读着它，大声地叫了起来，抱头叫苦。安娜·安德烈耶夫娜吓得呆住了。可是他却立刻抓起他的帽子和手杖冲出去了。

那信是公爵写来的。他干脆、简明且有礼貌地通知伊赫曼涅夫，说他，华尔戈夫斯基公爵，是没有必要向任何人说明他向律师所说的话的，又说他虽然对于伊赫曼涅夫官司的失败感到很大的同情，可是让打输了官司的人还有权利用决斗的方法向他的敌方报仇，他却不觉得这是公平的。至于他所威吓他的"当众羞辱"，公爵请求伊赫曼涅夫不要操心，因为这不会有也不可能有什么当众羞辱的，又说那封信要立刻送到适当的地方去，而警察无疑是能够采取措施以维持法律与秩序的。

伊赫曼涅夫拿了这封信立刻奔到公爵家里去。他又不在家，但是老人从跟班那里得知公爵或许是在耐音斯基伯爵家里。他毫不迟疑地就奔到伯爵家里去。当他奔上楼梯的时候，伯爵的门丁拦住了他。老人狂怒到了极点，就用手杖揍了他一下。他立刻被逮住了，被人拖到台阶上来，交给一个警官，把他送到警察局里去了。人家报告了伯爵。公爵正在场，就向那位老浪荡子解释说，这就是伊赫曼涅夫，那个迷人的年轻人的爹（公爵不止一次替那老伯爵干这类差使），那位大老爷只笑了笑，他的怒气立刻平息了。命令传出来，说伊赫曼涅夫应该被开释。可是直到两天以后才把他释放了（不消说是公爵的命令），他们通知伊赫曼涅夫，说是公爵亲自请求伯爵对他从宽发落的。

老人跑回家来，简直是快发疯的样子了，奔到他的床上，一动不动地躺了一个小时。最后他爬起来，叫安娜·安德烈耶夫娜大为惊恐，他宣布他要永远诅咒他的女儿和对她取消他做父亲的祝福。

安娜·安德烈耶夫娜吓坏了，可是她又得照料老人，她简直不知道她在做什么了。她整天整夜地服侍着他，用醋润湿他的头部并放上冰。他在发烧和说谵语。我一直过了凌晨两点才离开他们。但是第二天，伊赫曼涅夫就起床了，就在那一天他跑到我这里来，要把尼丽永远带到他家里去。他和尼丽的那场吵闹我已经描述过。这场吵闹完全把他击垮了。

他一到家就躺在床上。这一切都发生在耶稣受难日 [①]，这一天就是卡佳离开彼得堡的前一天约好见娜塔莎的日子。这次会面在早上举行，在伊赫曼涅夫来看我之前和尼丽第一次逃跑之前，我是要参加的。

---

① 耶稣受难日是复活节前的星期五。

第六章

　　阿辽沙在会见的前一个小时就来叫娜塔莎准备了。我到的时候，卡佳的马车刚开到门口。卡佳是由一个法国老太太陪着来的，那位老太太经历了许多劝告和犹疑，最后才答应陪她来。她甚至同意让卡佳不带着她到娜塔莎那里去，却只要求一个条件，就是要阿辽沙来护送她，而她自己就留在马车里。卡佳向我点点头，没有下马车就请我把阿辽沙叫下来。我看见娜塔莎在淌眼泪，阿辽沙和她都在哭。听说卡佳已经来了，她从椅子里站起来，擦干眼泪，朝着房门，激动地站着。这天早晨她穿着白色衣服。她那暗棕色的头发平匀地梳开来，在后面扎成一个大髻。我特别喜欢她头发的这种梳法。她看见我陪着她，就请我也去迎接客人。

　　"我以前一直不能到娜塔莎这里来，"卡佳走上楼梯的时候说，"我被那样监视着，真可怕呢。我花了整整两个星期说服亚尔倍脱太太，最后她才算答应了。你一次都不曾来看过我呢，伊凡·彼特罗维契！我不能够给你写信，我也不想那样做。在一封信里是说不清楚什么事情。我是多么想看你呀……天哪，我的心跳得多么厉害呀……"

　　"这楼梯很陡呢。"我回答说。

　　"是的……这楼梯……告诉我，你觉得怎么样，娜塔莎不会对我生气吧？"

370

"不会的，怎么了？"

"嗯……她怎么会生气呢？我立刻就要亲眼看到了。这是用不着问的。"

我把臂膀伸给她。她当真脸都苍白了，我相信她是很慌的。到最后的一段楼梯上，她停下来喘口气，但是她瞧了我一眼又坚决地走上去了。

她在门口又一次站住，轻轻地对我说："我只要一进去就说，我对她有那样一种信心，所以我不怕来……但是我为什么要说呢？我断定娜塔莎是最高尚的人。不是吗？"

她怯怯地走进去，仿佛她是一个罪人似的，仔细地看了娜塔莎一眼，娜塔莎立刻就向她微笑起来。接着卡佳很快地向她奔过去，拉住她的手，把她那丰满的小嘴贴到娜塔莎的嘴上。接着，她还不曾跟娜塔莎说过一句话，就向阿辽沙诚恳地甚至是严峻地转过身来，请他离开半个小时，让我们在一起。

"别不高兴，阿辽沙，"她接着说，"这是因为我有许多话要跟娜塔莎谈，都是极重要且正经的事情，那是你不应该听到的。善良一点儿，走开吧。但是请你留下，伊凡·彼特罗维契。你一定要听着我们全部的谈话啊。"

"让我们坐下吧，"当阿辽沙离开房间的时候，她向娜塔莎说，"我这样坐，面对着你。我要先瞧瞧你。"

她差不多正对着娜塔莎坐了下来，凝视了她几分钟，娜塔莎不由自主地回给她微笑。

"我曾经看过你的相片呢，"卡佳说，"阿辽沙给我看的。"

"嗯，我像我的相片吗？"

"你本人更美些，"卡佳诚挚且果断地说，"我也想你会更美一些的。"

"当真吗？我也不断地看着你，你多么漂亮啊！"

"我！你怎么能……！你，亲爱的！"她补充说，用颤抖的手把娜塔莎的手拉过来，大家都陷入沉默，彼此凝视着。

"我一定要告诉你，我的安琪儿，"卡佳打破了静默，"我们只有半个小时可以在一起，亚尔倍脱太太本来不肯答应的，而我们有许多事情要讨论……我要……我必须……嗯，我只要问你，你是不是非常关心阿辽沙？"

"是的，非常关心。"

"假如是那样……假如你非常关心阿辽沙……那么……你一定也关心他的幸福了。"她用一种低声怯怯地补充说。

"是的，我希望他幸福……"

"是的……但是问题在这里——我会使他幸福吗？我有权利这样说吗？因为我将把他从你这里带走。假如你以为，假如现在我们决定，他跟你在一起会更幸福，那么……那么……"

"这已经是决定了了的呀，卡佳，亲爱的。你自己明白，这一切全决定了呀。"娜塔莎柔和地回答说，垂下头去。这显然很难让她继续谈下去了。

卡佳呢，据我猜测，准备长篇大论地来讨论这个问题，就是她们之间谁能够使阿辽沙幸福，她们之间谁应该放弃他。但是娜塔莎回答之后，她明白一切已经决定了，没有什么可以讨论的了。她那美丽的嘴唇半张着，带着忧郁和迷惑凝望着娜塔莎，依旧握着她的手。

"那么你非常爱他吗？"娜塔莎突然问。

"是的，我还有一件事情要问你，我是为这个目的来的：告诉我，确切地说，你爱他的什么？"

"我不知道。"娜塔莎说，在她的声音里有一种悲痛难忍的调子。

"他聪明吗？你觉得呢？"卡佳问。

"不，我只是爱他罢了……"

"我也是这样，我总替他觉得难受。"

"我也是这样。"娜塔莎回答说。

"现在对他怎么办呢？他怎么能够因为我而离开你呢？我不能明白！"卡佳叫道，"现在我已经看到你了，我却不能明白！"

娜塔莎望着地下，没有回答。卡佳沉默了一会儿，接着从椅子上站起来，柔和地拥抱着她。她们彼此拥抱着，淌着眼泪。卡佳坐在娜塔莎椅子的扶手上，依旧抱着她，并且吻她的手。

"但愿你知道我是多么爱你呀！"她哭泣着说，"让我们做姊妹吧，让我们常常彼此写信吧……我将始终爱你……我将那么爱你……那么爱你……"

"他对你讲过我们会在六月结婚吗？"娜塔莎问。

"是的。他说你已经答应了。那只是为了……安慰他，是不是这样？"

"自然。"

"我就是这样理解的。我会真实地去爱他，娜塔莎，我会写信给你，告诉你一切事情。看来阿辽沙不久就要做我的丈夫了，事情会这样发展的，他们都这样说。亲爱的娜塔莎，你现在决定要回到……家里去吗？"

娜塔莎没有回答，只是在沉默中亲热地吻着她。"快乐一点儿吧！"她说。

"而……而你……而你也快乐一点儿吧！"卡佳说。

这时房门开了，阿辽沙走了进来。他不能等半个小时，而一看见她们彼此抱着而且都在哭，他就带着无力的悲痛在娜塔莎和卡佳面前跪倒了。

"你哭什么呢？"娜塔莎对他说，"因为要跟我分开吗？可是这并不长久哇。你不是六月就要回来吗？"

"而且那时你们要结婚。"卡佳含着眼泪赶紧接下去说，也来安慰阿辽沙。

"但是我不能离开你，我不能离开你一天哪，娜塔莎。没有你我会死的……你不知道你现在对于我是多么宝贵呀！特别是现在！"

"好，那么，这是你应该做的。"娜塔莎说，突然精神振作起来，"伯爵夫人要在莫斯科短暂停留一下，是吗？"

"是的，差不多一个星期。"卡佳插话道。

"一个星期！那再好不过了，你明天护送她们到莫斯科去，只要一天，你马上又可以回到这里来。当她们要离开莫斯科的时候，我们最后可以分别一个月，而你就回到莫斯科去陪她们。"

"是的，就是这样，就是这样……那么你们无论如何可以有额外的四天时间在一起了。"卡佳说着，跟娜塔莎交换了一个意味深长的眼色。

我不能够描写出阿辽沙听到这个新计划时的狂喜神情。他立刻得到了安慰。他的脸因为高兴而发光，他拥抱娜塔莎，吻卡佳的手，又来拥抱我。娜塔莎带着一种悲哀的微笑望着他，可是卡佳受不住了。她用灼热的闪烁的眼睛望了望我，拥抱了一下娜塔莎，就站起来要走了。正在这时候，那法国太太恰巧派了一个仆人来请她们缩短会谈，并且告诉她那约好的半个小时已经超时了。

娜塔莎站起来。她们两个人面对面站着，紧握着手，似乎要借她们的眼睛来传达她灵魂里所积储着的一切东西。

"我想，我们不会再见面了。"卡佳说。

"再不会了，卡佳。"娜塔莎回答说。

"嗯，那么，让我们说再会吧！"她们彼此拥抱起来。

"别诅咒我，"卡佳急促地低声说，"我会始终……你可以相信我……他会幸福的……来吧,阿辽沙,带我下去吧!"她迅疾地说着,挽住他的臂膀。

"万尼亚,"当他们已经走了,娜塔莎带着激动和悲痛对我说,"你跟着他们去……别回来了。阿辽沙会陪我到晚上,到八点。但是这以后他就不能留了。他要走了。我将一个人留下来,请九点来吧!"

到了九点,我离开尼丽和亚历山特拉·西苗诺芙娜(在打碎杯子的事情之后),到娜塔莎那里去,她只一个人在那里,耐不住地在等我。玛芙拉替我们放好茶炊。娜塔莎给我倒了一杯茶,在沙发上坐下来,示意我走近她。"一切事情就这样完了。"她说,专心地望着我。我永远忘不了这个眼神。

"现在我们的爱也完了。半年的生活呀!而这就是我的全部生活呀。"她补充说,紧握着我的手。

她的手是灼热的。我劝她裹起来到床上去睡。

"我就去,万尼亚,我就去,亲爱的朋友。让我们再谈一会儿和回想一下种种事情。我觉得我现在好像被击成碎片了……明天我在十点还要最后再看到他一次,最后一次了!"

"娜塔莎,你在发烧呢。你马上就要打寒战了……别乱想了。"

"嗯,我正在等你呢,万尼亚,从他离开之后我等了你半个小时。你以为我在想些什么呢?你以为我在奇怪些什么呢?我奇怪我究竟爱过他没有?还是我不曾爱过他?我们的爱究竟是怎样的一种东西呢?怎么,你以为这是可笑的吗?万尼亚,我这会儿居然来问自己这些问题吗?"

"别激动了,娜塔莎。"

"你瞧,万尼亚,我断定我不曾把他当作同等的人爱过他,像通常一个女人爱一个男人那样,我有点儿……几乎像是母亲似的爱他。我甚至认为世界上就没有两个人彼此平等相爱的恋爱。你觉得呢?"

我带着焦虑望着她，担心这也许是脑炎的开始。似乎有什么东西使她迷神了。她好像觉得不能不说话。她有几句话简直接不上气，有时甚至连发音都不清楚了。我非常惊慌。

"他是我的，"她接下去说，"我第一次和他见面的时候，就几乎有种抑制不住的欲望，认为他应该是我的，立刻就该是我的，并且认为他除了我不应该看任何人，不应该去认识任何人……卡佳今天早上对这个解释得极好。我也是那样爱他，似乎我常常在替他难受……我一个人的时候时常有种强烈的渴望，一种完全渴望的痛苦，渴望他能常常快乐，十分快乐。我一看见他的脸（你是知道他脸上的表情的，万尼亚），就不能不感动，再没有别人有那样一种表情，而当他笑的时候，这表情使我发冷和打战……真的！"

"娜塔莎，听着……"

"人家讲他……你也说过，他是没有意志的，而且他是……不大聪明，像一个孩子似的。我最爱的就是他身上的这种特质……你相信吗？虽然我并不知道我是否就是爱他这一点，我只是整个儿地爱他罢了，如果他不是那样子，如果他是有意志的或是聪明一点儿的，或许我就不会那么爱他了。你知道，万尼亚，我要向你坦白一件事情。你记得吗？三个月以前我们吵过一次架，那时他去看了那个——她叫什么名字呀——那个明娜……我知道了，我发现了，你相信吗？这叫我非常伤心，同时我却有点儿喜欢……我不知道为什么……我的想法是这样：他在自己找乐子——或者不，不是那样——我是说，他像一个成年人一样，同其他男人们去追求漂亮姑娘了，所以他也到明娜那儿去了！我……从那次吵架中找到怎样的快乐，于是我就宽恕他了……啊，我亲爱的人哪！"

她望着我的脸，奇怪地笑了起来。接着她沉入思索中，似乎在回忆着一切事情。很长时间她就这么坐着，脸上含着一丝微笑，回忆着过去。

"我爱宽恕他，万尼亚，"她接下去说，"你知道的，当他让我一个人留着的时候，我就老在房间里走着，烦躁着，哭泣着，那时我会想，他对我越坏越好……是的！你也知道，我常常把他想象为一个小孩子。我坐着，他把头枕在我膝盖上睡熟了，于是我轻轻地抚摸他的头和拥抱他……他不跟我在一起的时候，我常常这样想着……听着，万尼亚，"她突然补了一句说，"卡佳是多么可爱的人哪！"

我看，她似乎在故意撕裂自己的创伤，这是由于一种渴望——一种绝望与痛苦的渴望促成的……一颗遭受巨大失败的心常常是这样的。

"卡佳——我相信——是能使他幸福的，"她接下去说，"她有性格，她谈起来，好像她有那样的确信，而且她对他是那么的庄严和严厉——还常常跟他谈那些聪明的事情，仿佛她是大人。可同时她却是一个十足的小孩子呀！那小乖乖，那小乖乖！啊，我希望他们会幸福！我希望那样，我希望那样！"

她的眼泪和哭泣声接连迸发出来了。一直过了半个小时她才恢复过来，恢复了一定程度的自制力。

我可爱的安琪儿，娜塔莎哟！甚至在那天晚上，她虽然有她自己的悲痛，但是当我看到她略微平静一点儿，或者不如说疲乏了的时候，想要转移她的心境，我把尼丽的事情告诉了她，她却还能同情我的焦虑。那天晚上我离开得很迟，我一直留到她睡着了才走。当我出去的时候，我请求玛芙拉整夜不要离开她那受苦的女主人。

"啊……但愿这不幸结束吧，"当我走回家的时候，我叫，"让它快点儿，快点儿过去吧！不管怎样结束，总之，只盼望它快点儿过去吧！"

第二天早晨九点，我又同她在一起了。阿辽沙这时也来了……

来道别。我不描写这个场面，我不要回忆它。娜塔莎似乎决心要约束她自己，表现得高兴和无所谓，可是她做不到。她热情地拥抱着阿辽沙。她并不跟他多说话，只是带着一种痛苦的和几乎是疯狂的凝视专心致志地看了他好半天。她贪婪地倾听着他说的每一句话，却又似乎并不理会他说的。我记得他求她宽恕他，宽恕他的爱，宽恕他给她的一切损害，宽恕他的不忠实，他对卡佳的爱，他的离开……他不连气地说着，他的眼泪哽咽着他。他有时忽然又想来安慰她，说他只离开一个月，或者最多五个星期；说他夏季会回来，那时他们就要结婚了；又说他父亲会答应的，而尤其是后天他就会从莫斯科回来的，那时他们又会有四个整天可以在一起，所以现在他们只不过分开一天罢了……

真奇怪！他竟然完全相信自己说的话，以为一天之后他准会从莫斯科回来的……那么，他为什么又要那么伤心和那样哭呢？

钟敲了十一点了。我好不容易才劝他走。去莫斯科的火车是准时在正午开出的。只有一个小时了。后来娜塔莎说，她不记得最后一次她是怎样看他的。我却记得她在他身上画了一个十字，吻了他，用手掩着她自己的脸奔回房间里去了。我得一直把阿辽沙送到马车那里，否则他一定又会跑回去，绝不会走到楼底下的。

"你是我们唯一的希望啊，"当我们下楼梯的时候，他说，"亲爱的万尼亚！我曾经损害了你，是永远不配你爱的，但是始终做我的哥哥吧，爱她，别抛开她，尽可能充分且详尽地把她的一切事情写信告诉我吧，尽可能多给我写信吧。后天我一定又要回到这儿来的，一定，一定的！但是以后，我走了，给我写信吧！"

我扶他上了马车。

"后天，"车子开走的时候，他向我叫，"一定的！"

我带着沉郁的心情走上楼，回到娜塔莎那里。她站在房间的中央，抱着臂膀，带着一种迷惑的眼神注视着我，仿佛不认识我似的。她的头发垂落在一旁，眼睛的神色茫然且迷乱。玛芙拉站在门道上惊慌地望着她。

突然，娜塔莎的眼睛里闪出光来。

"啊！是你呀！你呀！"她向我尖声叫着，"现在只剩下你了！你恨他！因为我爱他，你就永远不肯饶恕他……现在你又跟我在一起啦！你又来安慰我啦，又来劝我回到抛弃了我和诅咒过的父亲那里去啦。我知道会是这样的，昨天，两个月以前……我不要，我不要。我也诅咒他们……走开！看到你我受不住！走开！走开！"

我看出她是发疯了，她一看见我就把她的愤怒激到紧张的顶点了，我看出这是没有办法的，于是想还是走开好些。我坐在外面楼梯的上端——等待着。我不时地站起来，打开门，招呼玛芙拉出来，打听她的情形。玛芙拉在哭泣着。

一个半小时就这样过去了。我描写不出我是怎样度过这些时间的。我的心充斥着一种不能忍耐的痛苦。突然，门打开了，娜塔莎穿着披肩、戴着帽子冲了出来。她似乎不知道自己在做什么，后来她告诉我她当时并不知道要奔到哪里去，为了什么目的。

我还来不及跳起来隐蔽我自己，她就看见我了，好像突然被什么东西猛击了一下似的在我面前站住了。"我突然明白过来，"她后来告诉我，"我在残忍和疯狂中当真把你赶走了，你，我的朋友，我的哥哥，我的救世主！而当我看到你，可怜的孩子，你在被我侮辱了之后，还不走，却在楼梯上坐着，等我叫你回来，我的天哪！但愿你知道，万尼亚，我当时是怎样的感觉呀！这好像我心上被刺了一把刀……"

"万尼亚，万尼亚！"她喊，向我伸出手来，"你在这儿呀！"于是她倒在我的怀里了。

我抱着她，把她送到房里去。她昏厥过去了！"我该怎么办呢？"我想，"她一定是患脑炎了！"

我决定跑去找医生，一定要想些办法来阻止这个病。我很快就能赶到那边。我那老德国人两点以前通常是在家的。我请求玛芙拉一秒钟也不要离开娜塔莎，也不要让她出去，然后我飞奔到他那里去。运气真好。再去迟一点儿，我那老朋友就不在家了。我碰到他的时候，他正从家里出来，已经在街上了。他还来不及吃惊，我就立刻把他推进我的车子里了，我们急急地赶回到娜塔莎这里来。

唉，运气真帮我的忙啊！在我离开的半小时内，娜塔莎那里发生了一件事情，如果不是医生和我在千钧一发的时候赶到，那也许会立刻把她杀死的。我走开以后不到一刻钟，华尔戈夫斯基公爵就进来了。他刚送走了那些人，就从火车站一直跑到娜塔莎这里来了。这次访问大概是他很早以前就计划好的。娜塔莎后来告诉我，她看见公爵甚至并不吃惊。"我的头脑在飞旋着。"她说。

他面对着她坐下，带着一种抚爱和哀怜的表情望着她。

"亲爱的，"他叹息说，"我明白你的悲痛，我知道这会儿你是多么难过，所以我觉得来看看你是我的责任。宽宽心吧，假如你能够，只要你放弃了阿辽沙，保全了他的幸福就好了。但是这个你是比我更清楚的，因为你决定采取这种高尚的行动……"

"我坐着听，"娜塔莎后来告诉我，"但是起先我真的不了解他。我只记得我不断地凝视着他。他握着我的手，把它紧握在他的手里。他似乎觉得这很惬意。我当时是那么失神，一点儿没有想到要抽回我的手。"

"你明白，"他接下去说，"做阿辽沙的妻子，以后会使你变成他憎恨的对象的，你的高贵的自尊心足以使你看得出这一点的，于是你决心……但是，我并不是跑来称赞你的。我只是要告诉你，你无论在哪里永远也找不到一个比我更忠实的朋友的！我同情你而且替你难过。我违反我的意志，迫使我在这一切同情与难过中要分担一份，但我只是尽我的责任罢了。你那高贵的心会明白这一点，而且会来跟我讲和的……但是这在我是比你更困难的，相信我吧。"

"够了，公爵，"娜塔莎说，"让我平静一点儿吧。"

"自然，我马上就走，"他回答说，"但是我爱你，好像你是我自己的女儿一般，你必须允许我来看你。现在请把我看作你的父亲一般，允许我帮你一点儿忙吧。"

"我不要什么，让我一个人待着吧。"娜塔莎又打断他说。

"我知道你是骄傲的……但我是从我心里诚恳地说的。你现在打算做什么呢？跟你父母讲和吗？这是一件好事情。不过你的父亲是不公平、骄傲和暴虐的，请原谅我，不过事情就是那样的。你现在在你家里只会碰到谴责和新的痛苦罢了。但是你必须独立，而现在这是我的责任，我的神圣的责任来照顾你和帮助你。阿辽沙请求我不要离开你并且来成为你的朋友。但是除我以外，还有人真心地想献身给你呢。我，希望允许我给你介绍耐音斯基伯爵。他有最好的心肠，他是我们的一位亲戚，我甚至可以说，他是我们全家的保护者呢。他曾经帮了阿辽沙许多忙。阿辽沙对他抱着最大的尊敬和热爱。他是有很大势力的权威人物，一个老年人，而像你这样的姑娘是很可能去结识他的。我已经向他谈起过你了。他可以栽培你，假如你愿意，他可以替你找一个很好的位置。我很早以前就把我们的事情详细且坦白地向他讲了，我是那样引起了他那仁慈和慷慨的感情，现在他老要求我尽快把他介绍给你……他是一个对一切美好事物都有感情的人，相信我——他是一个慷慨的老年人，极其受人尊敬的，能够认识真实的价值的，而且真的，在不久以前他在某件事情上曾经极慷慨地对待过你的父亲哩。"

娜塔莎好像被刺了一下似的跳了起来。现在，她终于明白他了。

"离开我，立刻离开我！"她叫道。

"但是，亲爱的，你忘记了，伯爵或许也能帮助你父亲哪……"

"我爸爸不会向你们要什么的。离开我！"娜塔莎又叫起来。

"啊，你是多么不公平和多疑呀！我怎么该受这样的报应啊！"公爵叫道，带着一些不安的神情向四周望了望，"你无论如何得允许我，"他接着说，从口袋里摸出一大卷钞票来，"你无论如何得允许我留给你这个我的同情的明证，特别是耐音斯基伯爵的同情，我是在执行他的意思呢。这卷钞票是一万卢布。等一下，我亲爱的，"他看见娜塔莎愤怒地从椅子里跳起来，急促地说，"耐心地听完我的话。你知道你父亲跟我打的官司是输掉了。这一万算是一种赔偿，那……"

"走开！"娜塔莎叫道，"把你的钱拿走！我看穿你了！啊，卑劣，卑劣，卑劣的人哪！"

华尔戈夫斯基公爵从椅子里站起来，脸气得发白。

他也许是来试探一下，考察一下情形，自信这一万卢布对于穷困的、被一切人所遗弃的娜塔莎会发生很大的效力。这个卑鄙和兽性的人常常在这类事情上替耐音斯基伯爵——一个淫荡的老浪子——效劳。但是他仇恨娜塔莎，并且看出事情进行得并不顺利，于是立刻改变他的口吻，带着憎恨的高兴急于来侮辱她一番，使他无论如何不至于空跑了一趟。

"我亲爱的，你发脾气，这一点儿也不对，"他用一种急于想享受他那侮辱的效果而发出来的颤抖声音急促地说，"这一点儿也不对。我是来给你保护的，你却翘起你的小鼻子……你不知道你应该对我感恩的吗？作为一位被你诱入邪路的青年人的父亲，我早该把你送到感化院里去的，但是我却不曾这样做，嘻嘻嘻！"

正在这个时候我们进去了。我还在厨房里就听到声音了，我把医生拦了一下，偷听到公爵最后一句话。接着是他那可憎的冷笑声和娜塔莎绝望的叫声。"啊，我的天！"正在这时，我打开门，冲到公爵前面去。

我唾了他的脸，尽我全部的力气打了他一个耳光。他正要向我扑过来，但是一看见我们有两个人，就从桌子上抓起那卷钞票，转身逃走了。是的，他就是这样逃跑的，我亲眼看见。我从厨房桌子上抓起一根擀面杖朝他背后扔过去……当我奔回房间时，我看见医生在扶着娜塔莎，她痉挛发作似的在他胳膊里扭动和挣扎着要出来。我们花了许多工夫也没法儿使她平静下来，直到最后，我们才把她弄到床上去，她似乎正处在脑炎引发的癫狂中。

"医生，她是怎么一回事？"我带着沮丧的心情问道。

"等一等，"他回答说，"我要更仔细地诊察一下这种病，才能得出我的结论……但是一般来说，情形很不好。甚至结果可能是得了脑炎……但是无论如何我们得想办法……"

我突然想出一个主意。我求医生再陪娜塔莎两三个小时，要他答应一分钟也不离开她。他答应了，于是我奔回家去。

尼丽坐在一个角落里，沮丧又不安，她奇怪地望着我。我的样子大概很奇怪吧。

我拉住她的手，在沙发上坐下来，把她抱到我的膝盖上，热烈地吻着她。她的脸红了。

"尼丽，我的安琪儿！"我对她说，"你愿意做我们的救星吗？你愿意来救我们所有人吗？"她惊愕地望着我。

"尼丽，你现在是我们唯一的希望了！这里有一个做父亲的，你看见过他和认识他的。他曾经诅咒过他女儿，他昨天跑来请你去代替他女儿的位置。现在她，娜塔莎（你说过你爱她的），已经被她所爱的男人遗弃了，她是为了那男人的缘故才离开她父亲的。他就是那个公爵的儿子，那个公爵，你记得吗，就是有一天晚上来看我，看见你一个人在家，而你就从他身边逃开，后来害了病的……你认识他的，是不是呢？他是一个恶毒的人！"

"我认识。"尼丽说，发起抖来，脸色也变苍白了。

"是的，他是一个恶毒的人。他恨娜塔莎，因为他儿子阿辽沙想跟她结婚。阿辽沙今天早上离开了，一个小时以后他父亲跑到娜塔莎那里去，侮辱了她，威吓着要把她送到感化院去，并且嘲笑她。你明白我吗，尼丽？"

她那黑色的眼睛闪亮起来，但是立刻又垂下去了。"我明白。"她轻轻地说，几乎让人听不清楚。

"现在娜塔莎孤零零的，在害着病。我跑到你这里来的时候，我让医生陪着她。听着，尼丽，让我们到娜塔莎的父亲那里去。你以前不喜欢他，不愿意到他那里去。但是现在让我们一起去吧。我们要进去，我告诉他们，说你现在愿意跟他们住在一起，来代替他们的女儿娜塔莎的位置。她的父亲正在害病，因为他曾经诅咒了娜塔莎，而且因为阿辽沙的父亲曾经给了他一个致命的侮辱。他现在不愿意听到他女儿的名字了，但是他爱她，他爱她，尼丽，而且要跟她讲和。我知道这个。我知道这一切。是这样的。你听见了吗，尼丽？"

"我听见了。"她用同样的低语说。

我是流着眼泪对她说的。她怯怯地望着我。

"你相信这话吗？"

"是的。"

"所以我要同你去，我带你进去，他们会接待你，看重你和询问你。那时我会转变话头，然后他们会来问你过去的生活，关于你妈妈和你外公的。告诉他们所有的事情，尼丽，正如你以前告诉我的一样。干脆告诉他们，什么都不要隐讳。告诉他们你妈妈怎样被一个恶毒的人所遗弃，她怎样死在布勒诺夫夫人家的地下室里，你妈妈跟你怎样在街上讨饭，她临死的时候说了些什么和要你做些什么……同时告诉他们关于你外公的事情，他怎样不肯宽恕你的妈妈，她在临死前怎样叫你到他那里去，她怎样死去。告诉他们所有事情！当你告诉他们这一切，那老人也会在他心里感到这一切的。你瞧，他知道阿辽沙今天已经抛弃了她，她是被侮辱与被损害地被抛弃了，孤独和无助了，没有一个人能够保护她不受到她仇人的侮辱了。他知道这一切的……尼丽，救救娜塔莎吧！你愿意去吗？"

"愿意。"她回答说，吸了一口痛苦的气，带着一种奇怪的悠长的凝视朝我望着。这凝视中含着一种类似谴责的神气，我心里感觉到的。

但是我不能放弃我的主意。我对这主意有着很大的信念。我拉着尼丽的臂膀，于是我们走出去。这时已经是下午两点多了。一阵暴风雨快要到来。就在不久之前，天气是闷热的，但是现在我们听到春雷已经在远处响起来了。风从布满灰沙的街道上扫掠过去。

我们登上一辆马车。一路上尼丽不曾说一句话，她只是不时地用那奇怪和如谜一般的眼神瞧着我。她的胸部在起伏着，我在车子里抱着她，我的手感觉到她那小小心脏的猛烈搏动，仿佛要从她的身体里跃出来似的。

第七章

　　我觉得路好像没有尽头。最后我们到了，我带着沉重的心情走进我那老年朋友的家里。我不知道我待会儿告别的时候会是什么样子，但是我知道，无论如何，如果不争取到宽恕与和解我是绝不离开这屋子的。

　　这时已经过了三点。我那老年朋友们和平常一样孤寂地坐着。尼古拉·舍盖伊契心神错乱而且害着病，头上扎着一块手巾，面色苍白且乏力，半靠半睡地躺在他那舒适的安乐椅上。安娜·安德烈耶夫娜坐在他的旁边，不时拿醋润湿他的前额，不断地带着一种探究和怜悯的神情在观察着他的脸，这种神情似乎使老人烦乱，甚至着恼了。他顽强地沉默着，而她又不敢先开口。我们突然到来，叫他们两个都吃了一惊。安娜·安德烈耶夫娜不知什么缘故一看见我跟尼丽便立刻惊慌起来，刚开始那样望着我们，仿佛她突然感觉犯了罪似的。

　　"你们瞧，我把我的尼丽给你们带来了，"我走进去说，"她已经打定了主意，而且现在她是自愿到你们这里来的。收留她和爱她吧……"

　　老人猜疑地望了望我，单从他的眼睛里就可以看出，他知道一切事情了，就是说，娜塔莎现在是一个人了，被遗弃了，被抛弃了，而且也许是被侮辱了。他急于知道我们的来意，探究地望着我们两个。尼丽在发抖，把我的手紧紧地捏在她手里，眼睛一直望着地下，不时朝她四周偷偷地投去畏怯的一瞥，仿佛一只落到陷阱里的小野兽。但是安娜·安德烈耶夫娜不久就镇定下来，而且理解这情形了。她断然地抓住了尼丽，吻她，拍她，甚至朝她哭起来，温存地让她在自己旁边坐下来，把那孩子的手一直握在她手里。尼丽带着好奇和惊惑斜睨着她。但是在抚弄过尼丽和让她在自己旁边坐下来之后，那老太太却不知道该做些什么了，于是带着一种天真的期待望着我。那老人皱起眉头，几乎是在猜疑我为什么把尼丽带来。他看见我在注意他那烦躁的神情和皱起的眉毛，便把手放到他头上说："我头痛，万尼亚。"

这段时间里，我们都坐着没有说话。我在考虑怎样开头。这时房间里很晦暗，一片乌黑的雨云把天空遮蔽起来了，远处又传来一阵隆隆的雷声。

"今年春天雷打得早，"老人说，"可是我记得一八三七年比这更早就打雷下雨了。"

安娜·安德烈耶夫娜叹息起来。

"我们可以要茶炊吗？"她怯怯地问，但是没有一个人回答，于是她又转向尼丽。

"你叫什么名字，亲爱的？"她问。

尼丽用一种微弱的声音说出她的名字，她的头比刚才垂得更低了。老人仔细地望着她。

"同叶列娜一样，是不是？"安娜·安德烈耶夫娜比较有精神地接着问。

"是的。"尼丽回答说。接着又是一阵沉默。

"泼拉斯戈伐耶·安德烈耶夫娜的姊姊有一个侄女也叫叶列娜，

她也是常常被叫作尼丽的，我记得。"尼古拉·舍盖伊契说。

"你没有亲属吗，我亲爱的？没有爸爸也没有妈妈吗？"安娜·安德烈耶夫娜又问。

"没有。"尼丽用一种怯怯的低语急促地说。

"我听说是这样。你妈妈已经去世很久了吧？"

"不，没有多久。"

"可怜的心肝儿，可怜的小孤女呀。"安娜·安德烈耶夫娜接下去说，怜惜地望着她。

老人不耐烦地在桌子上敲着手指。

"你妈妈是个外国人，是不是呢？你曾经这样告诉过我，是吗，伊凡·彼特罗维契？"那老太太怯怯地坚持着说。

尼丽用她那黑眼睛向我偷偷地瞥了一下，似乎恳求我帮助她。她在艰难且不规律地喘息。

"她妈妈是一个英国男人和一个俄国女人的女儿，所以不如说她是一个俄国人，安娜·安德烈耶夫娜。尼丽是在外国出生的。"

"怎么，她妈妈结婚的时候是住在国外吗？"

尼丽突然脸红起来。我那老年朋友立刻想到她失言了，于是在她丈夫愤怒的眼神下抖了起来。他严厉地望了她一眼，把视线转到窗口去了。

"她妈妈是被一个卑劣的坏人骗了。"他突然对着安娜·安德烈耶夫娜脱口而出，"她为了他离开她的爸爸，并且把她爸爸的钱交给她的爱人保管，于是他就用诡计把钱从她那里骗了出来，把她带到国外去，抢了她的钱就把她抛弃了。有一位好朋友，直到他死以前始终对她忠心耿耿，并且帮助着她。他死了以后，她在两年前就回到她爸爸这里来了，你不就是这样告诉我们的吗，万尼亚？"他鲁莽地问我。

尼丽带着极大的激动站了起来，想朝着门口走去。

"这边来，尼丽，"老人说，终于向她伸出手去，"坐在这儿，坐在我旁边，这儿，坐下来。"

他俯下去，吻她，柔和地抚摸着她的头。尼丽浑身颤抖着，但是约束着自己。安娜·安德烈耶夫娜带着感动和快乐的希望看着尼古拉·舍盖伊契终于亲近起这孤女来了。

"我知道，尼丽，一个恶毒的人，一个恶毒的、无原则的人毁了你的妈妈，但是我也知道她是爱她爸爸和尊敬她爸爸的。"老人依旧抚摸着尼丽的头，带着一些兴奋说出来，不得不向我们抛弃这次挑衅了。

一阵微微的红晕泛上他那苍白的脸颊，但是他竭力不望着我们。

"妈妈爱外公比他爱她还厉害呢。"尼丽怯怯却也坚决地说。她也竭力不看什么人。

"你怎么知道呢？"老人尖厉地问，像一个孩子般率直，虽然他似乎因为他的没有耐性感到不好意思。

"我知道，"尼丽急遽地回答说，"他不肯收留我妈妈，而且……把她赶走了……"

我看到尼古拉·舍盖伊契正要说些什么，做一些那样的回答，譬如说那做父亲的是有理由不收留她的，但是他瞟了我们一眼又沉默了。

"唉，你外公不肯收留你们的时候，你们住在什么地方呢？"安娜·安德烈耶夫娜问，她显示出一种突然的执拗和欲望要在这个话题上继续谈下去。

"我们一到，就花了很多日子去找外公。"尼丽回答说，"但是我们无论如何也找不到他。妈妈告诉我，说我外公一度很有钱，并且打算开一家工厂，但是现在他却很穷了，因为那个跟妈妈一起走的男人把外公的钱都从她手里拿走了，不肯还回来。她亲口告诉我这些的。"

"哼！"老人应了一声。

"并且她还告诉我，"尼丽接下去说，越来越真挚了，似乎急于回答尼古拉·舍盖伊契，虽然她是对着安娜·安德烈耶夫娜在说话，"她告诉我，外公对她非常生气，她非常对不起他，而她除了外公，在这世界上再没有别人了。当她告诉我这话的时候，她哭了……'他绝不会宽恕我的。'我们初到的时候，她说，'但是也许他看见了你会爱你的，而且为了你的缘故，他会宽恕我的。'妈妈非常喜欢我，她说这些话的时候，常常吻着我，而她非常怕到外公那里去。她教我替外公祷告，她自己也常常祷告，并且她还告诉我许多话，说她从前怎样和外公住在一起，而外公又是怎样爱她胜过一切。她常常弹钢琴给他听，在晚上读书给他听，外公时常吻她和给她许多礼物。他给她一切东西，因此在妈妈的命名日那一天，他们吵了一架，因为外公想妈妈并不知道他打算给她什么礼物，不料妈妈却很早就知道了。妈妈要耳环，而外公却想骗她，说是一枚胸针，不是耳环。当他把耳环给她的时候，他看出妈妈早就知道那是一副耳环而不是胸针，他因为妈妈早发觉了便生起气来，半天不肯跟她说话，但是过后他又自动地跑去吻她和请她宽恕。"

尼丽被她自己的故事感动了，她那苍白瘦削的小脸上泛起一层红晕。显然在她们地下室的角落里，做妈妈的不止一次跟她的小尼丽谈过过去的幸福日子，拥抱着和吻着她一生中唯一剩下来的这个小女孩，而且对她哭泣着，从不曾想到这些故事对那脆弱孩子的过分敏感的和早熟的感情会产生怎样一种巨大的影响。

但是尼丽似乎突然约束住自己了。她不信任地向四周看了一下，又沉默了。老人皱起眉头又在桌子上敲着手指了。安娜·安德烈耶夫娜眼睛里闪烁着一滴眼泪，她拿手帕把它悄悄地抹掉了。

"妈妈到这里来的时候病得很厉害，"尼丽继续低声说，"她的胸部很不好。我们找外公找了好久，一直找不到他，于是我们租了一间地下室里的一个角落。"

"一个角落，一个病人！"安娜·安德烈耶夫娜叫了起来。

"是的……一个角落……"尼丽回答说，"妈妈穷。妈妈告诉我，"她带着渐渐增强的热忱补充说，"穷不是罪，富了去侮辱人家才是罪，又说上帝是在惩罚她。"

"你们住的就是华西里耶夫岛吗？在布勃诺夫夫人家里，是不是？"老人转向我问，想在他的问话中加上一种不关心的声调。他没说话，似乎是觉得老这么闷坐着不大对劲。

"不，不是那里。起先是住在梅耶斯脱敌斯基街的，"尼丽回答说，"那里很黑又很潮湿，"她歇了一下又接着说，"妈妈在那里病得很厉害，不过那时她还能走路。我常常替她洗衣服，她常常哭。那里还住着一个老太婆，一个船长的寡妇；还住着一个退职的书记，他常常喝醉了酒回来，每天晚上要叫闹一通。我很怕他。妈妈老把我拉到她的床上，紧紧地抱住我，他一叫骂起来，她自己也浑身发抖。有一回他要打那个船长的寡妇，那是一个极老的女人，走起路来要拄根拐杖。妈妈替她难受，就来保护她；那人也打妈妈，于是我就打他……"

尼丽停住了。回忆使她激动，她眼睛里发出光来。

"老天爷！"安娜·安德烈耶夫娜叫起来，完全被她的故事吸引了，把眼睛老盯在尼丽身上，尼丽主要是对她说的。"过后，妈妈就离开了那里，"尼丽接下去说，"并且带着我。那是在白天。我们跑遍所有街道，直到已经黄昏了，妈妈老是边走边哭，捏紧了我的手。我非常累。那一天我们没有东西吃。妈妈不断地自言自语，又对我说:'穷吧,尼丽,我死了以后,别听任何人说的话,别相信任何事情,也别到任何人那里去,就一个人穷,去做工,不能找到工就去讨饭,别到他那里去。'这时天已经黑了,我们穿过一条大街,突然妈妈叫了起来:'亚助尔加!亚助尔加!'于是一条尾巴上毛全秃了的大狗,向妈妈奔过来,呜呜地叫着,并且跳到她身上来。妈妈给吓着了,她脸色发白,哭了出来,在一个握了一条手杖看着地走路的高大的老人家面前跪倒了。那高大的老人家就是外公,他那么瘦而且穿着那么破的衣服。这是我第一次看到外公。外公也被吓得不轻,脸色变得非常苍白,他一看见妈妈跪在他的面前,抱着他的脚,他就把身体挣脱开,推开妈妈,用手杖敲着人行道,很快地从我们旁边走开了。亚助尔加留在后面,一直嗥着舔着妈妈,又追到外公那里去,咬着他的外衣后摆,想拉他回来。外公用手杖打它。亚助尔加又奔回我们这边来,但是外公唤着它,它又追到外公那边去,不断地呜呜叫着。妈妈像死人一般躺在地上,一大群人围拢过来,警察也来了。我一直叫喊着,想把妈妈拉起来。她站了起来,望望她的四周,于是跟着我走。我引她回家。人们看了我们好半天,不住地摇着头。"

尼丽停下来吸了一口气,再做一番新的努力。她脸色很苍白,但是她眼睛里却有一种坚决的光。显然她是最后下了决心,把一切全说出来。这一瞬间,她似乎有种挑战的神气。

"嗯,"尼古拉·舍盖伊契用一种不坚定的声音说,带着易怒的严厉神气,"嗯,你妈妈伤害过自己的父亲,他是有理由拒绝她的。"

"妈妈也对我这么说,"尼丽尖厉地回答道,"当她走回家去的时候,她不住地说:'那就是你的外公,尼丽,我对他犯了罪,于是他诅咒了我,这就是上帝为什么要惩罚我呀。'那一整晚和第二天一整天,她老说着这个,仿佛她并不知道她在说些什么似的……"

老人依旧沉默着。

"那么，你们是怎样搬到另外一个住处去的呢？"安娜·安德烈耶夫娜问，依旧暗暗地哭着。

"那天晚上，妈妈病倒了，那个船长的寡妇替她在布勃诺夫夫人家找到一个住处，两天以后，我们就搬了，那个船长的寡妇也同我们一起搬了。我们搬过去之后，妈妈病得更加厉害了，在床上躺了三个星期，我照料着他。我们的钱用光了，就靠船长的寡妇和伊凡·亚历山特立契的帮助。"

"那个棺材匠，他们的房东。"我解释说。

"当妈妈起床而且能够走动的时候，她就告诉我关于亚助尔加的一切事情。"

尼丽歇住了。话题转到狗身上去，老人似乎安心一点儿了。

"她告诉你关于亚助尔加的一些什么呢？"他问，坐在椅子上，身体更向前倾斜了一些，这样能使他看着地面，而且能够完全隐藏起他的脸。

"她老跟我谈着外公，"尼丽回答说，"当她害病的时候，她老说着他，而当她稍微好了一点儿，她时常告诉我她从前是怎样生活的……那时，她告诉我关于亚助尔加的事，因为有一回有几个凶恶的孩子想把亚助尔加沉到郊外的河里，妈妈给了他们几个钱把亚助尔加买回来了。外公一见亚助尔加，笑得很厉害。只是亚助尔加逃走了，妈妈哭了起来，外公吓慌了，答应出一百卢布，只要谁能把亚助尔加找回来。两天以后，亚助尔加被找回来了，外公花了一百卢布，从那时候起，他也喜欢亚助尔加了。妈妈是那么喜欢它，甚至常常把它抱到她床上去。妈妈告诉我亚助尔加常常跟一些演戏的人在街上演戏，它懂得怎样演它这个角色，常常有只猴子骑在它的背上，并且它还知道怎样使用枪和许多别的东西。妈妈离开它以后，外公就养着它，常常带着它出去，所以当妈妈在街上一看见亚助尔加，就立刻猜到外公在附近。"

老人显然不曾料到关于亚助尔加的竟是这些话，他脸色越来越难看，不再问下去了。

"那么，你不曾再看到过你外公吗？"安娜·安德烈耶夫娜问。

"看到过的，妈妈的病稍微好一点儿的时候，我又碰到外公了。我到铺子里去买些面包，突然看见一个人带着亚助尔加，我仔细一看，认出是外公。我退到一旁，紧紧地靠着墙壁。外公看着我，他那样严厉地望着我，而且那么可怕，使我十分害怕，于是从他旁边走过去了。亚助尔加还记得我，在我旁边跳着和舔我的手。我急急地往家里跑，朝后面看着，外公走进那铺子去了。那时我想，'他一定是进去打听'，于是我更害怕了。我回到家里后，没有对妈妈讲，怕她又会病倒。第二天我没有到那家铺子里去，我推说我头痛。后一天我又去，却不曾碰到什么人，我害怕得很，就跑得很快。可是后一天我又去，我还不曾拐过那个角，外公又带着亚助尔加站在我的面前了。我跑起来，转到另外一条街上，从别条路上走到那家铺子去，可是忽然又碰见他了，我吓得呆呆地站着不会动了。外公站在我面前，看了我很久，之后又摸摸我的头，用手拉着我，引着我走，亚助尔加跟在后面摇着尾巴。那时我看见外公走路都不能好好地走了，老是靠着手杖，他的手一直在抖着。他把我带到街角的一个摊子上，那儿在卖着姜饼和苹果。外公分别买了一个鸡和鱼形状的姜饼，一点儿糖果和一只苹果，当他从皮包里拿出钱来的时候，他的手抖得很厉害，掉了一枚五戈比的硬币，我拾了起来。他把这五戈比给了我，又给我那姜饼，并且摸摸我的头，但是他还是什么话都不说就走开了。

"于是我回到妈妈那里去，告诉她关于外公的一切，以及起先我多么害怕他和躲避他。妈妈起先不相信我，但是后来她是那么高兴，一晚上问了我许多问题，吻着我，并且哭。当我把关于这件事的一切都告诉她了，她对我说以后别再害怕他，说既然外公特意到我跟前来，那他一定喜欢我。她又告诉我在外公面前要乖一点儿，要跟他说话。第二天早上她几次差我出去，虽然我告诉她外公除了黄昏是从不出来的。她隔开一段路跟着我，躲在一个拐角后面。第二天，她又照样做，但是外公没有来，那几天刚下了雨，妈妈同我走到大门口，得了很厉害的感冒，又不得不躺下来了。

"一个星期以后，外公又来了，又替我买了一个鱼形的姜饼和一只苹果，这一回也没有说话。他走开以后，我悄悄地跟着他，因为我事前就决心要查出外公住在什么地方，去告诉妈妈。我跟在后面走了很长一段路，沿着马路的另一边，所以外公不曾看见我。他住得很远，不是他后来住的和去世的地方，而是在高乐霍伏街一幢大房子里的第四层楼上。我查明了这一切，回到家里已经迟了。妈妈害怕得很，因为她不知道我到哪里去了。我告诉了她，她又高兴起来，要第二天就去看外公。到了第二天，她却犹豫和害怕起来，接下来她整整害怕了三天，因此她终究不曾去。之后她叫我过去对我说，'听着，尼丽，我现在病着不能去，但是我写了一封信给你外公，你到他那里去，把信给他。你看着，尼丽，他怎样读它，他说些什么，他要做些什么；然后你就跪下去，吻他，求他宽恕你的妈妈。'妈妈可怕地哭着，不断地吻着我，画着十字和祷告着。她还让我跟她一起在圣像前面跪下来。虽然病得很厉害，她还是一直送我到大门口，我回头去看时，她依旧站在那里望着我……

"我走到外公家里，把房门打开，那房门是没有闩的。外公坐在桌子旁边吃面包和山芋，亚助尔加摇着尾巴望着他吃。那住处的窗子也是很矮而且很黑的。那里也只有一张桌子和一把椅子。他孤零零地住着。我一进去，他是那么害怕，脸发白地抖了起来。我也怕起来了，没有说一句话。我只是走过去，把信放在桌子上。外公一看见那信，就非常生气，他跳了起来，举起手杖对着我摇摇，可是他却不曾打我，他只是把我引到过道里，推开我。我还不曾走下第一段楼梯，他又打开门，把那封信原封不动地从我后面丢过来。我回家把这一切告诉妈妈，于是妈妈又病倒在床上了……"

第八章

这时，有一阵相当响的雷，急重的雨点敲打着窗上的玻璃。房间黑下来了。安娜·安德烈耶夫娜似乎惊慌着，在自己身上画十字。我们都惊骇起来了。

"马上就会过去的，"老人说，朝窗外望着。接着他站了起来，在房里来回走着。

尼丽斜睨着他。她处在一种极端反常的激动状态中，不过她似乎躲着不看我。

"嗯，那之后呢？"老人问，又在他的安乐椅上坐下来了。尼丽怯怯地向四周环顾了一下。

"那么，你以后不曾见过你外公吗？"

"我见过……"

"是的，是的！告诉我们，亲爱的，告诉我们。"安娜·安德烈耶夫娜性急地插嘴说。

"我有三个星期不曾见他，"尼丽说，"直到完全是冬天了。那时是冬天，已经下雪了。当我在原来那地方又碰到外公时，我欢喜得要命……因为妈妈在伤心他不会再来了。我看见他，就故意奔到街对面去，使他看到我逃走。我偶一回头，看见外公很快跟过来，接着奔跑起来追我，叫着我'尼丽！尼丽！'亚助尔加跟在他后面跑。

我替他难受起来，便站住了。外公走上来，用手拉着我，领着我一同走，他看见我在哭，又站住，望着我，俯下身来吻我。接着他看见我的鞋子旧了，问我有没有另外的鞋子。我尽可能迅速地告诉他妈妈没有钱，只有靠我们同住的人发点慈悲给我们一些东西吃。外公没有说什么，只是带我到市场上，替我买了一双鞋，并且叫我立刻穿上，接着把我带到他家里去，而且先绕路到一家铺子里，买了一只馅饼和两颗糖果。我们到了，他就叫我吃馅饼。我一边吃，他一边望着我，接着又给我糖果。亚助尼加把脚爪抓在桌子上，也来讨馅饼吃。我给了它一些，外公就笑起来。接着他拉着我，让我站在他旁边，抚摸着我的头，问我可读过些什么，知道些什么。我回答他，于是他告诉我，每天下午三点我都可以来，他会亲自教我。接着他又叫我把身体转过去，望着窗外，等他叫我再回过身来。我依着他做了，但是我偷偷地回头看他，我看见他解开枕头的下角，拿出四卢布。接着他把那些卢布给我，说：'这是只给你的。'我正要去拿，但是我又改变了主意说：'如果只是给我，我不愿意拿它。'外公突然发起怒来，对我说：'哼，随你的便吧，走吧。'我走了，他不曾吻我。

"我回到家里，把一切事情都告诉了妈妈。妈妈的病越来越严重了。一个医科的学生时常来看那棺材匠，他看见妈妈，叫她吃药。

"我时常去看外公，妈妈叫我去的。外公买了一本《新约》和一本地理书，开始教我。他时常告诉我，有些什么国家，有些什么样的人住在那些国家里，以及一切海洋，和古时候这些都是什么样子，并且说上帝怎样饶恕我们一切人。我问他问题的时候，他非常高兴，于是我就常常问他问题，他不断地告诉我种种事情，并且说了许多关于上帝的话。有时我们不上课，只是跟亚助尔加玩耍。亚助尔加喜欢起我来了，我教它跳过一根手杖，外公有时笑起来，拍拍我的头。不过外公并不常笑。有时候他会说许多话，接着忽然沉默起来，似乎要睡熟了，虽然他的眼睛是张开的。他就会这样坐到天黑，天一黑，他就变得那么可怕那么苍老了……还有的时候，我跑过去，看见他坐在椅子上想事情，不曾听见，亚助尔加在他旁边躺着。我等了又等，咳嗽了一声，外公依旧没有回过头看。于是我就那样走了。妈妈在家里等我。她躺在那里，我告诉她一切，就这样到了夜里，我还在告诉她，她也还在听关于外公的种种事情：一天里他做了些什么，跟我说了些什么，他讲的故事和他教我的功课。当我告诉她我怎样教亚助尔加跳过一根手杖，外公怎样发笑时，忽然她也笑起来了，她开心了很久，叫我再讲一遍，接着开始祷告起来。我常常想妈妈那样爱外公，而外公却一点儿也不爱她，于是当我到外公那里去的时候，我就故意告诉她妈妈怎样爱他，怎样常常问起。他听着，非常生气的样子，但是仍然听下去，不说一句话。于是我问他，为什么妈妈那么爱他，常常问起他，而他却从来不问妈妈一声。外公发起怒来，把我赶出了房间。我在外面站了一会儿，他突然打开门又叫我进去，他依旧在发怒，不作声。后来当我们开始读四福音书，我又问他为什么耶稣基督说'彼此相爱和宽恕损害'，而他却不肯宽恕妈妈呢。于是他跳了起来，说这是妈妈教我的，又把我赶了出去，告诉我再也别冒险来看他。我说，我无论如何也不会来看他的，就走开了……第二天外公就从他的住处搬走了……"

"我说过这雨马上就会过去的，看，雨过去啦，太阳在出来哩……瞧，万尼亚。"尼古拉·舍盖伊契望着窗口说。

安娜·安德烈耶夫娜带着极端的惊愕转向他，这位一向驯顺的老太太的眼睛里忽然露出一丝愤怒的闪光。她默默地握着尼丽的手，让她坐到自己的膝盖上。

"告诉我，我的安琪儿，"她说，"我会听着的。让那硬心肠的……"

她没有说完便突然哭出来。尼丽探询地望着我，似乎迟疑着和惊惶着。老头儿望望我，似乎要耸耸肩膀，但是立刻又转过身去了。

"说下去，尼丽。"我说。

"我有三天没到外公那里去，"尼丽又说下去，"那时妈妈病得更厉害。我们所有的钱都花完了，没有钱买药，也没有东西吃，因为那棺材匠和他老婆也没有钱了，他们开始责怪我们靠他们过活。接着到第三天，我起来穿好衣服。妈妈问我到哪里去。我说到外公那里去要点儿钱，她高兴起来，因为我曾经告诉过她，说他怎样赶我出来，和我怎样跟他说我再不愿到他那里去，虽然她那时哭着和竭力劝我去。我去了，发现外公已经搬了家，于是我到他那新房子里去找他。我刚走进他的新房子里去看他，他就跳了起来，冲到我面前跺着脚。我立刻告诉他，妈妈病得很厉害，我们没有钱，没有五十戈比不能买药，并且我们还没有东西吃……外公对着我叫，将我赶到楼梯上，把房门在我身后闩上了。但是他赶我出来时，我对他说，我要坐在楼梯上不走开，直等到他给我钱。于是我就坐在楼梯上。隔了一会儿他把门打开，看见我还坐在那里，又把门关上了。接着又隔了很长一段时间，他把门打开，一看见我他又把门关上了。这之后，他几次打开门朝外面看。后来他带着亚助尔加出来了，关上门，从我身边走过去，不说一句话。我也不说一句话，就坐在那里，一直坐到天黑。"

"我的心肝儿！"安娜·安德烈耶夫娜叫了起来，"那楼梯上一定很冷的呀！"

"我穿了一件暖和的外衣。"尼丽回答说。

"一件外衣，真的吗？……可怜的心肝儿，你承受过怎样的痛苦哇！那么他后来怎么样了，你那外公？"

尼丽的嘴唇抖了起来，但是她使了很大的劲约束住自己。

"天完全黑了以后他才回来，他一上来就跌在我的身上，叫了起来：'这是谁呀？'我说是我。他一定以为我老早就走了，当他看见我还在那里，他大为吃惊，在我前面呆站了许久。突然他用手杖在楼梯上一敲，奔过去把门打开了，一分钟之后，拿出些铜板向我抛过来，抛在楼梯上。

"'这儿，拿去！'他叫，'我有的都在这里了，拿去，告诉你妈妈，我诅咒她。'接着他又把门砰地关上了。那钱从楼梯上滚下去。我在黑暗中拾起来。外公似乎明白他把钱丢在楼梯上，我在黑暗里是很难找寻的。他打开房门，拿出一支蜡烛，我借着烛光很快就拾起来了。外公也拾起了几枚，告诉我一共是七十戈比，接着他又走开了。我回到家里，把钱给了妈妈，告诉她一切事情。妈妈的病又严重了一点儿，而我这一整夜和第二天也害病了，浑身发起烧来，我别的都不想，只气我的外公。我趁妈妈睡熟了，走到他住处去，我到那边之前，在桥上站住了，这时'他'从旁边走过……"

"亚立波夫，"我说，"就是我告诉过你的那个人，尼古拉·舍盖伊契——那个在布勃诺夫夫人家里跟那年轻商人一起挨过一顿打的。尼丽那时第一次看到他……说下去，尼丽。"

"我拦住他，向他讨些钱，讨一个银卢布。他说：'一个银卢布？'我说：'是的。'于是他笑了起来，说：'跟我来吧。'我不知道要不要去。一个戴金边眼镜的老先生走过来，听见我要讨一个银卢布。他俯下身来，问我为什么要那么多。我告诉他妈妈病着，我要这么多钱去买药。他问我住在什么地方，把地址抄了去，给我一张卢布票。另外那个人看见那戴眼镜的先生就走开了，再不来要我同他去了。我走进一家铺子，把卢布换成零钱。我把其中的三十戈比包在一张纸里，预备给妈妈，剩下的七十戈比我没有包，故意握在手里，就走到外公那里去。我到了那里，打开门，站在门道上，把所有钱一起丢到房间里，于是那些钱就满地滚起来。

"'这儿，把你的钱拿去！'我对他说，'妈妈不要这个，因为你诅咒了她。'于是我把门砰地关上，立刻逃开了。"

她的眼睛闪出光来，带着一种天真的挑衅神气望着老人。

"这也很对，"安娜·安德烈耶夫娜说，不去看尼古拉·舍盖伊契，把尼丽紧抱在她的怀里，"这样对付他很对。你外公是恶毒和狠心的……"

"哼！"尼古拉·舍盖伊契应了一声。

"嗯，那么之后呢？"安娜·安德烈耶夫娜耐不住地问。

"我再不去看外公了，他也不再来见我了。"尼丽说。

"嗯，那么你们怎么过下去呢——你妈妈跟你？唉，可怜的人哪，可怜的人哪！"

"妈妈依旧病得很严重，她很难下床了。"尼丽接下去说，她的声音颤抖着，断断续续的。"我们没有一点儿钱，于是我跟着那船长的寡妇出去。她常常挨家挨户地跑，在街上拦住一些善良的人，向他们讨钱，她就是这样过活的。她时常对我说，她并不是一个叫花子，她有文件证明她的品级的，同时也证明她穷。她常常拿出这些文件来向大家展示，人们就为这个缘故给她钱。她时常对我说，向所有人讨钱并不是耻辱。我时常跟她出去，人们给我们钱，我们就这样过下去。妈妈也知道这事了，因为别的房客骂她是叫花子，布勃诺夫夫人亲自跑到妈妈那里，说与其上街讨饭，不如让我到她那里去。她以前也曾经来看过妈妈，并且给她钱，妈妈不肯拿她的钱，她说她为什么那么骄傲，并且还送东西来给她吃。当她提到我的事情的时候，妈妈被吓着了而且哭了。布勃诺夫夫人骂起她来，因为她是喝醉酒的，并且对她说，我无论如何总归是个叫花子，常常跟那船长寡妇一起出去的，这天晚上她就把那船长寡妇赶出屋去。妈妈听到这个，哭了起来，接着她突然从床上起来，穿上衣服，拉着我的手，带着我出去了。伊凡·亚历山特立契想阻止她，但是她不听他说，于是我们就出去了。妈妈简直走不动路，每隔一两分钟就要在街上坐下来，我扶着她。妈妈不断地说，她要到外公那里去，要我带她去，那时天已经完全黑了。忽然我们走进一条大街，那里有一大群马车，在一处房子外面停着，有许多人出来，所有的窗子里都点着灯，还可以听到音乐。妈妈站住了，紧抓着我，对我说：'尼丽，穷吧，一生一世地穷吧。不管是谁叫你，不管是谁来找你，别到他那里去。你到那边也许可以有钱，可以穿得很好，但是我不愿意。他们是残忍和恶毒的，这就是我吩咐你的话：守着穷，去做工和去讨饭，如果有什么人来找你，你就说："我不同你去！"'这就是妈妈病中对我讲的，我要终生服从她。"尼丽补充说，激动地抖起来，她那小小的脸通红了，"我要终生终世地做工，做一个用人，到你们家里来，也是来做工，做一个用人，我不要像女儿一样……"

"别说，别说，我的心肝儿，别说！"安娜·安德烈耶夫娜叫起来，热烈地紧抱着尼丽，"你要知道，你妈妈说这话的时候是在害病啊。"

"她是神经错乱了。"老人尖厉地说。

"她神经错乱又怎么样！"尼丽叫起来，很快地向他转过去，"就算她是神经错乱吧，她是这样告诉我了，我就要终生终世这样做。她对我说这些话的时候，晕倒了。"

"天哪！"安娜·安德烈耶夫娜叫起来，"害着病，在街上，在冬天哪！"

"他们要把我们交给警察，但是一个先生来袒护我们，问了我们的地址，给了我十卢布，叫他们用他的马车把我们送回住处。这之后妈妈就不曾起来了，过了三个星期，她就去世了……"

"那么她爸爸呢？他始终不曾宽恕她吗？"安娜·安德烈耶夫娜叫起来。

"他不曾宽恕她。"尼丽回答说，痛苦地努力控制着自己，"她死前一个星期，妈妈把我叫过去，对我说：'尼丽，再到你外公那里去一次吧，最后一次了，请他到这里来，宽恕我吧。告诉他，几天之内我就要死了，抛下你一个人孤零零在世界上，我是很难死的呀……'我跑去，敲外公的房门。他打开门，一看见是我，就打算关上，但是我用两只手扳住门，向他大叫：'妈妈快死啦，她是来请你的，去吧。'但是他推开我，把门关上了。我回到妈妈那里，在她旁边躺下来，把她抱在我的怀里，没有说什么。妈妈紧抱着我，没有问什么。"

　　听到这里，尼古拉·舍盖伊契把两只手沉重地按在桌子上，站了起来，但是当他用一种奇怪且无神的眼神看了我们所有人一眼后，又无助地倒进他的安乐椅里了。安娜·安德烈耶夫娜再不去望他了。她在对着尼丽悲泣着……

　　"妈妈死前的最后一天，快黄昏的时候，她叫我过去，握着我的手说：

　　"'今天我要死了，尼丽。'

　　"她还想说些什么，但是她说不出了。我看着她，她却似乎没在看我，只是把我的手紧紧地捏在她手里。我轻轻地抽开我的手，奔出屋子去，一直奔到外公家里。他一看见我就从椅子里跳了起来，望着我，他是被狠狠地吓着了，脸色完全发白，并且抖了起来。我抓住他的手，只说了一句：

　　"'她就要死了。'

　　"接着，突然他一下子忙乱起来，他抓起手杖，跟着我跑，连帽子都忘记了，而天气是很冷的。我抓起他的帽子，戴到他头上，我们就一起奔过去。我催他快点儿，叫他喊一辆雪橇，因为妈妈快要死了，但是外公只有七戈比，这就是他全部的钱了。他叫住一辆马车，和司机讲价，但是他们只是笑他并且笑他的亚助尔加，亚助尔加是和我们一起跑着的，于是我们就不断地跑着。外公乏了，呼吸很困难，但是他还是奔跑着赶去。突然他跌倒了，帽子又掉了。我扶他起来，替他戴上帽子，用手拉着他，直到天黑了才到家。但是妈妈已经死去了。外公一看见她，举起他的手发起抖来，他站在她面前，一句话不说。我那时走到已经去世的妈妈前面，抓着外公的手，向他叫着：

"'看，你这恶毒的残忍的人呀！瞧吧……瞧吧！'外公叫了一声，像死人一样倒下去了……"

尼丽跳了起来，挣开安娜·安德烈耶夫娜的臂膀，脸色苍白、乏力和恐怖地站在我们中间。但是安娜·安德烈耶夫娜向她扑过去，重新抱住她，像受到神灵感动似的叫起来。

"我现在要做你的妈妈，尼丽，你要做我的孩子。是的，尼丽，让我们走，让我们抛弃这些残忍的恶毒的人吧。让他们去嘲笑吧，上帝会惩罚他们的。来吧，尼丽，离开这儿，来吧！"

无论之前还是后来，我从不曾看见她那样激动过，我也从来没想到她会那么激动。坐在椅子里的尼古拉·舍盖伊契站了起来，用断断续续的声音问："你到哪里去，安娜·安德烈耶夫娜？"

"到她那里去，到我女儿那里去，到娜塔莎那里去！"她喊着，拉着尼丽向门口奔去。

"停着，停着！等一等！"

"用不着等，你这残忍的、冷心肠的人！我等得太久了，她也在等着，可是现在，再会吧……"

说着这话，安娜·安德烈耶夫娜回过身去，望了她丈夫一眼，却化石般地站住了。尼古拉·舍盖伊契在找他的帽子，用无力的颤抖的手拉他的外衣。

"你也去！你也同我们去！"她喊起来，恳求地抓着他的手，不信任地望着他，似乎她不敢相信那样的快乐似的。

"娜塔莎！我的娜塔莎在哪里呀？她在哪里呀？我的女儿在哪里呀？"最后从那老人的嘴里突然叫出来，"把我的娜塔莎还回来！她在哪里，哪里呀？"

他抓起他的手杖——这是我递给他的——就向门口冲去。

"他已经宽恕了！宽恕了！"安娜·安德烈耶夫娜喊。

但是老人不曾到门口。门很快就被打开了，娜塔莎冲进房间，脸色苍白，眼睛发光，似乎在发烧。她的衣服皱乱并且被雨淋湿了。包在她头上的头巾滑落在颈旁，她那浓密的鬈发上闪着大颗的雨滴。她奔进来，看见她父亲，就在他面前跪下了，向他伸出两只手去。

第九章

　　但是他已经把她抱在怀里了！

　　他像抱孩子似的，把她举起来，抱到他的椅子上，使她坐下，自己在她面前跪倒了。他吻她的手，吻她的脚，他急急地吻她，急急地注视她，似乎还不能相信他跟她在一起，他又看到她和听到她——她，他的女儿，他的娜塔莎了。安娜·安德烈耶夫娜拥抱着她，哭泣着，把头紧贴着她的胸脯，似乎在这些拥抱中被闷死了，说不出一句话来。

　　"我的亲亲哪……我的命啊！……我的宝贝呀！……"老人不连气地喊，紧抓着娜塔莎的手，像一个爱人似的注视着她那苍白瘦削然而却可爱的脸和那闪着泪光的眼睛。"我的宝贝，我的孩子！"他重复地喊着，又停住了，并且带着一种虔敬的狂喜注视着她。"怎么，你们怎么不告诉我她瘦了？"他带着一种急促的孩子般的微笑转向我们，虽然他依旧跪在她的面前，"她瘦了，这是真的，她更苍白了，但是她多么好看哪！比以前更加可爱了，是的，甚至更可爱了呀！"他补充说，他的声音因为快乐的痛苦而破碎了，那种快乐的痛苦似乎使他的心裂成两半了。

　　"起来，爸爸！啊，起来呀！"娜塔莎说，"我也要吻你呀……"

"啊，心肝儿！你听见了吗？安奴胥加①你听她说得多可爱呀。"

于是他痉挛般地拥抱她。

"不，娜塔莎，该我来躺在你的脚下，直到我的心告诉我你已经宽恕我了，因为我现在是绝不……绝不配被你宽恕的呀！我把你抛开，我诅咒过你，你听见了吗？娜塔莎，我诅咒过你呀！我那时竟敢那样做呀……而你，你，娜塔莎，你能相信我诅咒过你吗！她曾经相信过，是的，她相信！她不应该相信的呀！她不应该相信的，她真的不应该相信的呀！残忍的小心肝儿啊！你为什么不到我这里来呀……你应该知道我是会收留你的呀……啊，娜塔莎，你应该记得我向来是多么爱你的呀！啊，现在我是比以前两倍、一千倍地爱你呀。我用我的每一滴血在爱你呀。我要把我的心掏出来，撕成一片一片的放在你的脚下，啊，我的宝贝呀！"

"啊，那么吻我吧，你这残忍的人哪，吻我的嘴唇，吻我的脸，像妈妈吻我一样吧！"娜塔莎用一种虚弱而无力的声音叫，脸上满是快乐的泪水。

"还要吻你那可爱的眼睛啊！你那可爱的眼睛啊！像我常常吻它一样，你记得吗？"经过一番长久的亲热拥抱之后，老人重复说，"啊，娜塔莎！你可有时梦到我们吗？我几乎每天晚上都梦到你呀，每天晚上你到我这里来，我朝着你哭。有一次你像一个小孩子一样来了，似乎你还只有十岁，才开始学音乐的功课，你记得吗？我梦见你来，穿着一件短外衫，穿着好看的小鞋子，还有红红的小手……那时她的手常是那么红红的，你记得吗，安奴胥加？——她跑来，坐在我的膝盖上，用她的臂膀围着我……而你，你这坏丫头，你能相信我诅咒过你吗？能相信你回来我会不欢迎你吗？唉，我呀……听着，

---

① 安娜·安德烈耶夫娜的昵称。

408

娜塔莎，我常常到你那里去的呀，你妈妈不知道，没有一个人知道。有时我站在你的窗子底下，有时我等了半天，站在靠近你那大门口的人行道上，等待一个机会，如果你出来我可以远远地见到你呀！常常在晚上，你的窗户那儿点了一盏灯，我常常跑到你的窗子底下，只为了望望你的灯，只为了在玻璃窗上看到你的影子，祝福你夜晚平安。你可也曾在晚上祝福我吗？你也想我吗？你的心可曾告诉你我在你窗子底下吗？在冬天我经常跑到你的楼梯上来，站在黑暗的台阶上，在你的门口谛听着，希望听到你的声音呢。你笑吗？我咒你吗？唉，有天晚上，我到你那里去，我要去宽恕你。到了门口才回去呢……啊，娜塔莎呀！"

他站起来，把她从椅子里抱起来，把她紧紧地拥在他的心头。

"她又在这儿啦，又靠近我的心啦！"他叫道，"啊，主哇，我为这一切，为这一切感谢您，为您的愤怒也为您的怜悯哪！因为您，在暴风雨之后，太阳又照在我们的身上了！为了所有这些瞬间，我感谢您哪！啊，我们可以被侮辱与被损害，但是我们又在一起了，现在那些侮辱过和损害过我们的骄矜和傲慢的人可以胜利了吧！让他们向我们扔石头吧！别害怕，娜塔莎……我们要手拉手地走着，我会对他们说：'这是我的心肝儿，这是我钟爱的女儿，我的清白的女儿，她曾经被你们侮辱过和损害过，但是我爱她，永远永远地祝福她呀！'"

"万尼亚，万尼亚。"娜塔莎用微弱的声音喊，从她爸爸的臂膀里向我伸出手来！

啊，我永远不会忘记，她在这会儿会想到我，会叫我呀！"尼丽在哪里呀？"老人向四周望了望说。

"啊，她在哪里呀？"他的女人叫起来，"我的天！我们把她忘记啦！"

可是她没有在房间里。她趁大家没有注意溜到卧室里去了。我们都跑进去。尼丽站在门背后的角落里，用一副很害怕的样子躲开我们。

"尼丽，你怎么回事呀，我的孩子？"老人叫，想用他的臂膀去抱她。

但是她投给他一种奇怪的长久的注视。

"妈妈，妈妈在哪里呀？"她突然像梦呓似的叫出来，"我的妈妈在哪里呀？"她又叫了一声，向我们伸出她那颤抖的手来。

于是突然一声可怕的非人的锐叫从她的胸膛里爆发出来，她的脸抽搐着，在一阵恐怖的癫痫发作中，她倒在地板上了。

尾声

最后的回忆

这是六月初。天气闷热，是不可能在市内住的，那里到处都是尘土、泥灰、棚架、灼热的人行道和污浊的空气……但是现在——啊，快活呀！远处在响着隆隆的雷声了，一阵风吹过来，驱赶着城市的烟尘。几颗巨大的雨珠滴落到地上，接着整个天空似乎裂开了，如注的大雨向市内倾倒下来。半个小时以后，太阳又出来了，我打开顶楼的窗子，贪婪地把新鲜的空气吸到我疲弱的肺部去。我在欣悦中感觉要抛开我的写作、我的工作和我的出版商，要奔到住在华西里耶夫岛的朋友那里去。诱惑虽然那么强烈，我却仍然控制住自己，带着一种愤怒又回去做我的工作。无论如何，我得完成我的工作。我的出版商要求过这个，我不完成他不肯付我钱。那边在等着我，但是另一方面，到了黄昏我就自由了，像风一样完全自由了，这天晚上将补偿我那过去的两天两夜，那两天两夜里我写了三张半的大稿纸。

现在工作终于完成了，我丢开笔站起来，胸口和背上都发痛，脑袋沉甸甸的。我知道这会儿我的神经是紧张到顶点了，我仿佛听到我那老医生对我说的最后那句话："不，没有一种身体能忍得住这种紧张，因为这是不可能的。"

然而现在这终于成为可能了！我的头在旋转，我几乎站不直，可是我的心却充满了喜悦，无限的喜悦。我的小说写完了，虽然我欠了我的出版商许多钱，但是当他看见目标已经到手，他自然多少还会给我一些的——就是五十卢布也好，我很久以来连这一点儿钱都没有了。自由与金钱哪！我高兴地抓起我的帽子，把原稿夹在腋下，用最快的速度奔出去找我们珍贵的亚历山特·彼特罗维契。

我找到他了，但是他正要出去。他恰好也刚刚做成一笔极有利的买卖，不过不是文字的买卖，他正送一个浅黑色脸的犹太人到门口，他之前跟那犹太人在书房里坐了两个小时。他殷勤地跟我握手，用他那柔和可爱的低音询问我的健康。他是一个心肠极好的人，说实在话，我是深深地依赖他的。他一生都只是一个出版商，但这是他的错误吗？他很了解文学是需要出版商的，而且了然得很中肯，因此一切的光荣和荣誉都归了他！

他含着一丝惬意的微笑，听说小说完成了，因此他下一期杂志的主要栏目是保险无忧了，他惊奇我是如何结束一切事情的，而且在那话题上开了一个极可爱的玩笑。接着他走到他那只坚固的铁箱旁边，把他答应过我的五十卢布给了我，同时又拿出另外一本厚厚的持敌对态度的杂志来，在批评栏里指出几行文字，那里有些话谈到我最近的小说。

我看了，这是一篇"抄袭家"写的文章。他既不直接攻击我，也不恭维我，我很高兴。但是那位"抄袭家"顺便还说了我的作品一般都带着"汗臭味"，也就是说，我是那样流着汗、拼着命写出来的，进行了充分的加工和润饰，而结果却是叫人作呕的。

那出版商和我都笑了起来。我告诉他说，我最后那部小说是两晚写成的，而现在我花了两天两夜写了三张半大稿纸，但愿那位攻击我的作品过度费力和太审慎的"抄袭家"知道这个吧！

"不过这是你自己不对，伊凡·彼特罗维契，"他说，"你为什么这样拖延，使得你要熬夜呢？"

亚历山特·彼特罗维契自然是个极有趣的人，不过他却有一个特别的缺点——喜欢吹几句他对文学的判断，尤其是在那些他认为十分了解他的人面前。但是我却不想跟他讨论文学，我拿了钱，抓起我的帽子。亚历山特·彼特罗维契要到他岛上的别墅去，听说我要到华西里耶夫岛去，他就亲切地邀我坐他的马车去。

"我弄了一辆新马车，"他说，"你还不曾见过呢。那是很漂亮的。"

我们动身了。那马车确实很可爱，亚历山特·彼特罗维契在最初弄到它的时候特别希望让朋友坐在里面，甚至精神上渴望这么做。

在马车里，亚历山特·彼特罗维契好几次又批评起现代的文学。他对我毫不拘束，泰然地叙述对各种传闻的意见，那是一两天前他从一些文艺家那里听来的，那些文艺家是他所相信的，他们的意见是他所尊崇的。这使他有时重复地叙述着一些异常奇特的观念。有时还会碰到这样的情形：他获得了一个错误的观念，或者运用错了，这样就被他弄得毫无意义。我坐着默默地听，惊奇着人类情感的不定和奇幻。"这里有一个人，"我自己想，"他可以赚钱，而且已经赚到了钱；但是不，他还得有名誉，文学的名誉，一个权威的出版家、一个批评家的名誉！"

这时他正企图细致入微地说明一种文学理论，那是三天前他从我这里听去的，那时他还和我争辩过，但是现在他却认为是他自己的意见了。不过这样的健忘在亚历山特·彼特罗维契身上是一种寻常的现象，他这种天真的缺点在所有认识他的人中是有名的。他这个时候坐在自己的马车里发表着这些议论，多么快乐，多么自满于自己的身份，多么亲切呀！他在谈一种有修养的文艺性话题，连他那柔和的有威仪的低音都带着一种有修养的调子。他渐渐扯到自由主义上面去了，接着又转到一种温和的怀疑的命题上去，也就是说，在我们的文学中，诚实和虚心是不可能有的，或者在其他任何文学中也一样，除了"彼此打架"，什么也不会有的，尤其是在流行作品上签名的地方。我自己回忆着，亚历山特·彼特罗维契想把每个诚挚的作家看成一种即使不是傻瓜，也是头脑简单的人物，就是因为他们太诚挚了。这种意见，无疑是出于他极端的忠厚。

但是我不再听他说了。我们到了华西里耶夫岛的时候，他让我下了马车，于是我就跑到我的朋友们那里去。这时我已经到十三道街了，他们的小房子就在这里。安娜·安德烈耶夫娜一看见我，就向我摇摇指头，挥着她的手，对我说声"嘘！"叫我不要发出声音。

"尼丽刚睡熟哩，可怜的小东西呀！"她急促地向我低声说，"看在上帝的分上，别吵醒她吧。她身体可是虚弱得很哩，可怜的心肝儿呀！我们都替她担心哩。医生说暂时不会有什么事。从你那位医生嘴里什么也探听不出来。这可不是你的羞耻吗，伊凡·彼特罗维契？我们在等你呀！我们等着你来吃饭……你已经两天没到这里来啦！"

"可是我前天告诉过你，说我两天之内不会来的呀。"我对安娜·安德烈耶夫娜低声说，"我得赶完我的作品……"

"但是你知道，你答应今天到这里来吃饭的呀！你为什么不来呢？尼丽还特地起来，小安琪儿呀——我们把她放在安乐椅上，把她抬进来吃饭。'我要同你们等着万尼亚。'她说，但是我们的万尼亚却没有来。唉，马上就六点了呀！你在哪里闲荡啊，你这造孽的？她是那么烦恼，我简直不知道怎样去逗她开心……幸而她睡熟了，可怜的心肝儿。尼古拉·舍盖伊契也到市里去了（他会回来喝茶的）。我一个人烦躁着呢……他找到了一个位置呢，伊凡·彼特罗维契。我只要一想起拍尔姆省，我心里就起一阵寒战……"

"那么，娜塔莎在哪里呢？"

"在花园里，我的心肝儿！到她那里去吧……她也有点儿不对劲呢……我不明白她……唉，伊凡·彼特罗维契，我的心好沉重啊！她说她是快乐和满足的，但是我不相信她。到她那里去吧，万尼亚，悄悄地来告诉我，她有什么事情……你听见了吗？"

但是我不再听安娜·安德烈耶夫娜的话了。我奔到花园里去。这小花园是属于这幢房子的，有二十五步长，同样宽，长满绿草。有三株枝叶舒展的老树，几株赤杨树，几簇丁香花和忍冬花。角落里有一片地种着覆盆子花，两坛莓子，有两条狭窄蜿蜒的小路各自穿过这园子。老人曾经愉快地说过，这里马上要长蘑菇了。主要是尼丽喜欢这花园，她常常坐在安乐椅上被抬到花园的小路上来。尼丽现在是这家里的宠儿了。

但是这时我碰见娜塔莎了。她高兴地来迎接我，伸出她的手来。她是多么消瘦、多么苍白呀！她也是刚刚从病中恢复过来。

"你已经完全写好了吗，万尼亚？"她问我。

"完全，完全！我整个黄昏都自由了。"

"啊，谢谢上帝！你是匆忙赶出来的吗？不曾损害那作品吗？"

"我怎么办呢？不过都还不错。做这样一种吃力的工作，我的神经被搞得特别紧张，我想象得格外清楚了，我的感情也更生动和深刻了，甚至我的文体也更加受我的控制了，所以挤压出来的作品倒往往是更好的。都还不错……"

"唉，万尼亚，万尼亚呀！……"

近来我注意到，娜塔莎对于我文学上的成功和声名有种嫉妒却诚挚的关心。她读过我去年出版的所有作品，不断地问我未来的计划，对于每种批评都感兴趣，对于有些批评则很生气，而且非常渴望我在文学界取得崇高的地位。她的欲望表现得那样强烈和执拗，使我对于她那样的感情非常震惊。

"你简直会把自己写垮呀，万尼亚，"她对我说，"你在使自己过度紧张，这样会把自己写垮；尤其是，你是在毁坏你的身体呢。S一年只写一本小说，而N十年才写出一本小说。瞧他们的作品是多么洗练、多么完整啊。你找不出一丝毛病的。"

"是的，但是他们是走运的，用不着赶着写，而我却是靠笔杆儿吃饭的。不过这没有关系！让我们撇开不谈吧，亲爱的。嗯，没有什么新闻吗？"

"一大堆呢。首先是他来了一封信。"

"又来了吗？"

"是的，又来了。"

她给了我一封阿辽沙写来的信。从他们分开以来这是第三封信了。第一封是从莫斯科写来的，似乎是在一种疯狂中写的。他告诉她情况有所变化，使他不可能按照他们分别时所计划的从莫斯科赶到彼得堡来。在第二封信里，他宣称他几天内就要回到我们这里来赶紧跟娜塔莎举行婚礼，并且说这婚事已经决定了，没有什么东西能阻止。可是从这封信上的全部口吻看来，显然他处在绝望中，外界的力量重重地压迫着他，他自己都不相信自己所说的话。他顺便说到卡佳是他的天神，是他唯一的支持和安慰。我急切地打开第三封信。

这封信一共两张纸，是用匆促的、难以辨认的潦草字体凌乱地写成的，染着一些墨渍和泪痕。开头是阿辽沙要离开娜塔莎，求她忘记他。他想表示他们的婚姻是不可能的，说外界的敌对力量比任何东西都强，而且事实上也一定是那样的；又说娜塔莎跟他在一起是不会幸福的，因为他们不对等。但是他无法继续这样说下去了，于是突然抛弃了他的辩论和说理，也不曾撕掉或抛弃那上半部分的信，就承认他对待娜塔莎是有罪的，说他是一个堕落的人，没有能力站起来反对他的父亲——他已经下乡来了。他写着，表达不出他的痛苦，顺便他又承认，他觉得是有把握能使娜塔莎幸福的，证明他们绝对是对等的，并且固执地和愤怒地驳斥了他父亲的意见。他描绘了一幅关于幸福生活的绝望的图画，这种幸福的生活也许在等待着他俩——他自己和娜塔莎，如果他们结了婚的话。他诅咒自己的怯懦，说出永别！那信是在悲痛中写成的，他写的时候显然已经精神错乱了。眼泪从我的眼睛里涌出。娜塔莎又给了我另一封卡佳写来的信。这封信放在和阿辽沙写来的信的同一个信封里寄来，不过是另外封好的。卡佳只用几行字，相当简要地告诉娜塔莎，说阿辽沙当真非常抑郁，说他哭得很凶，似乎绝望了，甚至病了，但是有她跟他在一起，他是会幸福的。此外，卡佳努力说服娜塔莎，不要相信阿辽沙会那么快就得到安慰的，不要相信他的悲哀是轻微的。"他永远不会忘记你的，"卡佳补充说，"真的，他永远不能忘记你，因为他不是那样一种心肠，他是无限量地爱着你的，他会永远爱着你，所以如果他不爱你了，想到你不悲痛了，那我就会因为这个立刻不再爱他了……"

我把两封信都还给娜塔莎，我们彼此望着，没有说什么，对另外那两封信也是一样。一般来说，我们都避免谈到过去，仿佛彼此之间有着一种默契似的。我看出她是难以忍受地痛苦着，但是她不愿意表示出来，即使在我面前也是如此。她回到她父亲家里以后，由于高烧的袭击，在床上躺了三个星期，最近才好起来。我们彼此都不大谈未来的变化，虽然她知道她父亲已经获得了一个职位，我们不久就要分离了。尽管如此，这些日子里她对我是那么温存，那么留心，对我做的一切工作那么关心。对于我必须告诉她的关于我自己的一切事情，她是带着那样的坚持，固执地专心听着，使我最初甚至感到有点儿压迫了。在我看来，她似乎想为过去的事情来弥补我。但是这种情感不久就过去了。我看出她是需要一些完全不同的东西，看出她只是在爱我，无限量地在爱我。没有我，没有对我一切事情的关切，她就不能生活。我相信没有一个姊妹爱他的兄弟比得上娜塔莎爱我那样。我完全知道，我们快要到来的分离是她心头上的一种重负，娜塔莎是悲伤的，她也知道我没有她不能生活，但是关于这个，我们大家都不提，虽然我们对于眼前的事情谈得很琐碎。

我问起尼古拉·舍盖伊契。

"我相信他马上就会回来的，"娜塔莎说，"他答应来喝茶。"

"他还在找工作吗？"

"是的，但是关于工作已经没有什么疑问了，我当真不知道他有什么理由要今天去。"她补了一句，沉默着，"他本来可以明天去的。"

"那么他为什么要去呢？"

"因为我收到了一封信……他是那样为我难过，"娜塔莎接着说，"这当真使我痛苦呢，万尼亚。他似乎除了我之外什么也不梦想。我相信，他除了想到我怎样过活，我怎样感觉，我在想些什么之外，别的什么也不想。我的每一种焦灼在他心上都会引起反响。我看到他有时那么笨拙地想约束自己，假装并没有为我难过，他怎样装作愉快，想笑出来娱乐我们。妈妈在这种时候也不像她本来的样子，并且也不相信他的笑，于是叹息起来了……她是那么一个笨拙且坦白的人哪，"她笑了笑接着说，"所以当我今天收到了一封信，他就不得不立即跑出去，避开我的眼睛。我爱他超过爱我自己，超过爱世界上任何一个人，万尼亚，"她接着说，垂下她的头，捏着我的手，"甚至超过爱你……"

我们在花园里来回走了两遍，她这才又说话："马斯罗波耶夫昨天跟今天都在这里。"

"是的，他近来常常来看你们。"

"你知道他为什么来吗？妈妈非常相信他。她认为他相当熟悉这一类事情（法律以及这一类事情），所以能够处理任何事情。你完全想象不到妈妈在酝酿哪种念头！她心底里是非常酸楚和悲哀的，因为我不曾成为公爵夫人。这念头使她不能平静，我相信她曾经向马斯罗波耶夫吐露过她的真心。她是怕跟爸爸说的，她不知道马斯罗波耶夫能否替她想点儿办法，通过法律是否有些什么办法。我猜想马斯罗波耶夫没有拒绝她，她还用酒款待他哩！"娜塔莎笑了笑补充说。

"这样那流氓就够了！但是你怎么知道的？"

"唉，妈妈亲自向我吐露的……用一些暗示。"

"尼丽有什么事吗？她怎么样了？"我问。

"我看你有点儿奇怪哩，万尼亚。这之前你从不曾问起过她。"娜塔莎谴责地说。

尼丽是这一家的宠儿了。娜塔莎极喜欢她，而且尼丽绝对地信奉她。可怜的孩子呀！她从不曾期望会碰到这样一群朋友，会获得这样的爱，我高兴地看到她那受苦的小心灵不断变得柔和，她的灵魂在向我们展露。她带着痛苦与狂热的渴望在感受环绕着她的爱，那和过去只能使她心中滋长着不信任、憎恨和固执的日子是如此截然不同。虽然即使在目前，尼丽还是坚持了许多日子，她很长一段时间故意想对他们掩饰她妥协的眼泪，直到最后她才完全屈服了。渐渐地，她非常喜欢娜塔莎，后来又非常喜欢尼古拉·舍盖伊契。对她来说我已经变得必需了，我一走开，她的病就要重一点儿。最近一次，我为了结束我的小说，离开了她两天，我好不容易才把她安慰下来……自然是间接的。尼丽仍然不好意思太公开太无约束地表现她的感情。

她使我们所有人都很不安。没有经过什么讨论，大家便默契地决定了她要永远留在尼古拉·舍盖伊契的家里。现在离开的日子格外近了，她的病却越来越重。自从我把她带到尼古拉·舍盖伊契家里的那一天，就是他们父女和解的那一天起，她就病倒了，不过她一直就是病着的。那病在以前就已经逐渐生了根，可是现在却格外迅速地变得更严重了。我不明白也不能精确地解释她的病。她的癫症比以前发的次数更多了，但更严重的症状是消耗和乏力，不断地发烧和神经衰弱。近来越发严重，她只好躺在床上了。说来奇怪，那病越是侵袭她，她对我们却越发柔和、亲热和坦白了。三天前，我走过她的床前，她向我伸出手来，把我拉到她旁边。那时房间里没有别人。她瘦得可怕，脸色绯红，眼睛里燃烧着一种发烧的热光。她痉挛般地使我贴近她，当我向她俯下去的时候，她用她浅黑色皮肤的小胳膊紧紧地抱住我的脖子，并且热情地吻着我，接着她立刻要娜塔莎到她那里来。我叫了她来，尼丽一定要娜塔莎坐到床上，凝视着她……

"我要看着你，"她说，"我昨夜梦见你，我今夜还将再梦见你呢……我常常梦见你……每天夜里……"

她显然想说些什么，她被感情压倒了，但是她却不理解自己的感情，不能够表达它们……

除开我，她爱尼古拉·舍盖伊契，比爱任何人都深。尼古拉·舍盖伊契可以说几乎是和爱娜塔莎一样爱她。他有一种奇怪的本领能逗尼丽高兴和使她快乐。他一走近她，就会有笑声或恶作剧。那病着的小姑娘就跟小孩子一般爱玩儿，跟那老头儿撒娇，嘲笑他，把她的梦告诉他，常常捏造一些故事，并且也叫他给她讲故事，那老人是那么喜欢，那么快乐，望着他那"小女儿尼丽"，他每天跟她在一起，便越来越喜欢她了。

"上帝为了补偿我们的痛苦，派了她到我们这里来。"有一天晚上他和平常一样在尼丽身上画过十字以后，离开她的时候对我说。

黄昏，我们都在一块儿的时候（马斯罗波耶夫几乎每天黄昏也在场），我们那位老医生也常常闯进来。他对伊赫曼涅夫家也热烈地依恋起来了。尼丽坐在她的安乐椅上被抬到圆桌前面。凉台上的房门开着。我们在落日光辉中可以看到绿色花园的全景，从花园里吹来新鲜树叶和盛开的丁香花的香气。尼丽坐在她的安乐椅上，亲切地望着我们所有人，听着我们的谈话。有时她精神更好一点儿，也会加入我们的谈话。但是那种时候我们常常都带着不安听她说话，因为在她的回忆中，有许多话题我们是不愿触碰的。娜塔莎和我以及伊赫曼涅夫二老都感到内疚，我们承认，那天迫使她在痛苦和颤抖中向我们讲述她的全部故事是我们的错。老医生尤其反对那种回忆，常常想转移话题。这种时候尼丽会竭力装作她不曾注意到我们的苦心，会跟医生或跟尼古拉·舍盖伊契大笑起来。

可是她的病却越来越严重了。她变得非常容易感动。她的心脏跳动得没有规律。医生告诉我，其实她任何时候都有可能会死去。

我不曾把这个告诉伊赫曼涅夫二老，怕他们伤心。尼古拉·舍盖伊契确信他们动身的时候她就会复原的。

"爸爸进来了。"娜塔莎听到他的声音说，"我们过去吧，万尼亚。"

和平常一样，尼古拉·舍盖伊契刚跨进门就大声地说起话来。安娜·安德烈耶夫娜向他做手势。老人立刻安静下来，而一看见娜塔莎和我，便带着一种急促的神气，低声告诉我们他出去的结果。他已经接受了他所要找的职位，心里很高兴。

"两个星期之内，我们就可以动身了。"他说，搓搓他的手，朝娜塔莎焦灼地斜睨了一眼。

但是她却报以一个微笑，并且拥抱他，因此他的疑惑便立即消失了。

"我们要离开了，我们要离开了，亲爱的！"他高兴地说，"只有你，万尼亚，离开你，这是缺憾……"（我要补充说一句，他从来不曾提议过一回，要我跟他们去，我懂得他的性格，如果在另一种环境下……他一定会叫我同去的……也就是说，如果他不曾觉察到我对娜塔莎的爱。）

"嗯，没有办法，朋友们，没有办法呀！这使我难过，万尼亚；但是换一个地方会给我们所有人一个新的生活……改换一个地方就等于改换一切事情啊！"他补了一句，又望了他女儿一眼。

他相信这句话，而且高兴去相信它。

"那么尼丽呢？"安娜·安德烈耶夫娜说。

"尼丽？唉……这小心肝儿还是很可怜，但是到那时候，她一定会好起来的。她已经好一点儿了，你认为呢？万尼亚？"他说，仿佛惊惶似的。他不安地看看我，似乎要我来解决他的疑问。

"她怎么样了？她睡熟了吗？她没有什么不好吧？她不曾醒吧？你知道吗，安娜·安德烈耶夫娜，我们要把那张小桌子搬到凉台上去，我们要把茶炊拿出来，我们的朋友们就会来的，我们都坐到那里去，而且尼丽也可以出来到我们这里……这会很不错。她还没醒吗？我要到她那里去。我只是去瞧瞧她。我不会弄醒她的。别担心！"他看见安娜·安德烈耶夫娜又在对他做手势，便补了一句。

但是尼丽已经醒了。一刻钟之后，我们又照常坐下来围着茶炊喝晚茶了。

尼丽坐在她的椅子上被抬了出来。医生和马斯罗波耶夫都到了。后者带来一大束丁香花给尼丽，但是他似乎正在为什么事情焦灼和烦恼着。

顺便提一句，马斯罗波耶夫几乎每天黄昏都来。我已经说过，他们所有人都非常喜欢他，特别是安娜·安德烈耶夫娜，但是我们中却没有一个人说到亚历山特拉·西苗诺芙娜。马斯罗波耶夫自己也没有提到过她。安娜·安德烈耶夫娜从我这里听说亚历山特拉·西苗诺芙娜还不曾成为他正式的妻子，便决定不能在这屋子里招待她和跟她聊天。这个决定一直被坚持，而且显示了安娜·安德烈耶夫娜的特性。如果不是娜塔莎跟她在一起，尤其是如果没有发生过这一切事情，她也许不会这么苛求吧。

尼丽这天黄昏特别抑郁，甚至有点儿精神恍惚的样子，好像她做过一场噩梦，正在默想着它。不过她却很喜欢马斯罗波耶夫的礼物，欢喜地看着那些花，我们把那些花装在玻璃杯里，摆在她的面前。

"那么，你非常喜欢花了，尼丽，"老人说，"等一等，"他热心地说，"明天……嗯，你会看到……"

"我喜欢花，"尼丽回答说，"我记得我们过去常常拿着花去欢迎妈妈。当我们在外边的时候（在外边意思是在国外），妈妈有一次病了整整一个月。亨立契和我商量好，等她起了床，第一次走出她整整一个月不曾离开的卧室的时候，我们要把所有房间都用花装饰起来。于是我们就那样做了。有一天晚上妈妈告诉我们说她明天要下楼来吃早点。我们很早很早就起来。亨立契拿来一大堆花，于是我们用绿叶子和花环把所有房间都装饰起来。那里有常春藤和一些有宽大叶子的东西，我不知道它的名字，还有一种叶子会粘住所有东西的，还有大白花和水仙花——我顶喜欢水仙花——还有玫瑰花，那样好看的玫瑰花，和许多别的花。我们把它们都扎成花环挂起来，或者放到花盆里，有的插在大木桶里就好像一大棵树一样。我们把它们放在房间角落里和我妈妈的椅子旁边，妈妈一进来，吓了一跳，非常高兴，亨立契也快乐了……我现在还记得呢……"

这天黄昏，尼丽特别虚弱和神经衰弱。医生不安地望着她。但是她却很想谈话。她谈了很久，直到天黑，告诉我们她从前在外边的生活，我们不去打断她。她和她妈妈，和亨立契一起旅行过许多地方，对这些日子的回想依旧生动地留在她的记忆中。她热心地谈着蓝色的天空，谈着她曾经看见过的积着冰雪的高山，谈着山间的瀑布；接着又谈到意大利的湖沼和山谷，谈到花和树木，谈到那些乡下人，谈到他们的服装、他们的浅黑色脸庞和黑色的眼睛。她告诉我们他们经历过的各种险事和意外。接着她又谈到大城市和宫殿，谈到有一个圆顶的高耸的教堂，那圆顶会突然之间照耀出各种颜色的光彩；接着又谈到有蓝色天空和蓝色海洋的炎热的南方城市……尼丽从来不曾那么详细地跟我们说过她记忆里的事情。我们带着强烈的兴趣听着。这以前，我们只听到她谈她各色各样的经历，在黑暗阴郁的城市里，以及它那压迫人的，使人麻痹的气氛，它的令人窒息的空气，它的奢华的宫殿里老是蒙着尘垢；它那苍白昏暗的阳光，和那城市里邪恶的半疯狂居民，她和她妈妈曾经在他们手里吃过不少的苦头。于是我想象着，她们怎样在那污秽的地窖里，在潮湿且阴暗的晚上，一起躺在狭窄的床上，回想着过去的日子，和她们死去的亨立契以及别的地方的奇异事情。我又想象着，尼丽没有了妈妈，只她一个人的时候，回忆着一切，而这时布勒诺夫夫人却企图用打击和兽性的残暴摧毁她的心灵和迫使她过一种污秽的生活……

但是最后尼丽觉得发晕了，于是被抬进屋子里去了。尼古拉·舍盖伊契非常惊慌，恼怒我们让她说了那么多话。她有一种突发的病症或者说晕厥症。她已经发过几次这种病了。每回病发过后，尼丽恳切地要见我。她有点儿事情要跟我一个人谈。她请求得那么恳切，这一回连医生也主张应该满足她的愿望，于是他们都退到室外去了。

"听着，万尼亚，"当我单独留下来的时候，尼丽说，"我知道，他们以为我要跟他们同去，但是我不去，因为我不能去，我要暂时同你住在这里。我这样告诉你。"

我想劝阻她，我告诉她，伊赫曼涅夫二老爱她，把她看成女儿一样。失去她，他们都会非常难过的。另一方面，她跟我住在一起是很苦的，所以虽然我那样爱她，这件事却是没有希望的——我们只能分开。

"不，这是不可能的！"尼丽着重地回答道，"因为我近来常常梦见妈妈，她告诉我不要跟他们同去，只能留在这里。她告诉我，抛下外公一个人，我是极有罪的，她跟我说这话的时候老是哭。我要留在这里照顾外公，万尼亚。"

"可是你知道，你的外公已经死了呀，尼丽。"我惊愕地听着，回答道。

她想了一下，注意地望着我。

"告诉我，万尼亚，再告诉我一遍，外公是怎样死的？"她说，"告诉我一切，什么都不要遗漏。"

我听到这个请求觉得很惊异，但是接着我把这件事的详细情形都告诉她了。我猜想她是有点儿神志不清，或者至少在她发病以后，脑子还不曾完全清醒过来。

她专注地听着我说的，我现在还记得她那黑色的眼睛，闪烁着发热的光，当我谈话的时候，她就一直专注和固执地看着我。这时房间里已经黑下来了。

"不，万尼亚，他没有死。"她听完后，回想了一下，断然地说，"妈妈常常跟我讲外公的事情，我昨天对她说，'但是外公死了呀'，她悲伤极了。她哭着告诉我他没有死，人家是故意这样跟我说的，说他现在在街上走着讨饭，'和我们往常讨饭一样。'妈妈对我说，'他总是在我们第一次遇见他的地方来回踱步，那时我曾在他面前跪下，亚助尔加也在那里认出了我。'"

"那是一个梦啊，尼丽，因为生病而做的梦啊，因为你在害病啊。"我对她说。

"我自己也老是想，这只是一个梦。"尼丽说，"我没有对什么人说起过。我只想告诉你。但是今天你没有来，我睡熟了，我梦见了外公。他坐在家里，正在等我，他是那么瘦削和可怕。他告诉我他已经两天没有东西吃了，亚助尔加也一样，他非常生气，并且骂了我。他还告诉我他一点儿鼻烟都没有了，没有鼻烟他是不能过活的。他曾经有一次确实这样告诉过我，万尼亚，那是妈妈去世后我跑去看他的时候。当时他正生病，几乎已经意识不清了。今天我听他这样说，我就想，我要跑到大桥上去乞讨，然后给他去买点儿面包、烤山薯和鼻烟。于是我就跑去站在那里，接着我看见外公在附近走着，他跨踏了一下，向我走过来，看我讨到多少，并且把它拿走了。'这够买面包了。'他说，'再讨一些去买鼻烟吧。'我讨到了钱，他就过来从我这里拿去了。我告诉他，我总会把所有的都给他的，不会藏起来。'不，'他说，'你偷了我的。布勃诺夫夫人告诉我，你是一个贼骨头，所以我不带你一起住。你把另外那五戈比放到什么地方去了？'我哭了起来，因为他不相信我，但是他并不关心，继续叫道，'你偷了五戈比呀！'接着他就在桥上打起我来，把我打伤了。我哭得很厉害……所以我想，万尼亚，他一定还活着，他一定还在什么地方走来走去，等着我过去呢。"

我想再度安慰她，想劝她说她弄错了，最后我相信我说服她了。她说，她现在害怕睡熟，因为怕梦见她外公。末了她热烈地拥抱着我。

"但是，无论如何我也不能离开你，万尼亚。"她说，把她的小脸紧贴着我，"就是不为外公，我也不愿离开你。"

屋子里的每一个人，对尼丽的发病都很惊慌。我把她病中的幻想单独告诉了医生，问他觉得她这情形怎么样。

428

"现在还不能确定，"他想了想，回答说，"我所能做的，只是推测、观察和注意而已，但是什么都无法确定。总之复原是不可能的了。她是要死的。我不告诉他们，是因为你求我不要讲，但是我很难过，我提议明天会诊一下。也许会诊之后，病会有一种转变。但是我很为这小女孩儿难过，仿佛她是我自己的孩子似的……她是一个可爱的孩子呀！而且她有那样一个有趣的心境啊！"

尼古拉·舍盖伊契特别激动。

"我告诉你，我想到一些什么，万尼亚，"他说，"她非常喜欢花。你知道吗？明天她醒来的时候，我们准备用花欢迎她，像她今天描述她跟亨立契为她妈妈所准备的一样……她讲那个的时候带着怎样激动的心情啊……"

"我敢说，她是那样的。"我说，"但是现在激动对她来说是不好的。"

"不错，但是快乐的激动是另外一件事。相信我吧，我的孩子，信任我的经验吧。快乐的激动是无害的，甚至可以治病，对健康是有帮助的。"

那老人被他自己的主意迷住了，完全陷入一种狂喜中。他是不可能被劝阻的。我向医生询问这件事情，但是他还来不及考虑这问题，尼古拉·舍盖伊契就已经抓起帽子，奔出去准备了。

"你知道，"他出去的时候对我说，"这儿附近有一所温室，一家富丽堂皇的铺子。那些管苗圃的人卖花，很便宜就可以买到。多么便宜，真惊人哪！你要给安娜·安德烈耶夫娜一个印象，否则她马上又要因为这种浪费发脾气了……所以，我告诉你……我告诉你，我亲爱的孩子，你现在到哪里去呀？你现在自由了，你已经完成你的作品啦，那么你为什么要着急赶回家呢？今天晚上睡在这里，楼上的顶楼，你之前在那里睡过，你记得吗？床架和床垫依旧和从前一样哩，我们什么东西都不曾碰过。你可以像法国国王一样睡觉哩。唔？住下吧。明天我们一早就起来。那时他们会把花送来。八点，我们要把整个房间都布置起来。娜塔莎会来帮我们的忙。她会比你和我更有审美力哩。嗯，你赞成吗？你今夜肯住下吗？"

于是我决定今晚住下来。尼古拉·舍盖伊契出去料理了。医生和马斯罗波耶夫道了别出去了。伊赫曼涅夫家十一点就早早地睡觉了。马斯罗波耶夫走的时候似乎踌躇了一下，想要说些什么，但是又没说。可是当我向老人们道过晚安走上顶楼的时候，我出乎意外地看见他在里面。他坐在小桌子的旁边，翻着一本书在等我。

"我半路上又转回来，万尼亚，不如现在告诉你。坐下吧。这是一件傻事情，你瞧，多么烦人哪。"

"啊，什么事情啊？"

"啊，你那位流氓公爵两个星期前发了那样大的脾气，脾气大得我现在还气愤呢。"

"啊，什么事情啊？你和公爵难道还有关系吗？"

"滚你妈的'什么事情啊'！倒像是发生了什么了不起的事情啦。你简直就跟我那个亚历山特拉·西苗诺芙娜一样！我受不了她……连雄鸡啼一声，她也会'什么事情啊'。"

"别生气呀。"

"我一点儿也不生气，但是什么事情得看得合理一点儿，不要太夸张……这就是我要说的。"

他歇了一下，似乎还在生我的气。我不去打断他。

"你瞧，万尼亚，"他又说起来，"我已经找到一点儿线索……我还不曾真正地找到它，这还不是真正的线索。可是我这么觉得……由于某种理由，我推断尼丽……也许……嗯，事实上是公爵的合法女儿。"

"你说什么呀？"

"你又吼起来啦，'你说什么呀？'所以，一个人真是不能这样说话呀！"他狂乱地挥着手叫起来，"我可曾确定地对你说过什么吗，你这莽撞的家伙？我可曾告诉你，已经证明了她是公爵合法的女儿吗？我告诉过你，还是不曾告诉过你呀？"

"听着，我亲爱的家伙，"我极其激动地对他说，"看在上帝的分上，别再叫了，只是咱们把事情清楚精确地说明白吧。我发誓我会了解你的。你该知道，这问题多么重要，而怎样的结果……"

"结果，真的，什么结果呀？证据在哪里呀？事情可不是这样办的呀，那么我现在告诉你一个秘密吧。我为什么要告诉你，原因以后再说。你可以确定，这是有道理的。听着，别开口，要明白这一切完全是秘密……事情是这样的，你瞧。公爵冬天从华沙一回来，也就是史密斯死之前，他就在调查这件事情。也就是说，他去年更早就开始了。不过那时他在调查一件事情，后来是调查另外一件事情。问题是他失去线索了。自从他在巴黎跟尼丽的母亲分开并且把她抛弃以来，已经有十三年了，但是这些日子里他始终注意着她；他知道她跟亨立契住在一起，就是尼丽今天讲到的那个亨立契，他知道她生了尼丽，也知道她害了病。事实上他知道一切事情，但是之后他忽然失去线索了，大概是在亨立契死后，她到彼得堡的时候。在彼得堡，他自然会很快发现她的，不管她在俄国用什么名字；但是问题在于他在国外的经理人把一个假的情报误传给他了，通知他说她住在德国南部一个偏僻的小城市里。他们因为疏忽把他骗了。他们把另外一个女人当成了她。就这样过了一年多。可是到了去年，公爵开始怀疑起来了，甚至某些事情更早就使他怀疑不是那个女人。那时问题就发生了：那个真的女人在哪里呢？这使他猜想（虽然他并没有根据）她会不会在彼得堡呢。这时国外方面也在打听，同时

431

这边也着手打听。不过他显然不想利用官家的线索，于是他就跟我认识了。我是由别人推荐给他的。人家把我的种种事情都告诉了他，说我是把侦探作为一种业余工作的，诸如此类的话……嗯，所以他就向我解释这些事情，不过只是模模糊糊地解释，天杀的家伙，他模糊且暧昧地解释这件事。他搞了很多错误，自己重复了好几次，他在同一时间从几种不同的观点上来说明事实……嗯，正如我们大家都知道的，纵使你那么狡猾，也无法不露一点儿痕迹。嗯，我开头自然是带着全然的驯顺和单纯的心地去做的，实在是奴隶一般的忠诚。但是我是依照我永远遵守的一种原则，而且也是一种自然的法则去做的：第一，考虑他是否告诉了我他真正要说的话；第二，在他告诉我的事情背后，是否还隐藏着一些他不曾告诉我的东西。因为如果是后一种情形的话，即使是你，亲爱的孩子，凭你诗人的头脑，大概也会明白他在愚弄你。譬如说这一件工作值一卢布，另一件工作也许值四卢布，所以，如果我为了一卢布去做值四卢布的工作，那我就是一个傻瓜。我开始侦查和推测，慢慢地找到一些线索了，我从他那里探出一件事情，从旁人那里又探出一件事情，凭我的机智我又探出第三件事情。假如你问我，这样做是什么意思，我会回答你，嗯，是因为公爵似乎对这件事颇为急切，他似乎对什么事情极为惊惶。他究竟在害怕些什么呢？他曾经把一个女孩从他父亲那里带跑，而且当他遗弃她的时候，她已经怀了孕。这种事情究竟有什么了不起呢？一种有趣的恶作剧罢了，没有别的什么呀。像公爵这样的人是不会怕这种事情的！可是他却怕……这让我怀疑起来。我顺便从亨立契身上还找到了一些极有意思的线索，我的孩子。自然他是死了，但是他有一个表妹（现在嫁给了彼得堡的一个面包师），那表妹曾经热恋过他，尽管后来嫁给了那个做面包的胖子老爹，而且偶然地替他生下八个孩子，依旧继续爱了他十五年。在这位表妹身上，我用了各种各样的计策，知道了一件重要的事实，就是亨立契照着德国的习惯时常写信和寄日记给她，而且在他死之前，还寄过一些信给她。她是一个傻瓜，她不懂得那信里的重要东西，我相信她只懂得他谈到月亮啊，'我亲爱的奥古斯丁'啊，还有维兰德①。但是我抓住了那些必要的事实，从这些信上，我得到一个新的线索。我也查出了关于史密斯，关于他女儿从他那里偷去的钱，以及关于公爵控制了那些钱的事情。最后在各种感叹、闲话和讽喻中，我也看到了一些重要的事实，你要明白，万尼亚，也就是说，什么都不是肯定的。蠢笨的亨立契故意隐讳着这个，只是暗示地提到。嗯，这些暗示，全部集合起来，在我心里却合成一种妙极了的调和一致的东西。公爵跟那年轻女人是合法结过婚的。他们在哪里结婚，在什么时候、什么地方，在国外还是在此地，那些证明文件在哪里——却全部不知道。说实话，万尼亚老朋友，我白费力气地找寻它们，简直绝望地把头发都扯断了，日日夜夜都在追寻。我最后发现了史密斯，但是他走了而且死了。我连去看一看他都来不及。后来，由于凑巧，我忽然知道我所怀疑的一个女人死在华西里耶夫岛。我调查了一下，找到了一些线索。我奔到华西里耶夫斯基岛去，就在那里，你记得吗？我们碰上了。我那时得到了一个很大的收获。总之，在这点上，对我来说尼丽是一个很大的帮助……"

"听着，"我打断他说，"你当真以为尼丽是不知道的吗？"

"什么？"

"你知道她是华尔戈夫斯基公爵的女儿吗？"

"唉，你自己知道她是公爵的女儿就得了，"他回答道，带着一种愤怒的谴责看着我，"干吗问这种愚蠢的问题呢，你这蠢家伙？重

---

① 德国作家（1733—1813）。

要的不仅在于她是公爵的女儿，而且她是他合法的女儿——你明白这个吗？"

"不可能的！"我喊起来。

"我起先也对自己说，这是'不可能的'，可是这结果却是可能的，而且完全可能是真实的。"

"不，马斯罗波耶夫，不是这样的，你在胡说八道！"我叫，"她一点儿也不知道这件事，尤其是她是他合法的女儿。如果那做母亲的有什么文件之类的可以拿出来，她会过像她在彼得堡所过的那种可怕的生活吗？尤其是会让她的孩子落在这样一种孤苦无依的命运中吗？胡说，这是不可能的！"

"我以前也这样想，事实上到今天对我来说还是一个谜呢。但是进一步说，事情是这样：尼丽的妈妈是世界上最疯狂、最不理智的女人。她是一个奇特的女人，想想这一切情形，她的浪漫主义，这一切表现为最狂妄最疯癫的形式中的空想的胡闹吧。拿一点来说：最初，她就梦想着尘世中的天堂，梦想着天使。她的爱是无止境的，她的信仰是无垠的，并且我相信她后来发了疯，倒并不是因为他对她厌倦从而把她抛弃了，而是因为她在他那里受了欺骗，因为他能够欺骗她和抛弃她，因为她崇拜的人最后变成了泥土，并且唾弃了她，侮辱了她。她那罗曼蒂克和痴狂的灵魂是不能忍受这种变化的，更不必说侮辱了。你知道这是怎样的一种侮辱吗？在她的恐惧，尤其是在她的高傲中，她带着无限的鄙夷从他那里脱出身来。她斩断一切联系，撕碎她的一切文件，唾弃他的钱，忘记这虽不是她的钱却是她爸爸的钱，为了要凭她精神上的伟大去压倒引诱她的人，为了要把他看作是曾经抢夺过她的，为了要使她有权利终生终世瞧不起他，她就把那些钱看得那么肮脏从而拒绝接受它。她好像说过这样的话，她认为称呼她是他的妻子乃是一种不体面的事。在俄国是没有离婚的，但是事实上他们是分离了，照这样的情形她怎么能够向他要求救济呢！记得那疯子在临死前对尼丽说：'别到他那里去，做工，死掉，就是别到他那里去，不管是谁来带你去。'所以甚至在那时候，她也梦想着她会被查究出来，因此想再一次用鄙夷去压倒那查究她的人，替她自己报仇。总之她是以噩梦代替面包来生活的。我曾经从尼丽口里打听出许多事情，老兄，事实上我现在还打听出许多。自然她妈妈得了痨病，这种病特别容易引发怨恨和各种敏感易怒的情绪。可是我从布勒诺夫夫人的一个密友那里知道，她是写过一封信给公爵的，不错，是给公爵，确实是给公爵……"

"她写了吗？那他收到了那封信吗？"我叫起来。

"正是这句话了。我不知道他有没有收到。有一次，尼丽的妈妈把信交给她的那个密友（你还记得那个涂脂抹粉的女人吗？就是现在在感化院的那位），虽然信已经写好交给她了，但最终还是没有被送出去，信被她拿回来了。那是在她去世前三个星期……这是一个重要的细节，毕竟她曾下决心要寄这封信，虽然后来又收回了，但她可能会再寄出去——这一点我就不清楚了，不过有理由相信她确实没有寄出去，因为我猜测公爵是在她去世后才弄清楚她在彼得堡的行踪和住处的。他应该感到放心了！"

"是的，我记得阿辽沙说过，有一封信使他爸爸非常高兴，但那是最近的事情，还不到两个月。唔，说下去，说下去。你跟公爵的交涉怎么样了？"

"我与公爵的交涉？你要明白，我有一种完全有把握的确信，但没有任何直接的证据，一点儿也没有，尽管我已经尽了最大努力。这种处境真是危险！我必须去国外调查。但要去哪里呢？我也不知道。当然，我清楚自己将为此艰难地斗争，因为我只能通过暗示来威胁他，假装自己知道的比实际上掌握的更多……"

"嗯，以后怎么样呢？"

"他没有上当，虽然他被吓着了，甚至他现在还在害怕哩。我们见过几次面。他装得像个彻底的疯子！有一次，在他吐露心声的时候，他开始向我讲述整个故事。当时他以为我已经全都知道了。他讲得很动情，也很坦率——当然，他是在无耻地撒谎。就在那个时候，我判断出他其实是害怕我的。有一次，我故意装傻，让他看出我是在假装。我的表演很拙劣——这是故意的拙劣。我还故意对他有点儿粗暴，想吓唬他，这一切让他把我当成了傻子，从而无意中透露了一些东西。他看穿了我，这个狡猾的浑蛋！有一次我假装喝醉，但也没能奏效——他太狡猾了。你能理解我吧，万尼亚？我必须查明他到底有多怕我，同时让他相信我知道的比实际更多。"

"嗯，结果怎么样呢？"

"事情没有任何进展。我需要证据，但我根本找不到。他只看出了一点，那就是我或许会散布谣言，而谣言显然是他最害怕的东西之一。尤其是因为他正在筹划一桩婚事，这让他更为恐惧。你当然知道他快要结婚了吧？"

"不。"

"就在明年。去年他在这里已经在找寻他的新娘了，她那时只有十四岁，现在是十五岁了，依旧还挂着围嘴呢，可怜的东西！她的父母很高兴。你想他是多么焦急地盼望他妻子死哩。她是一个将军的女儿，一个有钱的姑娘——大堆的钱！你和我绝不会结这种婚的，万尼亚，朋友……只是有些事情我终生终世都不能原谅我自己！"马斯罗波耶夫叫起来，把拳头在桌子上一捶。"因为两个星期前他已经占了我的上风啦……这流氓！"

"怎么会这样呢？"

"是这样的。我看出他知道我是没有什么确实的东西可以倚靠了！而且最后我觉得事情越拖下去，他就越看出我没有办法。哼，所以我就同意从他那里拿两千。"

"你拿两千！"

"是银币，万尼亚，这实在是不得已的，但我还是拿了。说实话，这件事根本不值两千卢布！拿了这钱，我感觉倒霉透了，仿佛他朝我脸上吐了一口。他对我说：'马斯罗波耶夫，你之前做的事我还没付你钱呢。'（可实际上他早就付了我们商定的那一百五十卢布。）'嗯，现在我要走了；这儿有两千块，希望我们之间的所有事情都算清了。'我回答道：'是的，公爵，终于解决了。'但我不敢看他的脸，我想他的脸上肯定写着：'哼，他拿够了。我不过是出于好心把这笔钱给这个傻子罢了！'我甚至不记得我是怎么离开他的！"

"但这是可耻的呀，马斯罗波耶夫，"我叫，"尼丽怎么样呢？"

"这不但是可耻的……这还是罪恶的……是可憎的。这是……这是……没有话可以形容的！"

"天哪！他至少该赡养尼丽呀！"

"自然他应该！但是别人怎样强迫他呢？去恫吓他吗？一点儿用都没有，他不会被吓住的。你瞧，我已经拿了他的钱了。我自己向他承认了，他害怕我的一切只值两千卢布。我自己定的价钱哪！现在还怎么去恫吓他呢？"

"那么，就这样算了吗？尼丽的一切都丧失了吗？"我叫起来，几乎绝望了。

"一点儿也不！"马斯罗波耶夫愤怒地叫，跳了起来，"不，我不能这样放过他。我要重新来过，万尼亚。我已经下了决心。我拿了两千又怎么样呢？我是为了侮辱他才拿这笔钱的，因为他欺骗了我，这恶棍，他一定在笑我哩。他骗了我还笑我呀！不，我不能让他嘲笑……现在我要从尼丽身上下手，万尼亚，从我注意到的事情中，我完全确定她是有打开全盘局势的钥匙的。她知道一切——关于这件事情的一切！她妈妈告诉她了。在她昏迷中，在她绝望中，她会告诉她的。她没有一个人可以诉说。尼丽在她身边，所以她就告诉尼丽了。而且我们也许可以找到一些文件呢。"他愉快地补充道，搓搓他的手。"你现在明白了，万尼亚，我为什么常常在这儿徘徊？首先自然是因为我喜欢你，但是主要的是为了注意尼丽，另外还有一件事情，不管你愿意不愿意，你必须帮我忙，因为你对尼丽是有影响的！"

"我一定会帮你忙的，我发誓！"我叫，"而且我希望，马斯罗波耶夫，你得尽你最大的努力，为了尼丽的缘故，为了这可怜的、被损害的孤女，不仅是为了你自己的利益。"

"不管我为谁的利益尽了最大的努力，这对你来说又有什么区别呢，你这幸福而天真的人？关键是行动啊，当然，这一切都是为了那个孤女，这不过是人之常情罢了。别把我看得太死了，万尼亚，别以为我只想着自己。我虽然是个穷人，但他不敢侮辱穷人。他不仅夺走了本该属于我的，还欺骗了我，这个卑鄙的家伙。你以为我会去体谅那样的骗子吗？绝不可能！"

但是第二天我们的花会却不曾实现，尼丽的病更严重了，不能够离开她的房间了。

而且她再也没有离开她的房间。

两个星期以后，她死了。在她最后痛苦的两个星期里，她从未完全清醒，也无法摆脱那些奇怪的幻觉。她的心智似乎被蒙蔽了。直到去世的那一天，她仍然坚信她的外公在呼唤她，责怪她不去见他，还用手杖打她，命令她去讨钱给他买面包和鼻烟。她常常在梦中哭泣，一醒来就说她看见了她的妈妈。

只是有些时候，她似乎完全恢复了她的机能。有一次只剩我们两个人在一块儿。她转向我,用她那瘦小的滚烫的小手紧握着我的手。

"万尼亚,"她说,"等我死了,去跟娜塔莎结婚吧。"

我相信,这想法很早就存在她心里了。我朝她笑笑,没有说话。看见我笑,她也笑了。她装出一副恶作剧的面孔,向我摇摇她的小手指,立刻又来吻我了。

她死前三天,一个美丽的夏天黄昏,她要求我们把窗帷拉开,并且打开她卧室的窗户。从那扇窗户可以看到花园。她朝那茂盛的绿色的花叶,朝那落日凝视了许久,忽然请其余的人都走开,只剩下我们。

"万尼亚,"她用一种几乎听不见的声音说,因为这时她已经非常虚弱了,"我快要死了,很快就要死了。我希望你记着我。我把这个留给你作为一个纪念物。"(她给我一只小袋,那是和十字架一起挂在她胸前的。)"妈妈临死的时候把这个留给我。所以我死了你就把这拿去,拿去并且读一读里面的东西。我今天要告诉他们把这个给你,不给别的人。当你读了那里面写的东西,就到他那里去,告诉他我死了,我不曾宽恕他。还告诉他,我最近读了福音书。那书上说我们必须宽恕我们一切的敌人。是的,我读了,但是我还是一样没有宽恕他,因为妈妈临死还能说话的时候,她最后一句话就是:'我诅咒他。'所以我也诅咒他,不是为了我的缘故,而是为了妈妈。告诉他妈妈是怎样死的,我是怎样孤零零地流落在布勃诺夫夫人家里!告诉他你怎样在那里看见我,告诉他一切一切,告诉他我宁愿在布勃诺夫夫人家里,也不愿到他那里去……"

尼丽说这些话的时候,脸色转白了,眼睛闪出光来,她的心跳得那么猛烈,她倒到枕头上了,有两分钟工夫说不出一句话来。

"叫他们进来吧,万尼亚,"她最后用微弱的声音说,"我要向他们所有人告别。别了,万尼亚!"

那是她最后一次热情地拥抱我。其他人也进来了。尼古拉·舍盖伊契根本不相信她快要死去,他无法接受这个事实。直到最后一刻,他仍然坚持认为她一定会好起来的。他因为焦虑而更加消瘦,几天来一直守在尼丽的床边,甚至连晚上也不离开。最后一夜他彻夜未眠,想要从尼丽身上找到哪怕最微弱的一丝希望。每当他从她的房间走出来到我们这里时,都哭得非常伤心,但立刻又重新燃起希望,坚信她不久后会康复。他用鲜花装满了她的房间。有一次,他买了一大束红白相间的玫瑰花,跑了很远的路才买到,把它们带给他的小尼丽……他用这些方式让她振作起来,而她也无法不全心全意地回应这份环绕在她周围的爱。那天晚上,她向我们告别的时候,老人几乎无法对她说出永别的话。尼丽朝他微笑,整个晚上都努力装出快乐的样子,还同他开玩笑,甚至发出了笑声……我们从她的房间出来时,几乎都感到了一丝希望。然而,第二天她就不能说话了。两天后,她就去世了。

我还记得老人是如何用花装饰她的小棺材的,他绝望地凝视着她那枯瘦的、带着微笑死去的小脸和交叉在胸前的双手。他哭着对她诉说,就像她是他自己的孩子一样。娜塔莎和我们所有人都试图安慰他,但无论怎样都无法让他平静下来。出殡之后,他便病倒了。

安娜·安德烈耶夫娜把尼丽脖子上那只小袋给了我。里面有她妈妈写给华尔戈夫斯基公爵的信。我在尼丽去世的那天把它读了。她诅咒了公爵,说她不能宽恕他,叙述着她后来的一部分生活,她留给尼丽的一切恐怖,和请求他为孩子想点儿办法。

"她是你的,"她写着,"她是你的女儿,而且她确实是你的亲生女儿。我死后,我会让她带着这封信来找你。如果你不拒绝尼丽,也许我会原谅你。到了末日审判的那一天,我会站在上帝的宝座前,祈求宽恕你的罪过。尼丽知道信中的内容,我已经把信读给她听了。

我把一切都告诉了她，她知道了所有的事情，所有的一切……"

但是尼丽并不曾照她妈妈的吩咐去做。她知道一切，但是她没有到公爵那里去，没有宽恕他，直至死去。

当我们为尼丽送完葬回来的时候，娜塔莎和我走到了花园里。那天是个炎热的晴天，阳光明媚。一个星期后，他们就要动身了。娜塔莎用一种深沉而奇特的眼神凝视了我很久。

"万尼亚，"她说，"万尼亚，这是一场梦啊，你知道。"

"什么是一场梦？"我问。

"一切，一切，"她回答说，"这一年中的一切事情。万尼亚，为什么我毁坏了你的幸福呢？"

在她的眼睛里，我读到：

"我们本来可以在一起永远幸福的呀。"

译后记

　　陀思妥耶夫斯基写成这本小说，是在 1861 年，正是他经过了十年苦役和流放之后回到彼得堡的头两年。陀思妥耶夫斯基在 1849 年因参加彼特拉谢夫斯基革命小组和在小组上宣读别林斯基给果戈理的信而被捕，曾被判处死刑，后来改为服四年苦役，期满后仍流放在西伯利亚，直到 1859 年才回到彼得堡，重新开始文学生涯。这整整十年的苦役和流放生活，对他后来的思想和创作事业产生了极大的影响，不仅使他亲身经受了统治阶级最残酷的迫害，并且由于他长期和流放者生活在一起，使他极其深刻地洞察了这些受难者的灵魂，体验了他们肉体和精神上受折磨的痛苦——在这一点上，没有一个同时代作家可以和他相比。长期痛苦的囚徒生活，激起他对统治者更强烈的憎恨和对被迫害者更深切的同情，也使他那种描绘人类痛苦的杰出艺术才能得到更深入的发展。

　　但是，长期的残酷迫害，也严重地损害了这个天才艺术家的肉体和精神，销蚀了他青年时代的意志和信心，使他感到在深沉的黑暗势力之下知识分子的无能为力。西伯利亚十年的孤独生活，使他和整个社会生活脱离了，看不到当时俄国的革命风暴，看不到那个时代人民中正在兴起的力量。当他回到彼得堡的时候，正是俄国农奴制度崩溃、新兴资本主义取而代之的过渡时期。这种改变同时也给俄国人民带来了新的苦难。新的局势让他更加困惑和痛苦，无所适从。青年时代在他世界观中就存在着的矛盾，经过这十年的流放生活，格外强烈起来：一方面他憎恨和抗议统治阶级的残暴，另一方面又对革命感到怀疑和幻灭；一方面对现存社会制度感到无法容忍，另一方面又感到这种制度的不可动摇；一方面对人民生活的苦难寄予深刻的愤怒与同情，另一方面又竭力劝导他们忍受这种苦难。这样就使他愈来愈倾向于从宗教与道德观念中寻求精神的支持。这种矛盾使陀思妥耶夫斯基一生都非常痛苦，使他陷入精神分裂的状态，越到晚年，这种矛盾就越强烈地反映在他的创作中。

这本小说作为他流放回来之后的第一部长篇作品，也反映了这个时期作者的思想矛盾状况。这本小说深刻地描写了沙皇制度下俄国城市平民的痛苦生活和悲惨命运。作者用他高度的艺术洞察能力，从人物的灵魂内部向我们展开了一幅人吃人的残酷斗争的真实图画。作者的爱和憎是强烈和分明的。作品中所反映的贵族、资产阶级与平民之间不可调和的矛盾是突出的。这一切无疑是现实的。但是作者并不是从历史条件和社会斗争的观点上去探求这种矛盾的实质，而是形而上学地把这些矛盾归结为人的灵魂中善与恶的斗争。在作者看来，生活中这种悲惨残酷的现实，乃是由于这个过渡时期中道德崩溃的危机造成的，而这种道德的堕落却是人类灵魂中一个无法解决的永恒问题。这使他深陷矛盾之中，无法自我解脱。作者在小说中创造的华尔戈夫斯基公爵这个形象，可以说是一个罪恶的化身。这个人物身上几乎集中了贵族和资产阶级的一切丑恶特征，其中最本质的，就是那种兽性的利己主义。"一切都是为我，世界是为我而创造的。"这是华尔戈夫斯基公爵的生活信条。他把自己的利益和幸福建筑在对别人的侮辱与损害上，并且把这种侮辱与损害作为一种享乐。陀思妥耶夫斯基痛恨这种兽性的利己主义。他猛烈地鞭挞了这个人物，深入地剖解了这个丑恶的灵魂。但是由于他不是从社会的原因上去认识这种剥削阶级道德堕落的现象，而是倒果为因地把它看作社会不安和混乱的根源，因而这个典型人物的社会意义便被削弱了，而且使作者自己连同他的正面人物在这种可怖的罪恶力量之前被震倒了。正如杜勃罗留波夫对这个形象所作的评语："是什么经历和因素使公爵变成了现在这个样子呢？假如他的灵魂被完全掏出来的话，那么这个饶有兴趣的过程是以什么方式而且在什么方法之下发生的呢？……可是陀思妥耶夫斯基先生完全忽视了这个要求。"

对于剥削阶级罪恶的形而上学的理解，也使作者在对待被侮辱与被损害者的命运问题上，陷入束手无策的绝望境地。

小说中，那些被侮辱与被损害的人物是作者极其熟悉和十分心爱的。这些人物具有一种共同的善良、纯洁、天真而又倔强的性格，甚至使人们相信，他们遭受侮辱和损害，就是因为他们太善良、太天真了。作者把他们的痛苦渗入自己的灵魂，和他们共同悲泣、怨愤、受苦。他把他心爱的人物放在苦难的深渊里，让他们受尽煎熬，受尽迫害，然后从他们的灵魂深处迸发出那样窒息的、愤怒的呼声和惨痛的哀号。他用这样的声音激励了他的读者。这声音是十分强烈的、决绝的，在这声音底下压抑着多少对压迫者的怨愤和复仇的渴望啊。然而，尽管这样，这却是一种绝望的声音，一种灵魂破碎的声音。因为作者不是引导他的人物去面对生活的斗争，而是相反地要求他们用一种倔强的忍受和高傲的蔑视来对待这些侮辱与损害，用他们彼此之间的爱和宽恕，来融解自己心灵上的

444

痛苦。在作者看来，似乎这种倔强的忍受和高傲的蔑视正是抵抗侮辱与损害的唯一的崇高的方法，是保卫自己灵魂的纯洁的唯一方法，是缓和自己的痛苦的唯一方法。人类只有从对苦难的忍受中得到拯救。这正是这部作品中所反映的作者的一个基本的致命的观点，实质上就是基督教的受苦受难的精神。这种观点在陀思妥耶夫斯基的所有作品中始终保持一致。鲁迅在分析陀思妥耶夫斯基的创作思想时说，作者是"穿掘着灵魂的深处，使人受了精神底苦刑而得到创伤，又即从这得伤和养伤和愈合中，得到苦的涤除，而上了苏生的路"。（《穷人》小引）反映在这部作品中的，也正是这种思想。毫无疑问，这种思想是空想的、不健康的，而且是有害的。这是和现实斗争要求不相容的失败主义思想。这种思想并不可能引导人们走上重生之路，只会引导人们走向痛苦的毁灭，走向对压迫者的屈服。

作者这种错误的思想，也影响了他艺术的完整性。在这部作品中的每一个被侮辱与被损害的人物，几乎都是按照同样的方式在对待自己的命运，都是同样的任性地、歇斯底里地、绝望地在痛苦中折磨着自己，甚至从这种折磨中取得享乐。作者最心爱的人物、小女孩儿尼丽所喊出来的声音："穷吧，一生一世地穷吧，不管是谁来叫你，不管是谁来找你，别到他那里去……守着穷，去做工和去讨饭，如果有什么人来找你，你就说'我不同你去！'"这种倔强而绝望的声音，正是作者自己绝望的抗议。结果这些无路可走的人物——史密斯和他的女儿以及尚未成年的尼丽，便一个接一个地在对苦难的忍受中死去了，伊赫曼涅夫一家悄悄地离开了彼得堡。"这是一场梦啊！"作者在小说结尾时从娜塔莎嘴里发出了这样一声深沉的悲叹。在这个悲剧的极度紧张性背后，我们感到作者感情上的强烈和脆弱、热爱和冷酷是多么矛盾地交织在一起。作者竭力要使他的人物忍受苦难的那种意图，"有时候，竟至于似乎并无目的，只为了手造的牺牲者苦恼，而使他受苦……"（鲁迅）常常使他的故事和人物性格的发展上，显出作者创作上主观主义的痕迹，因而使艺术形象的真实性遭到一定程度的损害。

我在这里比较着重地指出这部作品中的观点是为了帮助读者在阅读这部作品时避免受到这种观点的影响，但这绝不贬抑这部作品伟大的现实主义意义。在这部作品中占主要地位的，并不是作者那些主观的思想，而恰是作品中间所反映的客观生活的真实——阶级矛盾的尖锐化，贵族和资产阶级生活的腐朽和他们的残酷，被迫害的人民的那种无可忍受又无路可走的悲痛，作品的形象中充满着的对压迫者的憎恨和抗议精神。这一切都深刻地反映了当时的现实生活。作者对于生活的熟悉，对于他笔下人物的深切同情，和他那种高度的艺术才能，使他能够那样深入客观对象的最内部，正如他自己所说的："我是将人的灵魂深处显示于人。"这赋予他的作品一种震撼心灵的强烈力量。读者从这部作品中首先被触动的，也正是生活中那些真实的东西，这些东西激起了我们对于侮辱人和损害人的那种社会制度的仇恨。这是有积极意义的。而作者的那些错误思想，却常常在艺术真实性的强大力量之下，被掩盖或削弱了。因此，在全面地评价这部作品的时候，固然应该毫不姑息地指出它的缺点和错误，但却不能不首先肯定它的伟大的现实主义的价值。当然这不是说，作者的世界观和他的现实主义方法是矛盾的，因为作品中所反映的现实主义的内容，无疑和作者世界观的进步的积极的一面是相联系着的。

陀思妥耶夫斯基是十九世纪伟大的现实主义作家之一，但同时也是充满着思想矛盾的作家之一。他的作品曾经引起过无数的争论。因此在阅读他的作品的时候，也就格外需要具有科学地、细心地辨别和批判的能力，使我们能够从他的作品中获得真正有益的东西。

译者

1956 年 4 月 26 日

陀思妥耶夫斯基 | 作者

Фёдор Михайлович Достоевский（1821—1881）

俄国文学巨匠，以其深刻的心理洞察和哲理性的探索而闻名。他的作品深入探讨了人性的复杂性和道德问题，尤其是在困境和苦难中的人类行为。其作品被翻译成一百七十多种语言，其文学风格对二十世纪的世界文坛、存在主义及超现实主义思潮都产生了深远的影响。

他的一生充满戏剧性，年轻时因参与政治活动被判死刑，行刑前一刻被赦免，随后被流放西伯利亚。其代表作包括《罪与罚》《白痴》《群魔》和《卡拉马佐夫兄弟》等。

邵荃麟 | 译者
(1906—1971)

原名邵骏远，浙江慈溪人，现代著名文艺理论家、作家，曾长期从事革命文化工作。曾任中国作家协会党组书记、副主席，《人民文学》杂志主编等职。著有短篇小说集《英雄》及剧本集《喜酒》等，译有《被侮辱与被损害的人》等。

被侮辱与被损害的人

作者 _ ［俄］陀思妥耶夫斯基　　译者 _ 邵荃麟

编辑 _ 罗李彤　　装帧设计 _ 尚燕平　　主管 _ 李佳婕
技术编辑 _ 白咏明　　责任印制 _ 杨景依　　出品人 _ 许文婷

营销团队 _ 王维思　　赵倩迪

果麦
www.goldmye.com

以 微 小 的 力 量 推 动 文 明

图书在版编目（CIP）数据

被侮辱与被损害的人 /（俄罗斯）陀思妥耶夫斯基著；
邵荃麟译 . -- 西安：太白文艺出版社 , 2025. 10.
ISBN 978-7-5513-3061-9

Ⅰ . I512.44

中国国家版本馆CIP数据核字第2025K0N240号

被侮辱与被损害的人
BEI WURU YU BEI SUNHAI DE REN

著　　者	[俄] 陀思妥耶夫斯基	
译　　者	邵荃麟	
责任编辑	熊　菁	
装帧设计	尚燕平	
出版发行	太白文艺出版社	
经　　销	果麦文化传媒股份有限公司	
印　　刷	嘉业印刷（天津）有限公司	
开　　本	875mm×1240mm　1/32	
字　　数	358 千字	
印　　张	14.25	
版　　次	2025 年 10 月第 1 版	
印　　次	2025 年 10 月第 1 次印刷	
印　　数	1-6,000	
书　　号	ISBN 978-7-5513-3061-9	
定　　价	59.80 元	

联系电话：029-81206800

出版社地址：西安市曲江新区登高路1388号（邮编：710061）

营销中心电话：029-87277748 029-87217872